古典文獻研究輯刊

三 編

曾 永 義 主編

第30冊

魚籃觀音研究

高 禎 霙 著

中國人虎變形故事研究

洪 瑞 英 著

國家圖書館出版品預行編目資料

魚籃觀音研究　高禎霙 著／中國人虎變形故事研究　洪瑞英
著 — 初版 — 新北市：花木蘭文化出版社，2011〔民100〕
目 2+128 面／目 2+164 面；19×26 公分
（古典文學研究輯刊　三編：第 30 冊）
ISBN：978-986-254-570-6（精裝）
1. 觀世音菩薩 2. 民間故事 3. 神怪小說 4. 文學評論
820.8　　　　　　　　　　　　　　　　　100015029

ISBN-978-986-254-570-6

9 789862 545706

古典文學研究輯刊
三　編　第三十冊　　　　　　ISBN：978-986-254-570-6

魚籃觀音研究
中國人虎變形故事研究

作　　　者　高禎霙／洪瑞英
主　　　編　曾永義
總 編 輯　杜潔祥
出　　　版　花木蘭文化出版社
發 行 所　花木蘭文化出版社
發 行 人　高小娟
聯絡地址　新北市永和區中正路五九五號七樓
　　　　　　電話：02-2923-1455／傳眞：02-2923-1452
網　　　址　http://www.huamulan.tw 信箱 sut81518@ms59.hinet.net
印　　　刷　普羅文化出版廣告事業
初　　　版　2011 年 9 月
定　　　價　三編 30 冊（精裝）新台幣 48,000 元

魚籃觀音研究

高禎霙　著

作者簡介

高禎霙，臺灣臺北縣人，中國文化大學中國文學研究所碩士、博士，現任中國文化大學中文系文學組副教授。學術專著有：《《史》《漢》論贊之研究》、《魚籃觀音研究》，並發表史記與古典小說相關論文十餘篇。

《魚籃觀音研究》論文獲獎紀錄：
一、八十二年一月獲法鼓山中華佛學研究所第三屆「佛教學術論文獎學金」
二、獲國科會八十二年度博碩士論文乙種獎助金

提　要

　　三十三觀音之一的魚籃觀音，是許多觀音故事中最能廣泛引發民眾興趣，又與文學、藝術關係密切的形象之一。魚籃觀音融合了中國觀音信仰中，以〈普門品〉為其重要的經典依據，以及女相造型、應驗事蹟等特色，不論在文學、戲劇、藝術以及宗教的傳播發展等各方面，皆具有重要的影響與價值。

　　魚籃觀音的故事依其內容與主題可分為三種傳說類型：一為馬郎婦的故事，二為靈照的傳說，三為觀音收伏魚精的故事。三者以馬郎婦故事被認為是魚籃觀音傳說的主線，約在北宋末、南宋初時發展完成，是一則來自於佛教教學中心且被精心潤飾的故事，它包含許多重要的修行觀念，尤以對治愛欲的方法最為突顯。但其內容與魚籃的關係非常少，由資料分析判知，早期的魚籃觀音與馬郎婦故事，應是兩則不同的傳說，後因內容相混而逐漸融為一個故事。

　　靈照的故事則是禪的代表，她雖也被稱為魚籃觀音形象的由來，但分析結果得知，靈照與魚籃觀音的關係較為薄弱，對於文學作品亦無產生影響。

　　觀音收伏魚精的故事，則將「魚籃」的效用與觀音得名的原因做了完整的解釋，但其完成的年代較晚，反映了明清時代佛道思想混合的事實，亦不具有深入的宗教觀念和意義，反以魚精戀愛的情節成為作品鋪敘的重點。

緒　論

　　觀世音菩薩是大乘佛教中極受歡迎的一位菩薩，亞洲各地都有敬仰他的
信徒，他的慈與美，可說是人類性靈中聖潔與理想的化身。千年來，人們以
各種文學形式、繪畫、雕刻或口耳相傳的方式，讚頌他如同母親般的愛與慈
憫，傳播他不可思議的信仰，他對東方的宗教、藝術、文學都產生了深遠的
影響。因此透過觀世音菩薩多采多姿的形貌變化，去了解反映在觀音形象與
傳說中的人類情感、信仰心理和社會情況，是一件相當有趣又有意義的事。

　　多年來，日本學者對有關觀世音的各種問題，不斷有深入的研究與發現，
他們不僅從漢譯佛典與雕刻藝術等資料入手，更假以梵文、巴利文原典作為
考證的新資料，如松本文三郎的〈觀音的語義及古印度與中國對他的信仰〉，
小林太市郎先生的〈唐代の大悲觀音〉，塚本善隆先生的〈近世シナ大眾的女
身觀音信仰〉，後藤大用先生的《觀世音菩薩本事》，佐伯富先生的〈近世中
國における觀音信仰〉，牧田諦亮先生的《六朝古逸觀世音應驗記の研究》、〈六
朝士人の觀音信仰〉等等，〔註1〕對觀世音菩薩的語義、本源、經典、形象，
以及中國各朝對觀音的信仰形態各方面，都有相當豐碩的研究成果。而國內

〔註 1〕松本文三，許洋主譯，〈觀音的語義及古印度與中國對他的信仰〉，《菩提樹》
　　　　第三一七期，1979 年 4 月。小林太市郎，〈唐代の大悲觀音〉，《佛教藝術》第
　　　　二十至二十二期，1953 年 12 月、1954 年 4 月、10 月。塚本善隆，〈近世シナ
　　　　大眾の女身觀音信仰〉，收於《山口博士還曆紀念印度學佛教學論文集》，1955
　　　　年。後藤大用著，黃佳馨譯，《觀世音菩薩本事》，天華出版，1989 年三版。
　　　　佐伯富，〈近世中國における觀音信仰〉，收於《塚本博士頌壽紀念佛教史學
　　　　論集》，1961 年。牧田諦亮，《六朝古逸觀世音應驗記の研究》，平樂寺書店，
　　　　1970 年。牧田諦亮，〈六朝士人の觀音信仰〉，《東方學報》第四十一期，1970
　　　　年 3 月。

學者的研究，如陳清香先生的〈觀音菩薩的形象研究〉、〈觀音造像系統述源〉，李玉珉先生的〈觀音〉、〈張勝溫梵像卷之觀音研究〉等等，則較偏重在觀世音菩薩藝術形象方面的探討。而以佛教立場闡釋觀世音菩薩的，則有鄭僧一的《觀音——半個亞洲的信仰》和沈家楨的〈觀世音菩薩的修持方法與證悟過程〉。〔註2〕至於大陸方面則因礙於社會主義對宗教方面的束縛或對佛教本身的認識不清，較少有客觀而嚴謹的研究。

　　事實上，由於觀世音菩薩信仰的普及性與複雜性，他所涉及的層面著實廣泛，雖然他在佛教中的本事大都已被解釋，但在受佛教影響的中國民間信仰和文學方面，仍有許多問題有待澄清。近年，英國學者杜德橋先生的《妙善傳說——觀音菩薩緣起考》和 Chun-fang-Yu 的〈Imagaes Of Kuan-Yin In Chinese Folk Literature〉可說是觀音與民間文學關係研究方面的重要成果。〔註3〕

　　中國人對觀世音菩薩總懷有幾分憧憬與依怙的心理，民間流傳的觀音傳說、靈驗故事與藝術形象，是反映人民思想、生活與信仰需求的重要實例，由於這方面的問題仍然未有完整的研究，因此選擇了眾多觀音問題中的一小點——三十三觀音中較負盛名且與中國文學關係密切的魚籃觀音，做為我學習研究方法的起步。

　　魚籃觀音的主題涉及宗教信仰、傳說演進與文學創作三方面的材料，因此本論文擬從以《大正藏》、《卍續藏經》為主的相關經典，以及中國佛教史籍、禪宗語錄，與筆記、雜著、戲曲、小說、寶卷等文學作品中，有關魚籃觀音的原始資料之搜尋為主，而諸畫史、畫錄、畫冊、石刻史料中之魚籃觀音畫像，亦列為蒐集之目標，此外並輔之以近代學者的研究論著。澤田瑞穗先生的〈魚籃觀音的傳說〉與胡萬川先生的〈延州婦人——鎖骨菩薩故事研究〉，〔註4〕是針對魚籃觀音作討論的兩篇重要論著，胡氏一文以討論馬郎婦

〔註2〕陳清香，〈觀音菩薩的形象研究〉，《華岡佛學學報》第三期，1973年5月；〈觀音造像系統述源〉，《佛教藝術》第二期，1986年11月。李玉珉，〈觀音〉，《故宮文物月刊》三卷三期，1985年六月；〈張勝溫梵像卷之觀音研究〉，《東吳中國藝術史集刊》第十五期，1987年2月。鄭僧一著，鄭振煌譯，《觀音——半個亞洲的信仰》，慧炬出版，1987年初版。沈家楨，〈觀世音菩薩的修持方法與證悟過程〉，菩提印經會，1981年。

〔註3〕杜德橋著，李文彬譯，《妙善傳說——觀音菩薩緣起考》，巨流出版，1990年初版。Chun-fang Yu，〈Imagaes Of Kuan-Yin In Chinese Folk Literature〉，漢《學研究》八卷一期，《民間文學國際研討會論文專號》，1990年6月。

〔註4〕澤田瑞穗，前田一惠譯，〈魚籃觀音的傳說〉，收於王秋桂編，《中國文學論著

故事之原型——〈延州婦人〉為主，澤田氏之論文則以馬郎婦的傳說與作品
作為研究對象，兩者皆提出了精闢的見解，然仍未對魚籃觀音作全面性的探
討，尤其是對魚籃觀音不同的傳說類型與文學作品，並沒有作明確的處理，
因此本論文冀能在前輩學者的研究基礎上，對魚籃觀音的傳說來源與演進脈
絡，盡力作具體而周詳的討論。

　　除了對印度佛教與中國佛教中觀世音菩薩的本源、經典、信仰特色，與
魚籃觀音產生的歷史背景，作概括性的論述外，為了使魚籃觀音的傳說發展
能夠清楚的掌握，並有系統的介紹，本論文將有關魚籃觀音的故事分為三種
傳說基型，分別作溯源的探討與主題分析，而後世的文學作品，亦根據此三
種類型，分別加以歸屬，並依其年代，逐一對其版本、著錄情況、編著者、
內容結構、價值影響，以及與原型的內容試作比較分析。此外並希望藉由魚
籃觀音畫像的討論，了解魚籃觀音的藝術形象，以及畫像與傳說之間的影響
關係，最後則探討魚籃觀音在文學與宗教信仰間的互動關係與影響力，以期
得到較具系統而完整的研究結果。

譯叢》下冊，學生書局，1985 年。胡萬川〈延州婦人——鎖骨菩薩故事研究〉，
《中外文學》十五卷五期，1986 年 10 月。

第一章　觀世音菩薩概說

當人們提起「菩薩」一詞時，腦中浮現的無不是慈悲喜捨，莊嚴聖潔的清淨容顏。在眾多菩薩中，觀世音菩薩是菩薩信仰的中心，亦是菩薩形象的代表，其普門示現的神通廣大，爲千百年來生活在精神與物質不安的人類，帶來尋求清淨與安定的皈依。

觀世音菩薩的形象在佛教思想的發展過程中，漸次完成、複雜和變化，不僅加入了幽深玄妙的般若觀，也受到了印度婆羅門諸神信仰的影響，當他傳入中國、西藏和日本後，各地又以其本土文化與風俗，融合這個外來菩薩的信仰，因此各種有關他的起源、傳說與信仰，都變得日益複雜而令人目不暇給。在此我們先撇開中國與西藏或東亞各地對於觀世音菩薩起源的傳說，〔註1〕自宗教與思想的發展史來看，從印度佛教史的角度探知觀世音菩薩的起源與本義，才是最正確的。那麼觀世音菩薩在菩薩思想的發展中是如何形成？其本義又是如何？此乃開宗明義所需闡明的主題。

第一節　釋名與緣起

「菩薩」原語爲菩提薩埵（Bodhi-sattva），其名稱出現的時間不晚於西元前二世紀，〔註2〕最早是用來稱修行期間或前世未成正覺以前的釋迦族太子悉

〔註1〕在中國，觀世音菩薩的起源被認爲是妙莊王公主的化身，關於該說可參見杜德橋著，李文彬譯，《妙善傳說──觀音菩薩緣起考》，巨流圖書公司，1990年一版。該書有相當嚴謹之考述。又觀音信仰對西藏有很深的影響，藏人皆爲觀音之信徒，認爲達賴喇嘛是觀世音菩薩的轉生，而始祖是由觀音的化身結合而來。
〔註2〕參印順法師著，《初期大乘佛教之起源與開展》，正聞出版，1989年五版，頁

達多（Siddhartha），即多生多劫以來的修行者——最初「本生」的佛陀。〔註3〕
佛陀的滅度在當時激起了弟子們無限的懷念，在誠摯的信仰中，教界開始流
傳著釋尊今生的事蹟，甚至過去生的種種悲願德行，在這些記載中，〔註4〕釋
尊於過去生中或為人，或為動物，以各種不同的身分示現慈悲，捨己利他，
諸多的善行與廣大宏願，不但表達了佛陀的教法與理念，也表現了佛陀聖潔
的人格與德行。

　　隨著本生文學的發達，部派佛教的發展，釋尊由比丘中的一員，超越了
一切比丘，菩薩時代的釋尊，成為「菩薩」修行的模範，於是佛教便從自利、
自我完成的小乘立場，漸次轉為宗教救度，捨己利他的大乘精神。「菩薩」一
詞的意義已不再僅是指修行期間的釋尊，而是指「上求菩提，下化眾生」，深
行六度，〔註5〕願生穢土，悲心濟眾的菩薩行。《大智度論》卷四云：

> 菩提名諸佛道，薩埵名或眾生或大心，是人諸佛道功德，盡欲得其
> 心，不可斷，不可破，如金剛山，是名大心。……復次稱讚好法名
> 為薩，好法體相名為埵，菩薩心自利利他故，度一切眾生，知一切
> 法實性故，行阿耨多羅三藐三菩提故，為一切賢聖之所稱讚故，是
> 名為菩提薩埵。〔註6〕

又卷七十四云：

> 入空法，行六波羅蜜，大慈大悲，此人名菩薩。〔註7〕

而《般若波羅蜜多心經幽贊》卷上也謂：

125～128。

〔註3〕《阿毘達磨大毘婆沙論》卷一二六：「本生云何？謂諸經中，宣說過去所經生
　　　　事，如熊、鹿等諸本生經。」（《大正藏》冊二十七，頁660上）「本生」（Ja-taka）
　　　　記錄了釋尊過去生中的修行故事，它與「譬喻」、「因緣」三部聖典，是構成
　　　　大乘菩薩思想的主要來源。

〔註4〕如《中阿含》卷十四《大善見王經》（《大正藏》冊一，頁515中），《長阿
　　　　含》卷二《遊行經》（《大正藏》冊一，頁11上），《增一阿含》卷十三《地
　　　　主品》（《大正藏》冊二，頁609上）。本生經的取材可能多來自於印度民間
　　　　傳說或神話，參釋依淳著，《本生經的起源及其開展》，佛光出版，1989年
　　　　再版。

〔註5〕六度即六波羅蜜多，是大乘佛教中菩薩欲成佛道必須實踐的六種德行，即布
　　　　施、持戒、忍辱、精進、禪定、智慧。參《大般若經》卷五七九至六○○（《大
　　　　正藏》冊七），《大智度論》卷十一至十八（《大正藏》冊二十五）。

〔註6〕《大正藏》冊二十五，頁86上。本論文所引用之佛教經典以《大正藏》為主，
　　　　其內容則另行句讀，下例做此。

〔註7〕同註6，頁583下。

> 菩提薩埵略言菩薩，菩提即般若，薩埵謂方便，此二於有情能作一切利益安樂。又菩提者覺義，智所求果，薩埵者有情義，悲所度生，依弘誓語，故名菩薩。又薩埵者勇猛義，求大菩提精勤勇猛，故名菩薩。又修行者名為薩埵，求三菩提之有情者，故名菩薩，有具悲智，遍行慈愍，紹隆淨刹，府救穢方。〔註8〕

在教徒希求的需要下，對佛陀崇高人格的懷念，產生了理想、形而上的「佛陀觀」。曾經住世人間的色身佛陀，逐漸轉為永恆實在的法身佛，和化現慈悲的應身佛，〔註9〕憶念佛、禮拜佛、觀想佛的色身相好光明，和十方世界有無量佛無量菩薩，及往生淨土的說法，漸成為大乘佛法希求體現的信仰與修學特色。而以法身應現的菩薩思想和信仰，即是產生觀世音菩薩信仰的重要原因。

觀世音原名為 Avalokiteśvara，即阿縛盧枳帝濕婆羅，其譯名有多種，隋唐以前譯作觀音、觀世音或光世音，唐以後則多譯為觀自在、觀世自在。多數學者主張，其譯名之所以有差異，並非有誤譯之疑，而是譯音所根據之梵本各有不同，當時佛經傳入中國，或由西域龜茲一帶，或由印度直接傳來，加上各地方言不同，譯語即出現類似卻又不全然相同的情況。在晚近發現的梵語古寫本〈普門品〉中，被考古學家考察出保存較多古意的應是 Avalokita-svara，它含有觀音、觀世音的意思，而後來形成的 Avalokiteśvara 則有觀自在、觀世自在的意義，〔註10〕這與譯名出現的先後和佛教思想的演變，恰可作為相互考證的資料。

那麼「觀世音」究竟是什麼意思呢？據《妙法蓮華經・觀世音菩薩普門品》云：

> 若有無量百千萬億眾生，受諸苦惱，聞是觀世音菩薩，一心稱名，觀世音菩薩即時觀其音聲，皆得解脫。〔註11〕

〔註8〕《大正藏》冊三十三，頁524下。

〔註9〕佛有所謂的三身：法身、報身、應身，法身為證顯實相真如之理體，能生一切法，清淨無礙。報身為因業力功德所顯現的相好莊嚴之身。應身為順應眾生根性機緣所化現之身。

〔註10〕有人以為觀音乃觀世音之略稱，因避唐太宗諱而來，然從早期之譯經與新發現的古寫本來看，「觀音」一語早已出現，應非因避諱而來。有關譯語之詳細論證，參後藤大用著，黃佳馨譯，《觀世音菩薩本事》，天華出版，1989年三版，頁1～11。

〔註11〕《大正藏》冊九，頁56下。

又云：

> 應以何身而得度者，即現何身而爲說法。〔註12〕

其意是說，一切眾生若能一心稱念菩薩名號，發出誠摯的聲音，專一的心念，菩薩即能觀照稱其名號之眾生的音聲，顯現色身，爲此眾生解脫苦惱，而爲了方便救濟，則現種種不同的身分，以適應眾生的需求。也就是說，以世間眾生音聲爲觀照之主體，並以此聲音爲救濟對象的稱爲「觀世音」。隋吉藏在《法華義疏》卷十二云：

> 觀是能觀之智，世音是所觀之境，境智合題，名觀世音也。〔註13〕

觀世音爲所觀世間眾生之音聲，即在能觀世間眾生音聲之智與所觀世間眾生音聲之境的兩者間，產生即一即二，相融無礙，感應道交的自性體驗，故「觀其音聲」，即是「觀世音」的原始本意。

從「觀世音」的意義來看，觀世音菩薩的大悲救苦，就如同本生故事中佛陀慈悲救濟的精神。如《根本說一切有部毘奈耶雜事》卷二云：

> 世尊法爾於一切時觀察眾生，無不聞見，無不知者。恆起大悲，饒益一切。……晝夜六時，常以佛眼觀諸世間，於善根處，誰增誰減？誰遭苦厄？誰向惡趣？誰陷欲泥？誰能受化？作何方便拔濟令出。
> 〔註14〕

這是指釋尊大悲大智，於一切時爲觀察世間眾生一切悲苦而來。而觀世音菩薩之所以成爲不可思議的應身佛，能以各種不同的身分現身說法，能以尋聲救苦的慈悲方式救世，不難觀察出，其形象的產生，即是本生故事中佛陀大菩薩行的延伸。但值得注意的是，佛本身與當時古印度神話、民間傳說不無關係，和印度其他宗教亦有交涉，因此這位菩薩的形成，可說是佛陀滅度後，佛教依釋尊的教法理念與慈悲精神，在社會世俗化與大眾化的文化適應中，與其他宗教神混合所構成的觀世音信仰。儘管觀世音菩薩的形象夾雜了印度婆羅門教與西方神明的影子，卻與他們有很大的差別，他具有大乘佛教的眞精神，是諸菩薩中最具特色，也最能方便適應的大菩薩。

既然佛有本生，在十方現在有多佛多菩薩的理念下，爲了表現十方佛菩薩各自獨有的法門與特性，大乘經典便產生了諸佛菩薩的本生或授記。在這

〔註12〕同註11，頁57上、中。
〔註13〕《大正藏》冊三十四，頁624下。
〔註14〕《大正藏》冊二十四，頁211中。

些經典中，經常出現諸菩薩間有血緣或法統關係，這使得有關菩薩的傳說，更加豐富而有趣。觀世音菩薩在《悲華經》中，被記載爲刪提嵐世界中寶藏如來時轉輪聖王無諍念之長子不眴，不眴與父王兄弟皆歸信供養寶藏如來，並在如來前發願云：

> 今我以大音聲告諸眾生，我之所有一切善根，盡迴向阿耨多羅三藐三菩提，願我行菩薩道時，若有眾生受諸苦惱恐怖等事，退失正法，墮大闇處，憂愁孤窮，無有救護，無依無舍，若能念我稱我名字，若其爲我天耳所聞，天眼所見，是眾生等，若不得免斯苦惱者，我終不成阿耨多羅三藐三菩提。〔註15〕

寶藏如來並爲其授記，名爲「觀世音」，於未來成佛時號「遍出一切光明功德山王如來」，而國名爲「一切珍寶所成就世界」。〔註16〕

　　在《觀世音菩薩授記經》中則有不同的記載：過去生中釋尊爲轉輪王威德，一日威德王於園中入觀三昧時，有兩朵蓮花從地踊出，兩童子化生其中，一名寶意，一名寶上，此二童子即觀世音與大勢至菩薩的前生。〔註17〕另外在《觀世音菩薩往生淨土本緣經》中，觀音、勢至爲兄弟，釋迦牟尼佛爲父，阿彌陀佛爲母。〔註18〕而《千手千眼觀世音菩薩大悲心陀羅尼經》則謂觀世音菩薩早已成佛：

> 此觀世音菩薩，不可思議威神之力，已於過去無量劫中，已作佛竟，號正法明如來。大悲願力，爲欲發起一切菩薩，安樂成熟諸眾生，故現作菩薩。〔註19〕

除了說明他爲何時何人有何功德外，人們也不忘了爲菩薩建設聖地，《大方廣佛華嚴經入法界品》云：

> 於此南方，有山名補怛洛迦，彼有菩薩，名觀自在。……見其西面巖谷之中，泉流縈映，樹林翁鬱，香草柔軟，右旋布地，觀自在菩薩於金剛寶石上，結跏趺坐。〔註20〕

〔註15〕《悲華經》卷三，《大正藏》冊三，頁185下。
〔註16〕同註15，頁186上。
〔註17〕《大正藏》冊十二，頁356上。
〔註18〕《卍續藏經》冊八十七，頁288。
〔註19〕《大正藏》冊二十，頁110上。
〔註20〕《大正藏》冊十，頁366下。關於補怛洛迦的地點，在學術上仍無定論，但一般相信應在印度南方的海濱或海島，但因觀音信仰的流傳，亞洲許多地方都被人們附會爲補怛洛迦聖地，如錫蘭的普德蘭，中國浙江舟山群島中的普

在這些記載中，觀世音菩薩或早已成佛，或被授記爲未來佛，或與釋迦牟尼佛、阿彌陀佛、大勢至等爲眷屬、補儲關係，這大都是大乘後期以阿彌陀佛爲主的淨土思想，汲取觀音特質所造的作品。〔註21〕不過不論其所據爲何，都只是爲了使教徒對觀世音產生堅定不疑的信仰而來，但到了大乘經典盛行流傳之後，人們早已忘了觀世音與釋尊間精神相契的關係，而將菩薩本生的部分，當作觀世音菩薩的來源。從對佛陀人格的崇敬，轉變爲形而上、理想的崇拜者，再隨著時空的改變，異教神明的滲入，觀世音菩薩增添其隨機適應的身分與需要，在滿足人類宗教嚮往的心理與現世利益的希求下，「觀世音」不再僅是「觀其音聲」的菩薩，而是帶有豐富色彩與複雜多變的神格面目。

第二節 所依之經論

在三藏中以觀世音菩薩爲信仰中心的經典約有八十餘種，〔註22〕其中多屬密教部的儀軌密咒，在顯教經典方面，則有《妙法蓮華經》、《大方廣佛華嚴經》、《觀無量壽佛經》、《般若波羅蜜多心經》、《大佛頂首楞嚴經》等等，這些經典皆有專門介紹觀世音菩薩法門之處，其中尤以《法華經》的〈觀世音菩薩普門品〉被認爲是其信仰的根本依據。

現存的《法華經》漢譯本有三種異本：一是竺法護於西元二八六年所譯的《正法華經》，共有十卷，二爲鳩摩羅什在西元四〇六年所譯的《妙法蓮華經》七卷，以及六〇一年闍那崛多、達摩笈多增補的七卷《添品妙法蓮華經》。〔註23〕三者所根據的原本不同，內容也略有差異，但皆收有〈觀世音菩薩普門品〉，在《正法華經》中名爲〈光世音普門品第二十三〉，《添品法華經》則與《妙法蓮華經》同名爲〈觀世音菩薩普門品〉，但《妙法蓮華經》的〈觀世音菩薩普門品〉爲第二十五品，《添品法華經》爲第二十四品。其中《正法華經》僅有長行文，《妙法蓮華經》與《添品法華經》相似，但鳩本無偈頌，闍

陀山，中國熱河承德的補陀洛寺，西藏拉薩的布達拉山，韓國江原道襄陽的洛山，日本紀伊的補陀落，日本下野的日光。

〔註21〕原始的觀世音菩薩應是全然獨立的存在，與阿彌陀佛並無關係，然自淨土思想興盛之後，觀世音菩薩遂成爲彌陀的補儲。詳細論證參後藤大用著，黃佳馨譯，《觀世音菩薩本事》，天華出版，1989年三版，頁61～68。

〔註22〕詳細經目參同註21，頁227～232。

〔註23〕三種《法華經》皆收於《大正藏》冊九。

那崛多、達摩笈多則於《添品法華經》中增修偈頌，而歷來流傳廣泛，深受大眾誦讀，並有多種注疏的，仍以鳩摩羅什的《妙法蓮華經》為主。

《妙法蓮華經·觀世音菩薩普門品》的主要內容是透過無盡意菩薩與釋迦牟尼佛間的問答，宣說觀世音菩薩的普門示現，首先解說觀世音菩薩的得名因緣及稱名作用，次說觀世音菩薩為眾生說法的方便事跡，最後則以無盡意菩薩供養觀世音菩薩寶珠瓔珞，而觀世音菩薩卻將寶珠瓔珞分別供養釋迦牟尼佛與多寶佛塔作結。本品的敘述相當富有故事性，文字流利，呈現出樸素無華的風格，也正因為它的平實無誇，讀來更容易使人產生深心的信仰。

人生總有或多或少的災難，〈普門品〉舉火難、水難、風難、刀杖難、羅剎難、枷械難、怨賊難等七難，眾生若遇此災難時，一心持觀世音菩薩的名號，即能獲得解脫救助。經云：

> 佛告無盡意菩薩：善男子！若有無量百千萬億眾生，受諸苦惱，聞是觀世音菩薩，一心稱名，觀世音菩薩即時觀其音聲，皆得解脫。若有持是觀世音菩薩名者，設入大火，火不能燒，由是菩薩威神力故。若為大水所漂，稱其名號，即得淺處。〔註24〕
>
> 是觀世音菩薩摩訶薩，於怖畏急難之中，能施無畏，是故此娑婆世界，皆號之為施無畏者。〔註25〕

佛教以為人們內心的淫欲與貪瞋癡，是眾生煩惱的根源，〈普門品〉謂常念恭敬觀世音菩薩，即得解脫心中煩惱。另外還提到，觀世音菩薩能滿足眾生求男女子嗣的心願。解七難，除三毒，成二求，可視作早期人類生活的基本需求，〈普門品〉對於人們心理與生活的安定，給予了最大的承諾，觀世音菩薩不但是人類的保護者和避難所，更是希求所需的崇信者，它充滿了人與菩薩間道交感應的神奇，也為處在不安與災難中的人們，帶來心靈的依靠和無限的希望。

為適應眾生方便說法，觀世音菩薩以三十三種應化身隨機示現，三十三身指佛身、辟支佛身、聲聞身、梵王身、帝釋身、自在天身、大自在天身、天大將軍身、毘沙門身、小王身、長者身、居士身、宰官身、婆羅門身、比丘身、比丘尼身、優婆塞身、優婆夷身、長者婦女身、居士婦女身、宰官婦女身、婆羅門婦女身、童男身、童女身、天身、龍身、夜叉身、乾闥婆身、

〔註24〕《大正藏》冊九，頁56下。
〔註25〕同註24，頁57中。

阿修羅身、迦樓羅身、緊那羅身、摩睺羅伽身、執金剛神身等。〔註 26〕由此三十三種應化身，不難見出許多是古印度婆羅門教或民間信仰的神明，而觀世音菩薩卻能以其身分示現，表現出接受異教神的包融性，與廣攝信徒的方便，這正是觀世音信仰普遍流傳、深受喜愛的最大因素。

〈普門品〉之所以成為信仰觀世音菩薩的根本經典，乃因其平實、平等的慈悲特質，最能攝受一般大眾。「一心稱名」利用人類耳根圓利、心耳相通的原理，使處於危難中的人，產生自力與他力的心靈力量，而類似「因材施教」的隨機教化方式，使社會各階層、各種身分的人，不論其貧富貴賤，都能得到菩薩的垂憐與教法。觀世音菩薩的慈悲德性與偉大人格，便因此經的流傳，深深烙印在世人的心中。

《大方廣佛華嚴經》卷六十八的〈入法界品〉，亦對觀世音菩薩的大悲法門有詳細的解說。《華嚴經》在中國亦有三種漢譯本：一為東晉佛馱跋陀羅在西元四二一年所譯之《六十華嚴》，二為唐武則天時（西元六九九年）實叉難陀所譯，此譯本有八十卷，稱《八十華嚴》，為新譯本，第三則是唐貞元十四年由般若所譯，這個譯本僅是《華嚴經》的最後一部分，全名為《大方廣佛華嚴經‧入不思議解脫境界普賢行願品》，簡稱〈普賢行願品〉或《四十華嚴》，〔註 27〕三者以文義流暢、品目完備的《八十華嚴》流傳最為廣泛，此處即以其作為論據。

《華嚴經》以讚頌十方世界諸佛菩薩的無量功德與圓滿清淨的解脫境界為主，分為三十九品，由七處九會的說法組成，由普賢菩薩入佛三昧始，亦由普賢菩薩頌稱佛圓滿功德而結。其中第九會〈入法界品〉，有善財童子一心求菩薩道，不斷南行參訪五十三位善知識，虛心學習無數廣大法門，其中在補怛洛迦即聽受了觀世音菩薩的大悲法門。經云：

> 善男子！我以此菩薩大悲行門，平等教化一切眾生，相續不斷。善
> 男子！我住此大悲行門，常在一切諸如來所，普現一切眾生之前。
> 或以布施攝取眾生，或以愛語，或以利行，或以同事攝取眾生。或
> 現色身，攝取眾生，或現種種不思議色淨光明網，攝取眾生。或以
> 音聲，或以威儀，或為說法，或為神變，令其心悟，而得成熟。或

〔註 26〕參同註 25。另《楞嚴經》有三十二種應化身，與〈普門品〉之三十三身略有不同，參《大正藏》冊十九，頁 129 下。

〔註 27〕三種《華嚴經》皆收於《大正藏》冊九、十。

爲化現同類之形，與其共居，而成熟之。〔註28〕

接著又謂：

> 善男子！我修行此大悲行門，願常救護一切眾生。願一切眾生，離
> 險道怖，離熱惱怖，離迷惑怖，離繫縛怖，離殺害怖，……復作是
> 願，願諸眾生若念於我，若稱我名，若見我身，皆得免離一切怖畏。
> 善男子！我以此方便，令諸眾生，離怖畏已，復教令發阿耨多羅三
> 藐三菩提心，永不退轉。〔註29〕

這是一段相當精彩而簡明的演說，由觀世音菩薩親自爲善財童子宣說大悲行解脫門，菩薩持其平等教化的普濟精神，加重提出了攝取眾生的方法，即布施、愛語、利行、同事之四攝法，更以音聲、威儀，或爲說法、神變，或與其共居以成熟其因緣。再次，觀世音菩薩仍然是眾生離怖畏苦難之「施無畏者」，最重要的是，眾生離怖畏後，更教化眾生發阿耨多羅三藐三菩提心，且永不退轉。這表現出觀世音菩薩不只爲解救眾生苦難而來，更爲使眾生發無上菩提心，求無上道而來，這是華嚴思想中較〈普門品〉更重視出世解脫與道心願行的特點。

在劉宋僵良耶舍所譯的《觀無量壽佛經》中，觀世音菩薩屬於淨土信仰系統，經典中詳細地爲觀世音菩薩塑造了圓滿的形像：「此菩薩身長八十億那由他恆河沙由旬，身紫金色，頂有肉髻，項有圓光，而各百千由旬。……頂上毘楞伽摩尼妙寶，以天爲冠，其天冠中，有一立化佛，高二十五由旬，觀世音菩薩，面如閻浮檀金色，眉間毫相，備七寶色，流出八萬四千種光明。……」〔註30〕這是《觀無量壽佛經》十六種往生淨土的觀行法中之第十觀——「觀音觀」，若能作此觀者，不僅不會遇諸種禍害，還能淨除業障，除無數生死之罪。故經云：

> 如此菩薩，但聞其名，獲無量福，何況諦觀！〔註31〕

觀世音菩薩在稱名之外，又提供觀想菩薩相好光明的方法，作爲眾生消除惡業、往生淨土的方便，雖然他包含在淨土思想之中，卻仍不失其本色。

接著，我們試從《般若波羅蜜多心經》來討論般若思想與觀世音信仰的關

〔註28〕《大正藏》冊十，頁367上。

〔註29〕同註28。

〔註30〕《大正藏》冊十二，頁343下。

〔註31〕同註30，頁344上。

係。〔註32〕玄奘三藏法師所譯的《般若波羅蜜多心經》雖僅有短短二百六十字，卻是集諸部六百卷《大般若經》之精華心髓，可謂爲般若思想之結晶。經云：

> 觀自在菩薩，行深般若波羅蜜多時，照見五蘊皆空，度一切苦厄。
> 舍利子！色不異空，空不異色，色即是空，空即是色。受想行識，
> 亦復如是。舍利子！是諸法空相，不生不滅，不垢不淨，不增不減。
> 是故空中無色，無受想行識，無眼耳鼻舌身意，無色聲香味觸法，
> 無眼界乃至無意識界。無無明，亦無無明盡，乃至無老死，亦無老
> 死盡。無苦集滅道，無智亦無得。以無所得故，菩提薩埵，依般若
> 波羅密多故，心無罣礙。無罣礙故，無有恐怖，遠離顛倒夢想，究
> 竟涅槃。〔註33〕

此經之重點在顯示般若之目的爲「能度一切苦厄」，當菩薩直觀本體眞理，深行布施、持戒、忍辱、精進、禪定、智慧六波羅蜜，了徹五蘊皆空，斷心中一切煩惱，無我、無自性、無執著、亦無所得實相，超越一切相對和絕對的實相分別，無所罣礙而畢竟空寂。故菩薩悲智雙行，自在圓通，不僅胸懷大悲心，以無所得之心度脫眾生，更以般若智除一切苦，它表現了依般若智實現理想而精進不懈的精神。唐法藏之《心經略疏》即說：

> 於事理無閡之境，觀達自在，故立此名。又觀機往救，自在無閡，
> 故以爲名焉。前釋就智，後釋就悲。〔註34〕

最後我們必需提及本經的最後一段經文：

> 故知般若波羅蜜多，是大神咒，是大明咒，是無上咒，是無等等咒，
> 能除一切苦，眞實不虛。故說般若波羅蜜多咒，即說咒曰：揭諦揭
> 諦，波羅揭諦，波羅僧揭諦，菩提薩婆訶。〔註35〕

這段經文是般若經典密教化後所附加的眞言，在早期應該是沒有的，簡單的解釋，其意是指「更到圓滿究竟的彼岸」。〔註36〕般若與密咒的結合，突顯了

〔註32〕許多人認爲《般若波羅蜜多心經》的說法主並非觀世音菩薩，而是指能修般
　　　　若行門，觀一切境界皆得自在的解脫者，後來經典在流傳的過程中，經文受
　　　　密教影響而有所改變，才變成「觀自在菩薩」。參釋東初，《般若心經思想史》，
　　　　東初出版，1990年，六版，頁12～20。但不論《心經》的說法主是何人，我
　　　　們都不可否認，般若思想與觀世音菩薩有著密切的關係。
〔註33〕《大正藏》冊八，頁848下。
〔註34〕《大正藏》冊三十三，頁552下。
〔註35〕同註33。
〔註36〕參霍韜晦，《佛學》上冊，香港中文大學出版，1984年三版，頁80。

觀世音信仰在時間、空間與宗教發展中的轉變，尤其是密教興起之後，觀世音菩薩便成為密教信仰最重要的主尊。

《大佛頂首楞嚴經》是一部屬於密教部的經典，自宋代以後，中國佛教的天台、華嚴、禪宗三大宗派，皆因本經與其宗旨相合，而對它相當重視。明代智旭大師在《閱藏知津》中稱此經為：

> 此宗教司南，性相總要，一代法門之精髓，成佛作祖之正印也。
> 〔註37〕

《楞嚴經》共有十卷，其內容以宣說常住真心，性淨明體為主。其中第六卷〈觀世音菩薩耳根圓通章〉是相當具有代表性的一章，它主要在解說觀世音菩薩最初修行的經驗與證悟過程。

> 初於聞中，入流亡所。所入既寂，動靜二相，了然不生。如是漸增，
> 聞所聞盡，盡聞不住。覺所覺空，空覺極圓。空所空滅，生滅既滅。
> 寂滅現前，忽然超越。世出世間，十方圓明。〔註38〕

此十六句為本章之要點，亦是觀世音菩薩圓通法門的最殊勝處。觀世音菩薩初以耳根為起修之妙門，以聞性為所照之理境，進入法性之流，圓通無礙，得心念空寂與清淨涅槃之境，更由此獲種種圓滿殊勝功行：以三十二應入諸國土，以十四種無畏功德布施眾生，以及四種不思議無作妙德。〔註39〕何謂「耳根圓通」？聽覺為動物生活的本能，耳聞聽受更是人類學習知識智能的基本方式，菩薩利用人人具足的官能，教導眾生藉著聽覺與聲音的生滅現象，放下一切妄想執著，領悟自性本淨的道理，這是一門極深極難也極淺極易的學問。故經云：

> 佛問圓通，我從耳門，圓照三昧，緣心自在，因入流相，得三摩地。……
> 由我觀聽，十方圓明，故觀音名，遍十方界。〔註40〕

菩薩由耳根觀聽，成就三昧，眾生亦以音聲稱念菩薩名號，得自在解脫，聞性與音聲在此的確表現了不可思議的力量。

在《楞嚴經》中已提及祕密神咒和多臂觀音像，觀音法門的密教化在此是

〔註37〕《閱藏知津》，新文豐出版，卷十一，1973年，初版，冊二。

〔註38〕《大正藏》冊十九，頁128中。

〔註39〕同註38，頁129下。

〔註40〕同註38。雖有人推崇此經，卻亦有人因其內容與顯教經典之說法有些差異，而懷疑它的真偽。參中國佛教協會編，《中國佛教》冊三——〈中國佛教經籍〉，知識出版，1989年初版，頁81～82。

可略見其蹤的。而密教部中有關觀世音的密咒經典，可說是不勝枚舉，〔註41〕在此僅略述有關咒語的部分問題，不對經論作詳細討論。在早期，佛陀是禁止僧眾使用咒語的，神祕的、迷信的行為，佛教認為是相當不智的。但在古印度民間流傳著許多神祕的密語，這些語言多半是一些吉祥語、祝願語，或是具有治病、解毒功能的密語，隨著時間的流傳和世俗信仰的適應，種種謗語、陀羅尼、真言、密咒，〔註42〕都在佛教後期的經典中，漸漸混雜進來，到了祕密大乘佛教時代，真言已成為經軌中的重要部分。此處所謂的真言，乃是指諸佛菩薩的本願本誓，是真實不妄之音，能破除眾生煩惱障礙，唐善無畏曾云：

> 夫三藏之義者，則內為戒定慧，外為經律論，以陀羅尼總攝之也。
>
> 陀羅尼者，是菩提速疾之輪，解脫吉祥之海。〔註43〕

《瑜伽師地論略纂》卷十二也云：

> 咒陀羅尼，以定為體，依定持咒，令不妄故，以咒為境也。〔註44〕

可知後期佛教雖加進了真言、密咒，但所持的方法、原理，仍是依止佛教的基本精神。事實上，真言、密咒有時的確具有不可思議的神祕性，它來自於語言或聲音所引發自然與內在的力量，更以此力量滿足人類心靈或行為上的情感。

觀世音菩薩之所以有如此眾多屬於密教部的經論，一方面除了在原始的觀世音信仰中，受到婆羅門教濕婆諸神的影響，一方面也因諸種應化身及以音聲觀照所帶來的神祕性，正與密宗重視身、語、意三密相印的信念相合，故諸大乘菩薩中，屬觀世音菩薩的密教經論最多。如眾所周知的《千手千眼觀世音菩薩大悲心陀羅尼經》，即是以讚頌觀世音菩薩的大悲心為主，而〈六字大明咒〉更是深信觀世音的藏民，日夜口誦、祈求清淨福報的真言。

三藏經典浩瀚繁複，提及觀世音者俯拾皆是，在此僅能略述一二。今據其所依之經論考知，觀世音菩薩所呈現的，正是以大慈悲心為根本，以稱名、音聲為觀照之法門，以諸種應化身為教化之特質的大菩薩，而此精神本色也是世人在尋求信仰依歸時，最能接受的宗教情懷。

〔註41〕多收於《大正藏》冊二十。

〔註42〕所謂的陀羅尼可分為四種：一法陀羅尼，二義陀羅尼，三咒陀羅尼，四忍陀羅尼。而咒陀羅尼又有五名：一陀羅尼，二明，三咒，四密語，五真言。（參《瑜伽師地論略纂》卷十二，《大正藏》冊四十三，頁154下。）

〔註43〕《大正藏》冊五十，《宋高僧傳》卷二，頁714下。

〔註44〕《大正藏》冊四十三，頁154下。

第三節 信仰之原理與特色

在許多時候，人們需要堅強的意志力與信念，控制他自己內在起伏的情緒，或面對外在環境所帶來的種種困難。當心靈的力量不足以克服時，人需要純潔的信仰，藉著宗教的安慰與庇護，帶給他解決痛苦的力量與排除畏懼的方法。佛教的主要宗旨之一，就是在幫助人離苦得樂，使人們完全從心靈的苦難中解脫出來，得到內心真正的自在與幸福。依佛陀的教誨，佛教認為想得到自在與真正的快樂，是不假外求的，一切靠自己掌握自己的心力與業力，並沒有任何人能取代。

當人們把歷史上曾身為人的佛陀，視作客觀永恆的實在者來尊崇時，信仰者對崇拜者已產生宗教祈求的心態，希望從佛陀偉大的人格與慈悲德性中，產生神奇的力量，得到幫助和快樂。大乘佛教思想中的諸佛菩薩，都不是歷史上的人物，各種不同特質菩薩的產生，都只是為了宣說如何達到佛陀清淨涅槃境界的自我訓練過程及方法。但隨著時代的變遷，思想與方法的衍化愈來愈複雜，菩薩形象也愈來愈令人眼花撩亂，不了解的人便漸漸的將佛與菩薩當作「神」來看待，僅用祈禳、崇拜的心情來依靠他，卻不知，佛與菩薩更是人類學習完美人格──慈悲與智慧的象徵對象。

觀世音信仰在一開始形成時，除了基於對佛陀慈悲精神的崇敬外，一方面也融入了印度濕婆神的信仰外衣，加上其「稱名即得解脫」的特殊法門，使觀世音菩薩帶有相當濃厚的神格色彩。在亞洲各地，觀世音菩薩之所以能深受大眾的喜愛，相信他不可思議的神力，正是因為大家把他當作「神」來看待，殊不知，最平易簡單的方法，卻是最難了解的原理。

觀世音菩薩在諸宗派經論中都曾出現，他的證悟方法融合了普門濟世的「慈」，般若空觀的「智」，淨土稱名念佛的「信」，「不度一切眾生煩惱絕不休止」的廣大「願行」，以及隨類應化的神祕性。在積極方面，他開啟人們自心的力量，藉由主觀個體對聲音的專注，作深奧妙祕的內觀，達到內心的絕對清淨無礙，向內完成生命真理的開發。在此時，「觀世音」不是外在的客體，不是一個被盼望從神力獲得救護的對象，而是自心產生能觀與所觀相融相合的主觀個體──眾生自己，能稱念菩薩名號的眾生與所稱念的名號不再是對立的兩方，而是徹底空卻的一體。當人們能從主觀的內心，確信生命的自在與真理來自於自己的靈性時，眾生自己便能成為自己的支柱，使自己成為自己的救護者、庇祐者，同時放下對自我的執著，相信一切生命的平等性，以

廣大無私的悲心救助他人，使他人也能得到身體和心靈的安寧。這就是以菩薩心作爲自己的心，將己心融入菩薩心的方法，更是人們鍛鍊自我心靈所產生的神奇力量，是所謂「依念得定，依定發慧，依慧得解脫」。

　　然而能深行般若波羅蜜多，達到如此境界的智者畢竟不多，一般大眾也很少能深入了解其中的道理，世人所需要的，所能想像的，多半還是希望能在對菩薩的信仰與禮拜中，獲得不可思議的神力，或是在生活、情感上，得到精神的寄託與安全感。是故當人們面臨人生的種種憂悲苦惱，或傾刻間的危急困厄時，在急迫悲切之中，摯心稱念觀世音菩薩名號的心情，和祈求奇蹟感召、神力加被的希望，成爲觀世音菩薩帶給世人心靈上最大的安慰與力量。故在消極方面，觀世音菩薩以其「無畏施者」的大慈悲心，使人們在絕對至誠的深心信仰中，獲得宗教情感上的安定，達到信仰宗教的最大功能。正如〈普門品〉偈頌所云：

> 眾生被困厄，無量苦逼身，觀音妙智力，能救世間苦。……眞觀清淨觀，廣大智慧觀，悲觀及慈觀，常願常瞻仰。無垢清淨光，慧日破諸闇，能伏災風火，普明照世間。悲體戒雷震，慈意妙大雲，澍甘露法雨，滅除煩惱燄。……妙音觀世音，梵音海潮音，勝彼世間音，是故須常念。念念勿生疑，觀世音淨聖，於苦惱死厄，能爲作依怙！〔註45〕

由此而知，在積極方面，眾生藉著對稱名和音聲的觀照，致一心不亂而得三昧空慧的境界，是觀世音菩薩重般若智與重信仰的念佛法門的相互融攝。而消極方面則表現了觀世音菩薩無限慈悲與廣大願行的精神特質。

　　在古印度神教中，常以祈神誦咒的儀式，來達到求得現世利益的目的。在各種宗教互相競爭、影響的環境下，大乘佛教爲了本身宗教的普及與流通，亦開始極力宣揚稱念佛菩薩名號及持誦大乘經典的功德。不過這與早期因懷念釋尊而念佛的意義有所不同，即一以重視止觀定慧，以得究竟解脫涅槃爲目的，一以滿足欲望，爲祈求現世利益而稱念佛名。後者的發展，迎合了一般世人的需要，也滿足了大多數人對宗教的祈盼與依靠，但這卻是佛與菩薩被視爲「神」及產生祕密大乘的重要原因之一。觀世音菩薩帶著救濟一切苦難眾生的誓願，和慈悲智慧、勇猛自在的神力，在佛教思想的衍化中，產生了各種幽玄奇特的變化形象，它一方面以觀世音菩薩的內在精神爲基礎，一

〔註45〕《大正藏》冊九，頁58上。

方面以變化多端的應化身爲根據，引發形成多種觀音分化的思想，這些變化觀音的面目，成爲後來亞洲各地信仰觀世音菩薩的特色。

我們除了從經典上得知觀世音菩薩的信仰特色外，歷代造作的觀音像，亦可幫助我們探討觀音信仰的思想變遷。正如〈普門品〉、《觀無量壽佛經》、《楞嚴經》，都對觀世音菩薩的形象有詳細的描述，世人在造作觀音像時，極可能以其爲依據而製作雕像。約在六世紀末以前，各種觀音形象的分化多已完成，並且受到世人的信仰，這些多采多姿的觀音信仰與密教思想的發展有很深的關係。五、六世紀所流傳的各種密教觀音像，代表了當時觀音信仰的特色，每一種形象的產生絕非憑空造出，而是人們藉由特殊的造型來象徵觀世音菩薩的精神本質與深奧內涵。

世有六觀音、七觀音等種種分別，六觀音由觀世音菩薩攝化救濟六道眾生的信仰而來，在《請觀世音菩薩消伏毒害陀羅尼咒經》中有「六字章句」，此六字章句即是六觀音的由來。〔註46〕「六字」是指觀世音菩薩利益六趣，故有六個名字，此六個名字指大悲觀音、大慈觀音、獅子無畏觀音、大光普照觀音、天人丈夫觀音、大梵深遠觀音。隋智顗大師云：

> 六字章句陀羅尼無礙能破煩惱障，淨除三毒根，成佛道無疑。六字即是六觀音，能破六道三障。所謂大悲觀世音能破地獄道三障，此道苦重，宜用大悲。大慈觀世音破餓鬼道三障，此道饑渴，宜用大慈。獅子無畏觀世音破畜生道三障，獸王威猛，宜用無畏也。大光普照觀世音破阿修羅道三障，其道猜忌嫉疑偏，宜用普照也。天人丈夫觀世音破人道三障，人道有事理，事伏憍慢稱天人，理則見佛性，故稱丈夫。
> 大梵深遠觀世音破天道三障，梵是天主，標示主得臣也。〔註47〕

故此六觀音名代表觀世音菩薩依六道眾生環境、根性之不同，施予不同的利益方便。

然今流傳之六觀音並非此六種，而是聖觀音、十一面觀音、千手觀音、馬頭觀音、如意輪觀音、准胝觀音等六觀音，加入不空羂索觀音則是七觀音。聖觀音是一面二臂人像，手執蓮花或兩手合掌的觀音像，被認爲是一切變化觀音的本源，其造型與顯教觀音並無差異。其他幾種觀音，則常出現多面多臂的造型，如十一面觀音正如其名有十一面，千手觀音則有四十臂甚至千臂。

〔註46〕《大正藏》冊二十，頁36上。
〔註47〕《摩訶止觀》卷二上，《大正藏》冊四十六，頁15上至中。

正如《楞嚴經》所載：

> 故我能現眾多妙容，能説無邊祕密神咒，其中或現一首、三首、五首、七首、九首、十一首，如是乃至一百八首、千首、萬首、八萬四千爍伽羅首，二臂、四臂、六臂、八臂、十臂、十二臂、十四、十六、十八、二十至二十四，如是乃至一百八臂、千臂、萬臂、八萬四千母陀羅臂，二目、三目、四目、九目，如是乃至一百八目、千目、萬目、八萬四千清淨寶目。或慈或威，或定或慧，救護眾生，得大自在。〔註48〕

這些奇特複雜的造型，象徵了時代、思想的變化，人心、社會的需要。人們將觀世音菩薩的慈悲精神與種種應化身的抽象本質，利用多面多臂的形態來表達其理念，亦即以藝術的、造型上的概念，含蘊觀世音菩薩的精神特色。

如十一面觀音除了一面莊嚴的佛像外，有三面慈悲相，表示見善眾生生大慈心，與予歡喜法樂；三面瞋怒相則是見惡眾生生大悲心，與予救苦；另外三面則作白牙上出相，意味見到行淨業之眾生所發出的稀有讚歎，並且勸進佛道；還有一面暴惡大笑相，則表示見善惡雜穢之眾生所作的怪笑狀，意使改惡向善。十一面觀音象徵了觀世音菩薩對複雜之人性與多變之人心的洞察與包融。

千手觀音也是許多人所熟知的一種觀音造型，《千手千眼觀世音菩薩大悲心陀羅尼經》云：

> 彼佛釋尊，憐念我故，及爲一切諸眾生故，説此廣大圓滿無礙大悲心陀羅尼，以金色手摩吾頂上，作如是言：善男子！汝當持此心咒，普爲未來惡世一切眾生作大利樂。我於是時始住初地，一時聞此咒故超第八地。我時心歡喜故，即發誓言：若我當來堪能利益安樂一切眾生者，令我即時身生千手千眼具足。發是願已，應時身上千手千眼悉皆具足。〔註49〕

這段經文說明了觀世音菩薩爲一切眾生之利益安樂得千手千眼的因緣與誓願。大多數的千手觀音像，以四十隻手來象徵千手，每手包含二十五有界，各有不同的持物，且在掌中各具一眼，如此便構成了千手千眼的形象。佛教常以「千」字代表無量的數目，故千手千眼象徵觀世音菩薩爲無數眾生利樂

〔註48〕《大正藏》冊十九，頁129下。
〔註49〕《大正藏》冊二十，頁106中至下。

所發的廣大弘願，更以千眼同時觀世間的無數苦難，以千手同時行普門救濟的神力。

　　馬頭觀音又名「獅子無畏觀音」、「馬頭明王」、「噉食金剛」、「迅速金剛」。在《陀羅尼集經》卷六中可得知馬頭觀音產生的思想來源，〔註50〕一方面因古印度吠陀思想中，馬代表最高貴、最受尊崇的動物，另一方面在本生經中，轉輪聖王的七寶中有馬王一寶，其在空中有如雷電馳騁天下的神力與迅速降伏邪惡的威勢。〔註51〕因此馬頭觀音的特質在於能降伏一切無明業障，破諸種惡魔勢力，人們以頂戴馬頭，現忿怒狀，呈威猛噉食相的馬頭觀音，象徵觀世音菩薩為斷除眾生種種生死苦惱，滅盡所有無明惡趣的忍辱精神和慈悲大行。

　　與馬頭觀音比較起來，如意輪觀音的造型就相當華麗了，其首戴寶冠，冠上有化佛，手執寶蓮或持如意寶珠，或結施願印，蓮花台上更是處處裝飾著如意寶珠。其名稱中「如意」代表了如意寶珠，「輪」則是轉法輪的意思。在佛教中，如意寶珠象徵究竟解脫的般若波羅蜜多，能饒益一切有情，且可隨意之所向，得到諸種富貴財寶。〔註52〕

　　准胝觀音又稱「準提菩薩」、「七俱胝佛母」，含有七億佛母，三世諸佛母之意，這尊觀音顯然具有女性意味，其造型通常為三眼十八臂，十八臂代表如來的十八不共法，此菩薩以破除眾生惑、業、苦三障為本色，眾生亦以准胝觀音為祈求消災延壽，除病離苦的對象。

　　不空羂索觀音的形象亦是變化多端，以一面八臂，一手持羂索的造型最為常見，絹索是古印度人戰爭或狩獵時使用的武器，不空則是心願不空的意思。觀世音菩薩面目瞋怒，手執羂索，象徵菩薩網索世間一切眾生，救濟其苦難，布施一切利益，如同以網撈魚絕不漏失，連邪惡暴逆之罪人亦能降伏，使其走向慈善之正道。《大日經疏》卷五云：

　　　　羂索是菩提心中四攝方便，以此執繫不降伏者，以利慧刃斷其業壽
　　　　無窮之命，令得大空生也。〔註53〕

〔註50〕參《大正藏》十八，頁833下至838中。

〔註51〕參《中阿含經》卷十四《大天林奈經》（《大正藏》冊一，頁512中）。

〔註52〕《大毘婆娑論》卷一○二：「復次以不動心解脫，能饒益諸有情，故名末尼寶
　　　　如意珠，置高幢上，隨意所樂，雨諸寶物，充濟百千，貧匱有情。」（《大正
　　　　藏》冊二十七，頁526下。）

〔註53〕《卍續藏經》冊三十六，頁85下。

因此不空羂索觀音含有無畏勇猛的威力，及以四攝法慈悲救護的特質。

七觀音各有其所依之經論，其儀軌、造型亦有一定之根據，〔註54〕他們最早以大乘佛教的觀世音菩薩精神為本源，後來陸續結合密教思想與印度神話、婆羅門諸神的形象，賦與觀世音菩薩滿足世人希求現世利益的造型與信仰特色。基本上，其精神本質雖仍屬於佛教，然表面上卻帶著更多豐富的異教色彩，這些幽玄奇特的形象對一般人來說，是相當難以了解其背後奧妙複雜之哲理的，故七觀音對世人而言，是人們信仰祈禱的對象，也是佛教藝術造型的高峰。這些密教觀音在中國除了聖觀音與千手觀音較為人所熟知外，其他幾種觀音在唐代密宗東傳日本之後，就很少再有其信仰者了，反而是在日本的許多寺院中，仍能見到這些多采多姿的變化觀音，而其信仰至今亦仍然盛行。

隨著時代、思想衍化而生的觀音造型與信仰形式，其歸結之意義與精神皆不離本源，因此，不論是原始形態的觀音信仰，或是密教七觀音的信仰，觀世音菩薩的信仰原理與特色，處處都表現出人性的真正面目：一方面人可以透過內觀自省的方法，開發內在無限的潛能與智慧；一方面人又是如此的脆弱，有著一顆畏懼不安的心靈，總需要依靠慈悲的外力才能得到慰藉。人性的複雜多面，正如同人們為觀世音菩薩所塑造的形象一般，既有莊嚴慈悲的內在，亦有瞋怒暴惡的面目，故觀世音菩薩的信仰特色，正是人心希求與所需的表現。鑒乎此，世人若想信仰一個外在的觀世音，不如讓自己成為自己的觀世音，也讓自己成為他人的觀世音，如此，人間不再僅是生死苦惱，而是處處自在，時時清淨，這才是真正信仰觀世音菩薩的真諦。

〔註54〕有關七觀音之造型詳見三井晶史著，《佛像佛典解說事典》，名著普及會出版，1985年，頁55～84。其他問題參後藤大用著，黃佳馨譯，《觀世音菩薩本事》，天華出版，1989年三版，頁97～150。

第二章　觀音信仰在中國

　　對具有高度文明與思想道統的中國來說，印度佛教是個獨異性的宗教文化。自佛教傳入中國之後，中國人以其原有的思想觀念與文化模式接納佛教，而佛教僧徒爲了使中國人理解、信仰佛教，達到宗教傳播的目的，也盡力採用中國傳統的文字術語及思想方法。在盛衰興廢的歷史嬗變中，佛教經過翻譯、講經、格義和宗派的成立，在不斷的適應與文化衝突中，佛教在中國的面目，與印度發祥的佛教已是顯著的不同，它結合了中國重視實際精神的歷史性格，並與儒道二家思想調合，獨立發展成具有特殊風格的中國佛教。

　　諸佛、菩薩的信仰與經典，隨著佛教的傳入而流傳於中國社會。在漢、魏、晉、南北朝時代，中國人不是將釋迦牟尼佛當作神仙，就是以黃、老、玄學解佛，而菩薩更是大家乞求福報的神明。雖然至隋唐時期，天台宗、華嚴宗與禪宗的佛教哲學，在中國思想史上大放異彩，然其高深奧妙的哲學思想，亦僅是僧人與知識份子等上層社會的成就，並非平民大眾所認識、信仰的佛教，能深入民間，受到一般民眾信仰、喜愛的佛教，恐怕仍是「家家彌陀，戶戶觀音」吧！

第一節　觀音信仰的傳入與流布

　　觀世音菩薩的信仰究竟於何時傳入中國，並無確切的歷史記載，最早有關觀音信仰的經典，是由康僧鎧在曹魏嘉平四年（西元 252 年）所譯的兩卷《無量壽經》，〔註 1〕該經是以阿彌陀佛爲主的淨土系經典，阿彌陀佛左右的

〔註 1〕關於該經漢文譯本、藏文譯本與梵本之存佚問題，參中國佛教協會編，《中國

兩位大菩薩——觀世音與大勢至，也隨著阿彌陀佛的介紹而傳入中國。接著，西晉竺法護於太康七年（西元 286 年）譯出了重要的《正法華經・光世音普門品》，此經譯出之後，〈光世音普門品〉即迅速的被傳抄流行，等到鳩摩羅什譯出《妙法蓮華經・觀世音菩薩普門品》後（西元 406 年），〈觀世音菩薩普門品〉即以《觀世音經》的面目獨立流傳於世，此種以一品單獨成經的情況，在三藏經典中是相當罕見的。

六朝時期有關觀世音菩薩的翻譯經典還有：東晉佛馱跋陀羅所譯的《華嚴經・入法界品》，竺難提譯《請觀世音菩薩消伏毒害陀羅尼咒經》，劉宋僵良耶舍譯《觀無量壽佛經》，曇無竭譯《觀世音菩薩授記經》，和北周耶舍崛多所譯的《十一面觀世音神咒經》等。〔註2〕這些經典的翻譯，助長了觀音信仰在中國的發展，其中影響最深，奠定觀世音菩薩在中國的信仰基礎者，仍是以《法華經》的翻譯為最重要。在〈觀世音菩薩普門品〉的信仰日漸普及後，甚至出現了以觀世音菩薩為撰述中心的疑經，如《高王觀世音經》、《觀世音三昧經》等等。〔註3〕另外，在六朝完成的多種《觀世音應驗記》，〔註4〕最能表現觀音信仰盛行的情況，應驗記中記錄著一位又一位因稱念觀世音菩薩名號而得菩薩顯靈獲救的例子。可見觀世音菩薩的信仰，約於西元二五〇年左右傳入中國，經魏晉南北朝各種譯經的傳播，在西元五世紀初，以〈普門品〉為依據的觀音信仰已相當廣泛。

東晉及南北朝時期，社會動盪不安，戰事頻頻，百姓生活困苦，即使是貴族官宦，亦對不斷風雲變色的政治衝突感到不安。在畏懼艱難的生活下，人們常將希望寄託於神通廣大的神明，慈悲為懷又僅需稱念名號即得其解救的觀世音菩薩，最能滿足重視現世利益的中國人心靈，故觀世音菩薩很快的成為大家虔誠信仰的大菩薩。

隋唐以後，有關觀世音菩薩的經典仍然繼續不斷的被譯出，然這個時期的譯經多屬於密教部。而〈觀世音菩薩普門品〉則開始有人為它加以論釋，

佛教》第三冊——〈中國佛教經籍〉，知識出版，1989 年初版，頁 46～49。

〔註2〕《華嚴經・入法界品》見《大正藏》冊九，頁 724。《請觀世音菩薩消伏毒害陀羅尼咒經》見《大正藏》冊二十，頁 34。《觀世音菩薩授記經》見《大正藏》冊十二，頁 353。《十一面觀世音神咒經》見《大正藏》冊二十，頁 149。

〔註3〕參《卍續藏經》冊八十七，頁 286。

〔註4〕有關《應驗記》之問題，詳參第二章第二節〈觀世音應驗記與三十三觀音的產生〉。

隋代以《法華經》爲主要弘揚經典的天台宗智顗大師，即針對〈普門品〉和觀音信仰注疏《觀音玄義》、《觀音義疏》、《請觀音經疏》等。〔註5〕

　　隨著善無畏、金剛智及不空三藏的來華，唐玄宗開元年間，密教的經典與信仰在中國蔚爲一時的風氣。根據資料統計，由伯希和從敦煌攜出之二一六件圖畫幡幢中，即有五十五件爲觀世音菩薩之畫像，而今敦煌莫高窟所存留的大小洞窟中，也泰半都有觀音像或觀音經變，其數量之多幾乎是其他諸佛、菩薩所不及的，由此可知唐代觀音信仰之流行與興盛的狀況。〔註6〕而這些觀音像以如意輪觀音、不空羂索觀音、千手千眼觀音爲最多，其造作的年代多在盛唐或中唐以後，觀音經變的內容則以〈普門品〉中救諸苦難爲主題。故知，唐代的觀音信仰除了以〈普門品〉爲基礎外，還加入了密教觀音的信仰。

　　千手千眼觀音是七觀音中最受中國人歡迎的觀音造型，他的影響力深入民間，在民間廣泛流傳著觀世音菩薩得千手千眼的由來：觀世音菩薩在未成道以前，原是中國往昔一莊嚴王的第三女妙善，公主慈祥端莊，卻抗拒父王的婚命而出家爲尼，莊嚴王憤怒而加害之。後來王得重病，有僧人告知：需無瞋之人的手眼方可痊癒，妙善捨其手眼，王得以痊癒，待王與夫人入山謝僧人時，乃知僧人即妙善，妙善現千手千眼像後，還復本身而逝。〔註7〕根據英國學者杜德橋先生的研究，〔註8〕目前找到最早有關這個傳說的文獻資料，乃是於西元一一○○年在河南寶豐縣香山寺所刻的一塊碑文，〔註9〕不論這個傳說的起源是否更早於此時，千手千眼觀音——即妙善公主的故事，一直是中國人心目中觀世音菩薩的來源。人們爲了使這位遠從異國來到中國的菩薩，也能成爲眞正的中國人，無論如何也爲他附上一層中國式的孝女身

〔註5〕收於《大正藏》冊三十四、三十九。

〔註6〕參陳祚龍，〈關於造作觀世音菩薩形像的流變之參考資料〉，《美術學報》，二十一期，1987年1月，頁3782～3839。該文據《敦煌莫高窟內容總錄》（敦煌文物研究所整理，北京文物出版，1982年11月）之記述，對莫高窟內所見到之觀音塑像和壁畫，作逐一登錄校訂。

〔註7〕參《隆興佛教編年通論》卷十三，《卍續藏經》冊一三○，頁277～279。

〔註8〕參杜德橋著，李文彬譯，《妙善傳說——觀音菩薩源起考》，巨流出版，1990年初版。

〔註9〕此碑文之拓片今藏於中央研究院傅斯年圖書館，編號02202，有關問題詳見賴瑞和，〈妙善傳說的兩種新資料〉，《中外文學》，九卷二期，1980年7月，頁116～126。

分和慈悲廣大的傳奇一生，這代表了北宋以後觀音信仰與中國人之間的密切關係。

除此之外，浙江定海縣舟山群島中的梅岑山，亦被中國人附會爲觀世音菩薩的聖地補怛洛迦──普陀山。普陀山的開山當始於唐大中年間（西元847～860年），《補陀洛迦山傳》卷三〈感應祥瑞品〉云：

> 唐大中，有梵僧來洞前燔十指，指盡，親見大士說法，授與七寶石，靈感遂啓。〔註10〕

而建寺則始於後梁貞明二年（西元916年），《補陀洛迦山傳》卷三又云：

> 日本僧慧鍔，從五台山得菩薩像，將還國，抵焦石，舟不能動，望潮音洞默叩得達岸，乃以像舍於洞側張氏家，屢睹神異，遂捨居作觀音院。〔註11〕

此即後世所稱的「不肯去觀音院」。宋代以後，朝廷、民間都陸續在此建寺，大小寺廟約有二百餘座，而以《華嚴經・入法界品》內容所附會之名勝，更是不知凡幾。至此，中國南海的普陀山即成爲中國佛教的四大名山之一。

觀世音菩薩在明清時代，已經成爲中國民間信仰中最重要的部分，他結合了許多民間信仰與道教神明的身分，觀世音菩薩對許多中國人來說，就像他們所信奉的其他神明一樣，人們似乎無法對他在佛經中所開示的深妙智慧有所了解。而深受觀世音菩薩教化的區域，更擴及了全中國，尤其是江浙一帶處處可見供奉觀音的寺院廟宇。

自觀音信仰傳入中國之後，中國人以其自己的性格重塑了觀世音菩薩的面目。對民眾而言，能迅速實現現世利益及願望的神明，是他們苦難生活的救助者，也是心靈寄託的力量來源。人們以各種傳說、靈驗故事，甚至普陀山的古蹟名勝，與觀音信仰結合成一體，由此加深大眾對觀音虔誠信仰的心理基礎，觀世音菩薩也因此在中國人的信仰史上歷久不衰，這是無關佛教思想，也不需深奧教理的社會力量。然對佛教而言，採納中國的思想文化來介紹佛教教理與宗教精神的方式，卻讓佛教漸失其本來的面目，尤其是在明清三教混合的情況下，佛教已經是真正的中國化、庶民化了，對一般百姓來說，幾乎少有人能知曉真正的佛教信仰是什麼，就如同觀世音菩薩已是穿上多層外衣的神明，是很難有人會了解他觀自在的般若智慧的。

〔註10〕《大正藏》冊五十一，頁1136下。
〔註11〕同註10。

第二節　《觀世音應驗記》與三十三觀音的產生

　　自佛教傳入中國後，除了在思想、信仰上對中國有深遠的影響外，對中國文學而言，不論是形式與內容，都產生直接或間接的影響，魏晉南北朝的志怪小說可以反應這個事實，一方面人們藉著志怪小說的形式，記錄當時佛教信仰的情況，另一方面，佛教信仰與佛經也提供志怪小說更多神奇怪異的題材，二者的相互影響，是形成六朝文學志怪風潮的原因之一。〔註12〕

　　「應驗記」的產生與流傳，是諸志怪小說中最能表現文學受佛教信仰與思想影響的證明。事實上，「應驗記」作者的本意，即是希望藉著「應驗記」來宣揚佛教，靈異與感應是使中國人產生虔誠信仰的最大因素。正如《中國小說史略》所云：

　　　　大抵記經像之顯效，明應驗之實有，以震聳世俗，使生敬信之心，
　　　　顧後世則或視爲小說。〔註13〕

因此，若想探知魏晉南北朝時期觀音信仰的狀況，「應驗記」中的記錄是最好的資料證明。

　　隋天台智顗大師（西元538～597年）在《觀音義疏》卷上云：

　　　　晉世謝敷作觀世音應驗傳，齊陸杲又續之。〔註14〕

嘉祥吉藏（西元549～623年）於《法華義疏》卷十二亦云：

　　　　應驗記非一，會稽高士謝敷字慶緒，吳郡張景玄、陸杲等並撰觀音
　　　　驗記，宋臨川王劉義慶撰宣驗義記，太原王琰撰冥祥記。〔註15〕

歷來雖在典籍中發現了《觀世音應驗記》的名稱，〔註16〕卻因早已佚失，僅能從《古小說鉤沈》中之《宣驗記》、《冥祥記》，或《法苑珠林》中見到一小部分的內容，自日本京都天台宗青蓮院所藏之鐮倉時代（約十二世紀初）鈔本《觀世音應驗記》被發現後，世人才得以清楚的見到它的全貌。〔註17〕牧

〔註12〕參王國良，《魏晉南北朝志怪小說研究》，文史哲出版，1984年初版，第二章。

〔註13〕周樹人，《中國小說史略》，谷風出版，頁58。

〔註14〕《大正藏》冊三十四，頁923下。

〔註15〕同註14，頁626中。

〔註16〕除《觀音義疏》、《法華義疏》曾提及外，《光世音應驗記》在《隋書經籍志》、《通志藝文略》並著錄一卷，《繫觀世音應驗記》在新舊《唐志》並著錄一卷，唯《續光世音應驗記》未見史志著錄。

〔註17〕該鈔本已由牧田諦亮先生於1970年排印出版，題名爲《六朝古逸觀世音應驗記の研究》（京都平樂寺書店出版），其後並附加注釋與研究成果。關於該鈔本的研究，另參見塚本善隆，〈古逸六朝觀世音應驗記の發現〉，收於《京都

田諦亮根據鈔本排印的《六朝古逸觀世音應驗記》包含了三個部分：一為劉宋傅亮（西元 374～426 年）所撰之《光世音應驗記》，二是劉宋張演（五世紀初）的《續光世音應驗記》，及齊陸杲（西元 459～532 年）所編撰的《繫觀世音應驗記》。

傅亮字季友，北地靈州人，對經史方面涉獵廣博，尤擅長文辭，官至左光祿大夫，曾撰《續文章志》二卷、《文集》十卷，父親傅瑗亦以學業知名，官至安成太守。〔註18〕傅亮在《光世音應驗記》的序言中云：

> 謝慶緒往撰《光世音應驗記》一卷十餘事，送與先君。余昔居會稽，
> 遇兵亂失之，須還此境，尋求其文，遂不復存。其中七條，具識事，
> 不能復記其事。故以所憶者，更為此記，以悅同信之士云。〔註19〕

由此而知，傅亮之書實乃據謝敷之《光世音應驗記》而成，當時謝敷將《光世音應驗記》贈與傅瑗，後因會稽兵亂而亡佚，傅亮根據記憶所記錄下來的有七則，僅是謝敷書中的一部分，這即是今日所見到的《光世音應驗記》。謝敷字慶緒，會稽人，以澄清寡欲而知名，一生皈依佛教，並以長齋供養為業，〔註20〕他除了撰著《光世音應驗記》外，另曾撰《安般守意經序》，並為《首楞嚴經》合編加注。〔註21〕

《續光世音應驗記》共有十則，作者乃吳郡張演（字景玄），張氏家族累世顯貴，兄弟人才輩出，父親為劉宋會稽太守張裕。〔註22〕張演於《續光世音應驗記》序中云：

> 演少因門訓，權奉大法。每欲服靈異，用兼緗慨。竊懷記拾，久而
> 未就。曾見傅氏所錄，有契乃心。即撰所聞，繼其篇末，傳諸同好
> 云。〔註23〕

故知張演乃因讀傅亮之《光世音應驗記》，而啟發他撰述《續光世音應驗記》

大學人文科學研究所創立二十五周年紀念論文集》（1954 年），及牧田諦亮於 1982 年在北京中國社會科學院所作的學術演講——〈觀世音應驗記的研究〉，該文已由呂文忠譯為中文（收於《世界宗教資料》，1983 年第二期，頁 23～26）。

〔註18〕生平詳參《宋書》卷四十三，《南史》卷十五。
〔註19〕《六朝古逸觀世音應驗記の研究》（同註17），頁 13。
〔註20〕參《晉書》校注卷九十四〈隱逸傳〉。
〔註21〕《出三藏記集》卷六、卷七（《大正藏》冊五十五，頁 43 下、49 上）。
〔註22〕生平詳參《宋書》卷五十三〈張茂度傳〉。
〔註23〕同註17，頁 19。

的動機。

　　《繫觀世音應驗記》的內容則更爲豐富，共有六十九則，卷末另附有兩則百濟人信仰觀世音菩薩的應驗事跡。作者陸杲字明霞，亦是吳郡人，祖父陸徽爲宋輔國將軍、益州刺史，父親陸叡爲揚州治中，張演即是其母親之伯父。陸杲好學善書畫，官至金紫光大夫，生平深信佛法，持戒甚精，曾著《沙門傳》三十卷。〔註24〕陸杲於《繫觀世音應驗記》卷首云：

> 昔晉高士謝字慶緒，記光世音應驗事十有餘條，以與安成太守傅瑗字叔玉，傅家在會稽，經孫恩亂失之。其子宋尚書令亮字季友，猶憶其七條，更追撰爲記。杲祖舅太子中舍人張演字景玄，又別記十條，以續傅所撰，合十七條，今傳於世。……今以齊中興元年，敬撰此卷六十九條，以繫傅張之作。故連之相從，使覽者并見。〔註25〕

故知此三種《觀世音應驗記》之作者，多是至親好友的關係，而其撰著《觀世音應驗記》之初衷，亦多有傳承聯繫之意。不論是陸杲或其祖舅張演，以及傅亮、謝敷，他們的家族多是顯貴之家，或爲握有政權的朝廷命官，或爲地方的名門世族，且集中在江南蘇州一帶。故自作者的信仰與交友狀況來看，這代表了六朝時期某一社會階層對佛教信仰的盛況，特別是以觀世音菩薩爲感應對象的宗教信仰形態，皆因虔誠信仰與應驗事跡的產生，而對當時社會及人們的信仰心理、相互關係產生影響。陸杲於序中又言：

> 杲幸邀釋迦遺法，幼便信受，見經中說光世音，尤生恭敬。又睹近世書牒及智識永傳，其言感神諸事，蓋不可數，益悟聖靈極近。但自感激申人，人心有能感之誠。聖理謂有必起之力，以能感而求必起，且何緣不數影響也。善男善女人，可不勗哉！〔註26〕

陸杲自幼信受佛法，必是受整個家族信仰的影響。而他以佛教徒的立場，及因個人對觀世音神力的恭敬信仰而撰述《繫觀世音應驗記》的動機，更突顯了六朝世族文人的觀音信仰，對佛教傳播的推動作用。

　　陸杲在其《繫觀世音應驗記》中，除了徵引他書之事例外，〔註27〕更依

〔註24〕生平詳參《梁書》卷二十六、《南史》卷四十八。

〔註25〕同註17，頁25。

〔註26〕同註25。

〔註27〕陸杲於《繫觀世音應驗記》中，數引劉義慶《宣驗記》及其友王琰《冥祥記》之內容（見《古小說鉤沉》本），故三者內容有數則相同。關於《應驗記》與其他志怪小說之關係，參小南一郎〈六朝隋唐小說史の展開と佛教信仰——

〈普門品〉和《請觀世音菩薩消伏毒害陀羅尼咒經》為應驗事跡分類。依原書分類的順序為：「設入大火，火不能燒」，「大水所漂」，「羅刹之難」，「臨當被害」，「檢繫其身」，「滿中怨賊」，「設欲求男」，「示其道徑」，「接還本土」，「遇大惡病」，「惡獸畏怖」等十一種。六十九則中，以「檢繫其身」二十二則為最多，次為「滿中怨賊」十四則，「臨當被害」八則，這三種危難實是當時社會戰亂，災禍頻繁，生活動盪不安的反映。是故因信仰、稱念觀音而得到感應利益的實例，正是六朝時代人們信仰佛教的心理基礎。

從前兩部《應驗記》以「光世音」為書名的情形來看，當時流行的觀音經典，應是竺法護所譯的《正法華經・光世音普門品》，而陸杲的《繫觀世音應驗記》則是依據《妙法蓮華經・觀世音菩薩普門品》的信仰而寫。從三種《應驗記》所依據之〈普門品〉譯本的不同，略可見隨著時代的推展，譯本之流傳對佛教徒信仰依據的改變。

三本《觀世音應驗記》所記錄的事跡，多是根據作者耳聞目見而來，其中因信仰觀世音而得救者，包括僧尼、官吏、商人、婦女、囚犯等社會各階層的百姓，因此《觀世音應驗記》所表現的，不僅是達官顯貴或知識份子等上層社會的信仰情況，它所代表的，恐即是六朝時代整個社會對觀音信仰的實際反映。正如牧田諦亮先生所云：

> 很明顯，《應驗記》中的事例並非小說，而是信仰實態的報告，特別值得注意的是，把著名人的事跡與正史等做比較，可以補正史之缺陷。……對六朝時代的佛教史有必要加工修改：當時不只是如以往那樣僅僅從事佛教教義的宣傳，而實際上當時的中國人正在真摯地信仰和實踐佛教。〔註28〕

同時期記錄靈驗故事的作品還有宋劉義慶的《宣驗記》、齊王琰的《冥祥記》、王延秀的《感應傳》等，〔註29〕到了隋唐則有王邵著《舍利感應傳》，蕭瑀著《金剛般若經應驗記》。〔註30〕而以《法華經》和觀音信仰為主的著作，

二、《應驗記》と志怪小說のあいだ〉（收於福永光司編，《中國中世の宗教と文化》，京都大學人文科學研究所，1982年）。

〔註28〕牧田諦亮，呂文忠譯，〈觀世音應驗記的研究〉（同註17），頁26。

〔註29〕《宣驗記》、《冥祥記》見《古小說鉤沉》本，《感應傳》著錄於《隋書經籍志》卷三十三。

〔註30〕《舍利感應傳》著錄於《隋書經籍志》卷三十三，《金剛般若經應驗記》已佚，今可於《金剛般若集驗記》中見到部分內容（《卍續藏經》冊一四九）。

則有隋智顗大師的《觀音義疏》，吉藏的《法華義疏》，唐代僧詳的《法華經傳記》，宋宗曉《法華經顯應錄》，直至清代仍有延續《應驗記》風格的《觀音經持驗記》、《觀音慈林集》。〔註31〕此種以記錄神怪靈異之事的雜傳類筆記作品，一直是佛教在佛經之外，用來作為輔教宣傳的故事，許多百姓是因為這些感應事跡的流傳而開始相信佛教。因此，這些記錄觀音靈驗故事的作品，可以說是延續中國觀音信仰的重要力量。

　　我們除了從《觀世音應驗記》中，觀察到六朝觀音信仰的情況外，還可得知《應驗記》對後世小說的發展與觀音信仰的形態，具有相當程度的影響。正如牧田諦亮先生所認為的：《應驗記》並非小說，而是信仰實態的報告。雖傅亮等人著作《應驗記》的本意，僅是以佛教徒的立場記錄信仰奇蹟，使其「傳諸同好」、「以悅同信之士」，而非刻意使它成為文學作品，然此種記錄耳聞目見之神奇靈驗傳說的「叢殘小語」，卻是當時組成志怪小說文風的重要部分。這類作品影響深遠，唐傳奇、宋話本及明清神魔小說、人情小說的內容與思想，都可見到受其影響的蹤跡，〔註32〕而這些後世小說中的情節，又常反過來影響中國人對佛教的了解和看法。這種環環相扣的影響關係，正是中國三十三觀音產生的背景。

　　以應驗事例編集而成的故事，漸漸成為中國民間觀音信仰的一部分，亦即以應驗事跡作為文學作品的內容或塑造觀音形象的依據，加上〈普門品〉三十三應化身的信仰基礎，所組合而成的三十三種觀音造型，即是中國三十三觀音的產生。七觀音雖造型複雜，卻皆有經典依據、來源可尋，而三十三觀音的形象由來，一直是學界與宗教界的疑問，我們只能概略的說：中國三十三觀音的產生，大都是由民間傳說、靈驗信仰或由畫家自創造型的途徑產生，多無經典依據，其完成的時代約在唐宋之間。在佛教中可以藝術、文學的角度看三十三觀音，卻無絕對信仰的根據和權威性，而從民俗及庶民佛教的信仰來看，三十三觀音卻是觀世音菩薩大慈大悲普渡眾生的感應化身，他

〔註31〕《法華經傳記》十卷，《大正藏》冊五十一。《法華經顯應錄》二卷，《卍續藏經》冊一三四。《觀音經持驗記》二卷，《卍續藏經》冊一三四，周克復著，清順治十六年（西元 1659 年），內收觀音靈驗一一八則。《觀音慈林集》三卷，《卍續藏經》冊一四九，弘贊編，清康熙七年（西元 1668 年），內收觀音感應一五四則。直至近年，仍有演培法師所著的《觀世音菩薩靈感錄》（菩提長青雜誌出版，1991 年）於民間廣泛流傳。

〔註32〕同註13。

具有更多迎合中國廣大庶民百姓需求的性格，也更能含攝融合中國固有風俗與倫理觀念的特點。

今據《佛像圖彙》所載之三十三觀音依序如下：〔註33〕一、楊柳觀音，二、龍頭觀音，三、持經觀音，四、圓光觀音，五、遊戲觀音，六、白衣觀音，七、蓮臥觀音，八、瀧見觀音，九、施藥觀音，十、魚籃觀音，十一、德王觀音，十二、水月觀音，十三、一葉觀音，十四、青頸觀音，十五、威德觀音，十六、延命觀音，十七、眾寶觀音，十八、岩戶觀音，十九、能靜觀音，二十、阿耨觀音，二十一、阿摩提觀音，二十二、葉衣觀音，二十三、琉璃觀音，二十四、多羅尊觀音，二十五、蛤蜊觀音，二十六、六時觀音，二十七、普悲觀音，二十八、馬郎婦觀音，二十九、合掌觀音，三十、一如觀音，三十一、不二觀音，三十二、持蓮觀音，三十三、灑水觀音。〔註34〕

三十三觀音中與密教有關係的有白衣觀音、水月觀音、青頸觀音、葉衣觀音、阿摩提觀音和多羅觀音等，其他則或以〈普門品〉中解難及應化身的形象解釋，如德王觀音、威德觀音、延命觀音，或以觀音手中之持物作為名稱的由來，如楊柳觀音、持蓮觀音、灑水觀音，或以靈驗的傳說故事為造型之由來，如琉璃觀音、蛤蜊觀音，〔註35〕其中魚籃觀音和馬郎婦觀音即是本論文討論之主題。

第三節　觀音造型的男女相問題

佛教是不提倡偶像崇拜的，在佛陀滅度後的幾百年中，信仰者僅以佛的足跡、法輪等遺跡作為瞻仰對象，大約至印度貴霜王朝時代（西元第一世紀末至二世紀初），才因懷念、崇敬佛陀而漸漸開始有佛像的製作。〔註36〕到了大乘佛教流行時，佛像即用來供信徒觀想、念佛和禮拜，而最初的菩薩像，則是依佛陀未出家時的形象塑造，故菩薩像都是呈現華麗高貴的在家人像。諸佛菩薩的藝術形象，所象徵的是完美圓融的精神人格，世人從莊嚴沈靜、

〔註33〕參紀秀信，《佛像圖彙》卷二，1944年覆刻本。

〔註34〕三十三觀音之來源依據說法不一，典據出處資料不明，且於何時集此三十三種造型合稱「三十三觀音」等問題，皆仍待深入探討。

〔註35〕以上說法據後藤大用之解釋，參後藤大用著，黃佳馨譯，《觀世音菩薩本事》，天華出版，1989年三版，頁156～166。

〔註36〕參高木森，〈歷代佛像之演變及斷代研究〉，收於《佛教藝術論集》，張漫濤編，《現代佛教學術叢刊》冊二十，大乘文化出版，1978年，頁221～252。

清淨自在的佛像中，獲得諸佛菩薩智慧與慈悲的啓示，並藉由佛像的優美清澈，帶給心靈安定與祥和的力量。

自古以來，觀世音菩薩是許多藝術家們最喜愛描繪與塑造的菩薩，由於塑造的作品多了，依各種不同儀軌、典據塑造的觀音像，便呈現出多采多姿的面目，尤其是男相與女相的差別，總令許多人疑惑不解。在印度，觀世音菩薩原屬於男性神格，不論從其梵語原名、本生譚、或諸大乘經典對觀世音菩薩的稱呼——善男子，〔註37〕都可確定觀世音菩薩的原始本相應是男相。然而在中國人的心目中，觀世音菩薩的形象一直就如同一位充滿慈愛溫柔的母親，是一位親切祥和的女菩薩，因此，女相觀音的信仰可說是中國觀音信仰的創制與特色。

歷來人們對觀世音菩薩爲男性抑或女性，或女相觀音在中國究竟於何時成立的問題總是爭論不休，遠從明代胡應麟開始，一直到近年仍有許多人爲此問題提出討論。胡應麟於其《少室山房筆叢》中云：

> 觀音大士，絕不聞有婦人稱，近王長公取楞嚴、普門三章合刻爲大士本紀，而著論以闢元僧之妄。……余考法苑珠林、宣驗、冥祥等記，觀世音顯跡六朝至眾，其相或菩薩、或沙門、或道流，絕無一作婦人者，使當時崇事，類今婦人像，則顯跡繁夥若斯，詎容無一示現耶，唐世亦然，蓋誤起於宋無疑。〔註38〕

與胡氏同以爲女相觀音始於宋代者，另有王世貞的《觀音本紀》。《瑯邪代醉編》則是批評胡氏的說法，並舉馬郎婦觀音之例，主張女相觀音始於唐代。〔註39〕另外清趙翼於《陔餘叢考》中則引《南史》與《北史》，言六朝時代即有女相觀音的產生：

> 《北史》齊武成帝，酒色過度，病發，自云：初見空中有五色物，稍近成一美婦人，食頃變爲觀世音，徐之才療之而癒。由美婦人而漸變爲觀世音，則觀世音之爲女像可知。又《南史》陳後主皇后沈氏，陳亡後入隋，隋亡後過江至毗陵天靜寺爲尼，名觀音。皇后爲尼不以他名，而以觀音爲名，則觀音之爲女像益可知。此皆見於正

〔註37〕 參後藤大用著，黃佳馨譯，《觀世音菩薩本事》，天華出版，1989年三版，頁85。

〔註38〕 《少室山房筆叢》卷四十〈莊嶽委談〉上，世界書局，1980年再版。

〔註39〕 參呂宗力、欒保群編，《中國民間諸神》下冊，學生書局，1991年初版，頁1001。

史者，則六朝時觀音已作女像。〔註40〕

能從正史中提出證例，是較具史實性的，但今觀六朝時代之石雕塑像，並未見此風，直至唐代敦煌石窟中之觀音像，仍難以分辨男女相，不過唐代菩薩塑像的女性特質已較爲顯著，如身披瓔珞、頭戴寶冠、著彩帶長衫等，故世有所謂唐代菩薩如宮娃之稱，有趣的是，觀世音菩薩的臉上常留有三條鬍鬚，這是觀音像中唯一明顯的男性特徵。〔註41〕宋元以後，不論是繪畫、石刻或詩詞、文學作品中所提到的觀音，則幾乎皆是女相，顯然的，此時女性造型的觀世音菩薩，已得到大眾普遍的信仰與肯定。

女相觀音在中國的出現，並非一蹴而成，它必定經過長時間的孕育與發展，在宗教、經典、信徒、社會環境等多種因素的交錯與融攝下，由潛在的因素日漸發展、轉變，而至普遍、定型。〔註42〕因此，在爭論女相觀音於何時成立時，恐怕中國爲何產生女相觀音的信仰，是我們更需要探討的課題。在此提出幾點看法，作爲簡單的說明：

一、在竺法護所譯的《正法華經》中，並無出現觀世音菩薩以女身之應化身爲眾生說法的例子，〔註43〕而在鳩摩羅什的〈觀世音菩薩普門品〉中則出現了七種女身，即比丘尼、優婆夷、長者婦女、居士婦女、宰官婦女、婆羅門婦女及童女。〔註44〕此種變化男女的神通能力，尤其是轉成女身的應化身思想，恐是觀世音菩薩與女性造型之間最初的聯想。《正法華經》與《妙法蓮華經》間之所以有如此重要的差別，一方面代表了四、五世紀大乘佛教本身對女性觀念的轉變，〔註45〕另一方面也顯現出佛教爲吸收女眾信徒，與女

〔註40〕《陔餘叢考》卷三十四，世界書局，1978年四版。《北齊書》卷三十三〈徐之才傳〉：「武成酒色過度，怳惚不恒，曾發病，自云：『初見空中有五色物，稍近，變成一美婦人，去地數丈，亭亭而立，食頃變爲觀世音。』」

〔註41〕參賴傳鑑，《佛像藝術——東方思想與造形》，藝術家出版，1980年，頁92。

〔註42〕對女相觀音成立的時代，近人之研究多持經歷代演變而成，而非特定於某一朝代，如李聖華，〈觀世音菩薩之研究〉（收於陳鵬翔編，《主題學研究論文集》，東大出版，1983年初版，頁331～349。該文亦收錄於王秋桂編，《中國民間傳說論文集》，聯經出版，1980年初版，頁279～296。）趙克堯，〈從觀音的變性看佛教的中國化〉（《東南文化》，1990年第四期，頁238～244）。

〔註43〕《正法華經》中之應化身爲佛、菩薩、緣覺、聲聞、梵天帝、揵沓和、鬼神、豪尊、大神妙天、轉輪聖王、羅刹、將軍、沙門梵志、金剛神、隱士、獨處仙人、憧儒等。（《大正藏》冊九，頁129中至下。）

〔註44〕《大正藏》冊九，頁57中。

〔註45〕關於佛教對女性觀念的轉變問題，參釋永明，《佛教的女性觀》，佛光出版，

性信徒漸增的事實。

　　二、武則天時代的政治環境，是促使觀世音菩薩轉變成女相的外在因素。在武則天篡唐之前與登上皇位之後，都相當積極的信仰並利用佛教，以解釋、鞏固她這位中國第一位女皇帝的政治基礎與合法性。武則天自封爲天女授記的女轉輪王、女菩薩，並以《大雲經》的護法自居，〔註 46〕這種思想造成當時女菩薩信仰的流行，各地建塑的菩薩像，逐漸開始有似女相或模擬武則天相貌所塑的女相菩薩。〔註 47〕因此女相觀音的產生，與武則天的政策與信仰是有連帶關係的。

　　三、觀世音菩薩在後世雜入印度婆羅門教濕婆女神的信仰，密教在教理上受其影響，觀音的造型與性格都有所改變，如准胝觀音含有七億佛母、三世諸佛母之意，即是觀世音菩薩轉化爲女性的重要例子。〔註 48〕唐開元年間密教曾在中國盛行一時，觀音造型的女性意義受密教影響的可能性，亦是不可忽略的重要原因。

　　四、在《正法華經》中開始對女性有特別的救濟，經云「若有女人，無有子姓，求男求女，歸光世音，輒得男女。」〔註 49〕這是對求子嗣的婦女最大的幫助，而《妙法蓮華經》則對信仰佛教的女性帶來更多的希望，除了滿足求子嗣的需要外，更重要的是觀世音菩薩能現女身而爲說法，這一點相當吸引長期受禮教和道德多重束縛的中國婦女，信仰觀世音菩薩除了使她們得到安定和排解痛苦的力量外，觀世音菩薩的慈悲與犧牲精神，更是與崇尚婦德的中國婦女相應，當能現女相的觀音得到眾多女性的崇拜時，觀世音菩薩的形象，很可能因婦女的深切信仰而逐漸轉變、定型。

　　五、大慈大悲、尋聲救苦救難，是觀世音菩薩在諸大乘經典中所表現的特質，這個「無畏施者」的精神本色與他莊嚴安祥的慈容，對許多人來說，就如同見到自己母親般的親切，人們在苦難病痛之中最渴望得到的安慰，即是母親無微不至的照顧與愛，因此，觀世音菩薩尋聲救苦的慈悲，與永恆不斷的母愛

　　　　　1980 年初版。
〔註 46〕參《舊唐書》卷六。
〔註 47〕關於此論點詳見古正美，〈從佛教思想史上轉身論的發展看觀世音菩薩在中國造像史上轉男成女像的由來〉，《東吳中國藝術史集刊》，第十五集，1987 年 2 月，頁 157～216。
〔註 48〕參同註 37，頁 86。
〔註 49〕《大正藏》冊九，頁 129 中。

被人們聯想在一起，這即是女相觀音逐漸取代男相觀音的信仰心理，隨著時間的推移，具有母性崇拜的觀音信仰，便逐漸成爲中國的主要潮流。

　　六、文學與藝術是傳播思想觀念的重要途徑，因此文藝作品對女相觀音觀念的流行，具有推波助瀾的作用。例如中唐時周昉所創的水月觀音體，〔註50〕在《北夢瑣言》中被用來形容男子端嚴清高的神采人品，〔註51〕而在《董解元西廂記》中則被用來比喻崔鶯鶯的美，〔註52〕故此後，人們即時常以水月觀音來形容女子的姣好。是故文學、藝術對女相觀音的傳播流行，是一股不可輕視的力量。

　　中國女相觀音信仰的形成與發展，是一個相當有趣的問題，對它作深入的探討和澄清，有助於我們了解中國社會、歷史、文學、藝術與觀音信仰間的發展關係。然而對一個佛教徒或想了解佛教的人而言，觀世音菩薩是男相或女相並不重要，因那僅是藝術與世俗上的分別，《金剛經》云：「凡所有相，皆是虛妄；若見諸相非相，則見如來。……無我相、無人相、無眾生相、無壽者相。……若菩薩有我相、人相、眾生相、壽者相，則非菩薩。」〔註53〕一切諸法不應執其有，亦不應執其無，一切本是眞空妙有，故若執著相之有無或分別相之男女，都是著相。因此在觀賞佛、菩薩的各種藝術形象，或敬仰、禮拜佛像的同時，世人更應深切的體悟其清淨本性的空之哲理，與佛、菩薩悲智圓融的內在含蘊，了解實相無相，不應著相信仰的意義，才是禮敬佛、菩薩的眞實義。

〔註50〕參張彥遠，《歷代名畫記》卷十，商務出版，1983年初版。

〔註51〕《北夢瑣言》卷五〈沈蔣人物〉：「蔣凝侍郎，亦有人物，每到朝士家，人以爲祥瑞，號水月觀音。」（《叢書集成新編》冊八十六）。

〔註52〕《董解元西廂記》卷一：〔尾〕「莫推辭，休解勸。你道是有人家宅眷，我甚恰才見水月觀音現？」（《西廂記》，董王合刊本，里仁書局，1981年，頁9）

〔註53〕《大正藏》冊八，頁751上。

第三章　魚籃觀音的傳說類型

　　魚籃觀音是三十三觀音中比較著名的傳說故事之一，在諸佛教經典中我們找不到她的名字，有關她的傳說被明確的指出發生在中國的某些地方，而她的造型也完全的女性化，因此可以確定，魚籃觀音的產生完全是中國百姓、藝術家與作家們所塑造的作品。

　　有關魚籃觀音的來源與傳說，歷來即有各種不同的說法，它們不僅內容不同，甚至故事類型也相互別異，在許多提及魚籃觀音的典籍、辭書及文章中，皆僅依其中一種或兩種傳說解釋。為了使魚籃觀音的傳說能呈現出較完整的面目，今據蒐集之資料整理，依其傳說之不同，概分為三種類型：一、以馬郎婦觀音的傳說為其來源者，二、以靈照為魚籃觀音的化身者，三、以觀世音菩薩手持魚籃收伏魚精的故事者。此三種類型故事，都曾被題名為魚籃觀音，而其共同的特點僅是觀音手掛魚籃而得名的造型，以下將對各傳說類型作個別的討論。

第一節　關於〈延州婦人〉與〈馬郎婦〉的傳說

　　與魚籃觀音同時被列於三十三觀音的馬郎婦觀音，一直被認為是與魚籃觀音同源而異名的傳說，亦即雖題名為魚籃觀音，而其內容實即馬郎婦觀音的故事，如明宋濂所作的〈魚籃觀音像贊〉，[註1] 其所引述的故事即是馬郎婦觀音的傳說，近人在研究或解釋魚籃觀音時，亦多以馬郎婦觀音的傳說為

〔註 1〕《宋學士文集》卷五十一，四部叢刊本，頁 403。

解。〔註2〕然魚籃觀音與馬郎婦觀音究竟是如何演變爲同源異名的故事？其兩者間的關係又如何？這是一個值得探討的問題。

一、〈延州婦人〉

一提起馬郎婦觀音的故事，我們就必須從收錄在《太平廣記》中的〈延州婦人〉談起，〈延州婦人〉的故事被學界認爲是馬郎婦故事的原型。〔註3〕《太平廣記》卷一〇一〈延州婦人〉云：

> 昔延州有婦女，白皙頗有姿貌，年可二十四、五，孤行城市。年少
> 之子，悉與之遊，狎昵薦枕，一無所卻。數年而歿，州人莫不悲惜，
> 共醵喪具爲之葬焉。以其無家，瘞於道左。大曆中，忽有胡僧自西
> 域來，見墓，遂趺坐具，敬禮焚香，圍繞讚嘆。數日，人見謂曰：「此
> 一淫縱女子，人盡夫也，以其無屬，故瘞於此，和尚何敬耶？」僧
> 曰：「非檀越所知，斯乃大聖，慈悲喜捨，世俗之欲，無不徇焉，此
> 即鎖骨菩薩，順緣已盡，聖者云耳，不信即啓以驗之。」眾人即開
> 墓，視遍身之骨，鉤結皆如鎖狀，果如僧言。州人異之，爲設大齋，
> 起塔焉。〔註4〕

美婦人的奇特行徑，對重視倫理道德的中國人而言，的確足以稱作玄怪，若無後來胡僧的點化，此女子對延州百姓來說，恐怕僅是個被視爲淫縱的美婦人。胡萬川教授在〈延州婦人——鎖骨菩薩故事之研究〉中指出，〈延州婦人〉的故事乃是唐代密教思想的反映，尤其是與左道密教的檀特拉思想有關。〔註5〕當我們檢視〈延州婦人〉原文時發現，該文並未詳記故事發生的年代，僅在胡僧出現時提及「大曆中」，因此，美婦人之死當是在大曆之前（西元 766 年）。

〔註2〕如陳清香的〈觀世音菩薩的形像研究〉（《華岡佛學學報》，第三期，1973 年 5 月，頁 74），李玉珉的〈觀音——院藏觀音繪畫特展簡介〉（《故宮文物月刊》，三卷三期，1985 年 6 月，頁 34），巴宙的〈觀音菩薩與亞洲佛教〉（《中華佛學學報》，第一期，1987 年 3 月，頁 74），釋東初的〈觀世音菩薩救世精神〉（《東初老人全集》冊四，東初出版，1985 年，頁 621）。

〔註3〕如日本學者澤田瑞穗先生、胡萬川教授皆引此說。參澤田瑞穗著，前田一惠譯，〈魚籃觀音的傳說〉，收於王秋桂編，《中國文學論著譯叢》下冊，學生書局，1985 年，頁 1042。胡萬川，〈延州婦人——鎖骨菩薩故事之研究〉，《中外文學》，十五卷五期，1986 年 10 月，頁 108。）

〔註4〕《太平廣記》卷一〇一，文史哲出版，1978 年，頁 682。

〔註5〕同註3，頁 112～117。

唐代密教的盛行始於玄宗開元年間（西元 713～741 年），所謂的開元三大士——善無畏、金剛智、不空三藏，陸續於開元四年至八年間來到中國，〔註6〕他們在長安積極傳佈密教，翻譯密教經典，設立灌頂道場，並以《大日經》之胎藏界系及金剛界系之純密爲弘揚的根據。其中尤以不空受到玄宗、肅宗、代宗三朝皇帝的尊敬和信仰，密教的流行在當時遍及長安、五台山及太原等地。〔註7〕不空門下的惠果時代（西元 746～805 年），更是中國密教的全盛時期，然至惠果傳法與日本弘法大師空海後即圓寂，密教日後便逐漸衰微，尤其是在武宗會昌法難之後（西元 845 年），中國密教受到了相當大的打擊，此後或被道教思想所吸收，或與藏傳密教相結合。〔註8〕因此不論是大曆年間或大曆之前不久，都可確定是中國密教盛行的時代，且延州正當長安與太原之間，〔註9〕亦是密教信仰流行的地區，不過必需注意的是，中國密教並非左道密教，而是胎藏界與金剛界系。聖嚴法師在《世界佛教通史》中云：

> 佛教本以婬欲爲障道法，密教最上乘卻以婬行爲修道法。由中國而
> 傳到日本的密教，僅及於金剛界及胎藏界的純密，未見到最後的無
> 上瑜伽之行法，所以日本學者稱它爲左道密教。〔註10〕

我們不能僅從美婦人的奇特行爲來看〈延州婦人〉所反映的思想背景，胡僧的言行，恐怕才是造成〈延州婦人〉玄奇的地方。這個忽然出現的胡僧，對延州百姓的信仰，起了最大的轉變，文云：「大曆中，忽有胡僧自西域來」，他對一人盡可夫的女子之墓圍繞讚嘆，由此而引來人們的注意，並言「斯乃大聖，慈悲喜捨，世俗之欲，無不徇焉，此即鎖骨菩薩」。或許婦人本就僅是一個平凡的美女子，也無所謂「遍身之骨，鉤結皆如鎖狀」的傳言，而是該僧人爲教化延州地區，傳佈佛教所作的順緣之語，加上隨順世俗之欲的菩薩行，美婦人便在傳言中被稱爲大聖，延州百姓也開始爲她建塔、設大齋，更進一步的信仰佛教了。

此外，我們想從作者的思想來討論〈延州婦人〉。《廣記》在該篇末注云

〔註6〕 參黃懺華著，《中國佛教史》，上海文藝出版，1990 年，頁 185～188。

〔註7〕 參鹽入良道著，余萬居譯，《中國佛教史》上冊，《世界佛學名著譯叢》冊四十四，華宇出版，1985 年，頁 304。

〔註8〕 同註7，頁 307。

〔註9〕 延州在今陝西省膚施縣東南，隋曰延安郡，唐曰延州，宋曰延安府，因界內延水而得名。

〔註10〕 聖嚴法師著，《世界佛教通史》上冊，東初出版，1990 年 5 版，頁 225。

出自於《續玄怪錄》，但據王夢鷗教授在〈玄怪錄及其後繼作品辨略〉中的詳細考證，〈延州婦人〉則應出自牛僧孺所作的《玄怪錄》。〔註11〕牛僧孺在唐穆宗長慶年間之前（西元821～824年），僅是朝庭中的一名青衫員外郎，尤其是在貞元末年時，仍只是個投卷的舉人，因此在貞元、元和年間（約西元800～820年）爲投卷所作的多篇傳奇志怪，便集結成《玄怪錄》一書。〔註12〕如果我們從作者的思想性格來看《玄怪錄》的撰述旨趣，即可發現《玄怪錄》並非以佛教思想爲中心。王夢鷗教授在分析牛僧孺的思想時云：

> 然牛氏之好道術，至老不衰，又異於白居易晚歲入禪。按其服食鍾乳至三千兩之多，或因此物不如丹汞之有劇毒，故結果不似韓愈；然二者皆出於道士方術之言，又無不同也。以此中心思想性格，判別牛氏撰述旨趣，必也好談神仙道術而輕視浮圖。〔註13〕

因此〈延州婦人〉的故事背景，恐怕並非單純的與佛教思想有關（不論是顯教或密教），而是夾雜了道教思想及六朝以來說奇志怪的風潮。王氏於其後文又云：

> 易言之，牛僧孺筆下之生人現實皆托寓於前世似曾發生之神仙鬼怪事中，其言神仙生活多爲其於現世無從實現之幻想。〔註14〕

如果說此事僅是作者藉一部分的人生現實，以言神仙幻想之事，或以幻語作史筆亦無不可。反過來看，若牛僧孺果眞好談神仙道術而輕視佛教，〈延州婦人〉亦有可能是斥佛之作，正如王氏稱此篇對佛菩薩有略無敬意之言，〔註15〕畢竟「以欲離欲」的方便法，非中國人之倫常道德所能普遍接受，且文中亦不言與美婦人交者得離貪欲、永絕其淫，許多含混不清的地方難免引人誤解。

前引胡萬川教授文中，對於〈延州婦人〉故事最後的「鎖骨」部分，徵引了許多資料，並作了深入的討論，胡氏於其文中提到：鎖骨是佛教強調佛陀與凡人不同的特殊異相之一，如《長阿含經卷一》：「太子三十二相……八者鉤鎖骨，骨節相鉤，猶如鎖連。」而《太平廣記》、《夷堅志》中亦有數則與鎖骨有關的記載，因此在唐宋之際，鎖骨顯然已成爲佛道兩家描述修行者

〔註11〕參王夢鷗著，《唐人小說研究四集》上編，藝文印書館出版，1978年初版，頁43～51。
〔註12〕同註11，頁21。
〔註13〕同註11，頁22。
〔註14〕同註11，頁23。
〔註15〕同註11，頁44。

異於凡人的常典。〔註 16〕這幾點說法非常正確，在此則另提出一點以做爲補充。《大寶積經》卷五十七〈入胎藏會〉爲說明諸法皆由因緣相續而起，故教人觀此身一切不淨，以明體非常住。經云：

> 眾骨聚成身，皆從業因有。頂骨合九片，領車兩骨連。……此等諸骨鎖，三三相續連。二二相鉤牽，其餘不相續。〔註 17〕

《大智度論》卷二十一也談到「骨觀」：

> 觀是骨人，是爲骨相，骨相有兩種：一者骨人筋骨相連，二者骨節分離。筋骨相連破男女長短，好色細滑之相，骨節分離破眾生根本實相。〔註 18〕

因此延州婦人死後現鎖骨狀的情節，除了有突顯婦人異於凡人的作用外，應該亦有教戒淫欲的意義，以與故事前面淫縱女子的行徑互作呼應，但由於其意旨的隱微不清，「骨觀」在〈延州婦人〉中並沒有得到具體的解釋和警世作用，但在後來形成的〈馬郎婦〉故事中，便得到了很適當的安排。

　　〈延州婦人〉的故事簡略不明，許多地方都欠缺清楚的交代，不論作者的旨趣是以佛教思想爲主，或以道教爲中心，故事本身都給予後人很大的想像空間。佛道兩教，雖長期在三教合一的環境下互相消長，然彼此間的爭勝事實，卻在許多文學作品或傳說中都可清楚的見到。因此，如果撰述〈延州婦人〉是以佛教的立場爲主，後世的佛教徒必會爲其中簡略不明的情節加以敷衍、說明。反之，作者若是以道教的立場來寫，佛教徒也必會加以反制，即以更合乎中國人倫教化的思想，更吸引民眾的情節、內容，反做爲自己宗教的宣傳作品。馬郎婦的故事或者就是在這種情形下，日漸孳衍而成的。

二、〈馬郎婦〉

　　《玄怪錄》之後，〈延州婦人〉是如何演變成馬郎婦的故事，並無確切的記載可尋，在現今發現的變文中也沒有這個故事的類型。但約到了一百五十年後的北宋時期，便出現了有關馬郎婦的公案和詩贊。《五燈會元》卷十一載汝州風穴延沼禪師：

> 僧問：「先師道：金沙灘上馬郎婦，意旨如何？」師曰：「上東門外

〔註 16〕參同註 3，頁 118～121。
〔註 17〕《大正藏》冊十一，頁 334 下。
〔註 18〕《大正藏》冊二十五，頁 217 下。

無數。」〔註19〕

問：「如何是清淨法身？」師云：「金沙灘裡馬郎婦。」〔註20〕

僧問汝州廣院元璉眞慧禪師：「風穴道：金沙灘裡馬郎婦，意旨如何？」師云：「更道也不及！」〔註21〕

在黃庭堅的作品中亦曾出現：

老松連枝亦偶然，紅紫事退獨參天。金沙灘頭鎖子骨，不妨隨俗暫嬋娟。〔註22〕

設欲眞見觀世音，金沙灘頭馬郎婦。〔註23〕

從這些簡短的詩贊中，我們很難確知「金沙灘上馬郎婦」所指涉的詳細內容，但另一方面，我們卻可以肯定它是佛門中的用語。

在北宋末年葉廷珪所著的《海錄碎事》中，記載著一條〈馬郎婦〉，我們可由此概略的見到〈延州婦人〉與馬郎婦故事之間的過渡記錄：

釋氏書：昔有賢女馬郎婦，於金沙灘上，施一切人淫，凡與交替，永絕其淫，死葬後，一梵僧來云：求我侶。掘開，乃鎖子骨，梵僧以杖挑起，升雲而去。〔註24〕

在這短短的五十餘字中，我們見到〈延州婦人〉的基型，而且比〈延州婦人〉增添了許多說明。先云：「有賢女馬郎婦於金沙灘上」，此處出現了有姓氏的女子，且稱她爲「賢女」，而地點從原來的延州更明確的指名爲金沙灘。再云：「施一切人淫，凡與交替，永絕其淫」，這是句非常重要的說明，它明確的指出佛教「以欲離欲」的方便法及「隨其欲樂而爲現身」的菩薩行。後云：「掘開，乃鎖子骨，梵僧以杖挑起，升雲而去」，此處僧人的出現則更具有神奇性，人與鎖骨一起升雲而去，代表故事同時具有眞實與幻想的雙重性，若深入一點看，這正是象徵佛教亦眞亦幻、非有非無的思想，而非特指僧人的神異能力。葉廷珪在一開始也說明，這是在「釋氏書」中所見到的，因此延沼禪師與黃庭堅所指的應該就是同一個故事，而文中所增加的情節與說明，想必是

〔註19〕《卍續藏經》冊一三八，頁207。

〔註20〕《天聖廣燈錄》卷十五，《卍續藏經》冊一三五，頁368。

〔註21〕同註20，頁379。

〔註22〕《豫章黃先生文集》卷五，〈戲答陳季常寄黃州山中連理松枝〉第二首。

〔註23〕同註22卷十四，〈觀世音贊〉第一首。

〔註24〕北宋葉廷珪，《海錄碎事》卷十三上，四庫全書本，頁645。

佛教徒的增飾。因此，馬郎婦的故事在北宋時期，已明顯的表現出是一則爲
宣揚佛教思想所流傳的作品了。

　　在南宋初年編纂的《隆興佛教編年通論》和《法華經顯應錄》中，我們
見到了馬郎婦故事的完整型態。《隆興佛教編年通論》卷二十二唐元和十二年
云：

> 馬郭（郎）婦不知出處，方唐隆盛，佛教大行，而陝右俗習騎射，人
> 性沉驚，樂於格鬥，蔑聞三寶之名，不識爲善儀則。婦憐其憨，乃之
> 其所。人見少婦單子風韻超然，姿貌都雅，幸其無侍衛，無羈屬，欲
> 求爲眷。曰：「我無父母，又鮮兄弟，亦欲有歸。然不好世財，但有
> 聰明賢善男子能誦得我所持經，則吾願事之。」男子眾爭求觀之，婦
> 授以普門品，曰：「能一夕通此則歸之。」至明，發誦徹者二十餘輩。
> 婦曰：「女子一身家世貞潔，豈以一人而配若等耶？可更別誦。」因
> 授以金剛般若，所約如故。至且（旦）通者猶十數，婦更授以法華經
> 七軸，約三日通此者定配之。至期，獨馬氏子得通，婦曰：「君既能
> 過眾人，可白汝父母，且媒妁聘禮，然後可以姻，蓋生人之大節豈同
> 猥巷不檢者乎？」馬氏如約，具禮迎之，方至，而婦謂曰：「適以應
> 接體中不佳，且別室候，少安，與君相見未脫（晚）也。」馬氏子喜，
> 頓之他房。客未散而婦命終，已而壞爛，顧無如之何，遂卜地葬之。
> 未數日，有老僧紫伽黎裟，貌古野，仗錫來儀，自謂向女子之親，詣
> 馬氏，問其所由，馬氏引至葬所，隨觀者甚眾。僧以錫撥開，見其屍
> 已化，唯金鎖子骨。僧就河浴之，挑於錫上，謂眾曰：「此聖者憫汝
> 等障重纏愛，故垂方便化汝。宜思善因，免墮苦海。」忽然飛空而去，
> 眾見，悲泣瞻拜。自是陝右奉佛者眾，由婦之化也。〔註25〕

　　這篇記載結構完整，情節發展合乎情理，又以對話內容爲主要環節，顯而
易見是一篇經過細心編纂的記錄。文中先說明婦人出現在陝右的原因，婦人以
通徹〈普門品〉、《金剛經》、《法華經》者爲婚配的對象，並說明自己家世貞潔，
且需媒妁聘禮始可以姻。這段情節與〈延州婦人〉或《海錄碎事》的〈馬郎婦〉
比較起來，實有天壤之別，我們可以想見，這應是以《法華經》爲主要思想的
佛教徒，對原作所做的改變。在觀念保守、重視禮教的中國人眼中，不論以任
何理由來解釋，婦人的貞節都是最重要的，況是一則有關菩薩顯化的傳說，因

〔註25〕《卍續藏經》冊一三○，頁320。

此背誦經典、受持經典，轉成為馬郎婦故事的教化重心。婦人為何稱馬郎婦？為何而死？在文中都有相當戲劇性的精彩說明，故事讓聖者始終保持貞女之身，仍由僧人扮演點化眾人的角色，並以「宜思善因，免墮苦海」為警言。整體來看，這可謂是一則相當成功的宣教作品，不僅內容精彩，又能含蘊教理，部分以幻化、戲劇性為手筆的情節，頗能吸引一般民眾。

《法華經顯應錄》卷下〈陝右馬郎婦〉的記載與此相差不多，但於篇末注云出自《釋氏編辛（年？）錄》，此書究竟為何時何人所著，無可考見。文後並錄黃庭堅之〈觀世音贊〉與平江萬壽體禪師之頌：「十分美貌誰家女，百倍聰明是馬郎，堪笑金沙灘畔約，始終姻婭不成雙。」〔註26〕

《隆興佛教編年通論》中的〈馬郎婦〉故事雖完整，但仍有些疑點：

一、故事的年代由〈延州婦人〉的大曆年間轉變為元和十二年（西元817年），〔註27〕為何遲了約五十年？

二、〈延州婦人〉與〈馬郎婦〉的故事地點雖都被說明在陝西，但〈延州婦人〉與《隆興佛教編年通論》中皆未提及金沙灘，而在公案、語錄和《海錄碎事》中，金沙灘與馬郎婦的名字卻始終連在一起。《隆興佛教編年通論》中有一段情節說：「僧以錫撥開，見其屍已化，唯金鎖子骨，僧就河浴之，挑於錫上。」顯然故事發生的地點在臨河附近，案今《延長縣志》卷一〈方輿志〉記云：「金沙灘水源出施膚縣界，縣西南三十里入延水。」〔註28〕可知延州附近果有一名為金沙灘的河流，因此馬郎婦故事應可由其地緣位置，推論其源自〈延州婦人〉的確切性。

三、僧人在點化眾人時，僅言婦人是聖者，並未特別指名是何菩薩。在南宋以闡揚天台思想為主的佛教史籍——《佛祖統記》卷四十一中即云：「此普賢聖者」，卷五十三又云：「馬郎婦，憲宗元和普賢化身。」〔註29〕而元覺

〔註26〕《卍續藏經》冊一三四，頁446。

〔註27〕《佛祖統紀》卷四十一為元和四年，《大正藏》冊四十九，頁380。

〔註28〕《延長縣志》清乾隆二十七年王崇禮修，《中國地方志叢書》，成文出版。另今平劇劇目中有劇名為〈金沙灘〉者，又名〈雙龍會〉、〈八虎闖幽州〉，實演楊家將故事中潘洪私通遼王，設計陷害宋主之事，故事地點發生在幽州五台山。（參陶君起著，《平劇劇目初探》，明文出版，1982年，頁211。）又今江蘇省南通縣東北有一金沙鎮，鎮依金沙河為名，古稱金沙場；浙江省寧波市西北亦有一金沙村，此二地疑與後世文學作品中之魚籃觀音故事有關，詳見第五章第一節〈馬郎婦型作品〉。

〔註29〕同註27，頁462。

岸的《釋氏稽古略》卷三則云：「馬郎婦，觀世音也。」〔註30〕可見在宋代，馬郎婦並未完全被指名為觀世音菩薩的化身，不過故事中的〈觀世音菩薩普門品〉與觀音能現婦女身的女性造型，實提供世人較多的聯想。

　　四、在故事中並未提到魚籃，魚籃與整個故事的發展亦無關係，後世為何又稱她作魚籃觀音？關於這一點，我們想藉由南宋至元代的禪宗語錄，來觀察它們之間的關係。

《石田法薰禪師語錄》卷四──馬郎婦：

　聲色純真，見聞不礙。宴坐經行，得大自在。腳頭腳底黑漫漫，又逐春風婦馬郎。〔註31〕

《環溪惟一禪師語錄》卷下──馬郎婦：

　雲開天竺，月照金沙。心心妙法，念念蓮華，未必將身許馬家。

〔註32〕

《北澗居簡禪師語錄》──馬郎婦：

　念得蓮經便嫁伊，空花無蒂欲誰欺。金沙灘上黃金鎖，狼藉春風到幾時。〔註33〕

《靈隱大川普濟禪師語錄》──馬郎婦：

　有願必從，無剎不現。鬟亂釵橫，金沙灘畔。稽首歸依，漏卮難滿。

〔註34〕

《西巖了慧禪師語錄》卷下──馬郎婦　手執蓮經：

　七軸蓮經，自舒自卷。嫁人之媒，算入之本。金沙去後轉風流，幾度桃花春浪暖。〔註35〕

《物初大觀禪師語錄》──馬郎婦：

　倩盼動嬋娟，常持六萬言。金沙灘上月，五欲浪中翻。〔註36〕

〔註30〕《大正藏》冊四十九，頁833。
〔註31〕《卍續藏經》冊一二二，頁33。石田法薰禪師（西元1171～1245年）屬臨濟宗楊岐、破菴派。
〔註32〕同註31，頁74。環溪惟一禪師（西元1202～1281年）屬臨濟宗楊岐派。
〔註33〕《卍續藏經》冊一二一，頁81。北澗居簡禪師（西元1164～1246年）屬臨濟宗大慧派。
〔註34〕同註33，頁169。靈隱大川禪師（西元1179～1253）屬臨濟宗大慧派。
〔註35〕《卍續藏經》冊一二二，頁182。西巖了慧禪師（西元1198～1262年）屬臨濟宗虎丘派。
〔註36〕《卍續藏經》冊一二一，頁96。物初大觀禪師（西元1201～1268年）屬臨濟宗。

《雪巖祖欽禪師語錄》卷四——馬郎婦　爲涇上人贊：

漫說教人學誦經，胸中涇渭甚分明。金沙影裏無窮數，散作一灘流水聲。〔註37〕

以上共有七則詩贊，題名非常整齊，都不稱作〈馬郎婦觀音〉，而稱〈馬郎婦〉，並且詩中未曾出現過「魚籃」一詞。除了第一首，其餘六首皆提到了金沙灘，這是傳說發生的地點，其中五首則提到念誦蓮經或嫁作人婦的情節，另外亦談及馬郎、黃金鎖等等，從這些關鍵語可知，詩贊敘述的主題背景與內容，即是《隆興佛教編年通論》中〈馬郎婦〉的故事。下面我們再來看看題名與魚籃有關的詩贊：

《環溪惟一禪師語錄》卷下——魚籃：

潑喇籃中活錦鱗，風前提起不辭頻。幾回遠盡長沙市，賣與買人無買人。〔註38〕

《希叟紹曇禪師廣錄》卷七——魚婦觀音：

不歸小白花巖住，越樣梳粧誑世人。無底籃雖提得活，禹門未必解翻身。

同右——漁籃婦：

短裳褰起露珠珍，雲鬢慵梳惑亂人。弄得籃中魚再活，禹門未必解翻身。〔註39〕

《佛鑑無準師範禪師語錄》卷五——漁婦觀音：

腥穢通身不自知，更來漁市討便宜。就中活底無多子，提向前風賣與誰。籃內魚，衣中珠，見買見賣，少實多虛。〔註40〕

《偃溪廣聞禪師語錄》卷下——魚籃相：

風吹兩鬢蕭蕭起，全身已是拖泥水。何人領取鉤頭意，明明不在魚籃裏。〔註41〕

《介石智朋禪師語錄》——魚籃觀音：

〔註37〕《卍續藏經》冊一二二，頁291。靈巖祖欽禪師（？至1287年）屬臨濟宗。
〔註38〕同註37，頁74。
〔註39〕同註37，頁162。希叟紹曇禪師（西元1249～1269在世）屬臨濟宗楊岐派。
〔註40〕《卍續藏經》冊一二一，頁475。佛鑑無準師範禪師（西元1233年在世）屬臨濟宗。
〔註41〕同註40，頁151。偃溪廣聞禪師（西元1189～1263年）屬臨濟宗楊岐派、大慧派。

徒整春風兩鬢垂，子規啼遍落花枝。龍門上客家家是，錦鯉攜來賣
與誰。〔註42〕

《虛堂智愚禪師語錄》卷六——魚籃：

顧顧不釋手，提起復低頭。自笑無人買，腥風吹未休。〔註43〕

《笑隱大訢禪師語錄》卷三——提魚籃像：

垢面蓮頭垂鬢腳，深情不遣旁人覺。籃裏金鱗不值錢，褰裳特地是
瓔珞。恨殺抬頭蹉過多，萬里江天雲漠漠。〔註44〕

《雲巖祖欽禪師語錄》卷四——魚籃婦：

行步輕盈，梳裝濟楚。示大慈悲，救眾生苦。智眼堪憐盡不明，只
道籃中賣錦鱗。

籃裏清風，手頭生活。要將魚目換明珠，豈是慈悲菩薩。有智慧人，
不消一箚。〔註45〕

《海印昭如禪師語錄》——漁籃：

提錦鱗，露珠瓔，年華如許，高韻絕塵。籃子尚有眼，如何謾得人。

〔註46〕

《天如惟則禪師語錄》——卷五——空魚籃觀音：

錦鱗賣盡手頭輕，撈摝江湖尚有情。回首長沙沙上路，腥風吹作夜
潮聲。〔註47〕

《平石如砥禪師語錄》——魚籃觀音：

籃裡魚，衣內珠，左提右挈，腥風滿途。茫茫宇宙人無數，那箇男
兒是丈夫。〔註48〕

《西巖了慧禪師語錄》卷下——海眼光之三　提籃：

玉腕指尖新，力能提萬鈞。上他籃子裏，未必是金鱗。〔註49〕

〔註42〕同註40，頁206。介石智朋禪師（西元1229年在世）屬臨濟宗大慧派。

〔註43〕同註40，頁377。虛堂智愚禪師（西元1185～1269年）屬臨濟宗楊岐派、松
　　　　源派。

〔註44〕同註40，頁113。笑隱大訢禪師（西元1284～1344年）屬臨濟宗楊岐派、大
　　　　慧派。

〔註45〕《卍續藏經》冊一二二，頁291。

〔註46〕同註45，頁303。海印昭如禪師（西元1246～1312年）屬臨濟宗。

〔註47〕同註45，頁444。天如惟則禪師（？至1354年）屬臨濟宗楊岐派。

〔註48〕同註45，頁195。平石如砥禪師（？至1357年）屬臨濟宗楊岐派。

〔註49〕同註45，頁181。「海眼光」為何意不清，另海眼光之一為海中有一龍擎頭：

《北磵居簡禪師語錄》——常思惟大士之十一　提魚籃像：

籃盛魚，不盛水，弗自喧，提入市。秤子無星，鉤頭有餌。〔註50〕

《石溪心月禪師語錄》卷下——魚婦：

左提魚籃，右挈衣袂，浩浩塵中，一聲活底。傾國傾城眼豁開，早已白雲千萬里。〔註51〕

以上共有十六首，題名或作魚籃或作漁婦或稱魚籃觀音，皆有些微的差異，內容主旨與題名為馬郎婦者，則似乎並不相同，共有四點：

一、詩中從未出現金沙灘、蓮經、馬郎、鎖骨等主要詞彙，卻時出現魚、籃、腥風等。

二、多根據畫像敘述觀音以漁婦出現的裝扮，手提魚籃、褰衣露瓔珞（身披瓔珞是菩薩像的特色）、兩鬢相垂等。

三、魚籃中所賣的錦鯉魚是活的，不僅魚賣不出去，也無人明瞭觀音賣魚的含意。

四、詩贊中曾出現過兩次「長沙」，因此其故事地點似由金沙灘轉為長沙。

我們雖從十六首詩贊中概略的歸納出以上的特色，卻仍無法確知〈魚籃觀音〉所指涉的詳細內容是什麼。不過可以判斷的是，故事情節與〈馬郎婦〉有所差異，主題也與〈馬郎婦〉不同，它必定與魚或魚籃有關，且應是以魚籃作為教化主題或象徵的故事，不過它們也有相同的地方，即主角皆是引人注意的女子。此外，以上數位禪師其年代大約都在十三世紀左右，全屬於臨濟宗的禪師，並以大慧派、楊岐派、破菴派之傳承為主，而他們出家以後的居所和活動地區，皆以浙江為主，〔註52〕因此魚籃觀音與〈馬郎婦〉的傳說，與臨濟宗或江浙地區很可能具有某些特別的關係。

宋洪邁《夷堅志補》卷二十四有〈賀觀音〉一則，其內容如下：

海州朐山賀氏，世畫觀音像，全家不茹葷。每一本之直率五六十千，而又經涉歲時方可得，蓋精巧費日致然。傳至六待詔者於藝尤工，正據案施丹青，一丐者及門，遍體瘡癩，膿血潰出，臭氣不可近，攜鯉魚一籃，遺之求畫。賀曰：「吾家絕葷累世矣，何以相污？」其人曰：

「海眼為香餌，悲心作釣鉤。魚龍知幾許，貪者自抬頭。」（同前）。

〔註50〕《卍續藏經》冊一二一，頁80。
〔註51〕《卍續藏經》冊一二三，頁65。
〔註52〕參《禪學大辭典》各禪師生平。

「君所畫不逼眞，我雖貧行乞，卻收得一好本，君欲之乎？」賀喜，

洒漏淨室延之，入至即反拒戶，良久，呼主人，賀往視，則已化爲觀

音眞相，金光繚繞，百寶莊嚴。賀喚弟子焚香敬禮，遽（疑有脫誤），

所在室中異香芬馥，歷數月不散，由是畫名愈益彰。〔註53〕

此則記載不記時代，對觀音所化的眞相亦無清楚的描寫，故與上述有關魚籃
的詩贊所提及之觀音是否有關，或即是其傳說較早的原型，無法確定。但此
記載不僅在流傳的時間上與詩贊相符，更重要的是它與魚、魚籃、畫像皆有
密切的關係，將它亦稱爲〈魚籃觀音〉實不爲過。不過此記載所言之內容，
並不屬於本論文所歸納的三種魚籃觀音傳說類型，後代也無以其內容爲主而
敷演的文學作品，可說是相當特殊的例子。

　　另外當我們檢查宋元兩代被題名爲「魚籃觀音」的畫像時發現，畫中人物
的裝扮，正與魚籃有關的詩贊之描述相同，〔註54〕而「馬郎婦」的畫像則與此
迥然有別。〔註55〕故筆者懷疑在宋元時代，〈馬郎婦〉與〈魚籃觀音〉本是兩則
不同的傳說故事，二者因內容或用語的相互混雜，逐漸被融合爲一個故事。

　　從上面的詩贊中，我們可見到兩者可能相混的地方：在有關魚籃觀音的
詩贊中，題名爲魚婦、漁婦、魚籃婦者，容易與馬郎婦相混。又在惟一禪師
語錄中的〈魚籃〉和惟則禪師語錄中的〈空魚籃觀音〉，曾提及「長沙」，長
沙是否就是魚籃觀音故事發生的地點，我們未能得知，但卻極易與馬郎婦中
的金沙灘相混。〔註56〕在詩贊中我們已經可以找到兩者相混的情形，如壽涯

〔註53〕《夷堅志補》卷二十四，商務書局，1927年。海州朐山在今江蘇省東海縣。
〔註54〕關於畫家與畫像的問題，詳參第四章第三節〈魚籃觀音畫像考〉。
〔註55〕南宋道融《叢林盛事》卷下云：「金沙灘頭菩薩像，有畫作梵僧肩挂杖挑髑
　　　髏，回顧馬郎婦勢。」其後並錄四明道全之贊：「等觀以慈，鉤牽以欲。以
　　　楔出楔，以毒攻毒。三十二應，普門具足。只此一機，奪千聖目。雲鬟霧鬢，
　　　輕紗薄縠。大地橫陳，虛空摩觸。靈骨鎖金，寒沙埋玉。驚鴻縹渺銀漢斜，
　　　缺月東西挂疏木。」與隱山燦和尚之贊：「丰姿窈窕鬢欹斜，賺盡郎君念法
　　　華。一把骨頭挑去後，不知明月落誰家。」（《卍續藏經》冊一四八，頁45）
　　　又今日本細川侯爵家所藏之宋末絹本著色馬郎婦圖，原爲藏於大德寺的寶
　　　物，其畫中央有一義女手執經卷，經卷紐帶被解開之狀，觀音上方並描有月
　　　輪之像，圖上題有石溪心月禪師的兩首偈。（參望月佛教大辭典，頁4864）
　　　另馬郎婦像亦有作女人形，右手持《法華經》，左手執頭骸骨。（參《觀世音
　　　菩薩本事》，頁165）
〔註56〕《夷堅支志》庚志卷五記有〈金沙灘舟人〉一事，其地點在竟陵（湖北天門
　　　縣）與沅州（湖南沅陵縣）之間的金沙灘（參宋洪邁《夷堅支志》，商務書局，
　　　1927年），而《堅瓠餘集》卷一則有〈金沙灘童子〉，故事在湖北鄂城金沙洲

禪師的〈漁家傲‧詠魚籃觀音〉：

> 深願弘慈無縫罅，乘時走入眾生界。窈窕丰姿都沒賽，提魚賣，堪
> 笑馬郎來納敗。　　清冷露濕金襴壞，茜裙不把珠瓔蓋。特地掀來
> 呈捏怪，牽人愛，還盡幾多菩薩債。〔註57〕

這是題目與內容以魚籃觀音為主，句中出現馬郎婦的例子。而在絕岸可湘禪
師語錄中的〈馬郎婦〉，則是以馬郎婦故事為主，句中加入魚籃：

> 攜魚籃，呈粉面。勾動馬家郎，眼花山影轉。七轉蓮經念到頭，乞
> 與黃金骨一串。〔註58〕

又在元管道昇所畫的魚籃大士像中有中峰和尚的題字：

> 金沙灘頭，腥風遍界，蘋藻盈籃，自買自賣。〔註59〕

這是魚籃觀音故事發生地點的轉變。這些內容相混的情形，是後世兩個故事
相融為一的前例。

　　明代宋濂所作的〈魚籃觀音像贊〉，是現今一般在解釋魚籃觀音時最常引
用的資料，其文云：

> 子按觀音感應傳，唐元和十二年，陝右金沙灘上，有美豔女子挈籃鬻
> 魚，人競欲室之。……僧曰：「此觀音示現以化汝耳。」……〔註60〕

全文所言實即〈馬郎婦〉的故事，與前代記錄不同之處，只是美女乃是位提籃
賣魚的婦人，魚籃在此篇像贊中僅僅出現一次，它的出現只是做為美女出場時
引人注意的方法，在故事後文中，魚籃與整個情節發展毫無關係，故美女是否
提籃賣魚實非重點，可知此雖名為〈魚籃觀音〉，而事則為〈馬郎婦〉的典型作
品。作者云出自《觀音感應傳》，此書究竟為何時何人所作今無可考，〔註61〕
然後世所云之魚籃觀音者，非出自於宋濂之作即來自此書。〔註62〕

（參《堅瓠餘集》，《筆記小說大觀》二十三編，新興書局，1979）。此兩則故
事與魚籃觀音無關，但其地點卻在湖北、湖南之間，故疑長沙附近亦有一地
名為金沙灘，然於方志中並無記載。

〔註57〕《全宋詞》，明倫出版，1970年，頁213。

〔註58〕《卍續藏經》冊一二一，頁500。

〔註59〕《爽籟館欣賞》第二輯第三十二幅，日本阿部孝次郎編，1939年出版。

〔註60〕同註1。

〔註61〕元覺岸《釋氏稽古略》卷三之〈馬郎婦〉（同註30），亦注云出《觀世音菩薩
感應傳》，然文內並無美女提籃賣魚的前文，不知是否為同引書。胡萬川先生
對此書年代的推論為：「不早於南宋中期」。參胡氏，〈延州婦人──鎖骨菩薩
故事之研究〉，頁131。

〔註62〕如清周克復，《法華經持驗記》卷上（《卍續藏經》冊一三四，頁467）；同前

明代時凡提起魚籃觀音者，便多以馬郎婦故事說之，而馬郎婦也被確定為觀世音菩薩的化身，故自此之後，世人所了解的魚籃觀音即是馬郎婦觀音，馬郎婦觀音也就是魚籃觀音，兩者便成為同源異名的故事。

第二節 靈照與龐居士事蹟

靈照一生超凡脫俗的生活，被後人稱作是觀世音菩薩的應現，尤其是她編售竹漉籬以供朝夕生活所需的典故，被世人稱作為「魚籃觀音」，我們將此傳說列為魚籃觀音的第二個傳說類型。

靈照大約是唐元和中人（西元 806～820 年），在許多禪宗燈錄或居士傳中，〔註63〕我們都可以找到她父親龐蘊居士的傳記，而靈照的言行事蹟就被記載在龐蘊傳記中。龐蘊字道玄，衡州衡陽人（今湖南衡陽），父親任衡陽太守，家中世代業儒，唯獨龐蘊喜好參禪，常與佛門中人交往。元和年間，與妻子兒女移居襄州（今湖北襄陽），躬耕於鹿門山下，後世譽稱他是「襄陽龐大士」、「東土維摩」，其生平言行及與禪師居士間的對話，由他生前的好友于頓編錄成《龐居士語錄》三卷。〔註64〕

龐居士一家與禪師好友間的問答，總是機鋒迅捷，深含言外之音，今將龐蘊傳記中有關靈照的記述錄之於下：

> 丹霞天然禪師一日來訪居士，才到門首，見女子靈照攜一菜籃，霞問：「居士在否？」照放下菜籃斂手而立。霞又問：「居士在否？」照提籃便行，霞遂去。須臾居士歸，照乃舉前話，士曰：「丹霞在麼？」照曰：「去也。」士曰：「赤土塗牛嬭。」〔註65〕

> 居士一日在茅蘆裡坐，驀忽云：「難難難，十碩油麻樹上攤。」龐婆

人，《觀音經持驗記》卷上（《卍續藏經》冊一三四，頁485），皆引宋氏文。清姚福均，《鑄鼎餘聞》卷四（《中國民間信仰資料彙編》冊二十，學生書局，1989年初版，頁441）；清孫壁文，《新義錄》卷九十四（《中國民間信仰資料彙編》冊二十一，頁246）；《集說詮真》——〈觀音〉（《中國民間信仰資料彙編》冊二十二，頁356），則引出《觀音感應傳》。

〔註63〕參《五燈會元》卷三（《卍續藏經》冊一三八，頁60），《釋氏稽古略》卷三（《大正藏》冊四十九，頁832），《佛祖歷代通載》卷十五（《大正藏》冊四十九，頁617），《指月錄》卷九（《卍續藏經》冊一四三，頁107），《居士傳》卷十七（《卍續藏經》冊一四九，頁430）。

〔註64〕現存本為明崇禎十年（西元1637年）所重新刊行，參《卍續藏經》冊一二〇。

〔註65〕《龐居士語錄》卷上（《卍續藏經》冊一二〇，頁28）。

曰：「易易易，如下眠床腳踏地。」靈照曰：「也不難，也不易，百草頭上祖師意。」〔註66〕

元和中，居士北遊襄漢，隨處而居，有女靈照，常鬻竹漉籬以供朝夕。〔註67〕

居士一日坐次，問靈照曰：「古人道：明明百草頭，明明祖師意。如何會？」照曰：「老老大大作這箇語話。」士曰：「你作麼生？」照曰：「明明百草頭，明明祖師意。」士乃笑。〔註68〕

居士因賣漉籬，下橋喫撲，靈照見，亦去爺邊倒，士曰：「汝作什麼？」照曰：「見爺倒地，某甲相扶。」〔註69〕

居士將入滅，謂靈照曰：「視日早晚，及午以報。」照遽報：「日已中矣，而有蝕也。」士出戶觀次，照即登父座，合掌坐亡。士笑曰：「我女鋒捷矣！」于是更延七日。〔註70〕

其實我們所能得知有關靈照的生平也僅僅如此，各本記載皆大同小異，但從這些簡單的對話中，不難得見靈照特殊的思想與性格，與一般世俗女子差異甚多，尤其是她對禪的了解，無不一一的表現在行住坐臥之中。在歷代祖師大德中，能自知時日者並不多，而靈照卻能在瞬間合掌坐亡，可知其平日用功之深，難怪連龐居士都稱：「我女鋒捷矣！」

在南宋、元代的禪宗語錄中，也有許多有關靈照的詩贊，今將它們略錄於後：

《石田法薰禪師語錄》卷四——靈照女：

惡種草，生冤家。笊籬定價，分文不差。末梢猶巨耐，機先不讓爺。

〔註71〕

《西巖了慧禪師語錄》卷下——丹霞見靈照：

當風鴉臭氣，一箇豆娘兒，熏得行人走，衝爺皺斷眉。〔註72〕

《西巖了慧禪師語錄》卷下——靈照女：

〔註66〕同註65，頁31。
〔註67〕同註65。
〔註68〕同註65。
〔註69〕同註65。
〔註70〕同註65。
〔註71〕《卍續藏經》冊一二二，頁34。
〔註72〕同註71，頁179。

無底籃兒，無柄笊籬，閑家潑具，賣與阿誰。自對丹霞呈醜拙，至今羞澀畫娥眉。

指點誰家子，將呈潑笊籬，物輕情意重，不使老爺知。〔註73〕

《希叟紹曇禪師廣錄》卷七——靈照女 把笊籬邊有錢：

幾對丹霞鬥話機，惡心腸有老爺知。笊籬舀得春風滿，不直分文賣與誰。〔註74〕

同上——讚禪會圖之一：丹霞見龐居士 靈照斂手而立

放下菜籃，深深斂袂，瞞得丹霞，難瞞自己。惡機關被老爺知，赤土塗牛妳賞伊。

同上——讚禪會圖之四：居士看日 靈照先化去

這豆娘兒，短頭折腳，弄鬼精魂擾先一著。看日龐公監本獸，深深好與一坑埋。〔註75〕

《偃溪廣聞禪師語錄》卷下——靈照賣笊籬：

手把長長竹漉籬，與爺同樂又同悲。輕如毫末重山嶽，十字街頭賣與誰。〔註76〕

《無準師範禪師語錄》卷五——靈照女：

有髻重肩，無鞋磚腳，一掬精神，十分銷鑠。最苦拈來潑罩籬，風前索價無人著。〔註77〕

《北磵居簡禪師語錄》——靈照女：

屋裡橫機抗老爺，門散斂袂對丹霞。爺生娘養好兒女，有得許多無賴吒。〔註78〕

《絕岸可湘禪師語錄》——靈照女：

拋世業，蹈玄機，阿爺無藉賴，女子更頑皮。情知未若貧而樂，特故沿街賣笊籬。〔註79〕

《石溪心月禪師語錄》卷下——靈照女：

〔註73〕同註71，頁183。
〔註74〕同註71，頁158。
〔註75〕同註71，頁160。
〔註76〕《卍續藏經》冊一二一，頁152。
〔註77〕同註76，頁476。
〔註78〕同註76，頁81。
〔註79〕同註76，頁500。

> 盡道家貧賣笊籬，潑天富貴許誰知。風前斂手一轉語，未必丹霞識
> 得伊。〔註80〕

從以上的詩贊看來，其所述及的內容，大都與《龐居士語錄》中的事蹟相似，
並無較特殊之處。

明宋濂亦有〈魚籃觀音〉和〈靈照女〉兩首詩贊：

> 惟觀世音，誓救群迷，現不實相，變滅斯須。破凡夫執，返乎物初，
> 一眞所攝，萬境自如。
> 惟靈照女，入不思議，以般若種，得方便智。聚首而談，無非實際，
> 至今靈光，照乎天地。〔註81〕

從這兩首詩贊的內容來看，前一首所指的應該就是馬郎婦的魚籃觀音傳說，
後者則是讚嘆靈照的智慧，前後兩首詩贊的主題，顯然描述的是兩個不同的
人物，故作者並不認爲魚籃觀音與靈照是同一個人物。這種情形在上述的禪
宗語錄中，亦有相同的狀況，許多被題名爲〈靈照女〉、〈魚籃觀音〉、〈馬郎
婦〉的詩贊，常常同時出現在同一位禪師的語錄中，它們既題名不同，內容
亦有所差異，故知在宋元時代三者所指的應是不同的人物。

後藤大用先生在解釋魚籃觀音時，認爲魚籃觀音是因靈照而來，其文云：

> 魚籃觀音，手持魚籃的觀音。另有手持竹漉籬者，叫竹漉籬觀音，
> 後來考證竹漉籬就是魚籃，故稱作魚籃觀音。竹漉籬觀音信仰由來
> 是龐蘊大士的女兒靈照，就是觀世音菩薩的應化身。……靈照女就
> 是觀音菩薩的應現，畫出手持竹漉籬的觀音，後來竹漉籬變魚籃，
> 形成魚籃觀音。〔註82〕

事實上，在諸燈錄史籍與禪宗語錄中，並未見到稱靈照爲觀音化身的記載，
也沒有提及靈照與魚籃觀音有關的文字，此語乃首見於元雜劇〈龐居士誤放
來生債〉之中，劇中稱靈照原爲「南海普陀落迦山觀音菩薩」，〔註83〕可知靈
照爲觀音應現的說法，純是由文學作品或民間附會而來。靈照之所以被世人
傳爲觀世音菩薩的化身，實因其清淨超脫、安貧樂道的生活，與機鋒迅捷的
禪語智慧，似非一般世俗所能想像，加上她入滅時的奇蹟，故將平日信仰最

〔註80〕《卍續藏經》冊一二三，頁 67。
〔註81〕《宋學士全集補遺》卷三。
〔註82〕後藤大用著，黃佳馨譯，《觀世音菩薩本事》，天華出版，1989 年三版，頁
158。
〔註83〕〈來生債〉——劉君錫著（元末明初人），參《元曲選》本，藝文印書館。

深的觀世音菩薩與靈照連想在一起，而稱她是觀音的應現。

關於竹漉籬一物，我們可以在龐蘊傳中見到它與龐居士一家的關係：

> 時居襄陽，靈照常隨製竹漉籬，售之以供朝夕。〔註84〕

> 居士一日在洪州市內賣筕籬，見一僧募化……。〔註85〕

> 嘗以舟載家珍數萬，沈之湘流。元和初，歸襄陽棲巖竇，與妻子及
> 女靈照，市鬻竹器以自活。〔註86〕

竹漉籬是一種用竹編製的器具，漉字解作浚也、瀝也、滲也，〔註87〕因此竹漉籬可能是用來瀝水，撈取水中之物的竹器，大概也可用來盛魚或漉魚，但竹漉籬是否就是魚籃，或是在後代變成魚籃，我們就無法確知了。

那麼世傳魚籃觀音即是因靈照手持竹漉籬的形象而來的原因究竟是為何？《望月佛教大辭典》引《江戶砂子》第五云：

> 魚籃觀音未見本說，疑是因見靈照女提籃之像，而誤稱她是魚籃觀
> 音。馬郎婦與魚籃則應為同一者。〔註88〕

該書以為馬郎婦與魚籃觀音是同一人，而靈照則為另一人，靈照是因為誤傳而被稱為魚籃觀音的。馬郎婦的傳說與靈照的事蹟是完全不同的兩件事，她們卻同被稱作是魚籃觀音，如果我們從諸燈錄與佛教文獻中探尋，即可發現靈照於何時始被傳稱為魚籃觀音實無記載可尋，而魚籃觀音之名的出現，實較靈照被稱作觀音菩薩應現的時間較早，後世恐是因戲曲稱靈照為觀音菩薩，且馬郎婦與靈照為同一時代的人物（唐元和年間），兩人皆為佛教中行為特異的女子，或由於畫像同為民婦的裝扮，手中又同樣持著竹籃，〔註89〕馬郎婦觀音與魚籃觀音在後來也混為一說，致使後人對靈照的事蹟加以附會、混淆而誤傳，而稱她是魚籃觀音形象的由來。關於這一點，由於有關靈照的資料不足，在三種傳說類型中，靈照與魚籃之間的關係是較為薄弱的。

〔註84〕《佛祖歷代通載》卷十五（《大正藏》冊四十九，頁617）。

〔註85〕筕籬亦是一種用來盛物去汁液的竹器。《龐居士語錄》卷上，頁30。

〔註86〕《居士傳》卷十七（《卍續藏經》冊一四九，頁430）。

〔註87〕《說文》漉，浚也，籔水麁聲。《廣雅釋言》漉，滲也。《正字通》漉，瀝也。

〔註88〕《望月佛教大辭典》，頁630上。

〔註89〕有關靈照的詩讚中曾出現過菜籃，菜籃或是筕籬與靈照所配合形成的畫像，很有可能被誤視為提魚籃的觀音。

第三節　觀音收伏魚精的故事

在馬郎婦與靈照女兩種魚籃觀音的傳說類型裡，魚籃在整個故事情節中，並不具有關鍵地位，觀音與魚籃之間的關係，似乎也僅是作爲造型上的說明，並無較特別的意義。但在觀音收伏魚精的這一類型中，魚籃則顯現了它在前兩種傳說中，從未有過的重要性。在《百家公案》和《西遊記》中，我們找到了關於這個類型的兩則故事。

《百家公案》第四十四回〈金鯉魚迷人之異〉即是敍述觀世音菩薩用魚籃收伏鯉魚精，幫助包公判案的故事。〔註90〕其內容梗概是云：在宋仁宗皇祐三年，揚州儒生劉眞因進京應試未及，留住於京中，後因草字爲金丞相所賞識，移居金府教書得見丞相之女金線而心生愛慕。在碧油潭中有一千年金鯉魚精，於元宵燈節時潛入金府園池之中，每夜以氣噴吐園中牡丹，以引金線折玩，後則化作金線與劉眞結爲夫婦，並誘劉眞同回揚州。自魚精去後，金府園中之牡丹花日漸枯死，金線則爲此花憂傷成病，家僕爲了尋求牡丹花而在揚州巧遇劉眞與魚精化成的金線，故迎二人回府，是知有兩位金線，眾人皆無法辨其眞假，只好請包拯幫忙，包拯以軒轅照魔鏡判定，鯉魚精則吐黑氣使得天日昏暗兩女皆失。包拯召遣水族神兵、天兵、龍王搜緝，鯉魚便竄入南海普陀蓮葉之下，被觀音大士哄入籃中。京中有一鄭翁素信觀音，家中懸掛著觀音像，日日敬事供養，夜夢一中年婦人囑他引見包拯，次日果見婦人手執竹籃，鄭翁引婦人見包拯，告知籃中之魚即是妖魚，包公欲殺魚，婦人不肯，曰自將發落，婦人將賞錢轉贈鄭翁，並云：汝奉我三年之勤，煩將此事傳於世上。鄭翁遂知此乃觀音，更請畫工畫手提魚籃之水墨觀音像，京中人亦皆仿之，稱之爲魚籃觀音。後包拯作媒，劉眞與金線結爲夫妻。〔註91〕

百回本《西遊記》和《四遊記》中陽至和的《西遊記》，皆有觀音收伏魚精迎救三藏的情節。陽本第三十四回〈觀音老佛母伏妖魔〉和百回本《西遊

〔註90〕《百家公案》（原題《全補包龍圖判百家公案》，《明清善本小說叢刊》第三輯第一函，天一出版，1985 年。）第四十四回〈金鯉魚迷人之異〉的內容與《龍圖公案》（原題《新純像善本龍圖公案》，《明清善本小說叢刊》第三輯第二涵，天一出版，1985 年。）卷六中之〈金鯉魚〉是完全相同的，由馬幼垣教授在〈明代公案小說的版本傳說——龍圖公案考〉（收於《中國小說史集稿》，時報出版，1980 年初版，頁 147～182。）中的考證得知，《龍圖公案》中的故事多源自於《百家公案》，故此處以較早的《百家公案》作爲討論之底本。

〔註91〕參同註90。

記》第四十九回〈三藏有災沉水宅　觀音救難現魚籃〉，敘述三藏一行人在經過通天河時，遇觀音蓮花池中修鍊成精的大金魚作怪，三藏被擄至水中，悟空只好請觀音來救，觀音用自己編製的竹籃，將魚精收伏於籃中，村民即依其像繪圖，稱是魚籃觀音現身。陽本在此段對觀音的描述甚簡，且不稱是魚籃觀音，僅以簡單數字敘之，〔註92〕而百回本則對觀音的造型有非常細緻的描述。當悟空來到南海普陀山時只因性急：

> 拽步入深林，睜眼偷覰著。遠觀救苦尊，盤坐覰殘篾。
>
> 懶散怕梳妝，容顏多綽約。散挽一窩絲，未曾戴瓔珞。
>
> 不掛素藍袍，貼身小襖縛。漫腰束錦裙，赤了一雙腳。
>
> 披肩繡帶無，精光兩臂膊。玉手執鋼刀，正把竹皮削。〔註93〕

觀世音菩薩便以此未曾妝束的模樣，提著一個紫竹籃兒，趕來通天河解救三藏。

> 菩薩即解下一根束襖的絲條，將籃兒拴定，提著絲條，半踏雲彩，拋在河中，往上溜頭扯著，口念頌子道：「死的去，活的住！死的去，活的住！」念了七遍，提起籃兒，但見那籃裏亮灼灼一尾金魚，還斬眼動鱗。……菩薩道：「他本是我蓮花池裡養大的金魚，每日浮頭聽經，修成手段。那一柄九瓣銅鎚，乃是一枝未開的菡萏，被他運鍊成兵。不知是那一日，海潮泛漲，走到此間，我今早扶欄看花，卻不見這廝出拜。掐指巡紋，算著它在此成精，害你師父，故此未及梳妝，運神功，織個竹籃兒擒它。」……一莊老幼男女，都向河邊，也不顧泥水，都跪在裏面，磕頭禮拜。內有善圖畫者，傳下影神，這才是魚籃觀音現身，當時菩薩就歸南海。〔註94〕

　　在《百家公案》中，修鍊成精的金鯉魚是為了情欲而化作女子惑眾，後來在四海龍王的追捕下，逃入南海普陀山的蓮池之中。而在《西遊記》中，水怪則本即是觀音蓮池中所養的金魚，還曾日日聽經修鍊，卻為了吃三藏的肉而作亂。兩者雖在內容型態上略有差異，卻同是以魚精為主要角色，在馬郎婦與靈照女的傳說中，「魚」是不曾出現的，而在這個類型中，魚精不僅是危害人類生命的妖物，還是故事情節推展的中心，且時與南海普陀山的蓮花池發生關係，這象徵了水族生物與人和觀世音菩薩之間的關係。在中國小說中，時有龍魚水

〔註92〕參陽至和著，《四遊記——西遊記》第三十四回，世界書局，1958年。

〔註93〕《足本西遊記》第四十九回，世界書局，1955年。

〔註94〕同註93。

怪幻化作人形，與人相戀，或需祭祀生人當作供品的事例，〔註95〕〈觀世音菩薩普門品〉云：

> 或漂流巨海，龍魚諸鬼難，念彼觀音力，波浪不能沒。……或遇惡
> 羅剎，毒龍諸鬼等，念彼觀音力，時悉不敢害。〔註96〕

〈普門品〉中這段觀音能解龍魚諸鬼難的經文，應是這故事請觀世音菩薩解難的原因吧！

至於魚籃，在故事中也具有較顯著的地位，它不僅是觀音用來降伏魚精的道具，也代表了菩薩護念眾生的慈悲。在《百家公案》中，鯉魚精是在被四海龍君追逼無路的情況下，才躲入蓮池的，觀音以「哄」的方式將它罩在籃中，當案情明瞭包拯欲烹煮魚精時，觀音慈悲不願鯉魚被殺，反提著魚籃回南海，這情節充滿了菩薩大慈大悲的情懷。而在《西遊記》中，觀音說妖怪本是她蓮池中所養的金魚，故早已料知，且織個竹籃擒它帶回南海，這金魚與《公案》中的魚精是否有關我們不得知，但不論這魚精是如何作怪，觀音都能如慈母般，用個竹籃輕易的將它馴服，這一點表現出觀世音菩薩對水族動物和惡習難馴之眾生特別的眷顧，〔註97〕這應是此一類型魚籃觀音較特殊的意義。

在《百家公案》中觀音是以中年婦人的形象出現，這與馬郎婦類型中的美女子，或年輕機智的靈照比較起來著實不同。文中敘及觀音時云：

> 時都下有一鄭翁，平素重善，家中掛一張淡墨所畫懶裝觀世音形像，
> 日日敬事無厭，……次早直到河邊看，果見一中年婦人手執竹籃，
> 立在楊柳樹下等著。〔註98〕

楊柳枝是觀音的象徵，因此手執竹籃的中年婦人，正是最後說明魚籃觀音現身的伏筆。那麼所謂的「懶裝」是何意？在《西遊記》中當悟空看見觀音時，亦是「懶散怕梳妝，容顏多綽約。散挽一窩絲，未曾戴瓔珞。」的模樣，八戒也稱她是「一個未梳妝的菩薩」。〔註99〕《西遊記》在這一回中，之所以對

〔註95〕參鄭明娳著，《西遊記探源》上冊，文開出版，1982年，頁244。

〔註96〕《大正藏》冊九，頁57下。

〔註97〕在《南海觀世音菩薩出身修行傳》中（天一出版，1985年，頁79～81），亦有觀世音菩薩救南海龍王三太子的故事，龍女爲此事而與觀音學道，龍王謂此後「水族永無沉溺之個」，可見水族對觀世音菩薩的敬重。

〔註98〕同註90。

〔註99〕同註93。

觀音的形象作如此刻意而細膩的描繪，實因觀音在這裡未以菩薩的妝束出現，與平時一般人所想見的不同，故在《公案》與《西遊記》最後，都曾提到魚籃觀音畫像的由來，關於這一點應與傳說的原始面貌有密切的關係。

不論是《百家公案》或《西遊記》，都是明代相當著名的文學作品，在兩者未刊刻成書以前，都早已透過口耳相傳或說話的方式在民間廣泛流傳，不但故事多來自民間，內容也不斷的被改編、潤飾，因此我們很難追溯到它們的原貌或知道它們究竟從何而來。在《西遊記探源》中曾引《遊宦紀聞》卷四僧張聖者的詩：「長沙過了金沙灘，望岸還知到岸緣。」作者云：「也許金沙灘正表示著通天河故事較原始的風貌。」〔註100〕我們在與魚籃觀音有關的禪宗詩贊中，曾經發現了兩次提及「長沙」的地名，而在馬郎婦的詩贊中，「金沙灘」更是不斷的出現，〔註101〕長沙和金沙灘所隱射的內容，究竟與通天河故事中的魚籃觀音有多少關係，由於民間文學資料的缺乏，我們很難把它們之間的關係連接起來。雖然文學作品可能已經過文人的誇飾和附會，但這兩則故事在對魚、魚籃與觀音造型上的描述，實有助於我們對魚籃觀音的傳說衍化有更多的了解。

不過關於這一類型的故事，它形成的時間可能較晚，至少是在南海普陀觀音信仰流行之後，〔註102〕而且故事中又夾雜了許多中國民間信仰的神明，如四海龍王、城隍等，故知它並非屬於單純的佛教勸善或宣教故事，而是一較具娛樂性、大眾化的作品。魚籃觀音在這一類型中，可說僅是南海觀音應現事蹟中的其中一種形象，也就是說魚籃觀音乃是附屬於做為本尊信仰的觀世音菩薩之下，不過也有可能是編撰者為了故事情節的需要，或為了解說一般觀世音菩薩形象與魚籃觀音畫像由來的不同，特在故事中加入潤飾後的魚籃觀音傳說。

〔註100〕同註95，頁247。

〔註101〕參第三章第一節。

〔註102〕百回本《西遊記》中的觀音菩薩已是完全的女性化，且稱她是「南海落伽山普陀崖紫竹林潮音洞觀世音菩薩」。大約在宋代以後，妙善故事已被許多中國人視為觀音成道之前的生平事蹟，大家稱妙善作「南海觀世音菩薩」(《南海觀世音菩薩出身修行傳》，同註97)，南海指的即是其居所（中國舟山群島的普陀山），其本身發展的宗教基礎，實融合了佛道兩教，並非原佛教的觀音信仰，因此《西遊記》中的觀音菩薩應是妙善傳說信仰的延伸。

第四章　魚籃觀音傳說析論

第一節　傳說類型與名稱由來的商榷

　　第三章所討論的三個有關魚籃觀音的故事類型，幾乎是來自於三個不同系統的傳說，或許在發展與孳衍的過程中，曾經彼此互相影響，但在資料上，我們並沒有完整的證據或線索可以證明。不過可以確定的是，最晚從明代開始，三種傳說都被世人稱作是魚籃觀音的由來，並廣泛的流傳於民間，成為許多小說、戲曲等通俗作品中的主題。

　　在這個傳說中凡有「魚」的出現，我們所見到的都是錦鯉魚、金鯉魚、金魚等，在畫像中的魚，也都是睜著大眼，生猛活現的鯉魚。鯉魚、金魚都是中國非常名貴的魚類，尤其是鯉魚，堪稱為魚中之王，用它做為故事中的重要角色，必然有它的意義，一方面它既修成魚精，必定是較高貴而具有靈性的魚類，另一方面魚中之王亦可代表所有的魚族或水族生物。佛教中有以木刻魚像，稱做「木魚」的法器，它具有警眾的作用，取它為像乃是因魚晝夜未嘗合目，以其象徵若欲修行，即必需如魚晝夜忘寐，恆常精進的意思。〔註1〕在我們分析馬郎婦型的傳說裡，那些題名與魚籃有關的詩贊中，曾有數首提及魚目、魚眼（或稱智眼），〔註2〕不知魚籃中的魚是否也具有警眾的象徵意義。

〔註1〕　參《敕修百丈清規》卷九法器章：「相傳云：魚晝夜常醒，刻木象形擊之，所以警昏惰也。」（《大正藏》冊四十八，頁 1156 上）又王定保著，《摭言》卷十五：「魚晝夜未嘗合目，亦欲修行者晝夜忘寐，以至於道。」
〔註2〕　參第三章第一節〈關於延州婦人與馬郎婦的傳說〉。

關於魚籃一物，將它作為此一觀音的名稱，也必定其來有因。是否這個傳說與魚族或水族生物有關？如果關涉，那麼魚籃可能具有放生或戒殺生的意義。蓋佛教以為放生具有莫大的功德，以今日的道德觀來看，放生與戒殺正如同對一切自然生命的尊重與珍惜。不過對於「魚籃」一詞的由來，許多資料卻言：乃是由「盂蘭」二字訛傳而來。如清俞正燮在〈觀世音菩薩傳略跋〉中云：

> 魚籃觀音則由俗人訛傳，佛說七月十五日救面然餓鬼，面然者，觀音變相，以附目連。《盂蘭盆經》：盂蘭盆者，正言盂蘭婆那，言救餓如解倒懸，而俗訛魚籃觀音。〔註3〕

所謂的「盂蘭盆」乃是由梵名音譯而來，又作「烏藍婆拏」，〔註4〕其意是指亡者之苦，有如倒懸。據《佛說盂蘭盆經》的記載：佛弟子大目乾連，以天眼通見其亡母墮於餓鬼道之中，皮骨相連而不得飲食，目連悲哀且以鉢盛飯往餉其母，食未入口即化成火炭，目連為救亡母脫離此苦，即依佛說，於七月十五日僧自恣時，將百味飲食置於盆中供養三寶，是以救七世父母出三途之苦。〔註5〕

《玄應音義》卷十三云：

> 盂蘭盆此言訛也，正為烏蘭婆拏，此譯云倒懸。按西國法，至於眾僧自恣之日，盛設供具，奉施佛僧，以救先亡倒懸之苦。舊云盂盆是貯食之器，此言訛也。〔註6〕

宋元照的《盂蘭盆疏新記》上卷亦云：

> 按應法師經音義云，梵語烏藍婆拏此翻倒懸，今詳烏藍即盂蘭也，婆拏即今之盆也，是則三字並是梵言，但音之訛轉耳。〔註7〕

〔註3〕《癸巳類稿》卷十五，叢書集成三編，安徽叢書，藝文印書館出版，1971年。《集說詮真》、《鑄鼎餘聞》卷四（《中國民間信仰資料彙編》冊二十二、二十，學生書局，1989年。）亦皆引此說。另李聖華，〈觀世音菩薩之研究〉亦言：「或云魚籃乃盂蘭之訛。」（收於《主題學研究論文集》，陳鵬翔編，東大出版，1983年初版，頁337。）澤田瑞穗〈魚籃觀音的傳說〉亦引俞氏文並言：「這不是偶然的音通而產生民間語源說，而是由施餓鬼和放生等盂蘭盆會的實際行事連想到魚籃的魚。」（收於《中國文學論著譯叢》下冊，王秋桂編，學生書局，1985年初版，頁1050。）

〔註4〕梵語為avalambana，參《佛光大辭典》頁3454。

〔註5〕《大正藏》冊十六，頁779中。

〔註6〕《卍正藏》第三十五套第二冊，頁23。

〔註7〕《卍續藏經》冊三十五，頁100下。

是故「盂蘭盆」爲一完整的詞，乃由音譯之轉訛而來，不可簡稱爲「盂蘭」。〔註8〕又所謂的「面然餓鬼」是由《佛說救面然餓鬼陀羅尼神咒經》而來，「面然」是指阿難在夜中見到一名叫面然的餓鬼，面然對阿難云：「後三日汝命將盡，即便生此餓鬼之中。」阿難恐慌，請詣佛所，佛即告阿難施食餓鬼之陀羅尼咒法。〔註9〕因此俞文所云「面然者，觀音變相，以附目連」實有待商榷，況魚籃與盂蘭今音雖同，在中古語音上卻不相同，「魚」，《廣韻》：語居切，《韻會》、《正韻》：牛居切，皆屬「疑」母字；「盂」，《廣韻》：羽俱切，《韻會》、《正韻》：雲俱切，皆屬「爲」母字；「籃」爲下平「談」韻，「蘭」則爲上平「寒」韻，雖亦雙聲，然其韻尾鼻音不同，故不可言因音通或音同所產生的語源關係，是盂蘭訛傳爲魚籃的原因。不過魚籃與盂蘭雖無語源上的關係，但其放生、戒殺生與布施眾生的精神，則是同樣源於佛教對一切眾生的慈悲心與平等心。

與魚籃觀音關係眞正密切的應該是畫像。在馬郎婦類型中我們找到了許多有關馬郎婦與魚籃的像贊，這些像贊都是因畫而題的；而靈照之所以被稱爲魚籃觀音，亦是由像的誤傳而來；至於觀音收伏魚精的類型，在故事最後亦必提及爲觀音畫攜魚籃像的情節。〔註10〕由此看來，畫像應是這個傳說流傳廣泛，並且增入許多附會與內容的最大因素。

觀世音菩薩在〈普門品〉中即有三十三身隨處應現的說法，加上種種應驗與靈感事蹟的流傳，畫家常汲取其中的典故或傳說，加入自己的創意而作畫，這是形成歷代觀音像有多種造型的原因，魚籃觀音即是其中一種。後人在欣賞觀音提魚籃的畫像時，必會探問其典故，觀賞者很可能會運用自己的創造力爲它作一翻解釋，或是在前人的解釋中再加入自己的想像，魚籃觀音可能就在這種畫像意會的流傳過程中，不斷的加入新的內容與附會，這是今日如此多種傳說類型形成的原因。

另外，故事的形成與孳衍必與其流傳的地域、風俗有關，當我們檢視未加入提籃賣魚之情節的馬郎婦故事時（如《隆興佛教編年通論》卷二十二），發現觀音的應現與當地俗習騎射、沉驁好格鬥的人性有關，善騎射、好格鬥，

〔註8〕《法苑珠林》卷六十二、宗密之《盂蘭盆經疏》卷下，即以爲盂蘭爲「倒懸」之義，而盆爲「救器」，後世多誤採此說。
〔註9〕《大正藏》冊二十一，頁465。
〔註10〕在第三章第一節所提到〈賀觀音〉也與畫像有關。

正是陝西黃土高原等自然環境帶給人們習氣性格的地理因素。南宋之後政治中心南遷，故事的流傳與改編也是以長江流域、江浙地區為重心，江南是為水鄉澤國、魚米之鄉，人的習氣當然與陝地不同，故在後來的傳說記錄中（如宋濂的像贊），雖仍提及陝右金沙灘，卻已不言陝地風俗，而加入美女子提籃賣魚的情節。江浙地區的信仰風氣一向興盛，尤與漁業、海河有關的神明，特別受到人民的重視，這與當地常遭水患、海難有關，因此流傳在此地的馬郎婦故事，加上賣魚的形象以吸引民眾，是可以想見的。〔註11〕而《百家公案》中的魚精故事也曾清楚的說明故事發生在揚州，又《西遊記》的魚精原來則居住在南海普陀山，作怪時則在通天河，這些都與水、水神或水怪有關。〔註12〕故知：在魚籃觀音的傳說中，愈晚加入的故事情節，則愈與水有關，其流傳的地區亦以江南濱海一帶為主。

民間傳說，尤其是與宗教靈驗或宣教有關的傳說，常隨著時空的轉變而加入新的想像與內容，這是傳說能不斷流傳與演變的最大因素，它也可藉此力量，呈現出更神奇、更符合人性、更受人歡迎的生命力，而有關宗教的傳說故事也是藉此吸引民眾，以擴展它信仰的層面。關於這一點我們可以在後來有關魚籃觀音的文學作品中，見到它們的實例。

第二節　故事主題與教化內容分析

三種有關魚籃觀音的傳說類型，各自代表了不同的思想背景。馬郎婦型的魚籃觀音傳說，與佛教的關係最為密切，不論從其主題或情節來分析，都明顯的表現出它宣教和勸善的痕跡，其中背誦經典——〈普門品〉、《金剛經》、《法華經》，是這一傳說類型相當重要的環節，由這些經典的系統來看，它應是以宣揚《法華經》和法華思想為主的作品。另外在宋元時代的公案及禪宗語錄中，曾不斷出現的「金沙灘頭馬郎婦」與「魚籃觀音」的話頭，表示它

〔註11〕澤田瑞穗先生則以為：「在馬郎婦故事中，起初陝右的俗人充滿著殺伐之氣，喜歡騎射，為了教化他們而有美女出現。因為魚跟騎射相離太遠，所以省略賣魚的事。在起初也許觀音所以勸戒的是包括騎射、漁撈所有殺生的惡行，不過到後來變成漁婦。」（同註3）案戒殺生的目的故然相同，但因地理、環境因素不同，而產生的不同情節，實是因地變巧的權宜，而非省略賣魚或是因魚與騎射相距太遠所造成。

〔註12〕參陳炳良，〈中國的水神傳說與西遊記〉，收於《神話、禮儀、文學》，聯經出版，1985年初版，頁181～200。

也必與禪宗有所淵源，也許它正是來自於禪宗用來作爲某種比喻或包含特殊寓意的典故。至於密教，或許在早期〈延州婦人〉的傳説中，與它有些許關係，但至馬郎婦故事發展完成後，則已完全屬於顯教的思想了。

靈照本身的思想行爲，即是「禪」的代表，她與龐蘊的本事，也一直都被收錄在禪宗燈錄中。而在《百家公案》與《西遊記》中，不但有釋迦牟尼佛、觀世音菩薩，也有玉帝、四海龍王，這顯然是佛道混合的思想。馬郎婦型中觀音是爲教化、勸善而應現，收伏魚精的觀音，則是大慈大悲爲幫助人類除害，也爲勸化魚精而應現。今依其教化內容概分爲幾個重點，分別加以說明。

一、欲　愛

對許多宗教而言，禁欲是神職者與修行者的基本要求，但面對這隱伏於人內在的本原，卻是修行者的一大考驗，因此對欲愛有徹底的認識與覺悟，而非表面的禁欲，才是使身心得到絕對清淨無礙的最好方法。

佛教的愛概分爲兩種，一爲無染污的愛，即善愛；一爲有染污的愛，即不善愛。無染污的愛是指法愛，即對一切眾生無條件的慈悲護念之心；染污的愛則是指欲愛，這是對人事物的貪愛與執著。〔註13〕染污的愛使人心強烈的要求欲望的滿足，就如同饑渴的人必急於求水的渴望，它是衝動、盲目而貪著的，因此欲愛被認爲是一切煩惱障礙的根本，是繫縛生死的根源。

在馬郎婦型的魚籃觀音傳説裡，最主要的意旨恐怕即是在告誡世人不要貪著欲愛，特別是男女間的愛欲。淫欲被認爲是解脫生死的障道法，它在欲界諸欲中是縛人最深、最強的力量，因此在佛教徒的基本五戒中即定有淫戒，對出家僧眾而言，淫行是絕對不允許的行爲，即使是在家眾也要求必需遵守正淫。〔註14〕那麼觀世音菩薩化作美女子以誘男子爭相婚娶的行爲，在佛法中所化表的究竟是一個什麼樣的觀點和意義？宋濂在〈魚籃觀音像贊〉中云：

> 惟我大士，慈憫眾生，耽著五欲，不求解脫。乃化女子，端嚴妹麗，
>
> 因其所慕，導入善門。〔註15〕

四明道全的贊也云：

〔註13〕參中村元等原著，〈佛教愛之釋義〉，收於吳汝鈞，《佛學研究方法論》，學生書局，1983年，頁183～190。

〔註14〕參聖嚴法師著，《戒律學綱要》，東初出版，1988年八版，頁64～67。

〔註15〕《宋學士文集》卷五十一，四部叢刊本，頁403。

等觀以慈，鉤牽以欲，以楔出楔，以毒攻毒。〔註16〕

愛欲既是人們內心最難克服的煩惱，讓世人對它的實相有最深刻的認識和體悟，絕對比一味的節制、斷絕來的重要且受用。〈普門品〉中有云，觀世音菩薩為救濟眾生，「應以何身而得度者，即現何身而為說法」，為教化性格頑強的百姓，最好的方法恐怕即是以女色來引起人們的注意了，因此菩薩化作美女，並以種種導人向善的條件，作為嫁娶的前題，這對貪著愛欲的男子來說應是最好的教訓。

這種「以欲制欲，令入佛智」的方便法在大乘經典中亦多有記載，在《華嚴經‧入法界品》善財童子所參訪的善知識中，即有一位婆須密女發如此心，行如此行：

> 我得菩薩解脫，名離貪欲際，隨其欲樂，而為現身。……若有眾生，欲意所纏，來詣我所，我為說法，彼聞法已，則離貪欲，得菩薩無著境界三昧。……若有眾生，暫執我手，則離貪欲，得菩薩遍往一切佛剎三昧。……若有眾生，見我目瞬，則離貪欲，得菩薩佛境界光明三昧。若有眾生，抱持於我，則離貪欲，得菩薩攝一切眾生恒不捨離三昧。若有眾生，接我唇吻，則離貪欲，得菩薩增長一切眾生福德藏三昧。凡有眾生，親近於我，一切眾生皆得住離貪際，入菩薩一切智地現前無礙解脫。〔註17〕

《維摩詰所說經‧佛道品》亦云：

> 火中生蓮花，是可謂希有。在欲而行禪，希有亦如是。或現作婬女，引諸好色者。先以欲鉤牽，後令入佛道。〔註18〕

《大寶積經》卷八〈密跡金剛力士會〉有更清楚的說明：

> 若有眾生多貪欲者，淫想情色，（菩薩）化現女像，……與共相娛。……卒便臭穢，……便示死亡，益用惡見，因為說法無常苦空。……聞之則達，便發無上正真道意。〔註19〕

在《大寶積經》中的這段舉說，正與馬郎婦的故事情節相類，因此以愛欲做為利益眾生的方便法，可以確定是大乘佛法中的善巧權宜，不過其重點絕不

〔註16〕《叢林盛事》卷下（《卍續藏經》冊一四八，頁45）。
〔註17〕《大正藏》冊十，頁365下。
〔註18〕《大正藏》冊十四，頁550中。
〔註19〕《大正藏》冊十一，頁44上至中。

在「以欲鉤牽」，而是在透過虛妄幻化的無常，表現一切染淨之境皆是由心所造的「諸法性空」。

不過，無常與空性的哲理對一般民眾而言，是很難真正體悟的，因此馬郎婦的故事之所以能吸引群眾而流傳廣泛的重要因素之一，反而是在大眾認為美女即是活生生的菩薩，或愛欲亦能達成解脫的想法。澤田瑞穗即云：

> 然而，這個故事廣泛地受一般人歡迎，似乎是因為大家把表面上的愛
> 欲否定解釋為內面的愛欲肯定──依佛法淫欲昇華的道理。〔註20〕

因此佛典對此故事的記載，雖具有引導眾生離欲的深切含意，但對於不能深入思考、了解真意，或根本不願少欲知足的眾生而言，究竟能達到幾分「令入佛智」的效果，恐怕就很難確知了。

二、諷誦經典

經典的廣泛流傳，是傳播佛教的重要方法，而讓人人熟知經典，更是佛教深入民心、植根民間的重要管道。在馬郎婦故事中，美女以背誦經典做為選擇夫婿的條件，也是一項非常明顯而重要的教化方式。讀誦經典被認為是了解佛法與入道的要津，《般若經》便提到對經典的聽聞、受持、諷、誦、解說、書寫、供養、施他、正憶念、如說行，不但能誘導激發信者的信仰追求，具有莫大的利益功德，更是修學般若的方便法，《法華經》也說經典的受持、讀、誦被稱作是「五種法師」。〔註21〕《大智度論》卷五十七也云：

> 信根多者，喜供養佛舍利；慧根多者，好讀誦經法。〔註22〕

《法華經》、《金剛經》、〈普門品〉一直是最受中國人歡迎的幾部經典。〈普門品〉是觀世音菩薩的信仰依據，以闡揚觀世音菩薩耳根圓通的證悟方法為主，它原屬於《法華經》中的一品，卻被單獨成立為一經，可知中國人對它的重視與偏愛。而《法華經》則是天臺宗立說的重要依據，其思想是以與般若相攝的空性說為主，在《高僧傳》中所列舉的講經、誦經者，便以講誦此經的人數為最多，而在敦煌所發現的寫經中，此經所佔的比例也非常的高，直至元明清各朝，《法華經》的流傳一直不衰。〔註23〕《金剛經》則原包括在

〔註20〕澤田瑞穗著，前田一惠譯，〈魚籃觀音的傳說〉，收於王秋桂編，《中國文學論著譯叢》下冊，學生書局，1985年初版，頁1052。
〔註21〕參印順法師著，《初期大乘佛教之起源與開展》，正聞出版，1989年五版，頁1267。
〔註22〕《大正藏》冊二十五，頁465下。
〔註23〕參中國佛教協會編，《中國佛教》第三冊──〈中國佛教經籍〉，知識出版，

《大般若經》卷五百七十七之中，屬於四處十六會中的第九會，由於它與禪宗有深厚的關係，而三論、天台、賢首、唯識各宗亦有其注疏，加上它無住生心、重視般若的證悟，一直是佛教經籍中無人不知的重要經典。此三部經典的宗趣可以說都是以般若思想爲主，因此在故事中以它們做爲考驗群眾的方法，亦代表此傳說旨在弘揚般若思想及重視人民智慧開發的特點。

讀誦經典除了能夠逐漸體會經義之外，甚至能因此悟道而具有不凡的力量，在《續高僧傳》和《宋高僧傳》中，便記錄了許多因讀誦經典而產生不可思議神力和奇蹟的僧人。〔註 24〕不論這些記載是真實的，或只是被後人渲染的傳說，可以確定的是，讀誦經典的確是進入佛道的一大法門，即使是一個資質較差的學道者，只要他願意認真努力，也可以因不斷的讀、不斷的諷誦，而對教理能有通達融會的理解，因此諷誦經典可說是個踏實而不假外求的修行方法。

三、不淨觀

如果馬郎婦的故事對教化民眾戒慎愛欲的主旨不夠明確，那麼美女突然死去，並且身壞腐爛的情節，便是佛教針對人類貪著、癡心與五欲所設計的重要修行法門——不淨觀。

> 一刹那間，遽爾變壞。昔如紅蓮，芳豔襲人。今則臭腐，蟲蛆流蝕。
>
> 世間諸色，本屬空假。眾生愚癡，謂假爲真。類蛾赴燈，飛逐弗已。
>
> 〔註 25〕

這是宋濂在〈魚籃觀音像贊〉中所提到的，從美女突然變成腐屍的情景，可能是一般人很難接受的事實，但對許多修行者而言，這卻是對治貪欲所習用的禪觀。

不淨觀即是四念處觀法中的「觀身不淨」，〔註 26〕它包括了觀自身不淨與觀他身不淨兩種方法，觀自身不淨即觀自己自生至死，由內至外悉皆不淨的「五不淨相」；〔註 27〕觀他身不淨則是觀他人死屍腐爛的過程，也就是「九相

1989 年初版，頁 138～142。

〔註 24〕參冉雲華，依聞譯，〈諷誦的力量〉，收於《中國佛教泛論》，《世界佛學名著譯叢》冊四十八，華宇出版，1986 年，頁 127～138。

〔註 25〕同註 15。

〔註 26〕四念處觀法指：觀身不淨、觀受是苦、觀心無常、觀法無我。參《大智度論》卷十九（《大正藏》冊二十五，頁 198 下）。

〔註 27〕五不淨相：一者生處不淨，二者種子不淨，三者自性不淨，四者自相不淨，

觀」，「九相觀」包括了脹相、青瘀相、壞相、血塗相、膿爛相、噉相、散相、骨相、燒相等九種觀想。《大智度論》卷二十一對九相觀的對治便有很清楚的說明：

> 膨脹相、壞相、噉相、散相，多除形容愛；血塗相、青瘀相、膿爛相，多除色愛；骨相、燒相，多除細滑愛。〔註28〕

　　正由於人多不願意面對死亡，以及死亡後人身與環境變化的種種事實，因此大多數的人對於死亡都帶有或多或少恐懼感，並且對身體、欲愛產生無法割捨的貪執。九相觀對於貪著五欲享受，耽戀美好事物的人們，可說是最直接而有效的破執法了，當人們眼見本是眾人爭相奪愛的美女，在一剎那間卻變成壞腐膿爛的死屍時，必定能有所警惕和反省。尤其是對前面所提到的「先以欲鉤牽，後令入佛道」的方便法，不淨觀可說是針對這一點所做的進一步闡釋。《大智度論》卷二十一即云：

> 是九相斷諸煩惱，於滅淫欲最勝。〔註29〕

《楞嚴經》卷五亦云：

> 觀不淨目，生大厭離。悟諸色性，以從不淨。白骨微塵，歸於空虛。
> 〔註30〕

因此整個故事中「以欲鉤牽」的方便法與不淨觀的禪觀法的前後呼應，正透露著馬郎婦故事的主題與教化重點。

四、放生與殺生

　　在馬郎婦故事中，觀音提籃賣魚的情節雖與整個故事的發展沒有關連，但由於傳說流傳的地域來看，馬郎婦型的魚籃觀音，應是以江浙一帶沿海居民為主所編撰的傳說，因此魚籃中的魚絕不是為了吃食，而是含有戒殺生的意義，此外，觀音收伏魚精故事中的魚籃，亦代表了慈悲放生的含意。

　　戒殺是五戒中的基本戒律之一，戒殺在於發自內心對生命的尊重與憐憫，基於自覺、理性、慈悲心與菩薩行，佛教只有救護一切眾生，絕無殺害有情生命之行。經云：

　　　　五者究竟不淨（參同註26）。
〔註28〕《大正藏》冊二十五，頁218上。
〔註29〕同註28，頁217下。
〔註30〕《大正藏》冊十九，頁125下。

斷殺生，離殺生，棄刀杖，慚愧，慈悲，利益哀愍一切眾生。〔註31〕

若有欲殺我者，我不喜。我若所不喜，他亦如是，云何殺彼！作是覺已，受不殺生，不樂殺生。〔註32〕

云何正業？離殺、不與取、邪淫，是謂正業。〔註33〕

為戒殺所行的慈悲行與無畏施，就如同儒家所提倡的仁義之心與惻隱之心，我既不願被殺受苦，亦以同樣的心情推己及人，乃至一切眾生，一切有情生命，因此戒殺生不僅是佛教護生與菩薩行的積極表現，更具有愛惜自然環境與守護一切生命自由的現代意義。

戒殺的進一步行動即是放生，在佛陀時便制有放生器，以便將日常生活中所羅漉到的水中生物，放之於泉池河水之中。中國在天台智者大師時，始制有放生池，以便讓以漁業為生的人們放魚於此，並為放生物授三皈五戒以結法緣，然後放之於海中。〔註34〕放生與戒殺生是基於同樣的慈悲之心，戒殺使眾生得以安穩，放生則使瀕臨危險的生命得以繼續生存。對於幾乎沒有一種生物被拒絕於中國美食之外的情況，以及許多生物瀕臨絕種的環境破壞，戒殺生與放生不僅是魚籃觀音傳說時代的教化主題，也是當今世人應該戒慎反思的重要課題。

第三節　魚籃觀音畫像考

魚籃觀音傳說的廣泛流傳，除了有吸引民眾的故事內容外，更重要的是魚籃觀音造型的親切與平易近人。一般我們所見到的觀音像，雖也令人感受到安詳和藹的慈愛，但大都帶著菩薩崇高典雅而不可侵犯的莊嚴，或身披瓔珞，頭戴化佛寶冠，腳踏蓮花，頂有月輪，或是有多首多臂，手持多種法器的密教觀音，這些都自有其含蘊深厚而令人肅然敬慕的氣質。但今我們所能見到的魚籃觀音像卻與此類造型完全不同，她們看來自然飄逸，宛如提著魚籃的民家婦女，絕無一般菩薩繁瑣華麗的妝束。

從南宋至元代的許多魚籃觀音像贊來判斷，自宋代起應即有以魚籃觀音

〔註31〕《增支部》十集第十七〈生聞品〉（《南傳大藏經》二十二卷下，頁213）。

〔註32〕《雜阿含經》卷三十七（《大正藏》冊二，頁273中）。

〔註33〕《中阿含經》卷四十九《聖道經》（《大正藏》冊一，頁736上）。

〔註34〕參《釋門正統》卷三（《卍續藏經》冊一三〇，頁396上）。

爲主題的畫像，不過現今能確定爲宋人所畫且保存完整的，只有臺北故宮所藏的一幅魚籃觀音。《故宮書畫錄》卷五題：

> 宋人畫魚籃觀音　　軸
>
> 本幅絹本　　縱一○八、五公分　　橫六十一公分
>
> 秘殿珠林續編乾清宮著錄云：
>
> 設色畫觀音趺坐，白衣素披，籃中臥魚置前，無名款。
>
> 鑑藏寶璽　　八璽全〔註35〕

此畫與其他作品最大的不同，即觀音爲趺坐，魚籃則置於坐前，其他畫像則多爲立姿，手提魚籃，因此趺坐的魚籃觀音可謂爲此畫的一大特色。此幅畫中的觀音，面貌純淨豐腴，雙目垂廉，神情安然自得，髮際無飾物，素色長衣白裙，衣褶清晰，樸實淡雅，恬適超脫。（見圖版壹）

　　元初著名的書畫家趙孟頫（西元1254～1322年）亦有一幅魚籃大士像，今藏於臺北故宮，《故宮書畫錄》卷五題：

> 元趙孟頫魚籃大士像　　軸
>
> 本幅絹本　　縱一二二、六公分　　橫六十一、三公分
>
> 秘殿珠林續編乾清宮著錄云：
>
> 設色畫大士像，左持魚籃，右轉念珠，無名款，鈐印一，趙子昂印。
>
> 鑑藏寶墨　　八璽全
>
> 此畫像超脫典雅，非畫院中人佛像可以比擬。
>
> 收傳印記　　清乾隆諸璽〔註36〕

此畫中觀音著全身白衣，足穿芒鞋，俗家裝扮，髮無飾物，衣無瓔珞，左手提魚籃，籃中置一尾睜著大眼的活魚，右手持念珠，似正緩步而行，轉頭顧盼，神情悠然典雅（見圖版貳）。以上兩幅皆被視爲故宮的畫中名品。

　　趙孟頫夫人管道昇（字仲姬，西元1262～1319年）亦畫有一幅魚籃觀音像，這是幾幅宋元魚籃觀音像中，唯一有清楚記載與題偈的一幅，卻也是最令人疑惑的一幅。〔註37〕此畫的右上方有趙孟頫之題字：

〔註35〕《故宮書畫錄》卷五，故宮博物院編，商務出版，1965年增訂本，頁126。
　　　　該圖收錄於《故宮書畫圖錄》冊三，故宮出版，1989年初版，見圖版壹。
〔註36〕同註35，頁162。該圖收錄於《故宮書畫圖錄》冊四，亦收於《故宮名畫三百種》，見圖版貳。
〔註37〕該圖收錄於《爽籟館欣賞》第二輯第三十二幅（日本阿部孝次郎編，1939年出版），題爲「管道昇倣吳道子魚籃觀音像軸」，見圖版參。另亦收於《中國

稽首無上具足尊，無人我眾生壽者。千偈瀾翻了無說，拈花傳燈長

不夜。　　　　弟子　趙孟頫拜贊

左上方則有中峰大師的題偈：

金沙灘頭，腥風遍界，蘋藻盈籃，自買自賣。　　　幻住明本〔註38〕

右下方則有「大德六年（西元1302年）歲次壬寅四月八日仲姬臨吳道子筆」，

上下左右各有「管公樓」、「天水郡圖書」、「項墨林秘笈」、「項氏子京」、「神

品」等等諸鈐印，皆為收藏者之印記。（見圖版參）

　　管道昇為浙江吳興人，素信佛法，著名的〈觀音大士傳〉即為其所作，

〔註39〕此畫中的觀音亦為民婦妝束，髮色極淡而疏，衣褶以濃淡墨色有力的

鉤勒分明，右手提籃，然籃中無魚，僅有些葉片，左手挈衣，露出下襬的瓔

珠，赤足而似步行，神情瀟灑出塵。〔註40〕

　　關於管道昇這幅畫的真假我們無需置疑，而問題卻是在「仲姬臨吳道子

筆」這幾個字。吳道子約為盛唐時人（約西元680～758年），〔註41〕以人

物畫著稱，佛像之畫尤有其獨特之處，幾乎成為唐、五代、北宋人物畫之模

範，因此後代的許多佛像畫，皆號稱出自吳道子之筆，然在北宋米芾時（西

元1051～1107年），即稱吳道子之真跡難遇，何況後世，故今所見者偽作居

多。

　　吳道子是否畫有魚籃觀音像與魚籃觀音的傳說歷史有相當密切的關係，由

於三種魚籃觀音的傳說時代，都不能早於唐憲宗元和年間（西元817年），即使

是馬郎婦故事的原型——延州婦人，也是發生在西元七六六年之後，而且故事

雖發生於唐代，魚籃觀音與馬郎婦的名稱卻都是出現在宋代，因此不論是傳說

發生的時間或名稱出現的時代，都較吳道子的卒年為晚，故若吳道子確實畫有

　　　名畫》第十九集（上海有正書局），其附記云：「此畫中有中峰大師及趙松雪

　　　的題句，昔曾在愚園展出，某日人以五百金購得，攜之歸國，一時日人以十

　　　倍之金爭相購買，此畫被他國視之為至寶如此。」

〔註38〕中峰和尚（西元1263至1323年），法名明本，其所建居所皆名「幻住庵」，

　　　元統二年（西元1334年）追尊為「天目山普應國師」，與趙氏夫婦交情甚篤。

　　　（參《天目中峰和尚廣錄》附錄〈中峰和尚行錄〉，《卍正藏》第三十一套第

　　　七冊。）

〔註39〕參《綠窗女史》卷十四，明末心遠堂刊本，中央圖書館善本室藏，該文為妙

　　　善傳說的重要資料。

〔註40〕現今所流傳的管道昇書畫偽品甚多，然此畫被視為真跡，參姜一涵，〈趙氏一

　　　門合札研究〉，《故宮季刊》，十一卷四期，1977年夏季，頁36。

〔註41〕參陳高華編，《隋唐畫家史料》，文物出版，1987年，頁180。

魚籃觀音像，所有有關魚籃觀音的傳説資料與演進史，皆需作重新考量。

今於《宣和畫譜》、《歷代名畫記》、《南宋館閣續錄》等諸多畫史中，皆未有吳道子曾畫魚籃觀音像的記載，〔註42〕且吳畫眞跡於北宋時已難得一見，況乎元代，因此管道昇所臨之畫究竟是眞跡？亦是宋人之假託？是有待商榷的。姜一涵教授在〈趙氏一門合札研究〉的圖版中，曾引中峰和尚爲管道昇在魚籃大士像中所題的贊，並在旁註云：「管道昇臨李公麟魚籃大士像」。〔註43〕案李公麟北宋人（西元1049～1106年），字伯時，號龍眠居士，官至朝奉郎，繪事集顧愷之、陸探微、張僧繇、吳道子等名手之所善，自成一家，筆法如行雲流水，初喜畫馬，有僧教以不可，恐墮入馬趣，即更爲釋道，尤深吳道子筆法，常出奇立異，使世俗驚惑而不失其勝絕處，曾畫長帶觀音、石上臥觀音、自在觀音等。〔註44〕李公麟筆法雖似吳道子，但在諸畫史目錄中，也未記載李公麟畫有魚籃觀音像，故管道昇臨吳道子魚籃觀音畫像之説，仍待畫史家作進一步的考證。

在《中華佛教美術圖集》中，也有一幅題爲吳道子所畫的觀音石刻，〔註45〕此幅觀音右手提魚籃，籃中鮮魚睜眼活現，左手掀衣襬，露出許多瓔珠，腳踝上並有環釧，長衣長裙民婦裝扮，衣帶則自然飄逸，髮際隆起並有飾物一枝，赤足回首作顧盼狀，故知此圖亦是魚籃觀音像。（見圖版肆）此圖左上方刻有「吳道子筆」四字，觀音圖上方則刻有東坡居士的一首〈觀音贊〉，關於此贊筆者在《東坡禪喜集》中，找到了它的原文和引序，先將贊文錄之於下：

> 眾生墮八難，身心俱喪失。惟有一念在，能呼觀世音。
>
> 火坑與刀山，猛獸諸毒藥。眾苦萃一身，呼者常不痛。
>
> 呼者若自痛，則必不能呼。若其了不痛，何用呼菩薩。
>
> 當自救痛者，不煩觀音力。眾生以二故，一身受眾苦。

〔註42〕《宣和畫普》卷二錄吳道子畫共九十三，其中有兩幅爲觀音菩薩像，但並不指名爲魚籃觀音像。吳道子畫有魚籃觀音之語，未見於元代以前的畫史及畫錄，明都穆的《寓意編》與《鐵網珊瑚》卷五始云：「予家自高祖南山翁以來，好蓄名畫，聞之家君云：妙品有吳道子魚籃觀音像、王摩詰綱川圖、范寬袁安臥雪圖，惜今不存。」（《叢書集成新編》冊五十，《寓意編》一卷。）

〔註43〕參同註40，該文圖版肆。

〔註44〕參《宋史》卷四四四、《宣和畫普》卷七、《畫繼》卷三、《圖繪寶鑑》卷三。《宣和畫普》卷七記「觀音像三」，另有「丹霞訪龐居士圖」一。

〔註45〕《中華佛教美術圖集》第一集繪畫部，第一五六幅，中華佛教文化館出版，1958年。該圖今收藏於何處，並無記載。

若能眞不二，則是觀世音。八萬四千人，同時俱赴救。〔註46〕

贊文的內容應是針對〈普門品〉中稱念觀世音名號即可得救的法門而寫，蘇軾在這首贊文中，表現出他對佛法相當程度的體悟與禪機。至於前面的序文，則清楚的交代了他作此贊文的原因：

> 興國浴室院法眞大師慧汶傳寶禪月大師貫休所畫十六大阿羅漢，左朝散郎集賢校理歐陽棐爲其女爲軾子婦者，捨所服用，妝新之，軾亦家藏度州小孟畫觀世音，捨爲中尊，各作贊一首，爲亡者追福滅罪。〔註47〕

故知此贊乃是蘇軾爲自己所捐的一幅觀音像而作，畫者「小孟」指的是畫家孟顯。孟顯字坦之，今甘肅慶陽華池人，畫佛道鬼神，人馬屋木，筆無少滯，轉動飄逸，自成一家，人多呼他「小孟」、「紅樓孟家」、「今吳生」，以其畫筆一一如刀劃，類吳道子之故。〔註48〕此畫與阿羅漢像並列供養，應是被作爲本尊信仰的觀音菩薩像，而非魚籃觀音像，但假若今日所見之觀音石刻即當時蘇軾所捐之畫，其畫者無需置疑即是孟顯，而非吳道子，是故此題爲吳道子筆的觀音石刻，應是後人的假託，藉著刻上蘇軾的贊而增加世人對它的信任。

明代以後仍有多幅魚籃觀音像，它們的造型變化較大，可能與傳說或文學作品的流傳影響有關。明代吳彬的魚籃觀音像，今亦收藏於臺北故宮，〔註49〕此畫中觀音造型似出家人，蓄長髮，手持經卷，足穿芒鞋，衣褶多呈弧線形，善財童子則手提魚籃跟隨在旁。(見圖版伍)清施王仁孝亦畫有一幅魚籃觀音(見圖版陸)，此畫中的觀音造型與題爲吳道子所畫的石刻觀音非常相似，手、足、頭部、衣飾的佈局、構圖幾乎完全一樣，不過畫者的技巧與自然風格，增添了畫中觀音更多飄逸而親切的神情。〔註50〕清沈宸菴也有一幅造型奇特的魚籃觀音，畫中觀音民婦裝扮，赤足腳踏蓮花，背有月輪，右手持一魚籃，籃中有鮮魚一尾，左手持一釣竿，旁有童子作跪拜狀，上方並有題字：

> 持竿垂綸釣盡苦海之魚，此非菩薩心耶？世人能參此魚之隱微，即是至之菩薩也。〔註51〕

〔註46〕明徐長孺輯，《東坡禪喜集》卷二，老古出版，1988年再版。
〔註47〕同註46。十六首羅漢贊并見於後。
〔註48〕參《圖畫見聞誌》卷三，《圖繪寶鑑》卷三，《畫史》。
〔註49〕《故宮書畫錄》卷八，頁85。該圖收錄於《故宮書畫圖錄》冊八，見圖版伍。
〔註50〕該圖亦收於《中華佛教美術圖集》(同註45)第八五幅，見圖版陸。
〔註51〕同註45，第一二三幅。

　　由以上數幅魚籃觀音像觀之，魚籃觀音皆作民婦裝扮，絕無一般觀世音菩薩像的華麗裝飾，這正是畫像與傳說相符之處，尤其是宋元的幾幅魚籃觀音像皆涉及名人名品，可知魚籃觀音傳說對文人與藝術方面的影響是不可等閒視之的，而畫像對傳說流傳的推動影響亦同樣不可忽視。此外，在上述所有畫像中民婦模樣的觀音，其年齡看來並不年輕，可以借《百家公案・金鯉魚迷人之異》中對魚籃觀音的形容來解釋——「中年婦人」，其中尤以宋元時代的幾幅畫像可以確定，魚籃觀音的形象是指一提著魚籃的中年民婦，這與馬郎婦型的魚籃觀音傳說中待嫁的年輕美女，顯然有很大的差別，這一點相信可以補充筆者在第三章認為馬郎婦在明代以前應與魚籃觀音為兩則不同傳說的證明。

　　明清時代的魚籃觀音像多有變化，除了受民間信仰、傳說的演化與文學作品中魚籃觀音故事的影響外，畫家自己所增添的創意，也是畫像造型特殊的原因，這一點還可以由鰲頭觀音畫像的產生作更清楚的說明。鰲頭觀音的形象也是來自於民間傳說，它是本尊觀音立於金鰲背上，行於大海之中的造型，其典故來源是指觀音在行化至粵海之濱時，有海怪在此危害居民，觀音利用不空釣羂索降伏金鰲，並乘金鰲回歸南海，〔註52〕故事類型類似觀音收伏魚精，但觀音降妖所使用的工具一是魚籃，一則是羂索。明代仇英即畫有一幅著名的鰲頭觀音像，〔註53〕當代畫家董夢梅亦有一幅仿仇英所畫的鰲頭觀音，他自己曾解釋說：「本尊觀音寶相立鯉魚背行於海上，按三十三觀音中有二種法相與此相符，即魚籃觀音與鰲頭觀音，按魚籃觀音……故又名馬郎婦觀音，這尊觀音法相在畫像中有二種儀規，一為手提魚籃籃中有鯉，一畫觀音立於魚背之上。」〔註54〕《望月佛教大辭典》中所附的魚籃觀音像也是觀音乘於魚背之上的造型，〔註55〕我們不知道從何時開始，這種造型的觀世音菩薩也被稱作是魚籃觀音，或許這些都是民間傳說和畫家們的創意以訛傳訛所造成的附會，因此明代之後魚籃觀音造型的變化，與傳說因時間流傳所增添的種種附會和內容是相同的情況。

〔註52〕參曼陀羅室主人，《觀世音全傳》第四十回〈釣金鰲解除苦難　歸南海結束全書〉，新文豐出版，1976年，頁150，或江村編著，《觀音菩薩全書》中之《觀音得道》第十八回〈觀世音踏鰲歸海〉，千華出版，1989年，頁196。
〔註53〕同註45，第四○幅。
〔註54〕江健基，〈訪董夢梅談佛畫〉，《佛教藝術》，第二期，1986年11月，頁100。
〔註55〕《望月佛教大辭典》頁629，此圖引自《佛像圖彙》。

　　另外在國內並未見到有〈馬郎婦〉的畫像，日本細川侯爵家所藏的畫像也未能得見，僅在《望月佛教大辭典》中有一附圖。〔註56〕因此被稱作馬郎婦觀音的畫像，顯然的與魚籃觀音有所分別，尤其是今日所見到提著魚籃的觀音像皆只被題為魚籃觀音，卻從來沒有稱作馬郎婦觀音的情形，更加突顯了魚籃觀音與馬郎婦觀音之間，早期來源不同的證明。不過不論畫家文人如何對他們所聽聞的傳說加以描繪，魚籃觀音的造型都給予人最親切而平凡的感受，這是民眾為他們信仰的觀世音菩薩，穿上自己的服飾，畫上自己的面貌的最好寫照，這也是人們信仰宗教的有趣心理。

〔註56〕同註55，頁4864。

第五章　文學中的魚籃觀音

　　當傳說成為眾所熟知的故事後，必然有據其主題創作的文學作品，魚籃觀音的故事也是如此，中國文學中的小說、戲曲、寶卷等，都有以魚籃觀音為主題所創作的作品，作者根據傳說的簡略內容，加以敷衍、增飾，再附上自己的創意，便使傳說故事成為豐富而具有變化的文學作品了。以下將以傳說類型為主，對各個作品做簡單的介紹。

第一節　馬郎婦型作品

一、〈鎖骨菩薩〉

　　鎖骨菩薩的名稱曾在〈延州婦人〉的傳說中見到，明萬曆中之余翹 〔註1〕作有〈鎖骨菩薩〉北曲三折，《遠山堂明曲品劇品校錄》於「雅品」中著錄云：

> 菩薩憫世人溺色，即以色醒之，正是禪門棒喝之法，聿雲闌度門於
> 戲場，大暢玄風，不第詞筆之俊麗也。〔註2〕

由此知〈鎖骨菩薩〉應是以馬郎婦故事為主幹的雜劇作品，可惜原作今無傳本，除了《遠山堂明曲品劇品校錄》和祁氏《讀書樓目錄》中曾有著錄外，其他戲曲書簿少有記載。〔註3〕

〔註1〕 余翹字聿雲，生卒年未詳，約為明萬曆前後在世，受湯顯祖之知遇呼為小友，著有《翠微集》、《浮齋集》、《偶記》等，亦工戲曲，惜皆不傳。參莊一拂，《古典戲曲存目彙考》卷六，雜劇三，上海古籍出版，1982年，頁483。

〔註2〕 明祁彪佳著，黃裳校錄，《遠山堂明曲品劇品校錄》，上海出版，1955年，頁182。

〔註3〕 黃氏校錄云：「未見著錄。」，見同註2。葉德均著，〈祁氏曲品劇品補校〉中

二、〈觀音菩薩魚籃記〉

　　被收錄在《孤本元明雜劇》中，作者闕名的四折〈觀音菩薩魚籃記〉，
〔註4〕是一齣觀音化作漁婦教人皈依佛法的勸善雜劇。此劇題目為〈布袋和
尚救眾生〉，正名為〈觀音菩薩魚籃記〉，簡稱〈魚籃記〉，《今樂考證》、《也
是園書目》、《曲錄》並見著錄。《孤本元明雜劇提要》著錄云：

> 記觀音化為漁婦以點化張無盡，無盡不悟，將漁婦凌虐，於是文殊、
> 普賢化為漁婦之兄，布袋和尚又請韋陀現形以警醒之，張無盡始醒
> 悟，皈依佛法，共見如來。〔註5〕

　　這齣雜劇的內容與馬郎婦的傳說並不完全相同，它僅採用觀音化作賣魚
美女的情節，藉以吸引張無盡的注意，其後不但沒有背誦經典的考驗，也無
身壞腐爛的示現，且其教化的對象只針對張無盡一人，對周遭的百姓並不產
生影響。劇中除觀音菩薩現身外，還出現了釋迦牟尼佛、文殊菩薩、普賢菩
薩、彌勒佛、韋陀，這些佛菩薩的出現，都只為點化張無盡，使他歸依佛法，
修成菩提正果，劇情看來似乎有些勞師動眾。此外作者對於菩薩教化張氏的
方法，安排的並不貼切，賣魚婦只要求張氏三件事：看經、持齋、修善，便
答應嫁與他，事後張氏一一反悔，且對漁婦百般欺凌，而普賢、文殊則化作
寒山、拾得，稱是漁婦的兄弟，就在娶得漁婦的當兒苦勸張氏跟著他們出家，
當然亦是無功而返，最後張無盡因布袋和尚（彌勒佛化）、韋陀現形而覺悟的
情節，也令人感覺突兀，因此大體上，此劇情節的安排並不成功，尤其是它
勸善說教的意味太重，又無變化豐富的內容，很難成為吸引人的作品。

　　案劇中主角張無盡則實有其人，即北宋徽宗丞相張商英，字天覺，號無
盡居士，卒於宣和三年（西元1121年），年七十九。〔註6〕張商英曾入佛寺見
藏經卷策整齊，怫然而有衛孔聖之心，欲作無佛論，因其妻之言而作罷，後

「鎖骨菩薩」條下則云：「呂氏《曲品》著錄。《曲品》余翹「量江」條云：『其
瑣骨菩薩，亦通。』又墨憨齋刊《重定量江記》首馮夢龍序云：『……所為樂
府尚有〈賜環記〉、〈鎖骨菩薩〉雜劇，余恨未悉睹。』」（《戲曲小說叢考》卷
上，文史哲出版，1989年，頁280。）

〔註4〕該劇有兩個版本：一為明萬曆年間趙琦美抄校脈望館抄本，今收於《全元雜
劇外編》冊七，《中國學術名著》冊三十一，世界書局，1963年出版。另一為
《孤本元明雜劇》冊九，商務印書館，1977年出版，該本乃是1941年根據脈
望館抄本覆排的排印本。

〔註5〕王季烈，《孤本元明雜劇提要》，第一一八齣，盤庚出版，1977年初版。

〔註6〕參《宋史》卷三五一，頁11095～11097。

因偶然讀到《維摩詰經》而開始深信佛法，並與多位方外之人成爲好友，而時有所悟。〔註7〕因此該劇可能即是以張商英的生平爲背景，另外加以敷衍潤飾而成。

三、《西湖二集》第十四卷入話

《西湖二集》是明末擬話本小說集，共三十四卷三十四篇故事，作者周清源，名楫，武林人，生平事蹟不詳，約爲明末清初時人。今臺北中央圖書館、北京圖書館、北大圖書館、日本內閣文庫皆藏有《西湖二集》的明刊本，另《明清善本小說叢刊》和《古本小說集成》，皆曾據明刊本影印出版。〔註8〕《西湖二集》的故事取材來源，大部份出自於《西湖遊覽志餘》、《皇明從信錄》，亦有採自《情史》、《剪燈新話》、《輟耕錄》等書，〔註9〕而後世的《西湖文言》、《西湖拾遺》、《西湖遺事》故事則多取自此書。

《西湖二集》卷十四〈邢君瑞五載幽期〉的入話，即是敘述馬郎婦型的魚籃觀音故事，胡士瑩的《話本小說概論》即謂：「此故事本於宋濂〈魚籃觀音像贊序〉。」〔註10〕此段入話文筆流暢優美，結構緊密而完整，情節更能絲絲入扣、引人入勝，將原本簡略的魚籃觀音故事寫成一篇相當成功的擬話本小說。其故事梗概與宋氏像贊相差不多，前引壽涯禪師的〈詠魚籃觀音〉，後引宋濂的〈魚籃觀音贊〉作爲勸言。其文中較特殊的情節，是一段眾人跟隨賣魚女子到她住處的描寫：

> 眾人隨後跟去，來到江邊，繫著一隻小小漁船，女子咿咿呀呀棹到江中一個所在，果然住在一間破茅屋之中，景致卻也幽雅，前後都是參天蔽日的紫竹林，眾人道此處咱們一生也沒有到。〔註11〕

後來女子死後，眾人又到江邊尋找紫竹林，卻怎麼也找不到，紫竹林象徵著

〔註7〕 參《佛祖統紀》卷四十五、四十六（《大正藏》冊四十九，頁415下、417中），《羅湖野錄》卷下（《卍續藏經》冊一四二，頁499），《佛祖歷代通載》卷十九（《大正藏》冊四十九，頁672上、682上），《居士傳》卷二十八（《卍續藏經》冊一四九，頁449）。

〔註8〕 參《明清善本小說叢刊》初編第一輯第八函，天一出版，1985年，又《古本小說集成》，上海古籍出版。

〔註9〕 參戴不凡，〈《西湖二集》的取材來源〉，收錄於《小說見聞錄》，木鐸出版，1983年。

〔註10〕《話本小說概論》，坊間出版，頁585。

〔註11〕《古本小說集成》本，頁574。

觀世音菩薩的住處——南海普陀落迦山，也是最後僧人證明女子是南海落迦山紫竹林觀世音菩薩的伏筆。另外像贊中的馬氏子，作者則為他取名為馬小官，並安排馬氏一家最後篤信佛法，皆成正果。

《西湖二集》中的這篇入話，雖然對原來的故事情節不多作改變，卻能在文字敘述方面作了成功而有創意的變化，而且文中沒有過多的說教意味，不論是作為休閒閱讀的小說，或是當作勸世的文學作品，都能迎得大眾的迴響。

四、《魚籃寶卷》

《魚籃寶卷》是一部相當著名而受到民眾喜愛的寶卷，一名《魚籃觀音二次臨凡度金沙灘勸世修行寶卷》，鄭振鐸〈佛曲敘錄〉及胡士瑩的《彈詞寶卷書目》皆曾著錄。〔註12〕該卷於民國八年曾由上海翼化堂刊行出版，〔註13〕民國二十六年六月上海惜陰書局又排印出版過一冊，〔註14〕而台灣坊間亦曾出版過。〔註15〕

寶卷是流行於明清時代的俗文學，它源自於唐代俗講，因此散韻夾雜、有講有唱的文學形式，便是寶卷最吸引民眾的地方。寶卷的內容可概分為佛教與非佛教兩類，非佛教類除了以民間傳說、戲曲、小說故事為主外，更重要的是一些與祕密宗教有關的寶卷。而佛教類的寶卷，則大多是以教人持齋念佛、行善去惡為主題，在曾子良的《寶卷之研究》中，作者便將《魚籃寶卷》，歸為佛教類中的「臨凡濟度說」類。〔註16〕寶卷流行的地區以江浙一帶為主，它更以通俗易懂的文字，明白淺顯的義理，作為接近平民大眾、深入民心的方法，因此魚籃觀音的傳說能成為眾所熟知的故事，《魚籃寶卷》的鋪敘成功，應該是其重要的原因。

〔註12〕 參鄭振鐸，〈佛曲敘錄〉，收錄於《中國文學研究》冊下，清流出版，1976年，頁776。胡士瑩，《彈詞寶卷書目》，上海古籍出版，1984年，頁123。

〔註13〕 同註12。

〔註14〕 參澤田瑞穗著，《增補寶卷の研究》，國書刊行會，1975年，頁227。該刊本由日人倉田淳之助所藏。扉頁題有「增像魚籃寶卷」、「寧鎮慈顯山人道元子張仁心普旻氏宣化祕本」。

〔註15〕 參曾子良，《寶卷之研究》，政大碩士論文，1975年，頁151。該文云：「魚籃寶卷：神州書局排印本。」但筆者撰寫論文期間於台灣各圖書館與研究單位遍尋不著，幸王師三慶自北京影印資料回台，故今筆者所蒐藏之《魚籃寶卷》為北京大學圖書館所藏之刊本。

〔註16〕 同註15，頁66。

　　《魚籃寶卷》的內容保留了背誦經典、女子婚後即亡、僧人點化等重要環節，但在敘述安排上卻作了許多變化，這些安排使得故事的發展更爲合情合理。此卷一開始便稱故事發生在宋朝年間的海門縣金沙灘，案今江蘇海門與浙江寧波附近皆有地名爲「金沙」，〔註17〕作者將金沙灘由陝西移至江浙一帶，除了與寶卷流行的地區有關外，更因江浙地區多臨海，許多百姓以漁業爲生，其背景正與故事的情節相符。此外卷首還曾說明：因此地人民做惡多端、罪孽深重，玉帝將命東海龍王水沒金沙灘，並把眾人打入地獄受苦，南洋教主——觀音大士得知此事，大慈大悲請延數月，以感化此地人民改過遷善，絕此惡運。

　　此後故事的發展有趣且漸入佳境，觀音先化作貧婆賣魚，結果無人問答，後化作年輕美女，便引來眾人的注意，這段觀音以不同身分出現，得到不同反應的情節，深刻的表現出人性的醜陋，對觀音爲何化現美女也作了有力的交代。故事中的馬二郎是眾人中最兇惡狠毒的，綽號爲螞王，當螞王尋問美女家世時，女子說她姓莊，住在雲門縣雲水鄉，家世富貴有名望，而今赴南洋，父母僅生了三個女孩，她則排行第三，今年十八歲，二月十九日生。這段身世的描寫正是妙善傳說中觀世音菩薩的出生背景，〔註18〕由此可推知一般民眾與《魚籃寶卷》中對觀世音菩薩的認識與信仰，實受妙善傳說影響很深。

　　女子以背誦《法華經》、吃素行善作爲嫁娶的條件，省略了〈普門品〉、《金剛經》的多重考驗，而且直接叫眾人到晴天寺學經，她每日親自教經，來學經的有近千人，下面有一段韻文，對學經群眾作了輕鬆而深刻的描寫：

爲盜者	想美人	心生慈悲	食淨素	來學經	即便動身
爲賊者	想婚姻	不偷財物	待天明	沐了浴	走像流星
爲屠戶	想成親	不殺牲靈	得能拘	先學熟	改業經營

〔註17〕江蘇省南通縣之轄鎮——金沙鎮，在南通縣東北三十公里處，北宋太平興國年間取「披沙煉金」之義，名爲金沙，其鎮內的金沙場爲通州最重要的鹽場之一。南通附近的海門縣南臨長江，東北濱黃海，爲長江入海之門戶。《通州志》卷五記載金沙場有觀音堂一所，又云：「海門島在東北海中，宋犯罪者多配於此，有屯兵使者領獲，今沒于海。」其地理背景與寶卷所述略有相似之處。（見《天一閣藏明代地方志》，新文豐出版，頁160。）而浙江省寧波市西北二十公里處的金沙村，則是一個依山靠溪的小村落，另浙江沿海亦有一地名爲海門，屬黃岩縣轄鎮，在今椒江市椒江出海口處，爲台州灣之重要港口。

〔註18〕參《南海觀世音菩薩出身修行傳》，《明清善本小說叢刊》初編第四輯第八函，天一出版，1985年，或《香山寶卷》、《觀音菩薩香山因由》（中研院史語所藏）。

　　捕魚人　聞聽說　嘻笑盈盈　人人請　好記心　我是有名

　　打獵人　想佳人　放槍無心　一心要　去學經　奔走如雲〔註19〕

這一段簡單的韻文勾畫出學經對人們的改變，也顯現出女子對大眾的影響力。經過了一個月的學經歷程，觀音怕大眾退悔，便吹了一口氣使馬二郎背熟了蓮經，女子要求馬二郎全家食素、誦經念佛，並以素茶招待親友，到寺中娶新人。食素在其他的魚籃觀音故事裡，並不特別強調，在這裡卻成為女子所要求的重要條件，這一點與當時流行的寶卷內容有相同的觀念。

　　一般流傳的馬郎婦傳說，女子死後身壞腐爛，許多人仍不明究理，只等僧人出現後才了解真相，《魚籃寶卷》則不作如此處理。女子在死前便告訴馬郎與眾人：她是觀世音的化身，而且金沙灘將有被玉帝下旨淹沒的危險，大家必需持齋念經、行善去惡才能化解危機，眾人驚愕不已。此後馬郎便成為此地最慈悲行善的人，時時勸化眾人，大家也願意接受他的勸言，因此金沙灘便逐漸成為善地。兩年後觀音又怕眾人起疑心退悔，便化作凡僧，再度勸世修行，最後作者不以黃金鎖骨作結，而稱「凡人骨肉俱爛，佛體金身不壞」，因此觀音仍以提著魚籃的貌美女子形象與和尚一起升空，最後二身歸一，更在雲端再三叮囑，此後家家供奉魚籃觀音念佛修行，馬郎則是往生極樂。觀音回到天廷奏知玉帝，玉帝敕封大士，授「魚籃觀音」之號座鎮南洋。

　　此卷題為《魚籃觀音二次臨凡度金沙灘勸世修行》中的「二次臨凡」，指的就是觀音化為賣魚美女與僧人的兩次出現，這兩次的化現，都帶給金沙灘居士很大的影響，作者透過豐富的想像力和巧妙的安排，將原來簡單的魚籃觀音傳說變得有趣、傳神而富人情味，因此《魚籃寶卷》的著名與受歡迎是有它成功的原因。不過，從故事中觀音與玉帝的關係，可以得知明清時代佛教與道教混合交涉的情況，一般民眾對佛、道的認識或信仰，實無清楚的概念。如卷中觀音向玉帝稱臣，玉帝則可敕封觀音，這種有如人間君臣的關係，實是人們自己的想像，同時這一點也說明：原為佛教中最受歡迎的觀世音菩薩，在當時已成為道教或民間宗教吸收佛教教義與信仰的最好管道，尤其是從玉帝的身分高於觀音，稱觀音為南洋教主，及觀音身世受妙善傳說影響的情形來看，《魚籃寶卷》傳自純粹佛教的理念並不多，而道教與民間信仰的成份卻是相當的重。〔註20〕

〔註19〕《魚籃寶卷》頁5～6。

〔註20〕在 Chun-fang Yu，〈Imagaes Of Kuan-Yin In Chinese Folk Literature〉中（收於

五、〈馬郎婦坐化金沙灘〉

近人顧隨作有四折〈馬郎婦坐化金沙灘〉雜劇一本，[註21]題目〈柏林寺施捨肉身債〉，正名〈馬郎婦坐化金沙灘〉。該劇雖題名為馬郎婦，而內容實演〈延州婦人〉事，作者在跋文中亦曾謂此劇乃依《青泥蓮花記》之〈鎖骨菩薩〉所譜，[註22]故此劇名很容易使人誤解該劇為敷演後來的馬郎婦故事。

〈延州婦人〉傳說本身即受到後世多方面的爭議，故事內容也較粗糙簡略，受到題材限制的種種因素，要將它改編成劇本實不討好。作者在創作時將內容作了大幅度的改動，其劇情概要如下：女主角一出場便自稱是馬郎婦，她的出現受到小孩子們的執瓦扔擲，接著她來到了柏林寺，又被眾僧追趕出寺，因為她盡說些不尊重的話，一來到街上眾鄉老對她的淫行感到不恥，欲將她趕出延州，對她更是怒罵無禮，次日她便在眾人面前坐化而死，許多人還為她的死感到高興。這裡沒有出現僧人、鎖骨，也沒有提到女子生前死後對延州人民的改變，女子有時言願捨身渡眾，到了寺中卻又對僧人不甚禮敬，實在是令人不解，尤其是女子處處遭人打罵追趕的情節，幾乎成為該劇的重心，我們很難理解作者的主旨究竟是什麼。不過此劇文筆俊麗，可說是相當難得。

除了以上幾個作品外，民間說唱文學中亦流傳著此類故事，如流行於杭州、嘉善、平湖一帶的民間宗教儀式歌騷子歌即有《賣魚觀音》，騷子歌是民間說書的一種，它具有驅邪禳災和娛神娛人的作用，為了保持其作品的純潔性，騷子歌必需在民間宗教儀式有關的活動中才能演唱。[註23]由於無法取

《漢學研究》八卷一期，《民間文學國際研討會論文專號》，1990 年 6 月，頁 221～286）曾提及除了《魚籃寶卷》之外，大陸北京大學圖書館、南開大學圖書館另分別藏有《提籃卷》和《賣魚寶卷》手抄本，然今於寶卷書目和總錄中並無著錄，且無法得見原文，其內容與《魚籃寶卷》之比較尚待考察。

[註21] 顧隨字羨季，號苦水，為天津南開大學教授，著有《苦水作劇三種》（線裝鉛印本一冊，1936 年出版，今中研院史語所有藏），〈馬郎婦〉一劇即其中一種。參《古典戲曲存目彙考》附錄一，見同註 1，頁 1750。

[註22] 同註 21。《青泥蓮花記》，梅禹生著，收於《中國近代小說史料彙編》冊十二，廣文書局出版，1980 年。〈鎖骨菩薩〉篇見卷一下記禪二，頁 57。後文頁 60 又記有〈觀音化倡〉云：「觀音大士昔於陝州化為倡女，以救淫迷，既死，埋之，骨如金鎖不斷。」（《出韻府續編》）

[註23] 參劉守華著，《道教與中國民間文學》，文津出版，1991 年初版，頁 289～291。顧希佳，〈初探海鹽腔與海鹽騷子歌的淵源關係〉，《民間文藝季刊》，1988 年

得原文，它的詳細內容是否亦有改動，不得而知。但由騷子歌的宗教性質來看，魚籃觀音傳說在民間宗教中所產生的影響力是可以想見的。另外近代一般民間流傳的觀音傳中，如曼陀羅室主人所撰的《觀世音全傳》第二十八回〈洒甘霖救濟旱災　賣鮮魚感化下士〉，〔註24〕以及江村著的《觀音得道》第十四回〈賣鮮魚漁民信佛　貢蛤蜊百姓遭殃〉，〔註25〕亦多將觀世音菩薩化作賣魚女子教化眾生的傳說寫入傳記之中，其內容大都以佛教史籍的記錄爲依據，另加以鋪敘、敷衍成白話小說，變化較小。

第二節　有關靈照女的作品

靈照賣笊籬的典故雖也被傳說爲魚籃觀音的由來，但在戲曲、小說等諸文學作品中，並沒有以靈照爲主角所創作的魚籃觀音故事，她在文學中所扮演的角色，正如同佛典或燈錄中記載，僅是龐居士故事中的插曲。雖然與靈照有關的作品和魚籃觀音本身並無太大的關係，在此仍做一些簡略的介紹。

一、〈龐居士誤放來生債〉

元末明初人劉君錫著有雜劇〈來生債〉，題目〈靈兆女點化丹霞師〉，正名〈龐居士誤放來生債〉，作者性情方剛，尤工隱語，被譽爲燕南獨步，人稱「白眉翁」，所作雜劇三種，今僅存〈來生債〉一種。〔註26〕

〈龐居士誤放來生債〉是以龐蘊事蹟爲主所敷演的故事，但其內容與本事之間有些差異。《曲海總目提要》卷四〈來生債〉敘其梗概云：

> 有李孝先者，借龐居士銀爲賈，本虧不能還，過縣門，見縣令方爲債主，拷掠逋戶十餘人，孝先驚憂成病。居士念之，往問病由，孝先以實告，居士因念平日濟人之急，本行善也，使盡如孝先，以憂成疾，乃造業矣，遂面折券，復以銀賙之。歸則搜所藏積券盡焚之，煙焰沖天，上通帝闕，有增福神化爲秀士，託名曾信實，下界叩居士，細詰其由。曰：居士疏財仗義如此，後會有期。居士一夕過磨

第 1 期。
〔註24〕參曼陀羅室主人，《觀世音全傳》，新文豐出版，1976 年，頁 104～107。
〔註25〕參江村編著，《觀音菩薩全書》，千華出版，1989 年一版，頁 158～160。
〔註26〕參莊一拂著，《古典戲曲存目彙考》卷六，雜劇三，上海古籍出版，1982 年，頁 390。該劇收於《元曲選》，藝文印書館出版，1958 年，頁 1533～1615。

房，見磨博士驅牛打羅之苦，令輟業，給銀使別爲生，博士持銀歸，
終夜不能睡，以銀繳還。又嘗過馬槽門，聞問答聲，細聽之，乃驢
馬作人語也，馬云：我前世少龐居士銀若干，死後作馬填還。驢云：
我前世少居士銀十兩，死後作驢爲拽磨，牛亦云然。居士大驚曰：
我平日好施與，所行善事，皆弄巧成拙，都放做來生債也。于是召
妻及子鳳毛、女靈照，詳告之，釋牛馬驢，任其所如，悉焚田宅券，
復以數大舸裝載家貲鉅萬，悉沉于海，挈家人入鹿門山，斫竹編籬，
易米食粥，以勵清修。靈照因賣所編笊籬至雲岩寺，遇丹霞禪師，
師以語嘲撥之，照一言點化，師得悟道皈依。後居士聞天樂聲，全
家同上兜率宮。〔註27〕

其中敘及靈照與丹霞禪師一段，絕非本事，其他情節也多爲作者自編，最後
一段說明居士是賓陀羅尊者，龐婆是羅刹女，鳳毛是善財童子，靈照是觀音
菩薩的結語，亦是作者的附會。〔註28〕

　　清周杲的〈竹漉籬〉傳奇亦演龐蘊事。〔註29〕另《曲海總目提要》卷十
八有無名氏的〈兩生天〉，又名〈一文錢〉，則演盧至、龐蘊兩人之事，即將
〈四大癡〉與〈來生債〉兩劇合爲一劇，〔註30〕清孫堦的〈兩重天〉傳奇亦
爲同一題材。〔註31〕

　　此外寶卷中亦有敘龐蘊事者——《龐公寶卷》，胡士瑩《彈詞寶卷書目》
錄有三種版本：一爲清光緒二十一年乙未年（西元1895年）有雲山風月主人
序的刊本，二爲文益書局石印本，三爲一九一四年文元書局石印本。〔註32〕
《龐公寶卷》雖同爲演龐蘊事，但內容與戲曲不完全相同，寶卷前段敘述龐
蘊因救了五百羅汗而致富的原因，卻又因金錢太多而時受困惱，因此將錢俱
沉入海中，後段則仍述靈照點化丹霞和尚之事。〔註33〕

〔註27〕黃文暘，《曲海總目提要》，新興書局，1967年初版，頁163～165。
〔註28〕該劇與本事之間的差異詳見澤田瑞穗著，《佛教と中國文學》，〈第五釋教劇敘
　　　錄——龐居士劇〉，國書刊行會，1975年，頁115～124。
〔註29〕參同註26，卷十一，傳奇三，頁1216。
〔註30〕參同註27，頁889～892。《盛明雜劇》收有〈一文錢〉，題明徐復祚撰。
〔註31〕參同註26，卷十一，傳奇三，頁1321。另葉德均，〈曲目鉤沉錄〉亦有著錄
　　　說明（參《戲曲小說叢考》卷上，文史哲出版，1989年，頁111）。
〔註32〕胡士瑩，《彈詞寶卷書目》，上海古籍出版，1984年，頁144。
〔註33〕參鄭振鐸，〈佛曲敘錄〉，收於《中國文學研究》下冊，清流出版，1976年，
　　　頁791。

二、〈曇花記〉——尼僧說法

〈曇花記〉第四十三齣尼僧說法，是龐居士劇以外唯一有靈照出現的文學作品。〈曇花記〉為明屠隆所作的傳奇，今有《六十種曲》本，〔註34〕敘述唐木清泰郊遊遇佛指點，棄家訪道，遍遊地獄、天堂、蓬萊、西方等地，十年受盡各種考驗，最後回家于曇花盛開之時，被接引至西方極樂，其妻與二妾亦在家修行，皆得正果。〔註35〕其中第四十三齣尼僧說法，則是述木清泰之妻與二妾在家清修，道心甚堅，靈照時已證道果，扮作雲水尼僧為三人開示佛法，授以妙諦，三人於是更加精進齋戒。

在這些作品中，靈照都是以智慧充滿的形象出現，但都不是主角，且與魚籃觀音無關，因此靈照被認為是魚籃觀音由來的傳說，在戲曲、小說等文學作品中並不產生影響。

第三節　觀音收伏魚精的作品

在第三章第三節觀音收伏魚精的故事類型裡，我們已經討論了《百家公案》中的〈金鯉魚〉和《西遊記》第四十九回中有關魚籃觀音的故事，除了這兩個作品之外，約當同時的《三寶太監下西洋通俗演義》和戲曲作品中也有和《百家公案》相同的故事。

一、《三寶太監下西洋通俗演義》第九十四回

署名二南里人所著的《三寶太監下西洋通俗演義》，是刊刻於明萬曆年間的通俗小說。撰著者二南里人即羅懋登，羅懋登字登之，陝西人，萬曆刊本的〈香山記〉傳奇，首有羅懋登於萬曆二十六年所撰的序，亦署二南里人，《樂府考略》〈香山記題解〉因以羅氏即二南里人。〔註36〕該書第九十四回〈碧水魚救回劉谷賢　鳳凰蛋取出撒髮國〉中，亦有一段與《百家公案》——〈金鯉魚迷人之異〉相同的故事，不過其內容較粗糙簡略，因為此段情節僅是附帶敘述的內容，而非主要部分。

〔註34〕《六十種曲》冊十一，廣文書局出版，1970年。另《全明傳奇》，《中國戲劇研究資料》第一輯冊三十五亦有收錄，天一出版，1985年。
〔註35〕參同註27，卷七，頁315～320。
〔註36〕參孫楷第著，《中國通俗小說書目》，卷二明清講史部，廣雅書局，1983年初版，頁67。《曲海總目提要》，卷十八〈香山記〉，新興書局，1967年，頁856。

該回〈碧水魚救回劉谷賢〉是敘述下西洋的船艦在遇到風浪後，有一軍士劉谷賢不慎掉入海中，結果被碧水魚神救了回來，原來此碧水魚神曾經受船上佛爺爺的度化而皈依佛法，本應回龍宮執事，卻仍在外閒散，於是佛爺爺便叫他上船問話。原來碧水魚神已是修成正果的黑龍，但因受了過去同住在碧油潭裡，而今被觀音菩薩收伏於魚籃中的金絲鯉魚之挑撥，害他來回奔波不得執事，好不容易才證明了自己的清白，此處他便說了有關這金絲鯉魚的由來。

與《百家公案》一樣，故事也發生在宋仁宗皇祐三年，金絲鯉魚原住在碧油潭中，在元宵燈節時化作女子到東京城裡遊玩，一時忘了天明而躲入金丞相府中的魚池，鯉魚夜夜對著牡丹花吐氣，引來住在金府準備赴選劉秀才的遊賞，於是化作金小姐與劉秀才日夜相伴。府中侍婢發現家中有兩位小姐，立刻告知了金丞相，丞相於是請包閻羅判案，包公取出照妖鏡，結果兩位小姐皆失。包公託城隍找到了金小姐，而金絲鯉魚卻在四海龍王的追趕下，撞著了觀世音菩薩，於是被菩薩放在魚籃之中。〔註37〕

大體上，整個故事的前因後果與《百家公案》是相同的，但在一些情節單元的處理上，兩者則仍有差異，今將《百家公案》中〈金鯉魚迷人之異〉的情節與《三寶太監下西洋通俗演義》第九十四回不同之處略述於後：〔註38〕

一、鯉魚曾飲了金小姐喝過的殘酒，故知小姐喜愛牡丹花，因此每日對著花吐氣，引小姐日日折玩，後來小姐還因牡丹花的凋零而染病，金府於是派人到揚州尋找牡丹花。

二、鯉魚化成金線小姐後，除了引誘劉眞外（《西洋記》中僅稱作劉秀才，小姐亦不具名），鯉魚還勸劉眞帶她一起回揚州，金府家人是在揚州尋找牡丹花時，才發現有兩個小姐，而非在家中。

三、四海龍王追捕鯉魚無功，還請上帝派天兵幫忙，結果由一信仰觀世音菩薩的鄭翁，引觀音所化成的中年婦人提著魚籃來見包公，鯉魚才吐實情，並將金小姐救出。《西洋記》中則是由陰兵先找到了金小姐，省去鄭翁一段，直接由觀音收伏了魚精。

〔註37〕 參《三寶太監下西洋通俗演義》第九十四回，《明清善本小說叢刊》初編第四輯第五函，天一出版，1985 年。亦收於《中國近代小說史料續編》冊六、七，廣文書局出版，1987 年。

〔註38〕 參《百家公案》——〈金鯉魚迷人之異〉，《明清善本小說叢刊》初編第三輯第一函，天一出版，1985 年。《三寶太監下西洋通俗演義》以下簡稱《西洋記》。

四、劉秀才最後以氣呵小姐，小姐被救，兩人終結成連理。（《西洋記》無此結局）

以上比較兩者的差異，可見《三寶太監下西洋通俗演義》第九十四回不但故事情節較粗糙簡略，人物刻畫也非常模糊，尤其是各路人馬追捕鯉魚的過程，僅以簡單數句交代，便把鯉魚交給了觀音，而觀音在這裡的形象也不如《百家公案》中的清晰，其中省略鄭翁夢見觀音一段與魚籃畫像的情節，使觀世音菩薩的角色在此故事中顯得並不重要。

觀世音菩薩對一切眾生的大慈大悲在《百家公案》中有相當適度的表現，她將鯉魚從包公的刀下救了回來，並把它帶回自己的座下感化。結果我們在《西洋記》中看到，鯉魚雖被困在菩薩的魚籃裡，卻仍然不老實，害得皈依佛法修成正果的碧水魚神遭到不白之冤。這正如同《西遊記》第四十九回中，鯉魚從觀世音菩薩的蓮花池跑出來害人的故事一樣，表現出這魚精冥頑不馴的性格，實非菩薩的慈悲為懷所能度化。也許這只是撰者或流傳者為了故事的生動所加入的想像，但由此反觀人類自己心靈所造作的各種善惡業行，恐怕比這魚精的種種行為還要可怕，人心與菩薩精神的相異之處，應該就在這裡吧！

二、〈觀音魚籃記〉

〈觀音魚籃記〉為明代流傳的戲文，作者闕名，今有明萬曆年間金陵書鋪文林閣刊本流傳。〔註39〕此劇所演的亦是鯉魚精的故事，凡二卷三十二齣，《曲錄》、《曲海總目提要》皆有著錄，《曲海總目提要》卷四十〈魚籃記〉云：

> 畫家有魚籃觀音像，庵寺中亦多塑魚籃觀音者，於是《龍圖公案》，
> 裝點金鯉作祟一段，而作劇者又小變其關目云。〔註40〕

可知此劇與《百家公案》中的鯉魚故事是同一本事，作者自己則對其情節另加以敷演，成為一齣相當傳統的明代才子佳人故事，今將其故事梗概略述於下：

> 金寵壽誕，眾同寮齊來祝壽，其中張瓊與金寵皆無子嗣，兩人聽說武當山玄帝極為靈驗，一同前往求子，約定若得子嗣則結為金蘭或配作夫妻。玄

〔註39〕此刊本今有三種：一、臺北中央圖書館收藏的《繡刻演劇之一》冊八。二、《古本戲曲叢刊》第二集第四種，商務出版，1955年。三、《全明傳奇》，《中國戲劇研究資料》第一輯冊一七五，天一出版，1983年。參傅惜華，《明代傳奇全目》卷六，人民文學出版，1959年，頁468。

〔註40〕黃文暘，《曲海總目提要》卷四十，新興書局，1967年，頁1845。

帝以金寵為官不正，故賜予女孩，張瓊清正廉明便賜予一子，兩人則同年同月同日生，且配為夫妻。張氏夫妻有感於武當山之靈驗，故其子取名張真，金寵則因夢見家中白牡丹盛開，為女取名做金牡丹。東海的金線鯉魚精化作女子在元宵燈節時潛入金府，張真因赴考讀書亦寄住金府，故被鯉魚精所看中，一日金小姐食梅子流涎於池中，被鯉魚帶水吞盡，遂化作小姐形貌引誘張真，真本礙於禮教一再託辭，卻仍抵不過女色之蠱，鯉魚並教張真於次日金寵壽誕之時伸手攝她，次日張真果伸手攝金小姐，結果被金寵趕出金府並退婚約。鯉魚隨張真回家之前，將金府園中的白牡丹花心摘去，因花心乃小姐之本命，無此花心小姐必得重病，金夫人為了小姐的病找人尋張真回府沖喜，家丁於是發現有兩個小姐，兩小姐在眾人之前真假難辨，只好請包拯以照魔鏡判之，結果兩女皆失。包拯命城隍找回小姐，城隍則從金家土地得知此妖原乃玉皇殿瑤池內之金線鯉魚，故奏知玉皇派天將神兵追捕，追得蝦蟹逃生，魚精自嘆。南海觀音菩薩見魚精在人間作亂，便等候時機收伏，魚精見菩薩則請她慈悲救命，菩薩提著花籃要魚精自坐其中，並要魚精放了金小姐便救它，鯉魚一一奉行，且與觀音同回香山。最後金小姐獲救，張真金榜題名，共結連理。〔註41〕

　　〈觀音魚籃記〉在故事的前因後果與轉折安排上，都有非常詳細的描述，可說是魚精故事的發展完成，但隨著人物角色輕重和內容主旨的轉換，這戲曲可說已變成一齣傳統才子佳人的大團圓故事。不過值得一提的是：其中每個角色都有相當程度的刻畫，包括魚精、張真、金牡丹、金寵夫婦，在每一事件發生時，相關人物的心理、行為表現，都有很適當的描述。另外眾天將神兵在追捕魚精，與蝦蟹打鬥的過程，也敘述的相當精彩，尤其是把魚精作怪的本事，從神氣轉變到向觀音菩薩求救的一段，似有人世幻滅之感。故事沒有安排鄭翁一事，菩薩也僅以作為本尊信仰的南海（香山）觀音的慈悲身分出現，並不化作中年婦人，但是觀音與魚精之間的簡單對話，卻深刻的表現出菩薩的神通廣大與慈悲為懷，魚精在危急之時，懇請菩薩、皈依佛教的行為，正如同人們臨危時稱念菩薩名號的心情。

　　此劇雖名為〈觀音魚籃記〉，實際上卻僅有一齣有觀世音菩薩的出現，且除了魚精之外，其他人物與觀音皆無接觸，但觀音卻是解決所有問題的關鍵，

〔註41〕關於〈觀音魚籃記〉與《百家公案》——〈金鯉魚迷人之異〉的情節單元比較，參翁文靜，《包拯故事研究》，輔大碩士論文，1989年，頁198之列表。

亦是最好的解決方法。尤其是與馬郎婦型的作品或其他同為觀音收伏魚精的故事比較起來，此戲幾乎不帶有任何佛教色彩，觀音只是作為解決問題之鑰，而內容主題卻是藉著鯉魚精的幻化，影射傳統禮教與愛情之間的衝突，因此這種以愛情為主的喜劇大團圓故事，與其他以教化精神為主旨的魚籃觀音作品的影響層面是截然不同的。尤其是劇中城隍、玉帝派兵追殺魚精的情節，則又運用了神魔小說的筆法，使得此劇更具有高度的娛樂效果。

另外清初范希哲作有〈雙錯疊〉，亦名為〈魚籃記〉，為李漁閱定，魚籃道人序，《今樂考證》、《曲考》、《曲海總目提要》、《曲錄》並見著錄。此劇名雖有「魚籃」，然與魚籃觀音並無關係，《曲海總目提要》卷四十五〈雙錯疊〉云：

> 一名魚籃記，不知何人所作（清范希哲撰）。其自序曰魚籃道人，言舊有戈陽調，演普門大士收青魚精一劇，辭旨俚鄙，今特踵其名而名之，另作崑腔魚籃記，述事不同，而辭旨排調，亦與迴別。劇中之事，本之禪史載花船，以于楚寓居魚籃庵，與尹若蘭相遇，故名魚籃。〔註42〕

除了上述的兩個作品外，另有幾個題材相同的作品也必需在這裡簡單的介紹一下。《遠山堂明曲品》著錄明初鄭國軒著有〈牡丹記〉一本，亦是寫金牡丹為魚妖所混的故事，惜今已失佚，無法見到全本。〔註43〕京劇劇目中有〈碧油潭〉，又名〈真假牡丹〉、〈碧波潭〉，以及晉劇〈鯉仙鬧洞房〉、越劇〈追魚〉，皆與〈觀音魚籃記〉演同一故事。〔註44〕越劇是由浙江紹興嵊縣一帶的說唱藝術所發展出來的地方戲，其發展歷史僅約八十餘年，然今已成為江浙一帶的重要劇種，〈追魚〉即是其中相當優秀的劇目之一，由於演出的成功，還曾改編成電影上演，受到大眾的喜愛和好評。〔註45〕

〔註42〕同註40，頁2039。

〔註43〕參明祁彪佳著，黃裳校錄，《遠山堂明曲品劇品校錄》，上海出版，1955年，頁140。另葉德均著，〈祁氏曲品劇品補校〉中「牡丹」條下云：「《樂府菁華》卷三上欄收〈魚精戲真〉一齣，題〈牡丹記〉，當即此本之一齣。《摘錦奇音》卷五收三齣，《大明春》卷五下欄收一齣，均題〈鯉魚記〉，譜鯉魚精事，與〈牡丹記〉本事同，不知即此本抑〈觀音魚籃記〉（確非〈躍鯉記〉與〈黑鯉記〉）？」（《戲曲小說叢考》卷上，文史哲出版，1989年，頁265。）

〔註44〕參陶君起，《平劇劇目初探》，明文出版，1982年，頁234。

〔註45〕由於沒有見到劇本和演出，無法對其內容作深入討論。馬書田著，《華夏諸神》云：「解放後，此戲改編為〈追魚〉，原來的反面人物鯉魚精，被塑造為一個

　　觀音收伏魚精的作品，在明代各種不同的小說集或戲曲中，幾乎是同時，並以相同的內容出現，可知此一故事在當時盛傳的情況，而觀音收伏魚精的形象，恐怕也因此成爲明代大多數民眾對魚籃觀音的認識。另一方面，魚精擾亂人間的故事較馬郎婦型的教化故事可能有趣的多，一般大眾總是對與自己七情六欲、悲歡離合等感情作用相同的作品較感興趣，因此直至近年此故事仍能藉著其幻化多變的內容，以各種曲藝的面目呈現於世人的眼前。

第四節　其他相類作品

　　前三節我們依照故事類型的分類，對有關魚籃觀音的文學作品分別作了簡單的介紹。而這裡所要討論的，則是其情節單元與此三種類型中的某一種相類，而故事卻又不盡相同或完全創新的作品。其中〈魚兒佛〉是菩薩現魚籃觀音相，以勸漁翁戒殺生的作品；〈泗州大聖鎖水母〉則是類觀音收伏魚精的故事；而〈洛陽橋記〉與《西瓜寶卷》則是觀音化作美女，教人行善以作爲婚配條件的故事。〔註46〕

一、〈魚兒佛〉

　　收錄在《盛明雜劇》二集的〈魚兒佛〉，正名作〈觀自在解脫獅子鈴　金漁翁證果魚兒佛〉，是由湛然禪師原作，寓山居士重編的釋教雜劇。〔註47〕《今樂考證》、《曲海總目提要》、《曲錄》等皆有著錄。

　　案湛然禪師名圓澄，號散木道人，浙江會稽人，明嘉靖四十年生（西元1561年），工作曲，著有〈魚兒佛〉、〈地獄生天〉雜劇兩種，傳奇〈妒婦記〉一種，今僅存〈魚兒佛〉一種。〔註48〕由於該劇爲禪師所作，其內容必是以

　　　爲追求愛情而甘願捨棄天堂生活的多情女子。很多地方戲都演此戲，又名〈碧波潭〉、〈碧波仙子〉。越劇〈追魚〉還被拍成了電影，影響不小。」（北京燕山出版，1990年，頁468。）

〔註46〕澤田瑞穗在〈魚籃觀音的傳說〉中，（收於王秋桂編，《中國文學論著譯叢》，學生書局，1985年初版，頁1051）提及《清平山堂話本》中〈花燈轎蓮女成佛記〉的故事主題與馬郎婦型的故事相同，但筆者以爲此故事之類型與內容，與魚籃觀音本身無關，故不加以收錄討論。

〔註47〕參《盛明雜劇》二集卷十九，廣文書局出版，1979年。題作「湛然禪師原本，寓山居士重編，吳中袁鳧公批點，西湖沈林宗參評。」

〔註48〕參澤田瑞穗，〈散木湛然禪師事蹟〉，收於《佛教と中國文學》，國書刊行會，1975年，頁101～104。世以爲寓山居士即湛然禪師，該文已予證明爲誤。

勸善戒惡的教化劇為主旨,《曲海總目提要》卷十二〈魚兒佛〉云:

> 明湛然和尚所撰,而寓山居士者為之潤色。其略云:會稽金嬰,以
> 釣魚為業。其妻鍾氏,每勸夫念佛,且戒勿殺生,嬰旋悔悟,從其
> 言。而時有斷續,妻乃懸一鈴於門,每出入撞之有聲,則隨聲念佛。
> 觀世音幻作婦人,即以魚籃為緣,先度其妻。嬰念終未堅,乃歷之
> 輪迴惡道,復惕之以魚鱉冤孽,始證善果。〔註49〕

漁翁以釣魚、賣魚為業,必是殺生不知繁幾,作者藉著金嬰因殺生所造的惡業和罪孽,安排他遊地獄,不但經歷種種惡怖之相,又有龍王魚蝦向他索眾水族之命,使得曾經與妻子學習念佛的金嬰,終於知道殺生的可怕,體悟念佛的好處。故知此劇的宗旨乃是在闡揚佛教念佛與放生的要義,《曲海總目提要》又云:

> 禪門自沈蓮池教出,皆以念佛為宗。劇中所演,大約言人雖有罪孽,
> 但有專心持佛,則不唯不墮地獄,且可成佛作祖。蓋湛然藉此以闡
> 發宗旨者。〔註50〕

觀世音菩薩在該劇中,亦是以民婦提魚籃賣魚的形象出現,藉著籃中的魚扮演點化鍾氏、救濟金嬰的角色。值得注意的是:觀音雖賣魚,而這魚卻只能放生,不可拿來殺或食,因此殺生的金嬰與放生的觀音,正好成為強烈的對比,這也是〈魚兒佛〉中對觀音提籃賣魚以戒殺生的形象意義所作的明確說明。

此外,菩薩與金嬰夫婦的對話也頗富禪機,我們可由此見到作者對禪的體悟。如第二齣中金嬰見婦人賣魚的情節:

> 〔生〕原來小娘子也會念佛。〔正旦〕官人念的是甚麼佛?〔生指外
> 旦介〕是這娘子佛,小娘子念的是甚麼佛?〔正旦〕是這魚兒佛,
> 官人參的是甚麼禪?〔生指外旦介〕是這老婆禪,小娘子參的是甚
> 麼禪?〔正旦〕是這魚兒禪。〔生〕如何是魚兒佛?〔正旦〕濠上魚,
> 把是非人我拋。〔生〕如何是魚兒禪?〔正旦〕硯中魚,似須彌芥子
> 該。……〔外旦〕如何是打滅因果?〔正旦〕緣木魚,筌蹄因果盡
> 無猜。〔外旦〕如何是脫離生死?〔正旦〕釜中魚,生死輪迴都判開。
> 免得個泣枯魚,業隨身敗。……〔正旦〕鍾氏你那裡來?〔外旦〕

〔註49〕黃文暘,《曲海總目提要》卷十二,興新書局出版,1967年,頁547。
〔註50〕同註49。

我來處來。〔正旦〕如今你那裡去？〔外旦〕我去處去。〔正旦〕去

去來來有何盡境？你去也白雲天外，解拈花一笑呆孩。〔註51〕

不生不滅，無來無去的緣起性空，正是這魚兒佛與魚兒禪所要表達的眞正含
意。對於一齣雅俗共賞的雜劇，卻能將佛教中般若學、念佛要義與戒殺生等
重要觀念，同時適當的安排在一起，實是件不容易的事。

　　〈魚兒佛〉中的觀世音菩薩除了化現爲賣魚婦人的一段情節外，前後仍
是以做爲本尊信仰的南海觀世音菩薩配上善財、龍女的形象爲主。因此作者
利用傳說中魚籃觀音提籃賣魚的典故，可能只是便於配合情節發展所需而加
入的，與魚籃觀音傳說類型本身並無關係，但劇中魚籃觀音所代表的主旨—
—戒殺生，卻爲其傳說類型中觀音賣魚的行爲作了最恰當的解釋。

二、〈洛陽橋記〉

　　另一個有關觀音化作美女助人造橋的故事——〈洛陽橋記〉，亦是個相當
著名的民間傳說。在這裡我們把它提出來討論，是因爲其情節單元中觀音化
現美女，並以某些條件作爲婚配的前題，而對方在完成條件後，卻才知道美
女並非凡人的情節，與馬郎婦型的魚籃觀音傳說有異曲同工之趣，因此將它
擇出加以討論。

　　〈洛陽橋記〉爲明代所作的傳奇劇本，作者不詳，今僅存殘本，傳與〈四
美記〉相同，亦可能〈洛陽橋記〉即爲〈四美記〉之別稱。〔註52〕〈四美記〉
共四十三齣，是敘述蔡襄母子夫婦忠孝節烈的故事，故名爲四美。蔡母懷胎
時曾坐船過泉州萬安渡，此海渡常遇颶風、水怪作祟，沉船溺者無數，蔡母
所乘之舟本亦將翻覆，忽聞空中有聲云：「蔡學士在，急拯之。」眾人是以免
於船難，蔡母於是發願，其子將來果眞能狀元及第，必在此造橋。蔡襄後果

〔註51〕同註47。

〔註52〕葉德均著，〈秋夜月中罕見劇名考〉——〈洛陽記〉云：「此劇演蔡襄造洛陽
　　　　橋事，即無名氏之〈四美記〉也。按〈四美記〉有文林閣刊本，北京圖書館、
　　　　鄭西諦、日本京都帝大各有藏本，惜未見。據鄭騫所撰提要觀之，可推定所
　　　　謂〈洛陽記〉者實即〈四美記〉之改題。（又謝肇淛《五雜組》卷四所謂〈四
　　　　喜〉雜劇，疑亦指〈四美記〉。）」（參《戲曲小說叢考》卷上，文史哲出版，
　　　　1989 年，頁 378）今臺灣可見的〈四美記〉有三種：一、臺北中央圖書館藏
　　　　《繡刻演劇之一》，明文林閣刊本。二、《古本戲曲叢刊》二集影印明刊本，
　　　　商務出版，1955 年。三、《全明傳奇》，即《中國戲劇研究資料》第一輯，天
　　　　一出版，1983 年。

出守泉州，然海深極千丈，造橋費時費財，且無處著力。觀音於是化作美女乘船於江上，任人擲錢拋打，若有人擲中，願與人為妻，而一船之金銀則獻與蔡襄，以助造橋之資。此時恰逢呂洞賓過泉州，也故意想來戲弄觀音，幸而觀音早已料知，先行避退。蔡襄得了金銀，卻因潮浪洶湧無法安置橋垛，遂派夏得海投文海濱與龍王，安排興工之時日，至期，潮果退，遂創建了洛楊橋。清李玉、許見山亦著有兩齣名為〈洛陽橋〉的傳奇作品，同演蔡襄造洛陽橋的故事，李玉作品現僅存有工曲譜鈔本〈神議〉、〈戲女〉、〈下海〉諸齣，見藏於上海圖書館，許見山之〈洛陽橋〉則已佚失。〔註53〕

《古今圖書集成‧職方典‧泉州府藝文》記載：福建泉州府有萬安渡石橋，宋蔡襄知泉州時所創，世所謂洛陽橋也。橋在府治東北二十八都，跨洛陽河而建，計長三百六十丈，廣丈有五尺，翼以扶闌七千二百株，糜金錢一千四百萬。宋仁宗皇祐五年癸巳開工，至嘉祐四年己亥，凡七載，橋始成。相傳襄以狀元及第，出守泉州，奉母盧氏命創萬安橋，移檄海神，一卒應募，得批一醋字還，遂於二十一日酉時興工云云。又《曲海總目提要》卷十七載，《八閩通志》云：「蔡公守泉郡，甃石為橋，在府成東三十八都，名萬安橋，亦名洛陽。」《泊宅篇》亦云：「泉州萬安渡，水闊五里，上流接大溪，下即海也，每風潮交作，數日不可渡。蔡襄守泉州，因故基修石橋，兩岸依託山中巨石，橋岸造屋數百楹為民居，以其傯直入公帑，三歲度一僧掌橋事。春夏大潮，水及欄際，往來者不絕，如行水上。」〔註54〕因此劇中本事乃是據地方史實加以附會、改編而成。也許由於當時造橋的確不易，人們便將這克服種種困難，終於完成工程的經過，流傳出神仙助資，與各種神奇事蹟的傳說，而劇作家也把它們寫進了劇本之中。其中加入觀音化銀與呂洞賓鬥法的一段，更是成為民間故事中，佛道兩教爭勝的有趣傳說。

在〈四美記〉中觀音為助資造橋而化作美女，一旁的善財龍女則扮作梢子、丫環，數日間並無人擲中觀音，卻得了一船的金銀。呂洞賓則因「向受

〔註53〕參莊一拂，《古典戲曲存目彙考》卷十一、卷十二，上海古籍出版，1982年，頁1144、1431。

〔註54〕同註49，頁801。俗傳蔡襄造橋，移檄海神，實為明蔡錫之事，世人言洛陽橋，知蔡襄而不知有蔡錫，且兩人同姓，故將移檄海神一事，以訛傳訛，附會於蔡襄。按蔡錫明鄞縣人，永樂間舉人，亦知泉州府，適洛陽橋圮而修之，發石有刻文云：「石頭若開，蔡公再來。」由於施工艱難，遂文檄海神。（參蔣瑞藻，《彙印小說考證》，商務出版，1975年初版，頁242～244。）又《曲海總目提要》亦云：「本為蔡錫作，而託其事於蔡襄。」（同註49，頁799。）

佛家之氣」，也化做俊俏子弟，想到江口用金丹打觀音，看看觀音如何躲避。結果觀音早已聞知，提早結束了化銀，讓呂洞賓撲了個空。而觀音則將所得之錢贈予蔡襄，並題了一首詩：「觀海茫茫路不通，音來隔岸不相逢。化金十萬來相助，緣就人間千載公。」由題頭四字，世人所以知爲「觀音化緣」。除了助資之外，觀音還令龍女親去龍宮，問東海龍王何日潮息，好安橋垛。因此〈四美記〉中的觀音，實扮演了促成造橋成功的幕後功臣。

不過在《臨水平妖》第一回與其他的民間傳說中，觀音與呂洞賓之間的關係就不一樣了。《臨水平妖》第一回〈王延彬創造洛陽橋　蔡端明功成歸西域〉觀音化銀的一段裡，則出現了一名叫王小二，外號韭菜成兄的老實人，呂純陽以神力幫助王小二擲中了觀音，而觀音一時忿怒，遣五雷打呂純陽，使得呂洞賓驚慌無措。而王小二則因思念船中的美女而跳入江中，魂遊至落伽山。〔註55〕另一種有關觀音化銀的民間傳說，則謂擲中觀音的人就是韋馱，後來觀音還把韋馱帶回普陀山，讓韋馱也修成了正果。〔註56〕

從這個傳說的豐富多變可以看出，觀音化作美女，及有條件的徵婚故事，對民眾具有非常大的吸引力。事實上，把神仙、菩薩變化作人的故事，多來自於人們自己的想像，爲了滿足人類幻想與情感的需求，許多人便對這觀音幻化而成之美女的屢次食言甚表不滿，於是有呂洞賓的俏皮，把原本觀音的一片好心，變成下不了台階的尷尬。這是人們想像力豐富與純眞情懷的趣味，把一位崇高又具權威的觀世音菩薩，變作人間眞實的美女來想像。它除了表現出民間傳說的流動性與變化性外，另一方面也反映著民間宗教佛道不分與佛道爭勝的事實。不過這種民間傳說卻侵犯了宗教神聖的莊嚴，若是菩薩了知，恐怕也會大笑人間的癡心顛倒吧！

〔註55〕參《臨水平妖》，瑞成書局出版，古本通俗小說，不記撰者、年代。此故事中觀音助資建橋者爲唐王延彬，而宋蔡襄則是修復洛陽橋者。另清里人何求所纂的《閩都別記》第二十一回〈洛陽造橋觀音顯應　鬢髮化蛇臨水降生〉的內容，與《臨水平妖》大致相同。(福建人民出版，1987年，頁128～132。)

〔註56〕參顧希佳，《菩薩外傳》，上海文藝出版，1989年，頁79～84。韋馱菩薩是佛教中的護法神。木魚歌中亦有〈洛陽橋記〉、〈觀音化銀〉，此故事中擲中觀音的人換作蔡狀元，觀音最後則現身而去。(參譚正璧、譚尋編著，《木魚歌敘錄》，北京書目文獻出版，1982年，卷上南音，〈洛陽橋記〉，頁63；卷下龍舟，〈觀音化銀〉，頁94。)今中央研究院所藏之俗曲資料中之木魚歌、龍舟歌亦有〈觀音化銀〉。

三、〈泗州大聖鎖水母〉

　　唐代泗州僧伽大師被認為是觀世音菩薩的化身，世人稱他作泗州大聖，大聖本為西域僧人，約於唐初行化至長安、洛陽，後定居於泗州，唐、宋時代的信仰者甚多，近世或稱作「泗州文佛」。《三教源流搜神大全》卷二云：

> 泗州僧伽大師者，世謂觀音大士應化也，推本則過去阿僧祇彌伽沙劫，植觀世音如來從三慧門而入道，以音聲為佛事作，以此有緣之眾，乃謂太師自西國來。〔註57〕

《鑄鼎餘聞》卷四亦有記載：

> 國朝施鴻保《閩雜記》卷五云：「福省城中街巷間多供泗洲文佛，或作小龕，或鑿壁為龕，有供像者，有供牌位者，亦有但鑿四字壁上以奉者，猶吾鄉之奉觀音大士也。」按泗洲文佛，疑即泗州僧伽，東坡有泗州僧伽塔詩，查初白注引《高僧傳》：「僧伽者，蔥嶺北何國人也。何國在碎葉國北，伽在本土少而出家，始至西京，次歷江淮，龍朔初至臨淮，就信義坊居民乞地下標識之穴土得古碑，乃齊香積寺，得金像，衣葉上刻普照王佛字。嘗臥賀跋氏家，現十一面觀音形，其家遂捨宅，其香積寺基及今寺也。」〔註58〕

由是知民間以泗州大聖為觀音化身者之因由。

　　元高文秀著有〈泗州大聖鎖水母〉雜劇，《錄鬼簿》著錄，題目作〈木叉行者降妖怪〉，簡名〈鎖水母〉，明須子壽亦作有雜劇〈泗州大聖潯水母〉，皆演洪澤湖觀音降水怪的故事，惜二者今皆已佚失。〔註59〕今平劇、豫劇劇目皆有此劇，名〈泗州城〉或〈虹橋贈珠〉，《檮杌閒評》第一回〈朱工部築堤焚蛇穴　碧霞君顯聖降靈簽〉亦略述及此事。〔註60〕其故事梗概略云：泗州虹橋水母娘娘幻化作人形，出入街市，見烏延玉而喜之，乘延玉赴試途中將他攝至水府，欲成婚姻，延玉假意應允，見水母有一明珠，乃向水母索之，又藉機灌醉水母懷珠而逃，水母於是水淹泗州。觀音見水母作亂，遣天神與

〔註57〕《三教源流搜神大全》卷二，收於《中國民間信仰資料彙編》冊三，學生書局出版，1989年，頁59。泗州在今安徽、蘇北洪澤湖附近，臨淮河，屬安徽省。

〔註58〕清姚福均，《鑄鼎餘聞》卷四，收於《中國民間信仰資料彙編》冊二十，學生書局出版，1989年，頁444。

〔註59〕參同註53，卷四、卷六，頁187、395。

〔註60〕參《檮杌閒評》，《中國小說史料叢書》，北京人民文學出版，1983年。

之鬥法，均非水母之敵，觀音遂化作一賣麵老婦，故誘水母食麵，才將其臟腑鎖住而擒獲。〔註61〕

這個故事與觀音收伏魚精的類型有多處相似之情節，如作亂者同為水怪，水怪亦以情欲引誘年少男子，眾神兵也無法降伏，最後仍由觀音以計收伏之。江淮、洪澤湖一帶常遭水患，民間由此而流傳出有關水怪的傳說，是可以想見的，而泗州大聖不僅是這一地區的聖僧和守護者，同時也被傳說為觀音菩薩的化身，因此劇中觀音收伏水怪的故事，是與當地宗教信仰、地理因素相呼應的重要證明。

四、《西瓜寶卷》

《西瓜寶卷》也是敘述觀音化作女子勸人棄惡為善的故事。〔註62〕略云：宋南京江寧城中有一土豪名李橫念，年四十，擁有十三個妻妾和無數的財富，為人卻貪婪無厭，欺貧重富，人人稱之為李黑心。玉帝得知，欲遣雷公擊之，觀音菩薩慈悲不忍，乃化作一貌美寡婦，前往乞棺，以斂亡夫。李黑心貪其姿色，許之，但須與其成婚始可，觀音暫時答應，此後多方引喻，希引導李黑心多行善事，但他仍執迷不悟，觀音只好返回天宮。而李黑心在喪葬時曾花費了許多金銀，且又找不回美女，遂以為受騙而遷怒家僕李安，對他百般拷打。觀音是以又化作道人營救李安，並取一瓜子予李黑心，謂此瓜一夜可成熟，天明之時切開，內藏金銀無數。李黑心心喜，如言行事，不意切瓜時，瓜內飛出一火老鴨，立及火花四起，全家燒成灰燼。蓋此卷以明惡有惡報為主旨。

澤田瑞穗的〈寶卷提要〉與曾子良的〈國內所見寶卷敘錄〉，都提到此卷與魚籃寶卷類型或主旨相似的關係。〔註63〕其二者最大的相異之處，即馬郎終究皈依佛法而修成正果，而李黑心則執迷不悟，終遭天火焚身的結局。

在此必須提出的是：卷中的觀音形象，與觀音或佛教的原始本懷並不相同，即善惡報業與因果觀念的簡單化和世俗化。佛教說一切眾生皆可成佛，

〔註61〕 參陶君起，《平劇劇目初探》，明文出版，1982年，頁413。

〔註62〕 胡士瑩，《彈詞寶卷書目》著錄，《西瓜寶卷》：一、惜陰書局石印本，二、文元書局石印本。今中研院史語所藏有上海文益書局石印本，共十四頁，附圖六頁。

〔註63〕 參澤田瑞穗著，《增補寶卷の研究》，國書刊行會出版，1975年，頁242；曾子良，《寶卷之研究》，政大碩士論文，1975年，頁67。

眾生自己受自己的業力因果而輪迴，菩薩則爲救渡一切苦難眾生發菩提心，絕無有眾生因菩薩或神仙之懲罰而遭惡報者。因此《西瓜寶卷》雖在類型上同爲觀音化女子導人向善的故事，而在內容主旨及思想背景上，卻只是一般民間宗教的通俗觀念。

第六章　中國文學與民間佛教中的魚籃觀音

第一節　中國文學中魚籃觀音的形象意義

　　觀世音菩薩的女性造型，除了滿足中國人對慈母般的情感需求外，同時具有慈愛內在與高貴外形的女相觀音，更引發了中國人豐富的想像力以及對文學、藝術的創作靈感，魚籃觀音這個傳說故事的流衍與發展正足以說明。

　　包括三種傳說類型，最早的魚籃觀音傳說雛型，可能也僅是如應驗記裡所記述的故事一樣，只是個作爲傳播觀音信仰的靈驗故事或口頭傳說，但經過佛教史籍的潤飾記載與流傳後，魚籃觀音便漸漸成爲有關觀世音菩薩的傳說裡，相當受文人與民眾喜愛的故事，其中的一項重要因素，就在於觀音的應化，並以年輕貌美的女子形象應化，這個主題迎合了世人對菩薩的幻想。

　　不論是六朝志怪、唐傳奇，或宋話本及明清的言情小說，都可以見到中國人對神女、仙女或狐魅化女所產生的幻想與創作，這些美麗卻又虛幻飄渺的女子，反映了傳統文學對人們感情心理的滿足與需要，從這個角度來看魚籃觀音的美女形象，即可了解它吸引民眾的原因了。不過人們對觀世音菩薩的絕對虔誠與敬仰，是使魚籃觀音與一般文學中女子截然不同的宗教力量，這種力量使人們對魚籃觀音除了懷有愛慕的心情之外，還帶著一份恭敬的感謝。

　　從馬郎婦型的魚籃觀音傳說來看，它原是爲宣教及教化所作，尤其是以欲念、愛情的虛幻，作爲教化的主題之一，然事實上，吸引民眾的卻是故事

情節如何發展，而非內容所深藏的宗教意義與思想。這種情形在魚精故事的孳衍中，亦有相同的狀況，如在《百家公案》中的觀音角色非常明顯而重要，在〈觀音魚籃記〉中魚精則顯得較為重要，觀音只出現了一齣，到了越劇〈追魚〉，故事則變成以敘述魚精的愛情為主。這些現象反映著宗教禁欲思想與一般人感情需求的衝突事實。

每一種宗教的禁欲思想各有它形成的背景，但無非都是為了使人達到擺脫肉體的有限性與束縛，使心靈獲得完全的自主與超越，但欲念、情感，尤其是男女間的情欲，卻是障礙解脫的最大問題。而文學與宗教是絕對不同的，人類藉著文學的創作與閱讀抒發內心的情感，它以體現人生的愛憎、悲喜與價值觀為本質，因此，在宗教中障礙解脫的大問題，卻是文學作品裡的大主題。

故宗教若想利用文學的形式來宣教與勸世，就必需借用民眾喜聞樂見的形象及與人性契合的題材，才能獲得廣泛的流傳與歡迎。魚籃觀音的傳說便是一則相當容易加入世俗觀念與素材的故事，因此一篇本為宣傳佛教而採以通俗化的勸世之作，可以逐漸的被重塑為滿足人心的娛樂文學，而原以表現菩薩慈悲救苦的感應傳說，也可以創作成受人歡迎的戲曲、小說，正如《西遊記》中的魚籃觀音，〈邢君瑞五載幽期〉的入話，都把那原是莊嚴崇高的菩薩，轉化成似人間有血有肉的民家婦女。這是中國文學使魚籃觀音在宗教意義與主題之外，加入了另一份人類情感式的願望和美學趣味。雖然文學中的魚籃觀音仍具有相當程度的宗教色彩和勸善意味，但若從另一個角度來看，也可以說是後世的文學創作者，利用了觀世音菩薩的藝術形象，把它神通廣大又親切慈悲的性格，廣泛的運用在各種文學作品之中。

不過，有些人對馬郎婦型魚籃觀音的勸世行為並不表認同，除了佛教中處理欲念的方便法外，還有觀音頻約頻負的食言。如俞正燮在〈觀世音菩薩傳略跋〉中即云：

> 宋僧壽涯題魚籃觀音，至云「馬郎納敗，還盡幾多菩薩債」，此大妄也。〔註1〕

《中國民間諸神》也說：

> 據此，則觀音現女相，目的是誘諸男子入佛教。然此說過於荒唐，

〔註1〕清俞正燮，《癸巳類稿》卷十五，《叢書集成》三編《安徽叢書》，藝文印書館，1971年，頁19。

所以民間最流行之説。〔註2〕

　　關於這一點可以由魚籃觀音的宗教性格來分析，不論是馬郎婦型、魚精型，或是靈照女的傳說，魚籃觀音都很明顯的被附屬於作為本尊信仰的觀世音菩薩之下，也可以說人們是以〈普門品〉的思想為基礎，包括「應以婦女身得度者，即現婦女身而為說法」、「或遇惡羅剎，毒龍諸鬼等，念彼觀音力，時悉不敢害。」、「觀音妙智力，能救世間苦」等觀音信仰的特色，〔註3〕將它藝術化、通俗化之後，所形成較具文藝性格、趣味性與浪漫色彩的觀音形象，這正是所謂人以自己的形象創造神明的最好例子。一個似鄰家婦女的應化觀音，當然較神祕而崇高的菩薩更具有親切和互動性的影響力，以宗教嚴肅的立場來看，這必然被斥之為妄想，但事實上，魚籃觀音的傳說故事對中國庶民百姓的信仰影響，確實更甚於唐宋以來中國佛教所發展出來的各種宗派思想。

　　因此魚籃觀音之所以能從宗教傳播、信仰傳說，一直發展到小說、戲曲、民間文學，甚至完全融入民間信仰的體系中，除了因為它富有民間文學能隨著時空環境轉化而不斷前進的可塑性，並掌握了體現民間文學中人類情感的共通性外，更重要的是，它亦同時滿足了中國庶民百姓對宗教與文藝兩方面的需求。當它經過數百年的孳衍後，魚籃觀音的故事，不僅仍能成為許多地方戲曲、說唱文學中的重要曲目，還能在庶民佛教的信仰中為人們所津津樂道。故魚籃觀音的藝術形象，可說是融合了各個時期中國人的道德觀與美學觀。

　　由此魚籃觀音的傳說也正說明了宗教與傳說、文學間的微妙關係：一方面宗教利用民間傳說與文學的形式，並加入百姓的好惡來宣揚自己的宗教，使宗教更能為民眾所接受。而另一方面民眾也在這裡不斷的滲入符合自己願望與觀念的情節，使一原屬於宗教的傳說逐漸具有更富現實的人民性。此種相互影響、一體並存的密切關係，使得宗教藉文學得以宣傳，對群眾的宗教信仰傾向得以產生影響，而文學則藉著宗教的超現實觀念，豐富了世人的生活。〔註4〕因此類似魚籃觀音的信仰傳說，不僅是中國佛教與文學的藝術成就，亦是佛教傳播與世俗化的重要史料。

〔註2〕呂宗力、欒保群編，《中國民間諸》下冊，學生書局，1991年，頁988。

〔註3〕《大正藏》冊九，頁57、58。

〔註4〕參張承業，〈略論峨眉山傳說與宗教〉，《民間文學論壇》，1985年第五期，頁49～52。

第二節　從魚籃觀音看中國民間佛教的信仰形態

　　由中國庶民百姓所發展出來的佛教信仰，是與學術史上的天台、華嚴與禪宗等高深的佛教哲學不相同的。中國人接受佛教或信仰佛教，大都是基於佛教所帶來的現世利益，正如其他民間信仰的產生，也是基於這個因素，不論是何種神明，只要能滿足人們祈求福報、平安，或求子、求財、治病的神明，都可能成爲中國百姓信仰的對象。張銘遠即言：

> 中國民族從未有過逃避現實的需要，她對於生活總是抱著積極樂觀的態度，任何自然或社會化的神，都無法將他們召喚到另一個世界，相反的卻要求神保祐他們在這世上生活得更好，只要達到這個目的，任何神和宗教都可以接受。〔註5〕

鎌田茂雄亦曾云：

> 中國在接受佛教的初期，其信仰内容是乞求福報的現世利益。其後便成爲中國佛教史上的一貫態度，也顯示了中國佛教的基本性格。對佛的觀念，雖然在種種的教學體系中，都有深刻的體認，但那畢竟都是神學上的佛，他的存在與一般民眾是沒有關連的，在民間信仰的水準來說，佛、菩薩是構成民眾現世利益的超能力者，而予以崇拜。在民間信仰水準上，與崇高的中國佛教各種深化的教理學上存在的佛觀念沒有多大關連。〔註6〕

　　觀世音菩薩是佛教諸佛、菩薩中，最具有滿足世人現世利益性格的菩薩，雖然在大乘經典中他含蘊了甚深的般若觀和修行法，但在人們心中，他仍是以如母親般的大慈大悲，與隨類應化、救苦救難的靈感形象爲主。正因爲此種神格性質極似於一般民間信仰的神明，也易於與中國庶民百姓的生活相融，因此在中國的宗教中，我們處處可以見到觀音的信徒。例如：道教亦吸收觀音，將她列於道教的諸神之中供奉，稱她是「觀音大士」，〔註7〕民間宗教則稱她是「觀音娘娘」、「觀音媽」，他不僅被供奉於佛教的寺院，也出現在

〔註5〕張銘遠，〈聖俗一體的世界──中國民族宗教觀的現世主義〉，《民間文藝季刊》，1988年，第四期，頁106。

〔註6〕鎌田茂雄著，關世謙譯，《中國佛教通史》第一卷，佛光出版，1990年再版，頁28。

〔註7〕宋徽宗因信奉道教，在宣和元年詔封釋迦牟尼佛爲「大覺金仙」，菩薩稱作「大士」，僧則改稱「德士」，寺爲宮，院爲觀，道佛混合，是爲有名「宣和詔」。（參《宋史》卷二十二）

道教的道觀之中,這種複雜的信仰體系,使得觀音在佛教、道教與民間宗教中,同時扮演了重要的角色。〔註8〕

　　對於有歷史癖的中國人而言,要作爲他們的崇拜者,是非得要有名有姓,且有個感應或修行事蹟不可的,因此除了各種靈驗傳說之外,更流傳出有關觀音出身與修道過程的妙善傳說。〔註9〕這是影響觀音信仰最深的一個故事,它同樣夾雜著混淆式的信仰形態,在它日漸發展完成後,觀世音菩薩被中國百姓確認爲是個道地的「中國女子」,並且在成道後居住在浙江海域的普陀山。妙善成道的故事被中國人視爲觀世音菩薩本尊信仰的依據,更是文學作品中描繪「南海觀音」的藍本。因此中國庶民百姓所認識、信仰的觀音,絕不等於佛教經典中的觀世音菩薩。

　　基本上,中國人認爲觀音也是從人經過努力修行後,而成爲具有超能力的神,神明可以隨時變化作任何一種形貌出現在人世間,或者轉世成某人,爲人類造福。因此人有成爲神的可能,以及神具有似人的形象、行爲,可以說是中國民間宗教信仰的一大特色。也因爲人與神之間的距離相近,中國人便很容易的從信仰中獲得情感的慰藉與安全感。因此佛教以深妙的般若智慧,得生死解脫的自利利他,對庶民百姓而言幾乎是遙不可及的,只有以稱念其名號即得救助的彌陀、觀音,才是他們心目中超能力的神。是故佛教留給一般民眾的觀念與影響,可能就在吃素、行善、因果、輪迴等,易於與其原有的生死觀與道德觀相融的教義。

　　魚籃觀音的傳說演進與其在文學中所表現的藝術形象,正反映了中國人的信仰形態。魚籃觀音具有中國觀音信仰中女性造型與應驗性格的兩大特色,以馬郎婦型的傳說爲例,它原是一則爲傳播佛教與觀音信仰所編纂的應驗故事,具有單純而清晰的形象,而內容也含攝了深奧的般若觀、不淨觀等重要的修行法門,冀使民眾在既信既娛的傳說中,得到潛移默化的效果。但在明清時代的許多戲曲、小說及寶卷等文學中,我們見到了她日漸複雜的面目,以宗教色彩最濃的《魚籃寶卷》來說,玉帝、龍王、金星都在寶卷中出現,玉帝是掌管天上人間事務最高的神,他擁有主宰福禍、懲罰人類的權力,而觀音被稱作「南洋教主」,因教化金沙灘人民有功,而受玉帝封號爲「魚籃觀音」。《魚籃寶卷》

〔註8〕參同註6,頁29。

〔註9〕參杜德橋著,李文彬譯,《妙善傳說——觀音菩薩緣起考》,巨流出版,1990年一版。

是眾多寶卷中被歸類於佛教「臨凡濟度說」類的寶卷，〔註10〕它與其他具有祕密宗教色彩的寶卷比較起來，其中的形象與宗教觀念已顯得單純許多，但由上述的幾點來看，它卻明顯的表現出佛道混淆的信仰體系，這種信仰形態便是佛教因世俗化與大眾化後，所形成重視現世利益的民間佛教。

　　印度佛教本是一支與中國傳統文化完全不同的思想系統，但自東漢傳入中國以後，在幾經排佛的運動中，它卻仍能不斷的以入境隨俗的種種「方便法」，讓這個以儒家為主要道統的國家，成為印度佛教滅亡後的重要根據地，甚至使佛教成為中國文化中的一部分和中國百姓的信仰重心。在整個佛教中國化的歷程中，俗講與宗教傳說可說是佛教根植民間、獲得民心的重要途徑，藉著具有故事性的經典、傳說與民眾信仰間相互依存的關係，使佛教不斷深入中國百姓的精神與生活之中。但為了長期流傳於中國，所進行的中國化和世俗化的方便善巧，卻使佛教在中國日益喪失其原有的面貌與本質，而夾雜著儒家與道教的思想，尤其是庶民心中的佛教，更是使以自力、利他為主，向內心尋求解脫的佛教智慧，轉變成向外祈求他力的、現世利益的佛教。事實上，假若佛教不根植民間，不採取融合中國傳統思想的方法，佛教亦不可能在中國流傳至今，同樣的，對中國而言，接受了佛教超脫而豐富的文化色彩，使得中國人在文學、藝術、思想等各方面的表現，顯得更加的多采多姿。

〔註10〕參曾子良，《寶卷之研究》，政大碩士論文，1975年，頁66。

第七章　結　論

　　觀世音菩薩帶著佛陀大菩薩行的精神，與大慈大悲尋聲救苦、隨機示現的靈驗性格，成為最受中國人歡迎的菩薩。除了以〈普門品〉為觀音信仰的依據外，女性造型的觀音與應驗故事的記載，可說是中國觀音信仰的一大特色，魚籃觀音的傳說正是這許多靈驗故事中最吸引群眾，且相當富有戲劇性與流動性的一則。

　　魚籃觀音的故事可依其內容與主題分為三種傳說類型：一為馬郎婦的故事，二為有關靈照的傳說，三為觀音菩薩收伏魚精的故事，三種類型故事中的觀世音菩薩，都被稱作是魚籃觀音。三者之中，以馬郎婦的故事被認為是魚籃觀音傳說的主線，它大約在北宋末、南宋初年時發展完成，同時被許多佛教史籍與禪宗語錄記錄下來，是一則來自於佛教教學中心，且被精心潤飾的靈驗故事，它除了有吸引群眾的情節外，更包含了許多重要的修行方法和觀念，其中以對治愛欲的方法最為突顯。但此故事與「魚籃」的關係卻非常小，由同時代題名為〈馬郎婦〉、〈魚籃觀音〉、〈靈照女〉的詩贊內容與畫像來分析，早期的魚籃觀音與馬郎婦故事，應該是兩則不同的傳說，後來才因用語、內容的混合，逐漸融合成一個故事。而一般民眾對馬郎婦故事中所教戒的重要觀念仍然相當模糊，即使是受民眾歡迎又具有宗教色彩的《魚籃寶卷》，亦僅能包含吃素、行善等簡單的勸善觀念。因此馬郎婦型的故事帶給人們的影響，除了具有宣教與勸善的功能外，美女造型的觀世音菩薩則為文學作品與繪畫藝術增添了許多豐富的色彩。

　　觀音收伏魚精的故事則發揮了菩薩救苦救難、大慈大悲的精神，而「魚籃」在故事中所產生的效用，更是將魚籃觀音的藝術形象發揮至極高點，尤

其如《西遊記》、《百家公案》等作品中的情節，因「魚籃」而得名的觀音形象，才得到了完整的解釋。不過它完成的年代顯然較馬郎婦型的故事爲晚，因此其思想背景也較爲複雜，有關它的作品一直是佛道兼併，這反映了明清時代佛道混合的事實，除了表現觀音的慈悲、神通以及放生的觀念外，它不似馬郎婦的故事含有較深入的觀念和意義，因此在許多文學作品中，魚精戀愛的情節反成爲作家們鋪敘的重點。

靈照一生的傳略則是禪的代表，她雖亦被稱作是魚籃觀音形象的由來，但由資料分析來看，她與魚籃觀音的關係實較爲薄弱，而其傳說對有關魚籃觀音的文學作品亦沒有產生影響。

魚籃觀音是中國有關女相觀音的傳說故事中，相當具代表性的典型，人們從觀音化成美麗女子教化與救濟眾生的故事中，感受到觀世音菩薩的親切與慈悲，這也使得觀世音菩薩和佛教更接近民眾，更受到民眾的歡迎，這是宗教利用民眾喜聞樂見的故事形態，所產生的信仰力量。當觀世音菩薩成爲民眾心中重要的信仰依靠時，民眾則將他從宗教方面所接受到的影響，以極具戲劇性與展延性的手筆，反映在小說、戲曲、寶卷等文學作品和繪畫藝術之中。

魚籃觀音是一個應驗性格極強的觀音形象，她融攝了人性化、平民化與女性化的中國趣味，她留給了人們很大的想像空間，人們可以依照自己的心或時空環境去塑造她美麗的形象，這是文學作品最大的特色。從爲了傳播觀世音菩薩的本尊信仰，利用民間傳說所潤飾的靈驗故事，到各種體裁的文學創作，類似魚籃觀音的種種傳說故事，都使得觀世音菩薩與中國百姓之間的關係更加密切，在屬於廣大群眾的庶民佛教信仰中，觀世音菩薩不僅是百姓苦難生活中心靈的依怙，也是文藝生活中既超脫又富變化的美麗形象。

附錄 日本東京三田山魚籃寺簡介 [註1]

在有關魚籃觀音的傳說與作品之中，皆曾經提及魚籃觀音的畫像和信仰，如《曲海總目題要》卷四十〈魚籃記〉便云：

　　畫家有魚籃觀音像，庵寺中亦多塑魚籃觀音者。[註2]

而〈雙錯叄〉（又名〈魚籃記〉）亦以故事發生於魚籃庵而得名。然查考今日中國各寺廟名勝，並無以「魚籃」為名者，卻在日本東京三田山找到了一座因供奉魚籃觀音而得名的寺院——魚籃寺。（見照片壹、照片貳）

「三田山水月院魚籃寺」位於東京港區，屬於江戶三十三個觀音札所中的第二十五個，在《江戶砂子》、《江戶名所圖繪》、《東京名所圖繪》、《大東京の史蹟と名所》和《芝區史》、《港區史》中，都對魚籃寺有所記載。根據《魚籃觀世音菩薩と魚籃寺》的記錄，[註3] 此寺中所供奉的魚籃觀音像，及其所稱述的魚籃觀音傳說都來自於中國，故事以馬郎婦型的傳說為依據，內容與宋濂所作的〈魚籃觀音像贊〉相差不多。

這尊大約在明末時代從中國傳來，在寺中被作為主尊供奉的木雕魚籃觀音像，是由該寺的開山祖師稱譽上人之歸依師——法譽上人，從中國來到日本遊

[註1] 筆者撰寫本論文期間（西元 1991～1992 年），正值家父高銘長先生外派至日本東京工作，故特商請家父親自造訪東京三田山魚籃寺兩次，除蒐集魚籃觀音第一手相關資料與實地攝影拍照外，本論文中所參考、引用之日文資料，皆由家父於工作繁忙之餘為筆者所翻譯，在此特表衷心感謝之意。

[註2] 黃文暘，《曲海總目提要》卷四十，新興書局，1967 年，頁 1845。

[註3] 《魚籃觀世音菩薩と魚籃寺》由三田山魚籃寺編著、出版，1989 年。該書據《魚籃觀世音菩薩靈驗記》所述而寫，《魚籃觀世音菩薩靈驗記》為江戶時代初期所製作，內附觀音靈驗版畫數幅，現為魚籃寺所祕藏的善本書，故難以得見原貌與內容，甚為可惜。

玩的中國商人之女手中得到的，由於商船經常往返於中日間的海域，這尊魚籃觀音便被供奉於船上，作爲船隻的守護神。〔註4〕法譽上人在得到此像之後，曾將它暫時安奉在豐前中津市圓應寺的魚籃院中，〔註5〕寬永七年（西元1630年）他在三田建了一個小庵堂，並將魚籃觀音像移至此地，承應元年（西元1652年）其弟子稱譽上人，在現在的原址創建了魚籃寺，作爲供奉魚籃觀音的永久之地。現今所見到的魚籃寺大多仍保留著原貌，在四周矗立的現代建築當中，尤其顯得古樸而幽閒，由於魚籃寺的時代久遠，不但成爲此地居民的信仰中心，在此寺附近，更有以「魚籃」爲名的街道和商店區。〔註6〕

此高約十八公分的木雕立像魚籃觀音，有著美麗的少女形貌，頭上束著高起的中國式髮髻，右手提著竹製的魚籃，籃中有魚一尾，左手挈衣裾，露出衣擺下面的金色瓔珞，頭部並有光環一圈，這些特殊的菩薩造型，象徵少女是觀世音菩薩的化身。魚籃觀音所穿著的服飾，是中國南方海邊民家婦女的典型服裝，腰部較高而明顯，袖擺寬而有飄逸之感。（見照片參）這尊具有將近四百年歷史的魚籃觀音像，是現今除了畫像以外，唯一能見到的一尊時代久遠的魚籃觀音雕像，對魚籃觀音的傳說研究來說，具有特殊意義與價值。〔註7〕

當地居民對魚籃觀音的信仰形態，是相當值得注意的。由於該寺位於港區，是一個濱海的市鎮和漁港，居民多以漁業爲生，因此自古以來，提著魚籃的觀世音菩薩便是民眾祈求海上安全、捕獲大魚及漁業、商業買賣繁盛的

〔註4〕 關於該寺魚籃觀音像的由來有三種說法：一、爲承應元年（西元1652年）稱譽上人在長崎時，從中國商人之女手中得到的。二、爲稱譽上人之師法譽上人從中國商人之女手中得到的。（以上二說參《望月佛教大辭典》，頁630中）三、據《魚籃觀世音菩薩と魚籃寺》的記載（見同註3），則謂爲馬郎的後世子孫來到日本長崎時，將此像贈予法譽上人，而法譽則將觀音像暫時安置於豐前中津市的魚籃院。對於第三說可判知：大概是寺方爲了取信於大眾，特編說觀音像是由傳說中的馬郎之子孫手中得來的，不過由此可以確定的是，此像確實是由中國傳來日本的，並以馬郎婦型的故事爲依據，由法譽上人先置於中津市，再由稱譽上人創建魚籃寺。

〔註5〕 《望月佛教大辭典》云（頁630頁）此事發生在元和三年（西元1617年），但在《魚籃觀世音菩薩と魚籃寺》中並無記載。

〔註6〕 魚籃寺所在之坡地名「魚籃坂」，街名爲「魚籃坂下」，而附近的商店區名「魚籃商店會」。

〔註7〕 今該寺大殿中除了供奉原像外，另有一高約一點二公尺的魚籃觀音像，是後來模擬原像所造的新作品。

崇拜對象。而美麗的少女形象，也獲得了不少婦女們的信任與敬仰，故婦女們經常來此祈求家人的幸福，或生產及兒女的平安，還有傳說中幾經考驗而突破難關的馬郎，也引來希望自己考試順利的祈願者。而該寺則因為當地居民以漁業為生，因吃食或販賣的魚類眾多，故每年都專門為魚貝類及獸類等舉行供養法會，當地與漁業、肉販及餐飲相關的行業，在每年法會期間都會誠心的參與。此外每月的十八日，魚籃寺亦有以讀誦〈普門品〉、《心經》及講解佛法為主的活動。

魚籃寺除了以魚籃觀世音菩薩作為本尊供養外，左右供有梵天、帝釋像各一尊，內側四隅則有持國天、增長天、廣目天、多聞天等四天王，以作為佛法的護法神，另外也供奉了阿彌陀佛、觀音菩薩、大勢至菩薩等淨土三聖。五十年前民眾另募款在魚籃寺境內建立了右堂，供奉水子地藏尊，並以法會超度回向未出世就已死亡的胎兒之靈。

日本三田山魚籃寺的存在，證實了魚籃觀音傳說內容中所提到的魚籃觀音像及故事對民眾信仰所產生的影響，尤其是其傳說影響的層面不僅在中國境內，更遠及日本並延續至今日的情況來看，魚籃觀音的傳說意義也不僅限於文學與藝術兩方面，而是在現實社會的觀音信仰中，具有相當影響力的重要角色。

日本民眾對三田山魚籃寺的信仰形態，必定加進了一些日本民族的信仰習俗，不過也許我們仍可以由日本人民的信仰情況中，大略的推知明清時代魚籃觀音在中國可能具有的信仰形態：

一、魚籃觀音的傳說必以中國南方海邊為主要的流傳區，正如日本的魚籃寺亦位於海濱。

二、居住在海邊的人民多以漁業為生，因此魚籃觀音必具有勸戒殺生的重要意義，然因時代久遠，民眾便漸漸衍生出對提著魚籃的觀世音菩薩祈求海上安全或漁獲豐收的願望，甚至將魚籃觀音當作船隻航行的守護神供奉，雖然這與魚籃觀音傳說的本意可能完全相反，但卻仍是漁民們生活的依靠和願望。

三、勸戒殺生雖對漁民有重要的影響，但對於以海為生的民眾來說，卻是很難找到另一種謀生的職業，因此魚籃觀音的信仰便與放生、施食或供養餓鬼等佛教儀軌相結合，而〈普門品〉仍是觀音信仰的重要依據。

　　在明清戲曲或小說中的魚籃觀音，並不被作爲本尊信仰，她只是附屬於觀世音菩薩的一個應化形象，人們所祈求的對象仍是以妙善傳說爲主的南海觀世音菩薩，同時民間亦沒有以魚籃觀音的雕像或畫像作爲本尊供奉的蹟象，魚籃觀音在中國文學與藝術中，似乎僅是一個具有趣味的宗教傳說中的主角，她雖在傳播佛教與觀音信仰的流布中具有很大的影響力，卻仍只是眾多觀音靈驗故事與形象中的一個。唯獨日本的三田山魚籃寺，爲我們提供了對魚籃觀音本尊信仰的事實與證明。也許魚籃觀音在中國也曾經具有這些信仰事實，不過當它日漸消失時，卻反映出魚籃觀音的傳說故事，對兩個不同文化、不同民族所產生的不同反應與影響。

參考書目

一、專　書（依書名筆畫順序排列）

1. 《大正藏》，新文豐出版
   《中阿含經》，第一冊。
   《長阿含經》，第一冊。
   《雜阿含經》，第二冊。
   《增一阿含經》，第二冊。
   《悲華經》，第三冊。
   《大般若經》，第八冊。
   《般若波羅蜜多心經》，第八冊。
   《妙法蓮華經》，第九冊。
   《正法華經》，第九冊。
   《大方廣佛華嚴經》，第十冊。
   《大寶積經》，第十一冊。
   《觀世音菩薩授記經》，第十二冊。
   《觀無量壽佛經》，第十二冊。
   《維摩詰所說經》，第十四冊。
   《佛說盂蘭盆經》，第十六冊。
   《陀羅尼集經》，第十八冊。
   《大佛頂首楞嚴經》，第十九冊。
   《十一面觀世音神咒經》，第二十冊。

《千手千眼觀世音菩薩大悲心陀羅尼經》，第二十冊。

《請觀世音菩薩消伏毒害陀羅尼咒經》，第二十冊。

《救面然餓鬼陀羅尼神咒經》，第二十一冊。

《根本說一切有部毘奈耶雜事》，第二十四冊。

《大智度論》，第二十五冊。

《阿毘達磨大毘婆沙論》，第二十七冊。

《般若波羅蜜多心經幽贊》，第三十三冊。

《心經略疏》，第三十三冊。

《法華義疏》，第三十四冊。

《觀音義疏》，第三十四冊。

《觀音玄義》，第三十四冊。

《請觀音經疏》，第三十九冊。

《瑜伽師地論略纂》，第四十三冊。

《摩訶止觀》，第四十六冊。

《敕修百丈清規》，第四十八冊。

《佛祖統紀》，第四十九冊。

《佛祖歷代通載》，第四十九冊。

《釋氏稽古略》，第四十九冊。

《法華經傳記》，第五十一冊。

《補陀洛迦山傳》，第五十一冊。

2. 《小說見聞錄》，戴不凡，木鐸，1983。

3. 《山谷內集》，宋黃庭堅，四部叢刊冊四十九，商務，1987。

4. 《山谷外集詩注》，宋黃庭堅／青神史容注，四部叢刊冊三十五，商務，1987。

5. 《太平廣記》，宋李昉，文史哲，1978。

6. 《中國小說史略》，周樹人，谷風。

7. 《中國民間諸神》，宗力、劉群，學生，1991。

8. 《中國民間信仰資料彙編》第一輯，學生書局，1989。

《三教源流聖帝佛祖搜神大全》，第三冊。

《釋神》，清姚東升，第十九冊。

《鑄鼎餘聞》，清姚福均輯，第二十冊。

《新義錄》，清孫璧文，第二十一冊。

《集說詮真》，黃伯祿輯／蔣超凡校，第二十二、二十三冊。

9. 《中國佛教》，中國佛教協會編，上海知識，1989。

10. 《中國佛教史》，黃懺華，上海文藝，1990。

11. 《中國佛教通史》，鎌田茂雄／關世謙，佛光，1990。

12. 《中國佛教與傳統文化》，方立天，桂冠，1990。

13. 《中國社會與宗教》，鄭志明，學生書局，1989。

14. 《中國通俗小說書目》，孫楷第，廣雅，1983。

15. 《中國戲曲與中國宗教》，周育德，中國戲劇出版，1990。

16. 《中華佛教美術圖集》，中華佛教文化館，1958。

17. 《少室山房筆叢》，胡應麟，世界書局，1980。

18. 《木魚歌潮州歌敍錄》，譚正璧、譚尋，書目文獻，1982。

19. 《五十年來的中國俗文學》，婁子匡、朱介凡，正中書局，1987。

20. 《元曲選》，藝文印書館，1958。

21. 《四遊記》，陽至和，世界書局，1958。

22. 《北史》，鼎文，1979。

23. 《北夢瑣言》，宋孫光憲，叢書集成新編冊八十七，1985。

24. 《世界佛教通史》上冊，聖嚴法師，東初，1990。

25. 《世界佛學名著譯叢》，華宇，1988。
    《中國佛教史》，鹽入良道／余萬居，第四十四冊。
    《簡明中國佛教史》，鎌田茂雄／鄭彭年，第四十二冊。

26. 《本生經的起源及其開展》，釋依淳，佛光，1987。

27. 《古典戲曲存目彙考》，莊一拂，上海古籍，1982。

28. 《古小說鉤沉》，坊間出版。

29. 《平劇劇目初探》，陶君起，明文，1982。

30. 《包拯故事研究》，翁文靜，輔大碩士論文，1989。

31. 《卍正藏》
    《天目中峰和尚廣錄》，第三十一套第七冊。
    《玄應音義》，第三十五套第二冊。

32. 《卍續藏經》
    《盂蘭盆疏新記》，第三十五冊。
    《大日經疏》，第三十六冊。
    《觀世音菩薩往生淨土本緣經》，第八十七冊。
    《高王觀世音經》，第八十七冊。

《龐居士語錄》，第一二〇冊。

《北澗居簡禪師語錄》，第一二一冊。

《物初大觀禪師語錄》，第一二一冊。

《靈隱大川普濟禪師語錄》，第一二一冊。

《佛鑑無準師範禪師語錄》，第一二一冊。

《偃溪廣聞禪師語錄》，第一二一冊。

《介石智朋禪師語錄》，第一二一冊。

《虛堂智愚禪師語錄》，第一二一冊。

《笑隱大訢禪師語錄》，第一二一冊。

《希叟紹曇禪師語錄》，第一二二冊。

《石田法薰禪師語錄》，第一二二冊。

《環溪惟一禪師語錄》，第一二二冊。

《雪巖祖欽禪師語錄》，第一二二冊。

《西巖了慧禪師語錄》，第一二二冊。

《海印昭如禪師語錄》，第一二二冊。

《天如惟則禪師語錄》，第一二二冊。

《平石如砥禪師語錄》，第一二二冊。

《石溪心月禪師語錄》，第一二三冊。

《隆興佛教編年通論》，第一三〇冊。

《釋門正統》，第一三〇冊。

《法華經持驗記》，第一三四冊。

《觀音經持驗記》，第一三四冊。

《法華經顯應錄》，第一三四冊。

《天聖廣燈錄》，第一三五冊。

《五燈會元》，第一三八冊。

《叢林盛事》，第一四八冊。

《居士傳》，第一四九冊。

《觀音慈林集》，第一四九冊。

33. 《曲洧舊聞》，宋朱弁，叢書集成新編冊八十四，1985。

34. 《曲海總目提要》，黃文暘，新興書局，1967。

35. 《曲錄》，王國維，藝文，1957。

36. 《西瓜寶卷》，上海文益書局石印本，中研院藏。

37. 《西廂記》，里仁，1981。

38. 《西遊記探源》，鄭明俐，文開，1982。

39. 《西遊記論要》，劉勇強，文津，1991。

40. 《夷堅志補》，宋洪邁，商務印書館，1927。

41. 《全宋詞》，明倫，1970。

42. 《全明傳奇》，天一出版，1983。

　　《四美記》，無名氏。

　　《曇花記》，明屠隆。

　　《觀世音修行香山記》，明羅懋登。

　　《觀音魚籃記》，無名氏。

43. 《宋史》，鼎文，1979。

44. 《宋書》，鼎文，1979。

45. 《宋學士文集》，明宋濂，四部叢刊冊七十一，商務，1987。

46. 《初期大乘佛教之起源與開展》，印順法師，正聞，1989。

47. 《戒律學綱要》，聖嚴法師，東初，1988。

48. 《足本西遊記》，世界書局，1955。

49. 《佛光大辭典》，佛光，1988。

50. 《佛教的女性觀》，釋永明，佛光，1990。

51. 《佛教研究方法論》，吳汝鈞，學生書局，1983。

52. 《佛教與中國文學》，孫昌武，上海人民，1988。

53. 《佛像之美》，莊伯和，雄獅，1987。

54. 《佛像藝術——東方思想與造形》，賴傳鑑，藝術家，1980。

55. 《佛學》，霍韜晦，香港中文大學，1984。

56. 《東坡禪喜集》，徐長孺，老古，1988。

57. 《青泥蓮花記》，梅禹生，廣文，1980。

58. 《明末中國佛教之研究》，聖嚴法師，東初，1987。

59. 《明代傳奇全目》，傅惜華，人民文學，1959。

60. 《明清善本小說叢刊》初編，天一出版，1985。

　　《三寶太監下西洋通俗演義》，明二南里人。

　　《百家公案》，無名氏。

　　《西湖二集》，明周清源。

　　《南海觀世音菩薩出身修行傳》，無名氏。

《龍圖公案》，無名氏。

61. 《延長縣志》，清王崇禮，中國地方志叢書，成文。

62. 《故宮書畫錄》，故宮博物院，商務，1965。

63. 《故宮書畫圖錄》，故宮出版，1989。

64. 《癸巳類稿》，清俞正燮，叢書集成三編安徽叢書，藝文印書館，1971。

65. 《南史》，鼎文，1979。

66. 《香港大學所藏木魚書敍錄與研究》，梁培熾，亞洲研究中心，1978。

67. 《孤本元明雜劇》，冊九《觀音菩薩魚籃記》，明無名氏，商務印書館，1977。

68. 《孤本元明雜劇提要》，王季烈，盤庚，1977。

69. 《宣室志》，唐張讀，叢書集成新編冊八十一，1985。

70. 《苦水作劇三種》，顧隨，線裝鉛印本，1936。

71. 《海錄碎事》，宋葉廷珪，四庫全書冊九二一，1986。

72. 《茶香室叢鈔》，清俞曲園，筆記小說大觀二十三編，新興，1979。

73. 《茶香室續鈔》，清俞曲園，筆記小說大觀二十三編，新興，1979。

74. 《般若心經思想史》，釋東初，東初出版，1990。

75. 《般若經講記》，印順法師，正聞，1988。

76. 《倫敦所見中國小說書目提要》，柳存仁，鳳凰，1974。

77. 《陔餘叢考》，世界書局，1978。

78. 《晉書》，鼎文，1979。

79. 《魚籃寶卷》，北京大學圖書館藏本。

80. 《通州志》，明沈明彥，天一閣藏明代地方志，新文豐。

81. 《盛明雜劇二集》，廣文，1979。

82. 《現存元人雜劇本事考》，羅錦堂，順天，1976。

83. 《梁書》，鼎文，1979。

84. 《善本劇曲經眼錄》，張棣華，文史哲，1976。

85. 《菩薩外傳》，顧希佳，上海文藝，1989。

86. 《菩薩相體用論之研究》，林福春，文化碩士論文，1970。

87. 《華夏諸神》，馬書田，北京燕山，1990。

88. 《敦煌藝術》，沈以正，雄獅，1981。

89. 《寓意編》，明都穆，叢書集成新編冊五十，1985。

90. 《畫史叢書》，文史哲，1974。

91. 《隋唐及五代佛教史》，湯用彤，慧炬，1986。

92. 《隋唐畫家史料》，陳高華，文物出版，1987。

93. 《隋書》，鼎文，1979。

94. 《道教與中國民間文學》，劉守華，文津，1991。

95. 《話本小說概論》，胡士瑩，坊間出版。

96. 《閩都別記》，清里人何求，福建人民出版，1987。

97. 《遠山堂明曲品劇品校錄》，黃裳，上海出版，1955。

98. 《漢魏兩晉南北朝佛教史》，湯用彤，駱駝，1987。

99. 《管錐篇》，錢鍾書，香港友聯，1981。

100. 《彙印小說考證》，蔣瑞藻，商務，1975。

101. 《閱藏知津》，智旭，新文豐，1973。

102. 《綠窗女史》，明秦淮寓客編，中央圖書館善本室藏本。

103. 《彈詞寶卷書目》，胡士瑩，上海古籍，1984。

104. 《歷代名畫記》，張彥遠，商務，1983。

105. 《歷代著錄畫目》，福開森，中華書局，1968。

106. 《豫章先生文集》，宋黃庭堅，四部叢刊冊四十九，商務，1987。

107. 《臨水平妖》，瑞成書局。

108. 《戲曲小說叢考》，葉德均，文史哲，1989。

109. 《檮杌閒評》，劉文忠校點，北京人民文學，1983。

110. 《舊唐書》，鼎文，1979。

111. 《魏晉南北朝志怪小說研究》，王國良，文史哲，1984。

112. 《寶卷之研究》，曾子良，政大碩士論文，1975。

113. 《觀世音全傳》，曇陀羅室主人，新文豐，1979。

114. 《觀世音菩薩本事》，後藤大用／黃佳馨，天華，1989。

115. 《觀世音菩薩普門品講記》，演培法師，天華，1988。

116. 《觀音──半個亞洲的信仰》，鄭僧一／鄭振煌，慧炬，1987。

117. 《觀音菩薩全書》，江村編，千華，1989。

118. 《觀音菩薩緣起考──妙善傳說》，杜德橋／李文彬，巨流，1990。

119. 《觀世音菩薩的修持方法與證悟過程》，沈家楨，菩提印經會，1981。

二、單篇論文

1. 〈中國的水神傳說與西遊記〉，陳炳良，《神話、禮儀、文學》，聯經，1985 年。

2. 〈民間故事與宗教文化〉，陳建賓，《民間文藝季刊》，1988 年第 4 期。

3. 〈玄怪錄及其後繼作品辨略〉，王夢鷗，《唐人小說研究》四集，藝文印書，1978 年。

4. 〈延州婦人——鎖骨菩薩故事研究〉，胡萬川，《中外文學》十五卷 5 期，1986 年 10 月。

5. 〈佛曲敘錄〉，鄭振鐸，《中國文學研究》，清流，1976 年。

6. 〈佛教中國化的歷程〉，方立天，《世界宗教研究》，1989 年第 3 期。

7. 〈妙善傳說的兩種新資料〉，賴瑞和，《中外文學》九卷二期，1980 年 7 月。

8. 〈宗教的七種心理根源〉，邁阿蓋爾／世瑾，《世界宗教資料》，1982 年第 1 期。

9. 〈宗教的基本功能〉，陳麟書，《世界宗教研究》，1990 年第 3 期。

10. 〈宗教與民間文學〉，李景江，《吉林大學社科學報》，1983 年第 6 期。

11. 〈明代公案小說的版本傳統——龍圖公案考〉，馬幼垣，《中國小說史集稿》，時報，1980 年。

12. 〈略論峨眉山傳說與宗教〉，張承業，《民間文學論壇》，1985 年第 5 期。

13. 〈魚籃觀音的傳說〉，澤田瑞穗／前田一惠，《中國文學論著譯叢》，學生，1985 年。

14. 〈從佛教思想史上轉身論的發現看觀世音菩薩在中國造像史上轉男成女像的由來〉，古正美，《東吳中國藝術史集刊》15 期，1987 年 2 月。

15. 〈從龍門造像史蹟看武則天與唐代佛教之關係〉，張乃翥，《世界宗教研究》，1989 年第 1 期。

16. 〈從觀音的變性看佛教的中國化〉，趙克堯，《東南文化》，1990 年第 4 期。

17. 〈張勝溫梵像卷之觀音研究〉，李玉珉，《東吳中國藝術史集刊》15 期，1987 年 2 月。

18. 〈敦煌水月觀音像〉，王惠民，《藝術家》154 期，1988 年 3 月。

19. 〈聖俗一體的世界——中國民族宗教觀的現世主義〉，張銘遠，《民間文藝季刊》，1988 年第 4 期。

20. 〈趙氏一門合札研究〉，姜一涵，《故宮季刊》十一卷 4 期，1977 年。

21. 〈概說宗教禁欲主義〉，呂大吉，《中國社會科學》，1989 年第 5 期。

22. 〈論佛教的中國化問題〉，黃新亞，《人文雜誌》，1989 年第 2 期。

23. 〈論觀音與西遊故事〉，張靜二，《政大學報》48 期，1983 年 12 月。

24. 〈談繪畫史上的觀音像〉，沈以正，《佛教藝術》第 2 期，1986 年 11 月。

25. 〈諷誦的力量〉，冉雲華／依聞，《中國佛教泛論》，世界佛學名著譯叢冊四十八，華宇，1986 年。

26. 〈歷代佛像之演變及斷代研究〉，高木森，《佛教藝術論集》，現代佛教學術叢刊冊二十，大乘文化，1978。

27. 〈關於造作觀音菩薩形象的流變之參考資料〉，陳祚龍，《美術學報》21期，1987年1月。

28. 〈藏密觀自在菩薩〉，歐陽重光，《佛教藝術》第2期，1986年11月。

29. 〈觀世音信仰的傳入和流行〉，楊曾文，《世界宗教研究》，1985年第3期。

30. 〈觀世音菩薩救世精神〉，釋東初，《東初老人全集》，東初，1985年。

31. 〈觀世音菩薩之研究〉，李聖華，《中國民間傳說論集》，聯經，1980年。

32. 〈觀世音應驗記的研究〉，牧田諦亮／呂文忠，《世界宗教資料》，1983年第2期。

33. 〈觀音大士變性記〉，張沅長，《主題學研究論文集》，東大，1983年。

34. 〈觀音的語義及古印度與中國對他的信仰〉，松本文三郎／許洋主，《菩提樹》317期，1979年4月。

35. 〈觀音信仰的流傳與美術創作研討會〉，《佛教藝術》第2期，1986年11月。

36. 〈觀音信仰與民間傳說〉，王福金，《民間文藝季刊》，1988年第2期。

37. 〈觀音造像系統述源〉，陳清香，《佛教藝術》第2期，1986年11月。

38. 〈觀音菩薩的形象研究〉，陳清香，《華岡佛學學報》第3期，1973年5月。

39. 〈觀音菩薩與亞洲佛教〉，巴宙，《中華佛學學報》第1期，1987年3月。

40. 〈觀音——院藏觀音繪畫特展簡介〉，李玉珉，《故宮文物月刊》三卷3期，1985年6月。

三、外文論著

1. 〈六朝人士の觀音信仰〉，牧田諦亮，《東方學報》41期，1970年3月。

2. 《六朝古逸觀世音應驗記の研究》，牧田諦亮，平樂寺書店排印本，1970年。

3. 〈六朝隋唐小說史展開と佛教信仰〉，小南一郎，《中國中世の宗教と文化》，京都大學人文科學研究所，1982年。

4. 《佛書解說大辭典》

5. 《佛教と中國文學》，澤田瑞穗，國書刊行會，1975年。

6. 《佛教の美術と歷史》，小野玄妙，東京金尾文淵堂，1943年。

7. 《佛像佛典解說事典》，三井晶史，名著普及會出版，1985年。

8. 〈近世中國における觀音信仰〉，佐伯富，《塚本博士頌壽紀念佛教史學論集》，1961 年。

9. 〈近世シナ大眾の女身觀音信仰〉，塚本善隆，《山口博士還曆紀念印度學佛教學論文集》，1955 年。

10. 《唐代の大悲觀音》，小林太市郎，《佛教藝術》第 20 至 21 期，1953 年、1954 年。

11. 《爽籟館欣賞》，阿部孝次郎，1939 年。

12. 《魚籃觀世音菩薩と魚籃寺》，三田山魚籃寺編，1989 年。

13. 《望月佛教大辭典》，望月信亨，世界聖典刊行協會，1977 年。

14. 《增補寶卷の研究》，澤田瑞穗，國書刊行會，1975 年。

15. 《禪學大辭典》，駒澤大學編，大修館書店。

16. 〈Imagaes Of Kuan-Yin In Chinese Folk Literature〉Chun-fang Yu，《漢學研究》八卷 1 期，《民間文學國際研討會論文專號》，1990 年 6 月。

圖　版

圖版壹　宋人畫魚籃觀音像

台北故宮藏　收於《故宮書畫圖錄》冊三

圖版貳　元趙孟頫魚籃大士像

台北故宮藏　收於《故宮書畫圖錄》冊四，亦收於《故宮名畫三百種》

圖版參　元管道昇魚籃觀音像

收於日本《爽籟館欣賞》第二輯，亦收於《中國名畫》第19集

圖版肆　魚籃觀音石刻

收於《中華佛教美術圖集》第一集

圖版伍　明吳彬魚籃觀音像

台北故宮藏　收於《故宮書畫圖錄》冊八

圖版陸　清施王仁孝魚籃觀音像

收於《中華佛教美術圖集》第一集

照片壹　日本東京三田山魚籃寺

照片參　三田山魚籃寺所藏之魚　照片貳　日本東京三田山魚籃寺大
　　　　籃觀音像　　　　　　　　　　　　殿之匾

中國人虎變形故事研究

洪瑞英　著

作者簡介

洪瑞英，1963 年生於臺灣彰化，政治大學中文系、逢甲大學中國文學研究所畢業，曾任職戶外生活出版社編輯；現任教於南開科技大學通識中心，兼任圖書館典閱組組長。著有〈小說中巫術與法術之變形——以中國人虎變形故事為考察〉、〈中國人虎婚姻故事類型研究〉等。

提　　要

壹、研究動機：

　　變形是中國小說常見之創作主題類型，在人與物類互變主題中，「物類變人」類型為變形故事之大宗；「人變異類」故事數量相對較少。而在此少數人變異類故事中，以「人化虎」故事數量最多亦最具典型；此外，「虎變人」故事模式也迴異於其他物類變形故事而自成格局。因此，本書特擷取此類獨具特質的中國人虎變形故事作為研究，嘗試探討其創作之外在背景及內在意涵，藉以與西洋狼人及東南亞、印度虎人傳說互勘，比較探討此一世界性類型傳說在各地所展現之相異特質與意義。

貳、研究方法：

　　本文試就中國歷代小說及故事中所見有關人虎變形主題作一概略性分類，先考察其原始信仰、文化遺跡，再著力於小說中象徵手法的運用，嘗試以心理學、民俗學、人類學等角度探討其變形的內外在動因與其心理意識之展現。

叁、研究內容：

　　第一章緒論：除申明研究動機與方法外，並概略探討中國傳統文化中對虎的觀念，以明人虎變形故事所展現之特質。

　　第二章人虎變形之思想邏輯：陳述人虎變形於神話與小說中的創作意涵，並考察人虎變形傳說之原始信仰背景及地理區域分布。

　　第三章人虎變形故事內容探討：歸納中國人虎變形故事之類型，並分析其所蘊含之政治、社會、宗教信仰及人類心理等深層意義。

　　第四章人虎變形故事之心理意識探索：針對人虎變形故事所顯現之心理意識作一剖析，以彰顯此變形藝術下對人性的思考、生命的反省等象徵意義。

　　第五章結論：總結前論，簡述六朝、唐宋、明清各代人虎變形故事之承襲及發展，藉中國人虎變形故事之整理，了解並比較此一世界性類型傳說所展現之特質與意義。

目

次

第一章 緒 論

第一節 研究動機與方法

　　神怪與靈異是大部份中國小說所揭述的主題之一，〔註1〕而變形化身則是此類神異故事的一大特質。變形作爲一種藝術創作手法，源遠流長，從神話時代禹化黃熊之簡單敘述開始，經六朝志怪、唐代傳奇之模擬發展，以迄明《西遊記》、清《聊齋誌異》之踵續，此一變形世界被營造得奇麗繽紛、意趣縱橫。

　　今國內所見有關小說變形題材之研究，多以六朝志怪小說爲範圍，如康韻梅《六朝小說變形觀之探究》、謝明勳《六朝志怪小說變化題材研究》二篇論文，皆就六朝小說變形題材作一分類，並剖析其所蘊含之思想；〔註2〕蔡雅薰《六朝志怪妖故事研究》則就物類變人典型論述其化身之過程與結局；〔註3〕另吳秀鳳《廣異記研究》第三章亦論及《廣異記》所記錄之精怪變化傳說；〔註4〕禹東完《聊齋誌異夢境與變形故事之研究》第三章則針對《聊齋誌異》的變形意識作一深刻分析。〔註5〕

〔註1〕張火慶以爲神怪與靈異主題是中國傳統小說的直接起源，也是大部份中國小說作品所描述的主題。見〈從自我的紓解到人間的關懷〉，《中國小說史論叢》（台北，學生書局，1984年6月），頁203。

〔註2〕康韻梅，《六朝小說變形觀之探究》（臺灣大學中文研究所，民國76年碩士論文）。謝明勳，《六朝志怪小說變化題材研究》（中國文化大學中文研究所，民國77年碩士論文）。

〔註3〕蔡雅薰，《六朝志怪妖故事研究》（師範大學國文研究所，民國79年碩士論文）。

〔註4〕吳秀鳳，《廣異記研究》（輔仁大學中文研究所，民國75年碩士論文）。

〔註5〕禹東完，《聊齋誌異夢境與變形故事之研究》（東海大學中文研究所，民國76年碩士論文）。

在上述有關變形或妖怪化身之論文研究中，皆就某一特定時代及一個廣泛的人與物互變類型作一探討。至於擷取其中某一類研究者，則多特重狐狸變形故事，如胡堃〈論中國古代狐仙故事的歷史發展〉；〔註6〕周愛明〈論狐妻故事的生成與發展〉〔註7〕等。本文則選取另一類與狐狸變形故事各異其趣、而獨具特質的變形類型——人虎變形故事做為研究題材，嘗試開發此一長期為人所忽視的變形類型。

選擇人虎變形故事原因之一，是因為中國虎人與西洋狼人具有相似的特質。世界上任何民族幾乎都有關於變形化身的故事，在西方，除了希臘神話外，流傳較廣、較著名的變形故事當推狼人傳說。狼人傳說是一世界性普遍類型，在沒有狼人傳說的地方，則有虎人傳說。〔註8〕這類傳說的主角一般都是當地最凶猛也最恐怖的動物，在歐美是狼；在中國及印度、東南亞一帶則是老虎，可以說此類傳說深受地緣因素影響。

在中國，人與動物互變類型很多，但其中以人虎變形故事與西洋狼人傳說特質最為相似。本文雖未深入探討二者之間的異同，但藉著對中國人虎變形故事的釐清，或許可與狼人此一世界性類型傳說互勘比較，見其演變發展之跡。

原因之二則是中國人虎變形故事本身具有與其他物類變形故事不同之特質。在物類變形故事中，動物變人是變形故事一大特徵，中野美代子《從中國小說看中國人的思考模式》即云：

> 在中國的化身與怪談小說裡，很少有一種類型是說，人類會基於某種理由而化身為人類以外的形象，反之，只有鬼怪或其他動植物才會化身人形而後與人類交往。這就是說，自從希臘以來的歐洲怪談集，主要係從人類化身為人類以外的形象，也就是以遠心的化身為主；相反地，中國人卻從人類以外的存在，搖身一變為人形，也就是以求心的化身為主流。〔註9〕

〔註6〕 胡堃，〈論中國古代狐仙故事的歷史發展〉，《民間文藝季刊》1988年第三期，頁9。

〔註7〕 周愛明，〈論狐妻故事的生成與發展〉，《民間文學論壇》1990年第五期，頁39。

〔註8〕 ALEXANDER HAGGERTY KRAPDE，《The Science of Folklore》（New York：W. W. NORTTON ＆ COMPANY.INC.1964），P94。

〔註9〕 中野美代子，《從中國小說看中國人的思考模式》（台北：成文出版社，1977年7月），頁46。

　　物類化人的確是中國變形故事之大宗，站在人類本位上，人本不便自貶身價，屈就動植物之形。人化異類事例較之異類化人類型而言為少數特例，而在這少數人化異類故事中，數量較多亦較具典型者大概可推人虎變形故事中的「人化虎」類型。金榮華《六朝志怪小說基本情節索引》中記錄「人變為魚蟲鳥獸」情節，以「人變為虎」故事最多；〔註10〕而在《太平廣記》所搜錄故事中，除鬼神妖怪類外，以龍、虎、狐三類故事最多，其中龍類絕少人變龍故事；至於狐類則多是狐變形為人，甚少人變狐類型。而虎類故事中，人化虎的情節卻很多，且類型十分豐富，不惟六朝、唐代如此，宋代至明清等筆記小說亦可見此一現象，就筆者目前所搜集故事中，人化虎故事（含神仙化虎）約有八十二則；虎變人故事則約有五十七則。其中虎變人故事類型多所重疊類同，只是傳說地域不同；反之，人化虎故事數量不僅遠多於虎變人故事，而且類型亦較為多元豐富且獨特，這類人化虎故事可以說正是中國「遠心的化身」類型之代表，頗值得研究。

　　中野美代子在《中國的妖怪》一書中以為中國化虎故事如此之多，乃是虎作為四神之一的神聖性的影響殘餘所致，為重複那種人類神靈化的祖型，人們以曾為四神的虎為媒介，做化身之嘗試。〔註11〕

　　中野美代子所說或許即是人化虎故事邏輯之一，而其另一層原因可能是來自於中國人對虎的特別信仰。虎，在中國人觀念裡是勇武而又凶殘的猛獸，馴服於人有益，肆虐於人有害。西洋狼人多半恐怖，而同為最凶猛的老虎，在中國卻也是辟邪護生的角色。人們對虎由畏懼轉而尊敬，這種神性的賦予，使虎的地位高於人類之上，然而，虎實際上又是一種低於人之下的獸類。在人為萬物之靈意識發展之後，人自不會將自己比擬為地位較低之獸類，因此，人化異類故事如人變狐、變蛇或其他動物之例極少；具有神性的龍則因屬想像性動物，故人化龍事例亦絕少。而虎則深入民間，其地位既高於人又低於人；雖是真實存在之獸類，然而又具有神性，即使人有意自我降格，也仍舊是百獸之王的崇高角色。虎這種雙重地位使其成為人降低身份時較容易接受的角色，而使人化虎故事獨多。此外，中國位處多虎地帶，生活與虎息息相關，許多象徵性的詞語皆與虎有關，如「為虎作倀」、「虎而冠者」、

〔註10〕金榮華所整理六朝志怪小說變形情節中，人變為魚蟲鳥獸之各類動物中，以人變為虎故事最多，計有十五則。參見《六朝志怪小說基本情節索引》（台北：中國文化大學中文研究所，1984年3月），頁53。

〔註11〕中野美代子，《中國的妖怪》（鄭州：黃河文藝出版社，1989年2月），頁115。

「虎翼吏」、「虎狼之心」等，這些具有象徵性意義之觀念及對虎又敬又恨的矛盾情結，使中國人虎變形故事類型特別豐富，並展現與西洋狼人傳說及其他人與動物變形故事不同的多重面貌。

本文試就所見六朝、唐宋、明清等筆記小說中有關人虎變形故事作一概略性分類，並間以各地民間故事及方志中相關的傳說作為旁證，嘗試以心理學、人類學、民俗學等角度去探討其變形的內外在動因與心理意識之展現，藉由各類型之內容探討，略窺各代人虎變形故事所呈現之異同及其間繼承發展之演變。

第二節　中國傳統文化中對虎的觀念

在亞洲，虎分佈地域非常廣闊，而中國恰位處此一多虎地帶，在生活上可謂與虎息息相關。在今所見商代青銅器動物圖飾中，以虎為裝飾圖案者較多，且其中更可見人與虎相結合之銅器紋飾，〔註 12〕此一特例尤其顯見了中國人與虎之關係十分密切。

虎身為山獸之君，它那出沒無常的神秘及搏擊百獸的凶殘勇猛形象，使人們對它產生又敬又畏、又愛又恨的矛盾情結。對於自然界威脅著人民生命的虎，人們是又畏又恨；而對於信仰中的「民藝虎」，〔註 13〕人們卻是虔敬地崇拜著。在我國民俗中，虎究竟具備了怎樣的特質？下列僅提出中國虎特質中亦同時反映在人虎變形故事中的兩個特點加以論述。

一、辟邪護生的靈獸

虎是古代四象靈獸之一，據《三輔黃圖》云：

蒼龍、白虎、朱雀、玄武，天之四靈，以正四方。〔註 14〕

所謂蒼龍、白虎、朱雀、玄武皆是星名，而白虎是西方七宿之總稱。漢

〔註 12〕商代青銅器幾乎沒有人與動物組合一起之裝飾，只有幾件例外，且為人與虎相結合，如商代「司母戊大方鼎」及安徽阜南出土的「龍虎尊」，皆作虎噬人狀；另現藏日本住友博物館之商代「虎食人卣」，亦是人與虎相結合之造型。參見杜迺松、杜潔珣，《步入青銅藝術宮殿》（北京：人民教育出版社，1989年 12 月），頁 171。

〔註 13〕大陸學者曹振峰以此統稱民間藝術中虎之造型，見〈中國民藝與中國虎文化〉，《民間文學論壇》1990 年第一期，頁 22。

〔註 14〕《三輔黃圖》（台北：藝文印書館，1969 年，百部叢書集成影印平津館叢書本四函），頁 10。

代認爲四象靈獸關係著人世禍福，故在住宅和墓室中皆雕畫著白虎和其他靈獸，以求除凶避邪。另白虎諸星亦與軍旅的吉凶有關，《史記》〈天官書〉言：

> 參爲白虎，三星直者，是爲衡石。下有三星兑，曰罰，爲斬艾事。
>
> 其外四星，左右肩股也。小三星隅置，曰觜觿，爲虎首，主葆旅事。

司馬貞索隱：

> 葆，守也；旅，猶軍旅也。言佐參伐以斬艾除凶也。〔註15〕

漢代白虎星宿與軍旅吉凶有關的信仰，再結合戰場上執干戈的虎將形象，使後代著名的戰將也被附會爲白虎星下凡，如唐薛仁貴及宋韓世忠等即皆被賦予此類不平凡的出身。〔註16〕

此外，虎因爲是陽剛威猛的象徵，故便成了剋制陰屬的眾鬼，據《論衡》〈訂鬼〉篇引《山海經》云：

> 滄海之中，有度朔之山，上有大桃木，其屈蟠三千里，其枝間東北曰鬼門，萬鬼所出入也。上有二神人，一曰神荼，一曰鬱壘，主閱領萬鬼。惡害之鬼，執以葦索而以食虎。於是黃帝乃作禮以時驅之，立大桃人，門戶畫神荼、鬱壘與虎，懸葦索以禦。凶魅有形，故執以食虎。〔註17〕

今《山海經》已無此文，但與《論衡》時代相近的《風俗通義》、《獨斷》皆有相似的記載，〔註18〕可見在漢代之前已有虎可以吞食鬼魅的信仰。

鬼魅是危害人們生命的凶邪之物，因此，在一般人民心目中，能夠吞食鬼魅的虎，自然而然就成了祛邪避惡的正義化身，《風俗通義》〈祀典〉篇云：

> 虎者，陽物，百獸之長也，能執博挫銳，噬食鬼魅，今人卒得惡悟，燒虎皮飲之，擊其爪，亦能辟惡，此其驗也。〔註19〕

〔註15〕瀧川龜太郎，《史記會注考證》（台北：洪氏出版社，1985年9月），卷二七，頁477。

〔註16〕薛仁貴故事見《薛仁貴征東・薛丁山征西全集》（台南：大東書局，1963年3月）；韓世忠故事見梅禹生，《青泥蓮花記》（台北：廣文書局，1980年3月），卷三。

〔註17〕漢王充，《論衡》（台北：宏業書局，1983年4月），卷下，頁79。

〔註18〕執鬼食虎之說尚見於漢應劭《風俗通義》〈祀典〉，王利器注（台北：漢京文化事業公司，1983年9月），頁367；漢蔡邕，《獨斷》（台北：商務印書館，1981年，四部叢刊三編子部），卷上，頁11。

〔註19〕同註18，頁368。

由此一記載可見虎已成爲袪邪辟惡的象徵，虎的部份身體如虎皮、虎爪等亦開始被神化而具有除惡力量。而《山海經》中所記載的「門畫虎以禦凶」之說，經過長久流傳後，亦成爲民間過節時避邪之信仰。

《風俗通義》〈祀典〉云：

> 於是縣官常以臘除夕，飾桃人，垂葦茭，畫虎於門，皆追效於前事，冀以衛凶也。〔註20〕

《一切經音義》卷一一亦云：

> 於是黃帝作禮歐之，立桃人於門戶，畫荼與鬱壘與虎以象之。今俗法每以臘終除夕，飾桃人，垂葦索，畫虎於門，左右置二燈象虎眼以去不祥。〔註21〕

由吞食鬼魅至驅屬逐鬼，虎已成了人們袪凶辟惡以求身家安寧的守護神，與門神、鍾馗辟邪護生的角色相同，逢年過節，畫虎頭以除惡已是民間流行的習俗之一。

《酉陽雜俎》續集卷四〈貶誤〉云：

> 俗好於門上畫虎頭，書聻字，謂陰刀鬼名，可息瘧癧也。〔註22〕

《武林舊事》卷三〈歲晚節物條〉云：

> 都下自十月以來，朝天門內競售錦裝、新歷、諸般大小門神、桃符、鍾馗、狻猊、虎頭及金綵縷花、春帖旛勝之類，爲市甚盛。〔註23〕

今四川、湖南、湖北、貴州、雲南等地習慣在門楣上掛虎頭辟邪的習俗，可以說即是此一古代信仰的遺留。河北省磁縣稱這種掛在門楣上的虎頭爲「魌首」，〔註24〕「魌首」又稱「魌頭」，乃是商周以來每年臘月舉行儺禮驅逐疫鬼時，扮方相所戴的鬼頭面具。

儺是古代一種逐鬼驅疫的儀式，舉行儺儀的目的，是要藉這種儀式的巫術力量來驅逐那些侵襲奪取人生命、令人恐怖而又無形無跡的邪魅，〔註25〕

〔註20〕同註18，頁367。

〔註21〕唐釋慧琳，《一切經音義》（台北：藝文印書館，百部叢書集成影印海山仙館叢書本一函），卷二，頁3。

〔註22〕唐段成式，《酉陽雜俎》（台北：漢京文化事業公司，1983年10月），頁232。

〔註23〕南宋周密，《武林舊事》（台北：藝文印書館，百部叢書集成影印知不足齋叢書本），卷三。

〔註24〕同註13，頁24。

〔註25〕有關儺之起源及儀式詳見胡萬川先生，〈鍾馗神話與大儺〉，《鍾馗神話與小說之研究》（台北：文史哲出版社，1980年5月），頁61～126。

《後漢書》〈禮儀志〉對儺有頗爲詳細的記載：

> 先臘一日，大儺，謂之逐疫。其儀……方相氏黃金四目，蒙熊皮，
> 玄衣朱裳，執戈揚盾……侲子和，曰：「甲作食殟，胇胃食虎，雄伯
> 食魅，騰簡食不祥，攬諸食咎，伯奇食夢，強梁、祖明共食磔死寄
> 生，委隨食觀，錯斷食巨，窮奇、騰根共食蠱。凡使十二神追惡凶。」
> 〔註26〕

窮奇，《山海經》言其狀如虎，〔註27〕窮奇作爲十二獸之一，代表的是驅
凶的神靈，由此記載與河北民俗對照，虎在古代可能也是被模擬爲追凶的十
二神之一，是古代人們心中驅凶魅逐疫癘的神靈象徵。

驅儺逐鬼是年終歲除的民間大事，而在一年一度五毒聚集、癉癘叢生的
端午節，屬於陽物的虎也因而成爲殺百毒、辟邪祟的主角。吳自牧《夢梁錄》
卷三記端午習俗云：

> 杭都風俗，自初一日至端午日，家家買桃、柳、葵、榴、蒲葉……
> 以艾與百草縛成天師，懸於門額上，或懸虎頭白澤……以爲辟瘟疾
> 等用。〔註28〕

由《夢梁錄》之記載可知懸虎於門與懸天師是端午節並行的辟邪習俗，
在江蘇南部除了給孩子戴虎頭帽、背老虎袋之外，還習慣蘸雄黃酒在小兒額
頭上寫「王」字，與虎額頭紋相似，〔註29〕表示有虎神護佑，百毒邪魅自然
不侵。還有許多地方將虎與端午戴艾插蒲的辟邪習俗結合，以艾製成虎形，
以爲增強陽剛之氣可具雙倍法力，《歲時雜記》載云：

> 端午以艾爲虎形，至有如黑豆大者。或剪綵爲小虎，粘艾葉以戴之。
> 〔註30〕

這種以艾虎綴於釵頭、插在鬢角之風俗，北宋時已十分流行，相沿至明，

〔註26〕《後漢書》志第五〈禮儀志〉（台北：洪氏出版社，1975年9月），頁3127。
另《隋書》〈禮儀志〉、《新唐書》〈禮儀志〉亦有類似記載。
〔註27〕《山海經》〈海內北經〉言：「窮奇狀如虎，有翼，食人從首始，所食被髮，
在蜪犬北，一曰從足。」見袁珂注，《山海經校注》（台北：里仁書局，1982
年8月），頁312。
〔註28〕宋吳自牧，《夢梁錄》（台北：藝文印書館，百部叢書集成影印學津討原本一
一函），卷三。
〔註29〕胡樸安，《中華全國風俗志》（台北：啓新書局，1968年1月），下篇卷三，頁10。
〔註30〕宋陳元靚，《歲時廣記》（台北：藝文印書館，歲時習俗資料彙編六），卷二一
〈摻艾虎〉條，頁698。另梁宗懍《荊楚歲時記》亦有類似記載，頁38。

民間艾人艾虎流傳更廣，並及於宮廷。〔註31〕至清朝戴艾虎之風益盛，《燕京歲時記》〈綵絲繫虎〉條云：

> 每至端陽，閨閣中之巧者，用綾羅製成小虎，及粽子、壺盧、櫻桃、桑椹之類，以綵線穿之，懸於釵頭，或繫於小兒之背。古詩云：「玉燕釵頭艾虎輕」，即此意也。〔註32〕

端午戴艾虎的習俗由宋代至清代縱向發展，在民間也橫向發展至各區域，遍佈中國大江南北，由各地方志之民俗記載即可見一斑。

河北《天津府志》：

> 五日，書門符，懸艾虎。

山西《潞安府志》：

> 端陽，艾虎、角黍、長命縷，與海內同。〔註33〕

吉林《輯安縣志》：

> 初五日……懸艾虎、艾人於門前……巧婦秀女以綾羅制成小虎、葫蘆之類。

遼寧《桓仁縣志》：

> 五月……縣繭虎蒲艾於門。

黑龍江《賓縣縣志》：

> 五月……插柳枝挂門上，並懸艾為虎，以角黍相饋貽。〔註34〕

福建《福州府志》：

> 端陽自五月一日始，門懸蒲艾，婦女小兒繫續命絲、珮符簪艾虎。
>
> 〔註35〕

台灣《重修台灣府志》：

> 五月五日，各家懸菖蒲、艾葉、榕枝於門，製角黍。以五色長命縷繫小兒女臂上……復以繭作虎子花，插於首。〔註36〕

〔註31〕《大明會典》卷二○載「端午節文武百官俱賜扇，並五彩壽絲縷。大臣及日講經筵官，或別賜牙邊扇並將繅艾虎等物，各以品級為等。」
〔註32〕清富察敦崇，《燕京歲時記》（台北：廣文書局，1969 年 9 月），頁 63。
〔註33〕見丁世良、趙放主編，《中國地方志民俗資料匯編》（北京：書目文獻出版社，1989 年 4 月），華北卷，《天津府志》、《潞安府志》分見頁 42、62。
〔註34〕同註33，東北卷。《輯安縣志》、《桓仁縣志》、《賓縣縣志》分見頁 388、90、430。
〔註35〕同註29，上篇卷四，頁 41。
〔註36〕劉良璧，《重修台灣府志》（台中：台灣省文獻委員會，1977 年 2 月），頁 109。

　　另廣東、江蘇、陝西、甘肅一帶亦可見此一習俗，由各地方志可見艾虎信仰遍及南北各地等漢族聚居的廣大地區，艾虎作為端午一種飾物，也是一種法物，是民俗信仰的相傳，也是民間祈望神虎威懾驅逐邪惡凶魅，以護佑生命安全的想望。

　　除了辟妖邪鬼怪、辟瘟疫與五毒之外，在人民心中，虎又是護生的吉祥物，過年過節帶著虎飾，是避邪也是納福，《清嘉錄》即記時俗云：

> 年夜，像生花鋪，以柏葉點銅綠，並翦綵絨為虎形，紮成小朵，名曰老虎花，有旁綴小虎者曰「子孫老虎」。或翦人物，為壽星和合招財進寶麒麟送子之類，多取吉讖，號為柏子花。閨閣中買以相饋貽，並為新年小兒女助妝。〔註37〕

　　「子孫老虎」的觀念除了可能受古代祖先圖騰信仰影響外，可能也是民間崇尚虎之勇猛，希望小孩亦如虎子般長得壯實有力，故民間有時將孩子取名為「虎兒」、「虎哥」，還給小孩戴虎頭帽、穿虎頭兜、履虎頭鞋、睡虎枕、蓋虎褥子等，或將娃娃扮成小老虎模樣。在河北、河南、陝西、甘肅、江蘇、湖北、湖南等地習慣給小孩子戴虎圍涎；陝西、山西、山東等地，當孩子過滿月或過生日時，則送虎頭枕、虎頭帽等虎飾，寓意虎可以驅邪並保衛孩子長大成人。〔註38〕《清嘉錄》〈老虎頭老虎肚兜〉條云：

> 編錢為虎頭形，繫小兒胸前，以示服猛，謂之老虎頭，又小兒繫赤色，亦彩繡為虎形，謂之老虎肚兜。〔註39〕

　　「以示服猛」是民間巫術心理的反映，在早期虎暴為害甚烈的地區，人們帶虎頭帽、虎頭兜等虎飾妝扮，以為藉這種對虎的認同方式，可使人免於被虎殺傷的危險。後來神虎信仰普及，外在的虎飾便成了驅邪辟災、納福討吉的象徵。這種對虎的信仰不僅流行於漢族地區，亦普及於少數民族的宗教民俗上，雲南白族與漢族一樣，將虎視為吉祥物，為小孩子做虎頭鞋、虎頭帽等；土家族亦喜歡用虎的紋樣作裝飾。〔註40〕這種信仰不僅盛行於中國，也流行於台灣，在台灣，虎是土地公的坐騎，也是鎮廟的靈獸，台灣民間的廟宇大多供奉著虎爺，可以說神虎的信仰已經是一種全中國性的習俗與文化現象，這是其他獸類或動物信仰所未曾見的。

〔註37〕清顧祿，《清嘉錄》（台北：商務印書館，1976年6月），卷一二，頁11。
〔註38〕同註13，頁25。
〔註39〕同註37，卷五，頁5。
〔註40〕詳見註13，頁25。

二、明理知義的英獸

虎在民俗中被視為吞食鬼魅、祛除邪惡的角色，因此，在人們心目中，它也成為正義的力量象徵，被賦予一種可以決斷疑罪的形象。

《異苑》〈畜虎理訟〉云：

> 扶南王范尋常畜虎五六頭及鱷魚十頭，若有訟，未知曲直，便投與魚、虎，魚、虎不食則為有理，穢貊之人祭虎為神，將有以也。
>
> 〔註41〕

在此，虎儼然成為一個人間正義的執法者，能夠判析是非好壞，對不法之徒施以懲戒。在傳說中，虎即經常被描繪成類此通達人情、明辨善惡的英獸。《水經注》卷四〇即載：

> （上虞縣）東北，亦有孝子楊威母墓。威少失父，事母至孝，常與母入山採薪，為虎所逼，自計不能禦，於是抱母且號且行，虎見其情，遂弭耳而去，自非誠貫精微，孰能理感於英獸矣。〔註42〕

另《宋史》〈朱泰傳〉亦載虎捨孝子不食之傳說：

> 朱泰，湖州武康人……一日，雞初鳴入山，及明憩於山足，遇虎搏攫負之而去。泰已瞑眩，行百餘步，忽稍醒，屬聲曰：「虎為暴食我，所恨母無托爾！」虎忽棄泰於地，走不顧，如人疾驅狀……鄉里聞其孝感，率金帛遺之。〔註43〕

虎能聽曉人語，且能判斷孝義良善之人，此大概皆是民間由對虎的崇仰而賦予其神性。凡此皆強調了虎不隨便食人之特性，甚至虎食人後亦知聽罪服判，《獨異志》〈种僮〉條載云：

> 种僮為畿令，常有虎害人，僮令設檻，得二虎。僮曰：「害人者低頭。」一虎低頭，僮取一虎放之。自是猛獸皆出境，吏目之為神君。〔註44〕

《後漢書》〈童恢傳〉亦有類似記載，又《青瑣高議》所載更為神奇，故事敘述張侍郎知鄆州，虎危害地方，張公遂令屬吏執符追虎，虎銜符隨吏至府，閉目蹲伏，公數其罪撻之，並約三日出境，虎去，死化為石，而他虎亦

〔註41〕劉宋劉敬叔，《異苑》（台北：藝文印書館，1969年，百部叢書集成影印學津討原本二二函），卷三，頁40。

〔註42〕清趙一清，《水經注釋》（台北：華文書局，乾隆五九年刊本影印，1960年5月），卷四〇，頁2040。

〔註43〕《宋史》卷四五六〈朱泰傳〉（台北：洪氏出版社，1965年9月），頁13395。

〔註44〕宋李昉編，《太平廣記》（台北：文史哲出版社，1981年11月），卷四二六，頁3466。

皆避於遠山。〔註45〕

　　虎能知不義而服罪，儼然具有人性，在有關虎的傳說裡，虎的通達人情，多表現在其知恩圖報之行為，如《太平廣記》卷四三一所載〈李大可〉即表現了虎之高義：

　　宗正卿李大可嘗至滄州，州之饒安縣有人野行，為虎所逐，既及，伸其左足示之，有大足刺，貫其臂，虎俯伏貼耳，若請去之者，其人為拔之，虎甚悅，宛轉搖尾，隨其人至家乃去。是夜，投一鹿於庭，如此歲餘，投野豕麞鹿，月月不絕，或野外逢之，則隨行。其人家漸豐，因潔其衣服，虎後見改服，不識，遂齧殺之。家人收葬訖，虎復來其家，母罵之曰：「吾子為汝去刺，不知報德，反見殺傷，今更來吾舍，豈不媿乎？」虎羞慚而出，然數日常旁其家，既不見其人，知其誤殺，乃號呼甚悲，因入至庭前，奮躍拆脊而死，見者咸異之。〔註46〕

　　虎報恩情節蓋受印度故事影響，類似此種虎受恩知報的故事很多，例如《廣異記》〈張魚舟〉、《嘉話錄》〈劉禹錫〉、《夷堅志》〈海門虎〉、《聊齋志異》〈趙城虎〉皆是虎知恩報恩故事。在人虎變形故事中，虎精變人亦具此一性情，如《甄異記》〈謝允〉、《瀟湘錄》〈周義〉即為虎精變人報恩之例。〔註47〕這些故事說明了虎在人們心中的形象是具有人性、為一種能明辨是非善惡的靈獸，而非殺人不眨眼的禽獸，此或許是受到民間長期流傳的神虎信仰影響所致。

　　除了驅邪納福之外，在民間信仰中，虎卻也是不吉之凶獸，俗話所謂「喪門白虎」、「退財白虎」者皆以白虎為凶神。由此可見，中國人對虎有正反兩面心態，既畏懼它又崇拜它，虎是威武勇猛的壯士，又是欺凌弱小的惡煞；是吉祥的保護神，又是不吉之凶獸。這種矛盾的情結反映在民俗文化中，也反映在傳說及小說中，其凶殘的面貌象徵了人世間凶惡的一面；另一方面，神虎信仰卻使人們對虎的希求，由辟除無形的邪魅，轉而成為掃除有形的人間惡魔。

〔註45〕宋劉斧，《青瑣高議》（台北：河洛圖書出版社，1977年4月），前集卷一，頁6。

〔註46〕見《太平廣記》卷四三一所引，頁3498。

〔註47〕以上事例分見《太平廣記》卷四二九、二五一；《夷堅志》支戊志卷第四；《聊齋志異》卷五；《太平廣記》卷四二六、卷四三一。

　　據民俗藝術研究發現，民藝中虎的造型極其普遍又極其特別，可以說沒有任何以獸類為題材的造型藝術，能夠像民藝虎那樣成為全國性的習俗，並伴隨影響著人們的生活。同樣，在小說及民間傳說中，虎類的故事也極其特別，虎以其矛盾的性格進入中國人的文化習俗及傳說故事之中，展現著異於其他動物故事的豐富特質。

第二章　人虎變形之思想邏輯

　　「變形」作爲一種藝術表現手法，幾乎是無所不在的。從神話到小說，「變形」成爲人類描述生命原委及成就生命理想的一種手段，不同歷史時期的神話與小說中的變形藝術，積澱著不同時期人們的思想感情與心理需求。

　　變形（metamorphosis）是神話與小說重要的研究主題之一，在西方，用來解釋變形者有許多界說，如靈魂轉移說、一切都在變說、模仿說、拜物教說、進化論等；〔註1〕國內與大陸亦可見許多論文探討神話小說中的變形理論。〔註2〕本章擬先簡略界定變形之名義，再概要探討人虎變形在神話與小說中所展現之意涵及人虎變形故事之背景考察。

第一節　人虎變形的定義

　　一般研究中國神話者大多以變形神話稱述，而李豐楙以爲從中國神話的特質而言，更適宜的用法應當是「變化神話」；王國良則將六朝志怪小說之變異現象分爲自然變化、反常變化、異徵變化、鬼神變化、精怪變化、神通變

〔註1〕據彭兆榮〈變形考辨〉介紹，詳見《民間文學論壇》1986 年第五期，頁 47。
〔註2〕探討有關神話變形理論之篇章如樂蘅軍〈中國原始變形神話試探〉，《古典小說散論》（台北：純文學出版社，1984 年 12 月）；鄭恆雄〈神話中的變形：希臘及布農神話比較〉，《中外文學》三卷六期，1974 年 11 月；朱霞〈論圖騰神話中的變形〉，《民間文藝季刊》1986 年第二期；吳瑞裘〈古希臘和我國早期變形神話的比較〉，《民間文藝季刊》1987 年第一期。探討六朝小說變形論文則有康韻梅《六朝小說變形觀之探究》（台灣大學中文研究所七六年碩士論文）；謝明勳《六朝志怪小說變化題材研究》（文化大學中文研究所七七年碩士論文）等。

化、法術變化等項。〔註3〕有關變化之定義，古籍已有說明：

《荀子》〈正名〉：

> 物有同狀而異所者，有異狀而同所者，可別也。狀同而爲異所者，雖可合，謂之二實。狀變而實無別而爲異者，謂之化。〔註4〕

《易經》〈乾卦〉孔穎達疏：

> 變謂後來改前，以漸移改，謂之變也；化謂一有一無，忽然而改謂之爲化。〔註5〕

《禮記》〈中庸〉孔穎達疏：

> 初漸謂之變，變時新舊兩體俱有；變盡舊體而有新體，謂之爲化。如月令鳩化爲鷹是，爲鷹之時非復鳩也。

《禮記》〈月令〉孔穎達疏引皇氏曰：

> 反歸舊形謂之化，按易乾道變化，謂先有舊形，漸漸改者謂之變；雖有舊形忽改者謂之化；及本無舊形，非類而改，亦謂之化。〔註6〕

　　荀子認爲形狀雖變，若實無變則叫做化，譬如蛹化爲蛾，僅狀有變異，故仍是一實。孔穎達則將變易形體之過程方式分爲漸變與卒化二種，就變易過程而言，有其快慢長短之不同；就變易方式而言，變、化皆用於本有舊形之變易，而其他「本無舊形，非類而改」者亦謂之化；就變易程度而言，「變」多指形之改變，「化」多指質之變化。李約瑟在分析論述道家與道教之「變化與對待」思想時，解釋「變」爲逐漸變化、變形或化生，爲形的改變；「化」則爲驟然變化、內在的改變或質變，爲質的變化，〔註7〕由此可見二者在內外形質的變易程度上存有差異性。

　　袁珂對變化一詞則釋云：

> 化有變的意思，所以「變化」連文。「杜宇化鳥」、「牛哀化虎」，都是這個化，可以釋之爲「變」。那是以彼易此，以後更前，「化」了之後，本身就不存在，部分「化」了以後，部分也不存在，這就叫

〔註3〕參見李豐楙，〈不死的探求〉，《中外文學》十五卷五期；王國良，《魏晉南北朝志怪小說研究》（台北：文史哲出版社，1984年7月）；謝明勳亦以變化一詞爲定義，見註2。

〔註4〕見《荀子集釋》（台灣：學生書局，1988年10月），頁516。

〔註5〕《周易》（台北：藝文印書館，1985年12月，十三經注疏本一），頁11。

〔註6〕《禮記》（十三經注疏本五），頁895及頁302。

〔註7〕李約瑟著，《中國之科學與文明》第二冊（台北：商務印書館，1977年，8月），頁111。

「變」。〔註8〕

在人虎變形故事中，有關變化之用詞並不十分精確嚴格，有時稱「人變虎」、「虎變人」；有時稱「人化虎」、「虎化人」。然而，在中國精怪變形故事中，人虎變形故事的情節結構是最能顯見古代有關「變化」的定義，尤其是非常切合上述孔穎達將變易形體之過程方式分爲漸變與卒化二種之理論；也非常能夠解釋李約瑟所説形變及質化之內涵。一般的精怪變形故事很少去敘述描繪變化的過程，其變化的形式都是較簡易、且直接的，人虎變形故事中，虎妖變人時，不論是否藉由披虎皮變形，基本上都是較屬於驟然變化；而「人化虎」的類型故事，除了直接變形之外，有許多故事描寫的卻是其逐漸變形的過程及心理變化，例如：

《五行志》〈郴州佐史〉云：

　形未全改，而尾實虎矣。

《聞奇錄》〈張昇〉：

　自上半身已變，而尚能語。

《述異記》〈黃苗〉云：

　舉體生斑毛，經一旬，爪牙生。

《酉陽雜俎》〈王用〉云：

　見一人頭猶是虎。

《原化記》〈南陽士人〉云：

　其頭已變爲虎。

《說聽》〈陳十三〉云：

　前一足尚是人手。

《七修類稿》〈王三〉云：

　已變爲虎，而足尚未全。

《人虎傳》云：

　不覺以左右手攫地而步，及視其胘髀，則有斑毛生焉。

《夷堅志》〈李氏虎首〉：

　首已化爲虎。

《金壺七墨》〈人化虎〉云：

　壻見其尻際生尾，體毛漸長。〔註9〕

〔註8〕袁珂，《古神話選釋》（台北：長安出版社，1988年9月），頁18。
〔註9〕參見本書第三、四章所引。

在上列故事之敘述中，可以發現人虎變形的歷程，不是完全變形、也不是直接變形，而是漸進的，先由身體的某些部分開始產生變化，例如可能是開始時欲啖食生肉、動作如獸、斑毛產生、或頭腳變化等，甚至有些故事的結構，呈現的是一種人→虎→人三度變化的過程與心理，突破了「人與物」單一面向的變化思維，不僅使故事展現了更活潑靈活的變形觀，亦顯現更豐富的內在心理意涵。在人虎變形故事中，人與虎之間的變化，是可以隨著心相、形相或變化的因子、外在的時空隨時流轉的，有時可能只是單純的形體改變；而有時則是內在本質亦產生許多變化，而這些變化的方式、過程與內質，皆頗能切中古籍所謂變化的意涵。

大體言之，以「變形」名義界定神話小說中互相轉化的類型故事，乃強調其整體之變易概念，而變與化雖在於程度及過程有區別，然皆作為生命之轉變方式。是以作為一整體主題之界定，「變形」一詞較能涵容契合物類之間形體及存在形式改變之特質，而若要探究變形主題之過程及內質，則必須致力其變化論。故本文以「變形」名義作為整體主題之概稱，而取重於人虎變形故事所蘊含之內外在變化洞因的探索，以了解中國人虎變形故事之創作意識。

第二節　人虎變形在神話與小說中的意涵

神話，是初民展露天真的創造，是宇宙與人類生命內在意義的表現，魯迅在論述「神話與傳說」時為神話所下的定義為：

> 昔者初民，見天地萬物，變異不常，其諸現象，又出于人力所能以
>
> 上，則自造眾說以解釋之：凡所解釋，今謂之神話。〔註10〕

遂古之初，人類認識能力低下而不完整，對於天地之間生息變化的現象，以一種素樸原始的觀相學（physiognomic）角度來感知並解釋自然宇宙的生成變化。而現實中的客觀性變形，如蛹變蛾的表象認識，便激動著初民不受邏輯制約的自由想像力，而誘發了其幻想中的種種變形思維。著名的文化哲學家卡西勒在論及神話思維的基質時，即強調初民建構神話的律則為變形：

〔註10〕魯迅，《中國小說史略》（台北：谷風出版社），頁 18。另胡萬川先生亦以為神話是人類以其不完整的知識，解釋各種自然或人文現象之意義或起源的故事，見《鍾馗神話與小說之研究》（台北：文史哲出版社，1980 年 5 月），頁 1。

他們的生命觀是綜合的，不是分析的。生命沒有被劃分爲類和亞類；
它被看成是一個不中斷的連續整體，容不得任何涇渭分明的區別。
各不同領域間的界線並不是不可逾越的柵欄，而是流動不定的。在
不同的生命領域之間絕沒有特別的差異。沒有什麼東西具有一種限
定不變的靜止形態：由於一種突如其來的變形，一切事物都可以轉
化爲一切事物。如果神話世界有什麼典型特點和突出特性的話，如
果它有什麼支配它的法則的話，那就是這種變形的法則。〔註11〕

　　卡西勒由初民流動性的生命觀中，尋繹出神話所展現的變形思維是一種
同情而超越的意識，超越一切形相的桎梏與框架，而可以隨時轉化成另外一
種形貌。在初民強烈情感的統攝下，宇宙變爲一連續不絕的統一體，他們眞
誠相信萬物可以交匯相融，生命可以互相轉化，因此，百年之雀入海可爲蛤，
腐草可爲螢，而鳩亦可化爲鷹，〔註12〕萬物所相異者只是存在表相之不同，
可互相轉化爲另一種存在相，亦即莊子所謂「萬物皆種也，以不同形相禪」（寓
言篇）之義。

　　原始自然崇拜信仰是神話變形動機中一個顯著而重要的特質。在原始神
話裡，人並未將自己與自然完全分開，亦尚未被賦予一種突出的地位，人與
動物、植物甚至無生物，皆位處在同一平面層次上，人的形貌可變易，人與
物亦可互變，萬物之間相通一氣，渙然同流。自然崇拜的表現形式之一就是
將自然現象人格化，這種相信萬物皆有生命、皆有一擬人格之精靈存在的表
現即是泛靈信仰（animism）。不論有生無生，皆統歸於一個同一的根源，皆是
有情有靈，因此之故，化成頑石的塗山氏仍能孕育生子；而夸父之棄杖亦能
成就一片生命，這種「通天下一氣」（莊子知北遊）的生命觀可說是變形神話
的一大基本動因。

　　在人類還處於沒有自覺地將自己與自然界分離的發展時期，「變形」只是
被原始初民無意識地運用於自然崇拜的表現形式，隨著人自我意識的覺醒，
攸關存亡的現實，使初民加強了對自身力量的關注，這一層精神思維的轉變，
將「變形」推入了以人爲主體的發展軌道，實現了從以自然界爲表現中心，
到以人爲表現中心的根本轉移，樂蘅軍認爲變形神話通過一些變形事件，以
呈顯若干人生意義，以觀照生存之眞實景況，例如生活中生命的安危、恐懼

〔註11〕恩斯特·卡西勒著，《人論》（台北：桂冠圖書公司，1990 年 2 月），頁 121。
〔註12〕見《禮記》〈月令〉，同註 6，頁 315。干寶《搜神記》卷一二將《禮記》〈月
　　　　令〉及《大戴禮》〈夏小正〉所記載類此古生物變化知識匯集成變化論。

與希望、及對生死的解說等，皆是變形神話所表現之最核心的意念。〔註13〕

對身處榛莽的初民而言，大自然的威儡與生活的困境，時時在壓迫著原始人類的心靈，於是初民便在神話中以主體變形的幻想形式來征服超越外在的危機，如古希臘神話中的緒任克斯為了躲避牧神的追求，而變形成一株蘆葦；又如大禹為了開通轘轅山而化為熊等例，皆表現了初民躲避災害、解脫困境的深沉願望。神話中的變形將現實改造得合乎人的期望，滿足人類的各種需要，變形將人與獸結合起來，將人變成強大的獸，解決生存之困局。

將自己變形為獸是因為初民有所追求、有所探索。原始初民面對大自然變化的危機時，在潛意識中會自然產生適應及突破的心理，尤其相對於猛獸飛鳥而言，人類自身的生存能力顯得十分薄弱，這種困境使初民產生了動物崇拜、圖騰信仰，藉由模仿圖騰動物施行「圖騰同樣化」（Assimilation of Totem），幻想自己肢體的某一部份能變化成其崇拜物的部份特性，並在潛意識心理上認為自己亦具有同樣的特殊能力面對外在危機，「圖騰同樣化」之模式即是圖騰部族成員穿著圖騰動物的皮毛或其他部份；或是紋身、描畫動物圖像，如此就可同化於圖騰，使自身受到圖騰的保護，〔註14〕在中國精怪變形故事中，很少見到藉動物皮變化的類型，但人虎變形故事中，卻常見到有關「虎皮變形」的類型，結合中國民族圖騰信仰的遺跡，應該可以推論人虎變形故事的流傳與此信仰有關。

圖騰信仰的重要特徵即是將人和動物同化，認為人具有圖騰物的特性，《山海經》中人獸合體的造型，正表現初民希望藉改變形體而得以在大自然生存的思想。大陸學者朱霞以為：

> 半人半獸實際上是種不同生命相互轉化的中間環節，是人通過變形獸化自己的一種特殊形式，即是由人變獸，稍後是由獸變為人的中間環節。由人變為獸這個中間環節反映了人們在觀念中將自己生命與獸生命結合並互相轉化，尤其是轉化為獸的熱望，及對此結合所帶來之生活改善與自身強大的嚮往。半人半獸都是作為「人化人」的手段，滿足著人心的各種需要。〔註15〕

《山海經》中重要的自然神，大多是半人半獸或是幾種動物的混合體，這類人首獸身或獸首人身的人獸合體造型可以說是一種超自然的想像，結合

〔註13〕樂蘅軍，〈中國原始變形神話試探〉，同註2，頁25。
〔註14〕參見岑家梧，《圖騰藝術史》（台北：駱駝出版社，1987年8月），頁44。
〔註15〕參見朱霞〈論圖騰神話中的變形〉，《民間文藝季刊》1986年第二期，頁3。

了人與獸的雙重特質，而成就一神秘有力的自然神。結構主義人類學家李區說：「如果A與B分屬二範疇，B為非A，A為非B，而中間有一範疇C，同時兼有A與B的性質，那麼C便是一個禁忌。這個範疇和正常的理性範疇相形之下，是變態的、反常的。因此神話中充滿了半人半獸的怪物、人形神、處女母親。在中間地帶是變態的，非自然的、神聖的。一切禁忌與儀式均著眼於此。」張漢良以為這種說法可用來解釋大多數唐代傳奇變形故事的內在結構，如人變虎的〈崔韜〉、〈申屠澄〉，人變狐的〈任氏傳〉等，〔註16〕其動物形貌往往象徵著超人的力量。這種半人半獸的人獸合體神話或許就是後代人虎變形故事的原始思想基型之一，〔註17〕《山海經》有關人首虎身及虎面人身之記錄如下：

卷二〈西山經〉：

神陸吾司之。其神狀虎身而九尾，人面而虎爪。〔註18〕

卷五〈中山經〉：

有獸焉，其名曰馬腹，其狀如人面虎身，其音如嬰兒，是食人。〔註19〕

卷一四〈大荒東經〉：

有神人，八首人面，虎身十尾，名曰天吳。〔註20〕

卷一二〈大荒北經〉：

又有神銜蛇操蛇，其狀虎首人身，四蹄長肘，名曰彊良。〔註21〕

除上述半人半虎的變化體之外，《山海經》尚記載了許多具備虎特徵的神獸，如人身虎毛虎尾的泰逢等。〔註22〕岑家梧曾明白闡釋「人獸合體」這種世界型思想：

埃及後期神話中獸頭人身之神，實由原有的圖騰動物演變而來，正如耶方斯（E. B. Jevons）。所謂古代埃及的神像，常現半動物半人之

〔註16〕參見《比較文學理論與實踐》（台北：東大圖書公司，1986年2月），頁24。

〔註17〕樂蘅軍將半人半獸歸納為靜態變形，並認為其可能是由人變動物或動物變人過程中停頓下的產物；另中野美代子亦以為此乃一種未完成的變化，唯此說似仍待商榷。

〔註18〕袁珂注，《山海經校注》（台北：里仁書局，1982年8月），頁47。袁珂以為陸吾即〈海內西經〉「身大類虎而九首，皆人面」之開明獸。

〔註19〕同註18，頁124。

〔註20〕同註18，頁256。又卷九〈海外東經〉亦有天吳之記載。

〔註21〕同註18，頁426。

〔註22〕同註18，卷五〈中山經〉云：「吉神泰逢司之，其狀如人而虎尾。」

姿態者，乃從動物崇拜到人類的神崇拜的過渡形式，換言之，即由
圖騰崇拜到氏族祖先崇拜的過渡形式，故後期埃及自然神像之雕
刻，以獸頭人身出現者，如創造神爲牡羊頭，死神爲狼頭……如說
半動物半人之神話爲圖騰神話傳說之轉形，則此等神像雕刻，也應
稱爲轉形期的圖騰雕刻。〔註23〕

　　由動物崇拜到社會神崇拜，人們開始擺脫這種自然質性的控制力量，而
漸漸正視肯定人的自我意識。在英屬哥倫比亞的土著部族即相信其遠祖是水
獺人，而非水獺，如此，遠古的水獺便不是普通的動物，而是能夠隨時披上
或脫掉獸皮變人或變動物的超現實角色，〔註24〕此一信仰反映出人們已經開
始否定其祖先是純粹的動物，而結合了人形人性之意識。

　　由人首獸身至獸首人身，是一種較人類化、現實化的發展，而不論何者，
這種半人半獸代表著不同生命互相轉化的中間環節，也就是由人→獸，至獸
→人變形的一個中介。〔註25〕透過變形，生命互相轉化，既具有人身的一部
分，又具有獸身的一部份，這種複合形象是後來民間傳說常見的一種典型，
林惠祥《民俗學》即云：

種種神祕的觀念如「互偶性」、「互變性」、「根本的統一性」等，也
可見於動物的民俗中，例如歐洲民間信仰有一種半人半狼的物
（werwolf），其物日間爲人，夜間爲狼；在印度及馬來半島則有「半
人半虎」（wer-tiger），同時是人又是虎，動物的變化是民俗中很常
見的，如「美女野獸」、「蛙王子」等都是說動物化人的神話。〔註26〕

　　半人半狼或又是人又是虎的複合體，同時包含了人與動物的本質，這種
粘合二者屬性的似人非人、似獸非獸的東西，可以說較之只是人或只是虎的
老虎更加神祕可怕。

　　神話中的變形實際上可說是初民克服恐懼、解決人類危機及探索生命奧
祕的一種幻想方式，也是他們思想信念的眞實反映，只有在變形世界之中，

〔註23〕同註14，頁80～82。
〔註24〕參見郭精銳，〈圖騰與「性不明確說」〉《民間文藝季刊》1987年第三期，頁42。
〔註25〕朱霞以爲半人半神是兩種生命轉化的中介，它既是圖騰崇拜鼎盛時期，通過
　　　　變形將人獸化之中間環節；又是圖騰衰落時期，人通過變形將獸神化的中間
　　　　環節，這時出現的半人半獸是從動物到以此動物爲祖先的人的轉化的一種中
　　　　介。將獸神化，反映了初民初步掙脫獸的羈絆，含有對人價值的朦朧肯定，
　　　　由獸→人的變形實際上是對前一階段人→獸變形的巧妙拋棄。見註15，頁33。
〔註26〕林惠祥，《民俗學》（台北：商務印書館，1986年11月），頁21。

人所尋求改變命運的能力方得以實現，也才能獲得自我的平衡。〔註27〕變形的內在背景多半是主體處身於強大的外壓之下，表露了初民企圖超越有限的形體、現實困境的一種深沈的生命委曲，其潛在思維是悲劇性的，然而通過變形的邏輯，生命的悲劇意識超拔淡脫，而展現另一層樂觀主義精神的立場與生機。

當古代神話逐漸脫離原始自然崇拜信仰後，其超感官性題材和非邏輯性的特異語言，並未自人類心靈中排除淨盡，反而仍反映在傳說、民俗和意識型態中。原始神話的變形藝術是初民集體無意識的創作，而隨著人的自我意識的覺醒，變形神話成爲一種藝術原型，逐漸概括了多方面的社會內容和層積的感情，發展出結合具象與抽象思維、奠基於現實而又超現實的藝術手法，對後世文學創作影響頗爲深遠，樂蘅軍指出：

> 變形的幻想運用，卻使人類精神從危急、恐懼的苦痛中解脫出來，
> 重新開拓一個新的生存機運。其實這以變形來解救人生危境的心
> 理，已沈澱在人類潛意識中。所以神話時代以後，變形的心理模擬，
> 還是生動地時常在文明人的意念中出現。〔註28〕

從西洋的青蛙王子到中國的蛇郎君，中外古今的傳說、故事、童話中皆普遍存在著這種變形手法的運用。而變形作爲一種富有創造力且成熟的藝術手法，是建立於人類自我意識發展之上的，只有人類開始關懷自身的內在生命與社會屬性時，變形才可能有意識地運用於文藝創作之中，並由以自然界爲重心轉移至表現常人情感、反映現實生活的人事重心。

在人類逐漸與自然界分化，轉移主體意識之後，變形藝術開始強調變形動力的內在心理，〔註29〕如溺水而死的炎帝女化爲銜木塡海的精衛，即藉變形表達了一種堅韌不捨的追求，這種象徵手法在民間傳說中漸漸成型，而將其廣泛納入人情社會者當推六朝志怪故事。此一時期的變形定式已脫離神話

〔註27〕鄭恆雄以爲變形神話是潛意識心靈藉著語言中隱喻的原則將心靈和世界融合在一起，以獲得自我的平衡。見〈神話中的變形：希臘及布農神話比較〉，同註2。

〔註28〕樂蘅軍〈中國原始變形神話試探〉，同註2，頁31。呂清泉《魏晉志怪小說與古代神話關係之研究》亦指出魏晉志怪小說的變形神話故事部份，依然保持著古代變形神話的內容與精神。見台灣大學中文研究所七四年碩士論文，頁153。

〔註29〕古希臘變形神話中的變形驅動力多強調外在的神力或魔法；而中國則較強調內在信念與心理因素，在無法解釋自然力量的威脅上，往往求助於自己信念。見吳瑞裘，〈古希臘和我國早期變形神話的比較〉，同註2，頁90～91。

時代人變物的單向變格,而發展為雙向變格,即除承襲原始神話中人變動、植物之外,又大量衍生出動、植物,甚至無生物變人進入人的世界與人相交流之生命型態,如物類化為人形以蠱媚世人或是與人談經論道等故事類型。〔註30〕而當變形轉入反映現實生活格局後,其內在本質必然亦超越了原始變形意義及反映氛圍。神話中的變形多僅限於單純的形體變異及靈魂移植,而小說中的變形藝術則多方面擴展表現人與自然、人與社會及人與人之間繁複交錯的對立與和諧。以《搜神記》〈吳興田父〉故事為例,胡萬川先生即以為老狸變化為人而攪亂和諧之人際關係,其實正是正常人情社會之投影。〔註31〕可以說六朝小說的變形觀已開始擺脫人與自然關係的單一性思維,而開始牽涉社會、人生、道德、心理等多方面領域,體現出對社會和人生深刻之思考,此一人本進化思維的突破,使變形藝術展現意蘊深刻的表現力,而創造多層次的審美對象及審美價值。

在中國,將民間文學中獲得長足發展的變形藝術手法引入作家文學殿堂的是作意好奇的唐代傳奇。其汲取了變形藝術中通有無、化虛實之思想,依據自己的創作意圖,建構一個跨越時空交流、泯滅現實與理想的一個多彩多姿的變形世界,〔註32〕如李景亮的〈人虎傳〉藉變形來反省自我生命;沈既濟〈任氏傳〉藉狐精對愛情的堅貞來補償人間的不足與對現實的批判。通過變形,體現了人對社會及人生思考的深刻意識,唐傳奇如此,而在文學傳統下深受傳奇影響的宋元明清各代小說、戲曲文學,亦在認識變形的藝術功能下,繼承並創造性地發展了此一藝術,如《西遊記》、《聊齋誌異》等,皆因此展現豐富的創作內涵,而不論是屬於現象界的具體呈現,抑或形而上的象徵哲學,變形藝術發展的內在邏輯皆表現出人對人類本身更深層的認識。

在傳說及小說裡,變形藝術的形象選擇,一般皆選取其中某些特質使其具合理性,如望夫石的傳說,即深刻刻劃出一個望夫早歸的堅定女子形象。另一類則形象變化懸殊,變化前後並未呈現相同或相近的型態,如人之變鳥

〔註30〕蔣述卓以為在傳統動物擬人化基礎上,志怪小說也比較容易接受佛教故事的泛神論意識,其想像世界由此變得更加廣大,志怪小說中物精變化故事可能亦受印度觀念影響而轉化為此一奇特形式。見〈中古志怪小說與佛教故事〉,《文學遺產》1989年第一期。

〔註31〕胡萬川先生,〈從黎丘丈人到六耳獼猴〉,《小說戲曲研究》第一集(台北:聯經出版事業公司,1988年5月),頁62。

〔註32〕胡埜、董朝斌,〈變形的邏輯發展及其美學思考〉,《民間文藝季刊》1987年第一期,頁10。

獸、變植物等，外形及本質皆不相同，這種變化表面上看起來似無規律，其實卻也是取其間相聯系的變素，如韓憑夫婦死而化作相思樹，即取其相思特質。〔註33〕精怪的變化亦有其表徵，狐狸、蛇等幻化爲人們所理想或嫌惡的形象，皆是人們在其身上類聚了人性特徵，人有善惡美醜，投射於動植物，它們亦有善惡美醜的形象。這種變形型態多半是取物之特質以象徵表現，在人虎變形故事中，人與虎之間的轉化，也是擷取虎之勇猛凶惡的特質做一具象化投射。虎與狐狸媚人形象不同，因此，二者在小說中所運用表現的題材亦不同，而其所要反映的人文社會現象亦各有所趨。變形的形象並非隨意運用，小說中的變形寓含了美醜善惡的道德價值觀，不僅是外在形象單純地變形，還概括了變形人物的內在性格與心理。

　　變形是一個幻想的奇蹟，這種幻想性較強的故事，多是因人們有所憧憬和期望，而試圖通過奇異的情節和形象表現出來。而藉著超自然的變形，一切現實中無法實現的心願，在幻想世界裡得到依歸寄託，於是，人們可以透過變形手法將所嫌惡痛恨的人變爲動物；或是親身變化動物、創造動物變人的情節來實現生命理想。在小說中，人類已逐漸不再忌諱將自己與動物作類比，而是超然物外，有意識地在變形藝術中溶注了人類的理想選擇與價值判斷。〔註34〕不論是人變動物，或動物變人，這其間都蘊蓄著人類的感情、思想需求，並與特定的歷史背景相契合。

第三節　人虎變形之原始背景考察

一、虎暴之危害

　　中國自古多虎，由先秦神話記載及考古文物資料顯示，可以發現虎與中國人的生活關係十分密切。在屬於舊石器早期的陝西藍田人、北京人化石層；舊石器中期的馬垻人、許家窯人化石層；舊石器晚期的山頂洞人等化石層中皆可見虎之化石，由此可見遠古時代虎獸甚多。〔註35〕而《山海經》記錄「多虎之山」即有女床之山、區陽之山、荊山、女几之山、大堯之山、風雨之山、菫理之山、即谷之山數處，〔註36〕由此記載亦可見中國原始時代虎患之盛。

〔註33〕參見張紫晨，《中國古代傳說》（吉林文史出版社，1986年2月）。
〔註34〕同註32，頁17。
〔註35〕參見何星亮，〈圖騰的起源〉，《中國社會科學》1989年第五期，頁40。
〔註36〕袁珂，《山海經校注》（台北：里仁書局，1982年8月）。《山海經》記錄多虎

　　《禮記》〈檀弓篇〉有關「苛政猛於虎」的紀錄，也許可以間接說明先秦時期已有虎害事實。《後漢書》〈法雄傳〉嘗言雲夢藪澤多虎狼之暴；〈宋均傳〉則言九江多虎；〈劉昆傳〉亦言崤、黽驛道多虎災。〔註37〕甚至漢代律法明文規定：捕虎一，購錢三千，其狗（虎子）半之。〔註38〕由此可知當時虎害為患之大，連朝廷都要立法獎勵，減輕禍害。唐宋以後，由一些故事紀錄亦可見虎害並未減少：

《五行記》〈蕭泰〉：

　　梁衡山侯蕭泰為雍州刺史，鎮襄陽，時虎甚暴，村門設檻。（湖北）

《解頤錄》〈峽口道士〉：

　　開元中，峽口多虎。（湖北）

《廣異記》〈費忠〉：

　　費州……境多虎暴俗。（貴州）

《廣異記》〈碧石〉：

　　渝洲多虎暴。（四川）

《集異記》〈丁嵒〉：

　　貞元十四年中，多虎暴，白晝噬人，時淮上阻兵，因以武將王徵牧
　　申州焉，徵至，則大修擒虎具，兵仗坑穽，靡不備設；又重懸購，
　　得一虎而酬十縑焉。（河南）

《北夢瑣言》〈周雄〉：

　　唐大順景福已後，蜀路劍利之間，白衛嶺石筒溪，虎暴尤甚。（四川）

《朝野僉載》〈酋耳獸〉：

　　唐天后中，涪州武龍界多虎暴。（四川）〔註39〕

《夷堅志》〈荊南虎〉：

　　建炎間，荊南虎暴甚。（湖北）

《夷堅志》〈趙乳醫〉：

　　資州去城五十里。曰三山村。草木暢茂。豺虎縱橫。人莫敢近。（四川）

之山如下：〈西山經〉：女床之山、底陽之山。〈東山經〉：岐山。〈中山經〉：
荊山、大堯之山、女几之山、風雨之山、堇里之山、即谷之山。
〔註37〕見范曄，《後漢書》（台北：洪氏出版社，1975 年 9 月）。
〔註38〕見郭璞注，《爾雅》〈釋獸〉（台北：藝文印書館十三經注疏本，1985 年 12 月）。
〔註39〕上述引文詳見李昉等編，《太平廣記》卷 426 至 433（台北：文史哲出版社，
　　　　1987 年 5 月）。

明《虎薈》卷六云：

義興多虎。（江蘇）

《虞初新志》〈化虎記〉：

年來予鄉多虎，嚙人甚眾，及行腳，歷閩、楚、晉、豫皆然。（福建、
四川、山西、河南）

《香飲樓賓談》〈肉身土地〉：

山西宵武縣多虎，村氓被噬者甚眾。〔註40〕

《湖海新聞夷堅續志》〈執符追虎〉：

張符郎守鄲，境多虎害人，公令吏執符追虎，不往且斬吏。（山東）

〔註41〕

《述異記》〈神術捕虎〉：

江南旌德縣東鄉山中有虎患數年矣，虎至數十，傷人逾千，縣官下
令捕虎。（安徽）〔註42〕

　　上述虎害涵括地區有湖北、貴州、四川、河南、江蘇、福建、山西、山
東、安徽等地，大部份皆位於中國華北、華中及華南地區。而除了筆記小說
之外，由各地方志紀錄亦可見虎害大概情形：

湖北《巴東縣志》卷十四：

崇禎十五年見多虎，白晝食人，縣民治侶而行，並偶而耕。然虎時
時於黍中攫人，日以數計。先是山中虎雖多，晝則匿不出，間於夜
啗羊豕而已，其晝出食人自是歲始，嗣後日夜不絕，死者萬餘人，
至壬辰曆十二載乃稍息焉。

湖南《長沙府志》卷三七：

清順治十五年寧鄉虎亂，噬人百餘，農者廢耕。康熙五十八年湘鄉
虎白日噬人，死者數十。

湖南《湖南通志》卷二四四：

康熙十八年龍陽縣西氾州群虎爲患，連年食二百餘人……同治四年
藍山虎噬三百餘人。

〔註40〕引文參見本書第三章所引。
〔註41〕見無名氏撰，《湖海新聞夷堅續志》（北京：中華書局，1986年5月），頁286。
〔註42〕見清車軒主人撰，《述異記》（筆記小說大觀3編10冊），頁6739。

江西《江西通志》卷九八：

> 天啓六年高安虎四出，能上舟、登樓、開門、破壁，殺數十人。

浙江《溫州府志》卷十八：

> 明萬曆二十年，樂清十九郡至二十八都虎傷人至百數。

福建《安溪縣志》卷十：

> 康熙中虎害尤劇，始而鼠伏深山茂林，噬樵夫牧叟；繼則咆哮村落
> 埠市……居民男婦白日悉遭所啗，甚有突入人家噬害婦女……邑民
> 不敢夜行計數年，內十八里男婦老少死于虎者不下千餘人。

福建《連江縣志》卷三：

> 乾隆五十九年秋至六十年春虎爲患，自降虎茶亭坡西貴安，下至潘
> 渡洪坑上下坂，旬月間計噬男女百餘人。

另外，從中國方志及故事中可以發現各地有關「孝義格虎」、「列女格虎」的事蹟也很多，例如：

《河南府志》卷四六：

> 劉明，清時嵩人。年十八隨父樵入山，父遇虎攫之，明奔舉斧格虎。
> 虎棄父向明，明連斫之。

《四川通志》卷四六：

> 吳德明，清什祁人。弱冠時自學舍歸，見居人多倉皇奔避者，駭而
> 問之，則其兄德洪方於屋後爲虎所搏。德明即徒手往擊虎，虎竟捨
> 其兄而去。〔註43〕

各地有關此類型記載還包括湖北、浙江、福建、安徽、江西等地區，這些遇虎而奮力格虎的記錄，事實上亦間接說明了各地虎害情形之嚴重，在這些記載中，可以發現地理環境及自然生態的改變，使得老虎的生態亦出現一些變化：

（一）老虎由獨居轉變爲群居。

（二）老虎由夜間啖食牲畜轉變爲白晝噬人。

（三）老虎從山林獵食轉至市集聚落覓食。

山林自然環境的改變使得虎害愈趨嚴重，並影響聚落人民的生活、威脅人民的生命安全，爲了消滅虎害，中央及地方政府下令捕虎，不論是請軍隊圍捕或設置陷阱，皆可見其防治虎害情形。而由志怪、筆記小說及地方方志

〔註43〕上述各地方志記載皆轉引自鍾秀清，〈虎傳承考〉，《民俗曲藝》第39期。

對勘，可以發現虎害嚴重的地區，大致上皆屬於中國長江流域及南方熱帶地區，甚至可以看出中國廣大南方地域無一倖免。

二、原始信仰之遺留

圖騰（Totem）一詞係來自北美印第安民族奧日貝人（Ojibways）的一個方言詞彙，又可寫作 Totam、Dodaim，意思是「彼之血族」，或譯爲「他的親屬」、「我的親屬」，〔註 44〕英國人類學者弗雷澤（Frazer）對圖騰所下的定義是：

> 圖騰便是一種類的自然物，野蠻人以爲其物的每一個都與他有密切
> 而特殊的關係，因而加以迷信的崇敬。〔註 45〕

圖騰觀念又分圖騰親屬、圖騰祖先和圖騰神三種觀念，其中最根本的是圖騰親屬觀念，原始民族將圖騰視作自己氏族的親屬、祖先，希望通過這種認親的結合關係，獲得圖騰動物的保護。

在我國各民族中，虎是西南各民族較爲常見的圖騰之一。由圖騰選擇的驅動力觀之，虎圖騰之盛乃是因中國位處多虎地帶，初民受虎害的威脅與恐懼亦較大。面對凶惡的猛獸侵襲，原始人除積極抵禦各種死亡威脅之外，亦消極地以認親方式來祈求安全，或認熊爲父、或認虎爲母。我國西南少數民族如彝族、傈僳族、納西族、土家族、普米族、白族等，均曾以虎爲圖騰。這種因懼虎而想透過祖先圖騰信仰取得保護心理，使不少以虎爲圖騰氏族以「虎子虎孫」自命，如白族自稱「勞之勞農」，意即「虎兒虎女」；而彝族古侯部落什列惹古氏族自稱是「阿達拉莫惹」，亦以「母虎子孫」自命，〔註 46〕這些都是初民受外在環境威脅而產生恐懼，遂與圖騰物結爲祖孫親屬關係以求保護之模式。

現今神話中可推見的虎圖騰記錄，大概是黃帝與炎帝之戰。

《史記》〈五帝本紀〉云：

> 黃帝……教熊、羆、貔、貅、貙、虎，以與炎帝戰於阪泉之野。
> 〔註 47〕

〔註 44〕岑家梧，《圖騰藝術史》（台北：駱駝出版社，1987 年 8 月），頁 9。另何星亮則以爲圖騰一詞當譯爲「我的親屬」，見〈圖騰的起源〉，《中國社會科學》1989 年第五期，頁 36。

〔註 45〕林惠祥，《文化人類學》（台北：商務印書館，1981 年 9 月），頁 292。

〔註 46〕見何星亮，〈圖騰的起源〉，《中國社會科學》1989 年第五期，頁 42。

〔註 47〕瀧川龜太郎，《史記會注考證》（台北：洪氏出版社，1985 年 9 月），卷一，頁 7。

《列子》〈黃帝篇〉云：

> 黃帝與炎帝戰於阪泉之野，帥熊、羆、狼、豹、貙、虎爲前驅；以
> 鵰、鶡、鷹、鳶爲旗幟。〔註48〕

文中所謂帥熊羆虎豹等各種飛禽走獸，一般學者皆以爲當是部族圖騰的標誌。〔註49〕由黃帝神話可知，虎圖騰應當是曾出現在中原地區的一種圖騰形式。

在先秦民族中，與虎圖騰關係最密切者當推楚族。〈離騷〉言「帝高陽之苗裔兮，朕皇考曰伯庸」，由此知楚族係出自顓頊高陽氏。而《後漢書》〈禮儀志〉引《漢舊儀》言：「顓頊氏有三子，生而亡去爲疫鬼：一居江水，是爲虎。」〔註50〕此或許即是楚族虎圖騰崇拜的一個象徵。楚族中關於虎圖騰故事最著名者爲由虎哺育長大的「虎孩」令尹子文，事見《左傳》宣公四年：

> 初，若敖娶於鄖，生鬬伯比。若敖卒，從其母畜於鄖，淫於鄖子之
> 女，生子文焉。鄖夫人使棄諸夢中，虎乳之。鄖子田，見之，懼而
> 歸，夫人以告，遂使收之。楚人謂乳穀，謂虎於菟，故命之曰鬬穀
> 於菟，以其女妻伯比，實爲令尹子文。〔註51〕

令尹子文的故事與西方被狼養育而後建立羅馬的羅慕斯類同，由於子文政績昭明，故其特異的身世也流傳久遠。「虎孩」子文出生的故事或許即反映出氏族圖騰爲氏族成員特殊保護者之信仰。

此外，《左傳》文公十八年曾記載「舜臣堯，賓於四門，流四凶族：渾敦、窮奇、檮杌、饕餮，投諸四裔，以禦螭魅」，〔註52〕這些神對中原民族而言是邪惡之神，但對外族而言，卻是被禳邪靈的四境守護神。此四神皆是動物形狀的怪神，其中饕餮、窮奇、檮杌皆有類虎的特徵。

〔註48〕楊伯峻，《列子集釋》（台北：明倫出版社，1971年2月），卷二，頁51。

〔註49〕岑家梧以爲所謂熊、羆、貔、貙、虎等當爲圖騰的記號，見註44，頁17。另袁珂亦贊同此論，見《古神話選釋》（台北：長安出版社，1988年9月），頁142。

〔註50〕見《後漢書》〈禮儀志〉中「謂之逐疫」注引《漢舊儀》（台北：洪氏出版社，1975年9月），頁3128。另《神異經》〈西荒經〉云：「西方荒中有獸焉，其狀如虎而大……名檮杌，一名傲狼，一名難訓。春秋云：顓頊氏有不才子，名檮杌是也。」

〔註51〕見《左傳》（台北：藝文印書館，十三經注疏本六），頁370。

〔註52〕同註51，頁355。

《山海經》〈北山經〉云：

　　虎齒人爪，其音如嬰兒，名曰狍鴞，是食人。

郭璞注云：

　　左傳所謂饕餮是也。

《山海經》〈海內北經〉云：

　　窮奇，狀如虎，有翼，食人從首始。〔註53〕

《神異經》〈西荒經〉云：

　　西方荒中有獸焉，其狀如虎而大，毫長二尺，人面，虎足，豬口牙，

　　尾長一丈八尺，攪亂荒中，名檮杌。〔註54〕

　　窮奇是後代追凶十二神之一，至於檮杌、饕餮則是出自楚方言，楚國的歷史即稱「檮杌」；饕餮則是殷周青銅器上最常見的紋樣，或像羊面，或像虎面，今藏於日本的湖南寧鄉出土物「虎食人卣」，即又稱作「饕餮食人卣」。〔註55〕白川靜在《中國神話》指出：

　　四凶放竄故事中所見的檮杌和饕餮在楚語中是老虎，為楚人的一

　　種保護靈……如果以殷周的王朝人意識，把楚看做饕餮之國，由

　　此可知楚在古遠的時代就是南方的異族，而且是以虎為圖騰的部

　　族。〔註56〕

　　楚圖騰信仰是虎，而與楚關係密切的巴國亦屬虎圖騰民族。巴國與楚的交流由《左傳》記載可知，另鄭月梅《春秋戰國之巴蜀文化》亦研考甚詳。〔註57〕巴族圖騰信仰由廩君傳說即可見分明，《後漢書》卷一一六〈南蠻西南夷列傳〉載云：

　　巴郡南郡蠻，本有五姓：巴氏、樊氏、曋氏、相氏、鄭氏，皆出於

　　武落鍾離山。其山有赤黑二穴，巴氏之子生於赤穴，四姓之子皆生

　　黑穴。未有君長，俱事鬼神，乃共擲劍於石穴，約能中者，奉以為

　　君。巴氏子務相乃獨中之，眾皆歎。又令各乘土船，約能浮者，當

〔註53〕同註36，頁82、頁312。

〔註54〕王國良，《神異經研究》（台北：文史哲出版社，1985年3月），頁81。

〔註55〕見杜迺松、杜潔珛，《步入青銅藝術宮殿》（北京：人民教育出版社，1989年12月），頁173。

〔註56〕白川靜，《中國神話》（台北：長安出版社，1986年10月），頁67。

〔註57〕鄭月梅，《春秋戰國之巴蜀文化》（政治大學中文研究所七五年碩士論文），頁75。左傳載及巴楚往來之記錄見於桓公九年、莊公十八年、文公十六年、及哀公十八年。

以爲君。餘姓悉沉，唯務相獨浮，因共立之，是爲廩君⋯廩君於是君乎夷城，四姓皆臣之。廩君死，魂魄世爲白虎。巴氏以虎飲人血，遂以人祠焉。〔註58〕

廩君原意即爲虎君，〔註59〕廩君死後，巴人將廩君之魂與其崇拜的虎聯結起來，而完成了圖騰崇拜的轉形過程，岑家梧在〈轉型期的圖騰文化〉中指出：

氏族酋長在集團中既有優越的地位，反映在意識型態上亦有權威。圖騰制中所有富於威力的圖騰信仰便轉而連結於氏族酋長的身上⋯⋯故轉型期的圖騰文化，最重要的特徵是由純粹的動植物信仰而轉爲動植物與氏族酋長連結在一起，如圖騰動物人格化，成爲半人半獸的動物，或幻想中變化多端的動物。〔註60〕

這種圖騰動物人格化的演變產生了廩君後裔有關人虎變形的傳說。

《搜神記》卷一二云：

江漢之域，有「貙人」，其先，廩君之苗裔也，能化爲虎⋯⋯或云：「貙，虎化爲人，如著紫葛衣，其足無踵，虎，有五指者，皆是貙。」

〔註61〕

《博物志》卷二亦云：

江陵有猛人，能化爲虎，俗云：猛虎化爲人，好著紫葛衣，足無踵。

〔註62〕

貙者，或言人；或言虎屬。《爾雅翼》卷一九云：

貙既五爪，有人之象。博物志稱江漢有貙人，能化爲虎⋯⋯唐李肇國史補云俗言四指者，天虎也；五指者，人虎也。而吳都賦注乃言貙虎屬，能化爲人。與前說反聞之。虎化爲人，惟尾不化，須燒尾

〔註58〕《後漢書》〈南蠻西南夷列傳〉，同註43，頁2840。
〔註59〕黃柏權以爲「廩君的原意是虎君，揚雄《方言》第八說：虎，陳、魏、宋、楚之間謂之「李父」，江淮、南楚之間謂之「李耳」。現今的土家族稱老公虎爲「李爸」，稱母老虎爲「李你卡」，單獨稱虎叫「利」，李、廩、利近音，所以廩君即虎君。」見〈巴人圖騰信仰〉，《貴州民族研究》1988年第四期。
〔註60〕岑家梧，《圖騰藝術史》，同註44，頁179。
〔註61〕晉干寶，《搜神記》（台北：鼎文書局，1980年3月），卷一二，頁92。
〔註62〕晉張華，《博物志》（台北：金楓出版公司，1987年1月），卷二，頁53。《太平御覽》卷八八引《博物志》則有「有五指者人化爲虎」八字。一般皆謂貙人，非言猛人。

乃成人，好著紫葛衣，足無踵，貙是虎類，或云貙人能化爲虎；或
云貙虎屬，能化爲人，辭亦相備。〔註63〕

李肇所謂「人虎」或即指人變化虎形，故仍有五指，與天生的眞虎不同。
不論貙爲人或虎屬，此一記載都說明了人化虎或是虎變人之可能現象，也說
明了此一傳說源於巴族圖騰崇拜的脈絡。大陸學者黃柏權即認爲在巴人足跡
所及之處，留下了許多人化虎記載，如鄂、川、湘三省，皆是巴人生息的中
心區域，與「廩君死，魂魄世爲白虎」的信仰有相當密切關聯性。〔註64〕

根據現今民族學資料指出，虎圖騰的遺跡多散佈在中國彝族、土家族、
怒族、白族、傈僳族等居住地區，其中將虎圖騰作爲主要圖騰的民族，則有
土家族和彝族。

沅、湘土著中的虎圖騰民族，最著名者即是以廩君爲高祖的土家族。
廩君，是土家族對虎的尊稱，在土家族中，廣泛流傳著一種包含虎圖騰意
義的「廩君神話」：謂土家族本發祥於湖北省長陽縣一帶，原來有五個氏族，
沒有君長，後來經過比劍及賽船，確立了廩君，廩君率領全族人向西南遷
徙，最後定居於湘西一帶。〔註65〕土家人尊祀白虎神，供奉白虎爲祖先，
獵人須供奉虎神，祈禱憑藉白虎之勇、廩君之威，獲得更多獵物，其族長期
保留殺人血祭虎神之習俗，後來才以牛代人。另外，在一般民俗上亦形成
一系列的虎圖騰習俗，土家族喜用虎紋樣作裝飾，並在門楣挂虎頭以示驅邪
辟災。〔註66〕

至於彝族則是原始虎氏族遺裔，關於其虎圖騰遺俗，論述甚多，〔註67〕
龔維英並以爲春秋楚莊王之弟莊蹻起事叛亂，後受安撫，奉命通滇，將楚族
虎圖騰帶到雲南，更進一步強化了土著彝族先民的虎圖騰信仰。〔註68〕

〔註63〕宋羅願，《爾雅翼》（台北：商務印書館，1986年3月，四庫全書本，第二二
　　　　二冊），卷一九，頁413。《文選》〈左思吳都賦〉「狹猵貙象」注：「虎屬，或
　　　　曰能化爲人。」唐李肇《國史補》原文見百部叢書集成影印學津討原本一二
　　　　函，卷之中，頁9。
〔註64〕同註59。
〔註65〕王小盾，《原始信仰和中國古神》（上海古籍出版社，1989年10月），頁77。
〔註66〕見曹振峰，〈中國民藝與中國虎文化〉，《民間文學論壇》1990年第一期，頁
　　　　25。
〔註67〕參見劉堯漢，《中國文明源頭新探——道家與彝族虎宇宙觀》（雲南人民出版
　　　　社，1985年），另亦有人以爲虎曾經作爲某一部落的圖騰，但不可能是整個彝
　　　　族的原生圖騰，見《民間文學論壇》1991年第一期，頁70。
〔註68〕《史記》〈西南夷列傳〉云：「楚威王時，使將軍莊蹻將兵循江上略巴、蜀、

彝族稱虎爲「羅」，並自稱「羅羅」，其義爲虎人或虎族。「羅羅」一詞最早見於《山海經》〈海外北經〉：

> 北海內有獸……有青獸焉，狀如虎，名曰羅羅。〔註69〕

彝族以虎爲圖騰，認爲自己是虎的後裔，故個人以虎爲名，所居山水地名亦以虎爲稱。彝族史詩〈梅葛〉亦唱出虎化生萬物的傳說：

> 虎頭莫要分，虎頭作天頭。虎尾莫要分，虎尾作地尾。虎鼻莫要分，虎鼻作天鼻。虎耳莫要分，虎耳作天耳。虎眼莫要分，左眼作太陽，右眼作月亮。虎須莫要分，虎須作陽光。虎牙莫要分，虎牙作星星……
>
> 〔註70〕

彝族將虎作爲崇敬的至高形象，正是其虎圖騰信仰的反映，這種信仰也表現在其民情風俗中，如其過虎節時會化裝爲虎至各家各戶驅邪逐疫；另彝族十分看重虎皮，這種拜虎意識之體現由來已久，史籍多所記載。

唐樊綽《蠻書》卷七云：

> 蠻王并清平官禮衣悉服錦繡，皆上綴波羅皮……大蟲，南詔所披皮。

同書卷八亦云：

> 又有超等殊功者，則得全披波羅皮……謂之大蟲皮，亦曰波羅皮。
>
> 〔註71〕

《新唐書》卷二二二〈南詔傳〉云：

> 有功加錦，又有功加金波羅。金波羅，虎皮也。〔註72〕

《新五代史》〈四夷附錄〉云：

> 昆明在黔州西南……其人椎髻、跣足，披氈，其首領披虎皮。〔註73〕

南詔王室主體即爲彝族，彝族之重虎皮由此可知。至今貴州彝族祭司舉行祭祖法事時仍披虎皮，而人死火葬前亦披虎皮，以回歸圖騰。

黔中以西……以其眾王滇、變服，從其俗以長之。」

龔維英，《原始崇拜綱要》（北京：中國民間文藝出版社，1989年10月），頁73～78。

〔註69〕 同註36，頁247。

〔註70〕 同註68，頁40～46。另有關〈梅葛〉史記參見陶陽、鍾秀，《中國創世神話》（上海人民出版社，1989年9月），頁104～107。

〔註71〕 唐樊綽，《蠻書》（台北：鼎文書局，1972年8月），卷七、卷八，頁174～208。

〔註72〕 《新唐書》（台北：洪氏出版社，1977年6月），卷二二二，頁6269。

〔註73〕 《新五代史》（台北：洪氏出版社，1977年10月），卷七四，頁922。

《南齊書》卷五九云：

　　宕昌，羌種也……俗重虎皮，以之送死，國中以爲貨。〔註74〕

乾隆《雲南通志》卷一一九云：

　　黑玀玀……葬，貴者裹以皋比（虎皮）。〔註75〕

　　圖騰信仰認爲人生自圖騰，死後亦回歸圖騰，故必將死者模仿圖騰裝飾，象徵靈魂的化身。彝族祭司認爲彝族是虎的後裔，死後火化方能返祖化虎，故《荀子》言「氐羌之虜，不憂其係纍也，而憂其不焚也」〔註76〕，氐羌之族屬於虎圖騰信仰，其所以憂其不焚，乃是其民族相信唯有火化才能使人化虎，回歸祖先圖騰。這種人與圖騰互相轉化的信仰，造就了人老化虎的傳說：

《太平御覽》引〈博物志〉云：

　　越巂國之老者時化爲虎，寧州南見有此物。〔註77〕

元李京《雲南志略》〈諸夷風俗〉云：

　　羅羅，即烏蠻也……酋長死，以豹皮裹屍而焚……自順元、曲靖、
　　烏蒙、烏撒、越巂皆此類也……親見射死一人，有尾長三寸許，詢
　　之土人，謂此等間或有之，年老往往化爲虎云。〔註78〕

明陳繼儒〈虎薈〉卷三亦云：

　　羅羅，雲南蠻人呼虎爲羅羅，老則化爲虎。〔註79〕

　　羅羅人是彝族支系，源於古羌族，越巂國其轄地大致相當於今四川涼山彝族自治州的大部分，人老而化虎，當是彝族虎圖騰信仰之轉化。此外，與彝族族源相近的納西族、傈僳族亦有虎圖騰崇拜，傈僳族屬於古羌人系統，被視爲彝族的一個支族。傈僳族〈虎氏族的來歷〉、納西族摩梭人〈喇氏族的來源〉，皆是說其女祖與變形爲人之虎結合，而繁衍其氏族之傳說。〔註80〕

〔註74〕見《南齊書》卷五九〈河南、氐羌〉所引，（台北：洪氏出版社，1974 年 7月），頁 1033。
〔註75〕《雲南通志》（四庫全書本五七〇冊），卷二四，頁 237。另《左傳》莊公十年：「齊師宋師次於郎……蒙皋比而先犯之，公從之，大敗宋師。」皋比注云虎皮。
〔註76〕見李滌生，《荀子集釋》〈大略〉（台北：學生書局，1988 年 10 月）。
〔註77〕宋李昉等編，《太平御覽》（台北：商務印書館，1968 年 1 月），卷八八八所引。
〔註78〕元李京，《雲南志略》（台北：商務印書館，1972 年，說郛本），卷三六，頁2495。
〔註79〕明陳繼儒，《虎薈》（台北：新文豐出版公司，1985 年 1 月，叢書集成新編第四四冊），卷三，頁 32。
〔註80〕納西族傳說見《中國民間故事全集》七冊（台北：遠流出版事業公司，1989年 6 月）。傈僳族傳說見同書一一冊。

在圖騰信仰中，人們以為自己與現實圖騰動植物皆是共同「祖先」靈魂的化身，故將現實圖騰動植物視作兄弟、父子等親屬，〔註81〕這種與圖騰同化的暗示，造成了一種觀念：即圖騰變人形，人變圖騰之形。在西方，與中國虎人相似的狼人傳說亦被認為可能與狼神崇拜儀式有關，狼人與豹人，起初是因人儀式性地假裝為狼或豹，如領導者穿著狼皮，並做狼的動作，而此一儀式可能即起源於圖騰崇拜。〔註82〕由此，我們或許可以推論：人虎變形傳說及故事的內在思維是原始圖騰崇拜信仰之遺留，在時代演變發展中，隨著社會文化心理趨向，而展現多層面之意涵。

三、地理區域之分佈

在虎圖騰地區，人將原先信仰的圖騰老虎人格化，如彝族自稱虎人。而有關老虎人格化，即人化虎或虎變人的傳說和故事，也大量留在虎圖騰活動區域。李豐楙亦以為六朝動物精怪中最能表現動物崇拜且疑與圖騰信仰有關的即為虎精傳說：

> 江漢多虎，虎為猛獸，原始部落崇信其威猛，為山中之君，故賦予精靈的特性，廩君能化為虎，貙人也能化為虎，因此崇拜虎神，應是當地的圖騰信仰之遺跡。〔註83〕

根據曹振峰的研究，認為虎文化遍佈中國的原因，與遠古時期起源於中國西部的古羌人和其他部族融合有關。羌族居住在現今青海、甘肅、陝西、四川等地，這些羌人後來向東遷徙，至嘉陵江上游沿長江而下，進入兩湖和浙江一帶，而也因為部族的遷徙，使古羌人虎圖騰崇拜的信仰也隨之傳播至這些地區。〔註84〕

由現今所蒐集的人虎變形傳說及故事可以明顯發現，其地理區域分佈得十分集中，大多位在中國中部及南方，其中以江漢、江淮一帶最盛，最早的人化虎記錄「牛哀化虎」，據高誘注即在江淮之間；〔註85〕而六朝人虎

〔註81〕在圖騰部落的人民常深信他們和圖騰動物乃是源自相同的祖先。見弗洛伊德，《圖騰與禁忌》（台北：志文出版社，1989年3月），頁131。

〔註82〕參見《ENCYCLOPAEDIA of RELIGION And ETHICS》（Edited by JAMES HASTINGS），P206。及《The Hero》Fitzroy Richard Somersrt, Baron Raglan,（Greenwood Press, Publishers）1975，P259。

〔註83〕李豐楙，〈六朝精怪傳說與道教法術思想〉，收錄於《中國古典小說研究專集三》（台北：聯經出版事業公司，1981年6月），頁22。

〔註84〕見曹振峰，〈中國的虎文化〉，《漢聲雜誌》20期，頁34。

〔註85〕高誘注，《淮南子》（台北：藝文印書館，1974年4月），卷二，頁42。

變形傳說亦多在江淮、江漢一帶，如《齊諧記》〈薛道詢〉發狂變虎，其地江夏郡在湖北；《異苑》載豫章郡吏易拔化虎，豫章在江西，亦屬長江流域；《搜神後記》記丹陽虎化為人詣沈宗求卜覓食，亦屬江漢地區，這些故事很可能是配合當地有關虎之遺聞傳說及圖騰信仰而產生。至唐人傳奇雖有意創作，假變形怪談以寫人事，並不一定為此一信仰之反映，然其所創作背景，亦根據古代傳說及地理風物因素而多設在江漢、江淮一帶，如《五行志》〈郴州佐史〉的郴州、《錄異記》〈蘭庭雍〉的涪州、《廣異記》〈范端〉的涪陵、《傳奇》〈馬拯〉的衡山、《瀟湘錄》〈趙個〉的荊州等，皆分佈在長江流域一帶。

除了長江流域之外，在明清筆記小說中亦記載了許多西南苗蠻地區及南方地區化虎的傳說。

明《虎薈》卷五云：

雲南蠻能化形為虎，以人為糧。〔註86〕

清《述異記》〈土司變獸〉條云：

土司楊姓者能變三獸，土人知之，至變虎之期，逐家比戶，俱閉門不出，預開城門，彼則望深山騰躍而去，一宿即返，返則仍為人……云係祖傳世世如此，其變獸亦有定期。

清《述異記》〈人化〉條云：

人化為虎，貴州最多，婦人即化，男子則不化也……開州民家一婦亦如此，已逸入山，尚未全變，其夫與子求而獲之，載與俱歸，飲藥醫至月餘，復為人，今尚在。〔註87〕

清《池北偶談》〈化虎〉云：

江都俞生說：曾署定番州事，親見方番司土官之母，化為虎，後旬日一至家，旋入山去。又安順府陶生，有姊，適人生子矣。一旦隨群虎入山，形體猶人，與群虎隊行，趨騰絕壁，如履平地。亦數日一至家，撫視其子，即去；久之漸變虎形，不復至。又八角井一農家婦，亦化為虎，皆康熙二十年之事。〔註88〕

上述這種不明原因的化虎現象多分佈在雲南、貴州一帶，而且是一種普

〔註86〕同註79，卷五，頁63。

〔註87〕清車軒主人輯，《述異記》，（台北：新興書局，1981年12月，筆記小說大觀三編八冊），頁6733、頁6729。

〔註88〕清王士禎，《池北偶談》（台北：商務印書館，1976年7月），卷二六。

遍的信仰與看法，一般人似乎對人虎互變之情形並不感到驚異，甚而抱持相信的態度，《續太平廣記》中曾描述有虎進入民家臥床而睡，旁人持器械欲伺機刺殺，然其家二子卻號呼「安知非我爺？」並勸諸人勿隨意動兵，似乎害怕造成誤殺親人情形。〔註89〕此則記錄十分耐人尋味，可見人虎互變的事例在當地應是曾經發生，且一般人抱持著普遍相信的看法。另《述異記》亦記載滇中土司變虎爲祖傳世襲現象，〔註90〕類此傳說在當地蠻人傳說甚多，《續太平廣記》云：

> 初游黔，聞有老叟變虎，甚異。一歲中凡三四輩，土人亦不爲怪，然大抵皆苗夷也。〔註91〕

在雲南、貴州南蠻地區，人變虎似乎已是一種自然現象，而且似與種族遺傳有關，清《夢厂雜著》作者俞蛟本以此事爲荒誕不經，但實際至當地生活，卻發現苗人確有其事，其記錄云：

> 聞西粵苗人，每有變虎之異。其變未久，而被獵獲者，往往於前兩足皮內猶帶銀釧。蓋苗俗婦人，以腕釧之多寡爲貧富。余初以爲誕。後居懷遠陽溪山中三閱月，與苗人習處。詢知頭人，云其家自祖父以來，三世而兩見矣。蓋其祖母與叔，皆變虎者也。〔註92〕

除苗人之外，居住於兩廣的猺族亦見此類人化虎傳說，清《南皋筆記》〈狸生〉一則云：

> 狸生者，粵東猺種也……狸生生性獷悍，常與其種類不相能。有朱離生者，亦猺族也，尤與狸生忤，狸常心銜之，然無如何也。猺人素患變虎，其初變時，忽常遍體生毛，漸至不能語言，視其家人，惟含淚點頭，以後入山，即不能復識人矣。一日，朱離生化爲虎，狸因與之有隙，獵殺之……須臾起，則徧體毛色斑斕，亦居然虎矣因大懊悔……〔註93〕

《金壺七墨》〈人化虎〉亦記云：

> 廣西獞猺，久居深山，日與虎狎，有變爲虎者，居人射獵得虎，兩前足或有銅鐵環，則知爲獞猺所化，以蠻俗手必有釧也。曩有賈姓

〔註89〕清陸壽名，《續太平廣記》，筆記小說大觀十編七冊，頁3972。

〔註90〕同註87，頁6733。

〔註91〕同註89，頁3972。

〔註92〕清俞蛟，《夢厂雜著》卷四，續修四庫全書，頁707。

〔註93〕清楊鳳徽，《南皋筆記》，筆記小說大觀一編一冊，頁300。

者，依壻而居，壻見其尻際生尾，體毛漸長，不復省人事，送還其家，中途謂壻曰：我不歸矣。遂自擲溪谷中，跳躍而去，越日，出近村，攫民家雞鴨，吮其血，村民逐之，急則兩手據地作獸行，緩則人行，後不知所往。〔註94〕

上述文中所謂「猺人素患變虎」一語，似乎即說明當地民族變虎之現象是一種普遍性的型態，是常見的，而非偶發之事例；而且其變化的方式與歷程是漸進性的，不是驟然變化，類似這種傳說可能是當地民族圖騰信仰殘留所衍生的產物。而《金壺七墨》的人化虎傳說亦是廣西猺傜種族，唯其變化原因是「久居深山，日與虎狎，有變爲虎者」。由上述南蠻人虎傳說觀之，其變形並未具備人爲特定原因，如《稗史彙編》〈人虎互變〉一則所記爲入山化虎後又恢復人形，其後又入山爲虎，但其變形原因卻不明，〔註95〕從故事中僅知似乎與入山有關，因此探討此類傳說，或許可以歸因於與其種族僻居山野，受自然地理環境影響有關，因此《續太平廣記》〈變虎〉一則作者的結論是「山栖艸食，氣類相感，理或然與」。〔註96〕

綜合歸納前述虎暴爲害及原始圖騰信仰遺留地區推論，人虎變形故事之產生應當與此二者有密切關聯。根據筆者目前所蒐集資料，可以發現人虎變形故事之地理分佈，大抵即爲虎患爲害之地理路線與原始圖騰信仰遺留路線。其中以四川、浙江最多；其次爲湖北、湖南、江西、河南、安徽、江蘇、廣東、廣西、雲南、貴州、山西、陝西、河北、福建、甘肅等地，皆有分佈，涵括了所有長江流域及黃河流域、嶺南丘陵。蓋這些地區其地本即多虎，同時，這些地區有多處又都是楚族、巴族、氐羌族、苗族、傜族（今瑤族）等民族文化活動區域。楚國疆域地跨湖北、湖南、四川、河南、安徽、江西等處；巴族之活動中心爲鄂西南、川東、湘西北及黔東北銜接地區；氐羌族在甘肅、陝西、四川、兩湖和浙江一帶；南蠻苗族在湘、鄂、川、黔一帶；傜族分布在兩廣、湖南、雲南、貴州、江西境內。也就是說，中國人虎變形故事的創作背景，與虎患爲害及圖騰信仰遺留的地理範疇幾乎重疊，依據筆者現今所蒐集之人虎變形故事資料地域分析，可以歸納如下表：〔註97〕

〔註94〕清鈞宰，《金壺七墨》，筆記小說大觀二編七冊，頁 3949。
〔註95〕見明王圻，《稗史彙編》，筆記小說大觀三編七冊，頁 4809。
〔註96〕同註89，頁 3972。
〔註97〕詳見本書第五章結論所附〈中國人虎變形故事及傳說篇目一覽表〉。

地　　區	人虎變形傳說故事	虎害區	虎圖騰信仰民族活動區
浙江	16 則	◎	氐羌族
四川	13 則	◎	楚族、巴族、氐羌、彝族、苗族、塚族
湖北	11 則	◎	楚族、巴族、氐羌、南蠻苗族、土家族
江西	11 則	◎	楚族、猺族
湖南	9 則	◎	楚族、巴族、氐羌、土家族、猺族、苗族
雲南	9 則		南蠻苗族、彝族、納西族、猺族
河南	8 則	◎	楚族
貴州	7 則	◎	南蠻苗族、彝族、巴族、猺族
安徽	6 則	◎	楚族
陝西	6 則		氐羌族
廣東	6 則		猺族
山西	5 則	◎	
福建	5 則	◎	
江蘇	4 則	◎	
廣西	4 則		猺族、苗族
河北	3 則		
甘肅	3 則		氐羌
台灣	2 則		
山東	1 則	◎	

備註：◎符號為前述虎患為害見諸故事及方志記錄地區

　　由上表可知，中國人虎變形故事背景遍佈在中國華北、華中、華南地區，尤其更以長江流域為大宗，其他東北地區、塞北地區及西部地區，皆未曾見到有關人虎變形故事傳說之記錄，由此很明顯可以發現一個現象，也就是沒有老虎的地方，也就沒有人虎變形故事傳說的出現。

　　除了中國流行虎人傳說之外，在東南亞地區，虎人亦為一普遍信仰。如緬甸、爪哇、印尼、馬來西亞等地皆有虎人傳說。〔註98〕在明代鄭和出使南洋後，方知在東南亞亦有此類虎人傳說。明代馬歡所著《瀛涯勝覽》〈滿剌加國〉條曾云：

　　　　國中有虎化為人，入市混人而行，自有識者，擒而殺之。〔註99〕

〔註98〕同註82，頁210。
〔註99〕明馬歡，《瀛涯勝覽》（台北：藝文印書館，百部叢書集成影印紀錄彙編四），頁19。

滿剌加國在今馬來西亞半島南端，上述記錄是屬於虎變人傳說，明代《稗史彙編》亦記錄云：

> 占城國虎黑色而小，能化爲人，雜市里間誘人食之，土人有能識此
> 類者，見則擒；蠻能化形爲虎。〔註100〕

占城國是占族人於今越南中南部地區所建立的古國，此則記錄與馬來西亞的虎人傳說十分類似，另文末提到「蠻能化形爲虎」，由此可知越南亦出現了人化虎的傳說，事實上，在中國所見人化虎的傳說裡，如《交州記》〈左飛化虎〉〔註101〕所記龍編縣的地理位置即在今越南北部，越南北部與中國雲南、廣西交界，曾經隸屬於中國，即漢代交趾郡，而瑤族亦有分布於與越南、緬甸毗鄰之山區，雲南、廣西人虎變形故事極多，藉由越南地理位置之交通，可能使人虎變形類型傳說流傳至東南亞一帶。而各地民情風俗信仰有異，連帶地亦影響了虎人傳說內容及情節，由此可相互比勘，比較中國與東南亞虎人傳說之異同，並藉以探討各國文化與此類變形故事內在思想之關連性。

〔註100〕同註94，頁4493。
〔註101〕晉劉欣期，《交州記》（台北：藝文印書館，百部叢書集成影印嶺南遺書本九函）。

第三章　人虎變形故事內容探討

第一節　官吏化虎

　　「峨峨列辟，赫赫虎臣，內和五品，外威四賓」，〔註1〕自古以來，虎在一般人心目中一直是威武、勇猛、有力的象徵，警衛宮廷的士兵被命名爲虎士，竭盡忠誠效命帝王的勇武之臣被譽爲「矯矯虎臣」，周代並開始設置「虎賁」之官，〔註2〕至漢則設虎賁中郎將、虎賁郎等主宿衛之事，〔註3〕皆是強調其勇猛有力之特質。緣於此一特性，虎由自然界的一種普通生物，一躍而進入中國文化歷史裡，作爲社會、政治現象的一種表徵。

　　中國多虎，由先秦神話記載及考古文物中，可以發現虎與中國人的生活關係十分密切。《漢書》〈李廣傳〉言李廣擔任隴西、雁門、雲中等地方太守時，每聞有虎，即出行射虎，由此可知漢代時從西北到東北諸邊郡皆有虎出沒之跡；另江淮和雲夢沼澤地帶亦以多虎出名；甚且在關中與山東交通必經之崤、電驛道上亦經常出現虎災，影響行旅安全。〔註4〕在現實生活裡，虎可以說嚴重威脅到人民的生命安全，因此，漢代地方官的要政之一，便是在猛

〔註1〕應禎，〈晉武帝華林園集詩〉，《增補六臣註文選》（台北：華正書局，1980年9月），卷二〇，頁372。

〔註2〕《周禮》〈夏官〉言：「虎賁氏掌先後王而趨以卒伍。」（台北：藝文印書館，十三經注疏本三），頁474。

〔註3〕《太平御覽》卷二四一引漢官儀：「虎賁中郎將，古官也。書稱：『武王伐紂，戎車三百兩，虎賁八百人，擒紂於牧之野。』言其猛怒如虎之奔赴也。孝武建元三年，初置期門。平帝元始元年，更名虎賁郎。」

〔註4〕參見《後漢書》〈法雄傳〉、〈宋均傳〉、〈劉昆傳〉。

虎為害的地方，設陷阱捕捉，並賞金獎勵捉虎。〔註5〕

自古以來，理想的樂園便是人與自然相融、人與獸和諧的社會。漢代天人相應思想流行，施之於政治人事，以為凡妖孽禍害皆是政治秩序失常的咎徵。〔註6〕故《淮南子》〈天文篇〉云：

> 物類相動，本標相應……人主之情通於天，故諸暴則多飄風；枉令
> 則多蜺；殺不辜則國赤地；令不收，則多淫雨。〔註7〕

害怕猛虎危害的情結，配合這種異徵變化等休徵觀念，使漢人製造出一種說法，以為虎本不食人，之所以逞兇噬人，皆因地方官貪殘凶惡、危害百姓，故虎出而食人以反應政治之失，由王充在《論衡》中數度批判這種迷信即可見當時民間思想：

〈遭虎篇〉云：

> 變復之家，謂虎食人者，功曹為姦所致也。其意以為功曹眾吏之率，
> 虎亦諸禽之雄也，功曹為姦，采魚於吏，故虎食人，以象其意。

〈解除篇〉云：

> 虎狼之來，應政失也；盜賊之至，起世亂也。〔註8〕

所謂「政有苛暴，則虎狼食人」，〔註9〕如果地方官施行仁政，則虎狼自去。故《後漢書》〈儒林傳〉言劉昆為政三年，仁化大行，虎皆負子渡河而去；〔註10〕另法雄亦深信「至化之世，猛獸不擾，皆由恩信寬澤，仁及飛走」；〔註11〕宋均則認為虎害咎在殘吏，設阱張捕非政之本，於是「壞檻阱、退貪殘、進忠良」，傳言虎遂相與東遊渡江，不為民害。〔註12〕類此「虎狼為害

〔註5〕《爾雅》〈釋獸〉郭璞注云：「漢律曰：捕虎一，購錢三千，其狗半之。」邢昺
　　　疏：「虎子名狗。」

〔註6〕漢代運用天人思想建立了具有制衡性的政治秩序，異徵的出現，便是此秩序
　　　失常的結果，由《後漢書》〈五行志〉所載即可見此一思想，其思想之演變與
　　　內涵參見康韻梅《六朝小說變形觀之探究》（台灣大學中文研究所七六年碩士
　　　論文），第四章第二節〈漢代天人相應的思想和災異系統的建立〉，頁143。

〔註7〕高誘注，《淮南子》（台北：藝文印書館，1974年4月），卷三，頁69。

〔註8〕漢王充，《論衡》（台北：宏業書局，1983年4月），〈遭虎篇〉、〈解除篇〉分
　　　見卷下頁14、105。

〔註9〕《後漢書》卷六〇〈蔡邕傳〉言：「政有苛暴，則虎狼食人；貪利傷民，則蝗
　　　蟲損稼。」（台北：洪氏出版社，1975年9月），頁1992。

〔註10〕《後漢書》卷七九〈劉昆傳〉，頁2550。

〔註11〕法雄毀壞檻阱，令不得妄捕，是後虎害稍息，人以獲安。見《後漢書》卷三
　　　八〈法雄傳〉，頁1278。

〔註12〕事見《後漢書》卷四一〈宋均傳〉，頁1412。另《風俗通義》卷二〈正失〉亦

乃其政使然」之說充斥社會，後漢書、梁書等正史，〔註13〕及《搜神記》等民間傳說〔註14〕皆多所記載此「仁政大行，虎逾州境」的故事。這種善政服虎思想影響及於後代，認爲仁人所治能變虎狼如人類，如虎不入境不害物，而蝗不傷稼之類，〔註15〕褚人穫《堅瓠二集》所錄〈虎歌〉一則即藉此典故來嘲諷貪墨之吏：

> 虎告相公聽我歌，使君比我殺人多。使君若肯行仁政，我自雙雙北渡河。〔註16〕

　　在一般平民老百姓的日常生活之中，虎害雖然是生命威脅之一，但比起壓榨、專制、暴虐更具切膚之痛的統治而言，虎害可以設法預防，而暴政卻不可躲。因此，在虎爲害的地方，只要沒有役民之苛政，人民就不會離鄉他去，《禮記》〈檀弓篇〉便道出了下層老百姓心中最深重的眞正願望實爲德治仁政：

> 孔子過太山側，有婦人哭於墓者而哀。夫子式而聽之，使子貢問之曰：「子之哭也，一似重有憂者。」而曰：「然，昔吾舅死於虎，吾夫又死焉，今吾子又死焉。」夫子曰：「何爲不去也？」曰：「無苛政。」子曰：「小子識之，苛政猛於虎也。」〔註17〕

　　所謂「獸齧人者，象暴政若獸而齧人」，〔註18〕禽獸與暴政同樣齧人，然而虎狼食人，人知其爲虎狼，尚可以避之，而苛政暴吏卻不能防禦，其危害萬民實更甚於虎狼。

有此一記載。

〔註13〕《後漢書》卷二五〈卓茂傳〉言卓茂教化大行，道不拾遺。平帝時，天下大蝗，河南二十餘縣皆被其災，獨不入密縣界。同卷〈魯恭傳〉亦有類似之德政。《梁書》卷四七〈庾黔婁傳〉言縣境本多虎暴，黔婁至，虎皆渡往臨沮界，當時以爲乃仁化所感。另同書卷五三〈孫謙傳〉亦言郡本多虎暴，謙至絕跡，及去官之夜，虎即害居民。

〔註14〕如《搜神記》卷一一〈王業〉記王業爲荊州刺史，在州七年，惠風大行，苛慝不作，山無豺狼。

〔註15〕如《青瑣高議》〈善政〉一則載張侍郎善政服猛虎；明談孺木《棗林雜俎》亦言虎入城，主酷吏肆威；清毛祥麟《墨餘錄》〈錢唐一葉清〉亦是記仁治使虎避去之傳說。

〔註16〕清褚人穫，《堅瓠二集》（筆記小說大觀二三編八冊），頁4567。

〔註17〕《禮記》〈檀弓〉下，（台北：藝文印書館，十三經注疏本五），頁193。

〔註18〕《後漢書》卷六〇〈蔡邕傳〉注引漢名臣奏張文上疏曰：「春秋義曰：『蝗者貪擾之氣所生。天意若曰：貪狼之人，蠶食百姓，若蝗食禾稼而擾萬民。獸齧人者，象暴政若獸而齧人。』」

虎的勇武形象，一方面被統治者利用，成爲幫助帝王維護統治的大臣武士的標誌；另一方面，民間的被統治者也借用虎凶猛噬人的特性來攻擊暴政及施政者。暴君被比爲虎狼，如《史記》〈秦始皇紀〉言秦王爲人「少恩而虎狼心」；而〈酷吏列傳〉亦稱酷吏王溫舒的爪牙爲「吏虎而冠」，由此皆可見虎已成爲敗官惡吏的象徵詞。更有趣的是葛洪《抱朴子》所載精怪化物的傳說亦大抵與地上凡間的官吏組織相同，〈登涉篇〉云：

> 山中見吏，若但聞聲，不見形……山中寅日，有自稱虞吏者，虎也。
> 當路君者，狼也。稱令長者，老狸也……申日稱人君者，猴也。稱
> 九卿者，猿也。酉日稱將軍者，老雞也……〔註19〕

妖怪反映在人間的角色竟多是官吏身份，這現象似乎象徵了二者之間某方面的相似特性。妖怪作祟爲害，也正如貪官酷吏之作虐，這種思想藉著「人化虎」這種妖異變化，間接表達出人民對惡吏之痛恨，《述異記》〈封邵〉記云：

> 漢宣城太守封邵，忽化爲虎，食郡民，民呼曰封使君，因去不復來。
> 時語曰：「無作封使君，生不治民死食民。」〔註20〕

殘暴的酷吏就好比食人的惡虎一般，生計與生命都任其擺佈，無有保障，致使人民發出「生不治民死食民」的深重喟嘆。漢代地方政府之屬曹掾吏，籍限本貫，多出豪族，地方官在地方仗勢欺人，漁肉鄉民，也許即是民間傳說中將官吏比作吃人老虎的社會背景之一，如《交州記》載龍編縣功曹左飛化虎；〔註21〕《異苑》記豫章郡吏易拔變成三足大虎，〔註22〕皆是官吏化虎的類型，官吏與虎二者之間角色轉換的現象十分令人玩味。

另《搜神記》卷一二〈亭長〉條所表現的身份也是地方官：

> 長沙所屬蠻縣東高居民，曾作檻捕虎，檻發，明日眾人共往格之，
> 見一亭長，赤幘大冠，在檻中坐。因問「君何以入此中？」亭長大
> 怒曰：「昨忽被縣召，夜避雨，遂誤入此中。急出我。」曰：「君見
> 召，不當有文書耶？」即出懷中召文書。於是即出之，尋視，乃化
> 爲虎，上山走。〔註23〕

〔註19〕晉葛洪，《抱朴子》（台北：里仁書局，1961年12月），內篇卷一七，頁278。
〔註20〕見《古小説鉤沈》所引，頁169。
〔註21〕晉劉欣期，《交州記》（台北：藝文印書館，百部叢書集成影印嶺南遺書本九函）。
〔註22〕劉宋劉敬叔，《異苑》（台北：藝文印書館，百部叢書集成影印學津討原本二二函），卷八。
〔註23〕晉干寶，《搜神記》（台北：鼎文書局，1980年3月）卷一二，頁93。

虎檻本爲捕虎而設，誤入其中的不是其他鄉野村夫角色，卻是一主捕盜賊的亭長，〔註24〕姑且不論此則故事是虎被捕後變成人形以逃脫虎檻；或是人化成虎身被誤捉，其間二者角色的連結皆耐人尋味，十分具諷刺性。這種角色的配合當然不是偶然，而有其反映現實政治社會的象徵意義，正如唐代《聞奇錄》〈張昇〉記涪州司差「里正」游章化虎，〔註25〕及《廣異記》〈范端〉亦爲「里正」化虎一般，可說是各時代的社會縮影：

> 涪陵里正范端者，爲性幹了，充州縣任使。久之，化爲虎，村鄰苦之。遂以白縣云：「恒引外虎入村，盜食牛畜。」縣令云：「此相惡之辭，天下豈有如此事。」遂召問，端對如令言。久之，有虎夜入倉內盜肉，遇曉不得出，更遞圍之，虎傷數人，逸去。耆老又以爲言，縣令因嚴詰端所由，端乃具伏云：「常思生肉，不能自致，夜中實至于東家欄內竊食一豬，覺有滋味，是故見人肥充者，便欲噉之，但苦無伍耳。每夜東西求覓，遇二虎見隨，所有得者，皆共分之，亦不知身之將變……昏後，野虎輒來至村外鳴吼……數日，或見三虎，其一者，後左足是靴……母號哭，二虎走去，有靴者獨留，前就之，虎俯伏閉目，乃爲脫靴，猶是人足……是後鄉人頻見，或呼范里正，二虎驚走，一虎回視，俛仰有似悲愴，自是不知所之也。」

〔註26〕

范端化虎之真正原因並不明確，初始是由於思食生肉而自然變形，最後則似乎是一種同類相召。而身爲里正的范端，乃是一里之領袖，照理當造福鄉里，爲民謀利，然而故事卻言其化虎並引外虎入村盜食，共分所得，此似乎即在諷刺權勢之相勾結，聯手漁肉鄉民之惡行。文中范端自謂思食生肉，見人肥充者則欲噉之，亦可說是權勢官吏搜括民脂民膏、相殘同類之反影。

《廣異記》另載一則〈松陽人〉故事也是混跡世間的虎吏類型：

> 松陽人入山採薪，會暮，爲二虎所逐，遽得上樹。樹不甚高，二虎迭躍之，終不能及，忽相語云：「若得朱都事，應必捷。」留一虎守之，一虎乃去。俄而又一虎，細長善攫，時夜月正明，備見所以，

〔註24〕《後漢書》志二八〈百官志〉五言：「亭有亭長，以禁盜賊。本注曰：亭長，主求捕盜賊，承望都尉。」

〔註25〕見《太平廣記》卷四三〇所引，頁3494。

〔註26〕見《太平廣記》卷四三二所引，頁3506。

小虎頻攫其人衣，其人樵刀猶在腰下，伺其復攫，因以刀砍之，斷
其前爪，大吼，相隨皆去。至明，人始得還，會村人相問，因說其
事。村人云：「今縣東有朱都事，往候之，得無是乎？」數人同往問
訊，答曰：昨夜暫出傷手，今見頓臥，乃驗其真虎矣。遂以白縣令，
命群吏持刀，圍其所而燒之，朱都事忽起，奮迅成虎，突人而出，
不知所之。〔註27〕

《茅亭客話》卷八記一則任攔頭故事與前述〈松陽人〉內容情節類同，
故事敘述有二客負販雜貨，遇一虎攫食行暴，虎為二客刺傷雙目，號呼而逸。
二客至市中征之所，一婦報言任攔頭夜來醉歸，刺損雙眼，不克前來檢稅。
二客乃與眾人據此傷而懷疑「斯人偽為虎而劫路」，遂前往任攔頭家檢驗証
明，任攔頭俱形而坐，兩目流血，呻吟不已，見眾人杖擊籬笆，踉蹌曳一尾
突門而出，跌落深坑，終為眾人擊斃。〔註28〕

在上述二則故事中，朱都事與任攔頭在化為虎形時受傷，變形為人時傷
口依舊，此特徵正與西洋狼人本質相同。故事中的朱都事職掌刑罰；任攔頭
據故事所言則為檢稅人員，二者之職與地方百姓關係皆十分密切，亦最關乎
百姓切身之利害問題，朱都事與任攔頭之另一形象為虎，也許正是對刑罰及
稅務人員行事之諷刺。在這二則故事中，最值得玩味的現象是人與虎角色混
淆，不知究竟虎是其本來面目，還是人才是其真正本相，因為無法分辨何者
是真，何者是偽裝面目，故而更加可怕。故事中若非其化為虎時受傷，恐怕
亦難察知其為非作歹的真面目。這種有雙重面目的虎人，也許就混跡於人群
中，矇騙世人，既可以作惡，又可以免於處罰，較之真虎實更加難以防患。
而此一現象也正深刻表現出奸官污吏就是這種具有雙重面目的虎人。

在這類反映官吏與虎的角色互換故事裡，表現貪官酷吏惡如虎狼形象最
明顯者當推《聊齋誌異》的〈夢狼〉：

白翁，直隸人。長子甲，筮仕南服，三年無耗。適有瓜葛丁姓造謁……
別後數日，翁方臥，見丁又來，邀與同遊。從之去，入一城闕。移
時……無人可通。丁曳之出，曰：「公子衙署，去此不遠，亦願見之
否？」翁諾。少間，至一第，丁曰：「入之。」窺其門，見一巨狼當
道，大懼不敢進。丁又曰：「入之。」又入一門，見堂上、堂下，坐

〔註27〕見《太平廣記》卷四三二所引，頁 3504。

〔註28〕宋黃休復，《茅亭客話》（台北：藝文印書館，百部叢書集成影印琳琅秘室叢
書本二函），卷八，頁 8。

者、臥者，皆狼也。又視墀中，白骨如山，益懼。丁乃以身翼翁而
進。公子甲方自內出，見父及丁良喜，少坐，喚侍者洽肴蔌。忽一
巨狼，啣死人入。翁戰惕而起曰：「此胡爲者？」甲曰：「聊充庖廚。」
翁急止之。心怔忡不寧，辭欲出，而群狼阻道。進退方無所主，忽
見諸狼紛然嗥避，或竄床下，或伏几底。錯愕不解其故。俄有兩金
甲猛士努目入，出黑索索甲。甲撲地化爲虎，牙齒巉巉。一人出利
劍，欲梟其首。一人曰：「且勿，且勿，此明年四月間事，不如姑敲
齒去。」乃出巨錘錘齒，齒零落墮地。虎大吼，聲震山岳。翁大懼，
忽醒，乃知其夢。……使次子詣甲，函戒哀切。既至，見兄門齒盡
脫，駭而問之，則醉中墜馬所折。考其時，則父夢之日也……。時
方賂當路者，得首薦，故不以妖夢爲意。弟居數日見其蠹役滿堂，
納賄關說者，中夜不絕，流涕諫止之。甲曰：「弟日居衡茅，故不知
仕途之關竅耳。黜陟之權，在上臺不在百姓。上臺喜，便是好官；
愛百姓，何術能令上臺喜也？」弟知不可勸止，遂歸。

蒲松齡在這一則故事中創造了一超現實世界來反映現實世界的眞相，藉
著白翁似幻似眞的夢境，暴露了納賄不絕、上下交征利及重升官不重治民的
官場黑暗面，甚且明白諷刺了許多官吏皆是具有獸性的食人虎狼，所謂「巨
狼當道」、「白骨如山」，在現實政治社會裡，人民便是這些虎官狼吏的獵物，
任由宰割，正如〈夢狼〉文末作者所感嘆：

> 竊歎天下之官虎而吏狼者，比比也。即官不爲虎，而吏且將爲狼，
> 況有猛於虎者也？〔註29〕

自古至今，政治上「虎吏剚牙而食於民」（日知錄〈停年格〉）的黑暗現
象可謂層出不窮，比比皆是，而〈夢狼〉中的虎官甲貪暴不仁，深爲百姓痛
恨，後終被諸寇抉首於途中，並將助紂爲虐者殺盡。殺甲者所謂「我等之來，
爲一邑之民洩冤憤耳」的聲明，不僅是蒲松齡處置貪官污吏的春秋之筆，也
是人民心中正義的執法力量，藉著貪官污吏之被誅，人們得以宣洩胸中不平
之氣。

在傳統故事的觀念裡，人化虎是一種懲罰、一種象徵；同樣地，虎食人
似乎也變成了一種懲罰、一種象徵。因爲虎勇猛威武，因此在人民心中有時
就希望它們是正義的化身，希望虎能辟除那些如妖魔鬼怪一般爲害人間的貪

〔註29〕清蒲松齡，《聊齋誌異》（台北：漢京文化事業公司，1984年4月），頁1052。

殘官吏。《續玄怪錄》〈張逢〉化虎食鄭錄事、《原化記》〈南陽士人〉化虎食王評事，所食之人皆是唐代民間有關訴訟之地方官，〔註30〕反映了百姓痛恨官府差吏，幻想除惡復仇的內在深厚感情。故《青州府志》記虎林邑舊本無虎，元末忽有虎出撲殺縣令一人而去，時人以為即苛政之戒。〔註31〕這類猛虎不食一般百姓，卻噬食撲殺執事之地方官吏，此概皆為人們冀望虎助人除害之情結表現。

「昔時虎伏草，今日虎坐衙。大則吞人畜，小不遺魚蝦」，〔註32〕這首詩明顯刻劃出人民心中對那些貪官污吏剝削生計的面貌，也道出人民對這些酷吏的認識形象如同猛獸肆虐危害，從〈封邵〉到〈夢狼〉，由於虎的凶惡，虎因此成為各時代冠裳而喫人的敗官惡吏之最佳寫照，成為間接諷刺政治腐敗及官場黑暗的主角，清蔣超伯《南滑楛語》即就此解說云：

貪酷之吏，人而虎也。姜南墨畬錢鑄述明太祖所定罪應充軍者二十二條，內有幫虎伴當一項，殆指蠹役為酷吏爪牙者言歟！〔註33〕

所謂「幫虎伴當」者，當即是小說中助虎食人的虎倀，明都穆《聽雨紀談》言：「倀為虎傷，蓋人或不幸而罹於虎口，其神魂不散，必被虎所役，為之前導。」猛獸食人，唯虎有虎倀，此為十分特別之現象，〔註34〕虎與倀鬼對照人間酷吏蠹役之角色，正是相符。小說家藉虎來譬喻貪官酷吏，藉虎倀來象徵助紂為虐的爪牙走狗。在這類「人化虎」故事裡，虎失去了令人崇仰的特質，而蘊含著人們的仇恨、憤怒和鄙視，這種矛盾的象徵，正充分反映了統治者與被統治者在思想上、政治上的對立。在所有「人化虎」變形故事中，「官吏化虎」的類型十分獨特，是其他精怪故事所未曾見的，似乎皆是運用虎之威猛殘酷影射官場的腐敗黑暗，而呈現出與其他變形故事迥異的象徵面貌。

〔註30〕 州之錄事參軍，職掌駁正違失；評事職屬大理寺，掌決正刑獄，詳見《新唐書》卷四八〈百官志〉。

〔註31〕 見《古今圖書集成》第六三卷引《青州府志》，頁626。另《東安縣志》記一縣令遇虎，縣令端坐語虎曰：「為民父母不德，宜飼虎」，虎曳尾躍而去。由此記載可見民間以為虎所噬者為惡吏，非良吏。見《湖南通志》所引。

〔註32〕 見《古今圖書集成》第六四卷引張禺山詩。

〔註33〕 清蔣超伯輯，《南滑楛語》（台北：廣文書局，1970年12月），頁86。

〔註34〕 小說中有關虎倀故事很多，如《太平廣記》卷四二八引《廣異記》〈宣州兒〉、卷四三〇引《傳奇》〈馬拯〉、卷四三三引《原化記》〈潯陽獵人〉皆是為虎作倀之事例。

第二節 人虎婚姻

　　人獸婚是屬於世界性類型故事之一，有人說，中國在漢朝以前已有人獸婚傳說，〔註35〕但是，以現今材料來看，卻尚無充份證據可茲說明。不過，無論如何，至少至南北朝志怪小說發達時代，已確實有許多這樣的故事模式，如《搜神記》〈白水素女〉（田螺女郎）、〈新喻男子〉（天鵝處女）故事等；乃至後來最常見、最有名的人狐、人蛇之間的愛情婚姻類型，更是此類故事之大宗。而在人獸婚故事裡，人虎婚姻則是其中一類數量雖不及狐妻，但卻自成格局的故事類型。

　　有關人獸婚此一題材的產生基礎，眾說紛紜，或解釋成是先民圖騰崇拜的演變，如英國麥苟勞克以為獸婚故事的原始是圖騰；或以為與之無關，如大陸學者繆咏和則不贊成將人獸婚傳說解釋成是先民圖騰崇拜成因，其以為沒有任何可靠文獻作證，且與氏族保護神發生愛情關係是對神之不敬。〔註36〕至今雖尚無確定可靠文獻證明與先民圖騰崇拜有關，然而由許多民間傳說卻可見出其與動物祖先崇拜相關聯的軌跡。

　　原始人類由於能力低下，受外在現實環境的刺激，往往對某種動植物產生崇拜，並引發了動植物結合於人類的意識。無論任何圖騰部族，都相信其部族與圖騰動植物具有密切的血緣關係。岑家梧即認為解釋此類圖騰部族祖先崇拜的傳說約有二種典型：

　　（一）某種動植物化身而為部族之祖先。

　　（二）人與某種動植物交而生其部族。〔註37〕

　　動植物化身為部族祖先者以北美印地安各部族最多，如朱克都人（Choctaws）的喇蛄部族相傳其祖先為喇蛄化身；奧日貝人以狗變化為其祖先等皆是。〔註38〕至於以人與動植物交而生圖騰部族的傳說更多，以北美、非

〔註35〕 朱桓夫謂人獸婚姻在秦漢之前就樂道於人口，至魏晉如洪水泛濫，志怪小說中，此類故事比比皆是。其並以為就現今材料而言，雖尚未發現漢之前文獻中有人虎婚姻故事記載，但說漢之前已蘊育了人虎婚姻故事胚胎當不為過。見〈東海虎皮井故事考源〉，《民間文學論壇》1988年第一期，頁54。

〔註36〕 麥苟勞克說見〈獸婚故事與圖騰〉，《北京大學民俗叢書》第十六冊《民間文學專號》（台北：東方文化書局，1969年），頁150。繆咏和說見丁義珍〈東海虎皮井傳說探源〉，收錄於《中國民間傳說論文集》（北京：中國民間文藝出版社，1986年8月），頁242。

〔註37〕 岑家梧。《圖騰藝術史》（台北：駱駝出版社，1987年8月），頁29。

〔註38〕 同註37，頁29～30，此外，《後漢書》〈南蠻西南夷列傳〉載夜郎祖先由竹化生，或亦為此一類型之例。

洲各圖騰民族發現尤多，如北美有人蛇結婚、人熊夫婦型傳說；〔註39〕又如《後漢書》〈南蠻西南夷列傳〉所載盤瓠故事爲人與狗結合；及西域民族突厥、高車爲人與狼繁衍之後裔傳說皆是。〔註40〕

　　人與動植物交往而衍生部族的傳說形式在流傳中有了改變，動物不再以其原本面目出現，而變作人形與人結合生子，如雲南白族的虎氏族、熊氏族、蛇氏族、鼠氏族及傈僳族虎氏族、熊氏族傳說，〔註41〕皆是其女祖與變形爲男子之動物結合繁衍。除了動物化身爲男子之外，西非圖騰諸部族獵人與美女動物結婚的傳說亦極多，如與中國田螺女情節類同的栗鼠美女故事；〔註42〕又如婆羅洲土人蜂女的神話；〔註43〕及我國東北鄂溫克族與達斡爾族的狐狸美女傳說，〔註44〕皆是動物變身美女與人類結合的典型。弗雷澤以爲天鵝處女、美女野獸等類型的民間故事或淵源於此。〔註45〕

　　不論是人與動植物直接結合，或是與變形爲人之動植物結合，皆是一種對祖先圖騰的解釋。人直接與動植物結合生人的傳說當是起源於人的尊貴意識尚未發達之前，而白族與傈僳族的各氏族起源傳說，及西非的美女野獸等圖騰傳說，則應是人類將人從動物界分離出來後，對原生族源神話的一種修改。

　　人虎婚姻故事出現的基本前提，當是傳說中已有虎能變爲人的觀念。其衍變基礎之一可能即是來自於前述圖騰信仰中有關人虎結合的氏族起源傳說，這類傳說在漢族記錄並未見載，今所見者，大部份爲少數民族的考察記錄，如前述雲南白族及傈僳族、納西族皆流傳其女祖與老虎變形的小伙子結婚生子故事。

　　至於最重要的衍變基礎當是人的尊貴意識逐漸發展後，人漸漸擺脫原始時代人企圖變成物類以同於物的心態，而變成物類渴望轉化成萬物之靈

〔註39〕見註37，頁31～32。
〔註40〕分見《後漢書》〈南蠻西南夷列傳〉；《隋書》〈突厥傳〉、《魏書》〈高車傳〉。
〔註41〕白族傳說見《中國民間故事全集》九冊（台北：遠流出版社，1989年6月），頁27，傈僳族傳說見一一冊，頁58。
〔註42〕栗鼠美女故事載一獵人獲一栗鼠，栗鼠變身爲婦人料理家事，後爲獵人發現並與之結婚。見註37，頁34。
〔註43〕婆羅洲蜂女人故事與田螺女情節亦類似，見林惠祥，《神話論》（台北：商務印書館，1971年9月），頁105。
〔註44〕周愛明，〈論狐妻故事的生成與發展〉，《民間文學論壇》1990年第五期，頁39～40。
〔註45〕同註37，頁32。

的人形，隨人入世。日本學者西村眞次雖懷疑天鵝處女故事是圖騰主義時代的思想，然其亦以為脫羽衣而沐浴的理由雖不見於故事表層，然白鳥捨棄重荷而發達為人的過程似潛藏於故事之中。〔註46〕

「發達為人」正是動物捨卻獸身，努力進修仙界的中介過程。動物化身人形，乃是因為修成人身之後，方能入道成仙，在修道立場而言，人身是最高等的基礎，佛教雖謂眾生平等，亦強調「人身難得」；道教修道思想亦然，元雜劇《城南柳》楔子中呂洞賓即云：

> 爭奈他土木之物，如何做得神仙？必然成精之後方可成人，成人之
> 後方可成道。〔註47〕

由獸→人→神仙的歷程，可說是意底→自我→超自我的實現，皆是成就另一進層的生命，由物性意識而提昇為人性意識。而不管其是否為有意成仙、超越自我，求得人形和人的意識，大抵是異類共通的意願，這也是六朝大量精怪幻化為人故事出現的原因之一。

精怪化身為人的故事常常以幻化女子為多，周伯乃以為小說中所展示的道德模式和荒謬感，多少與禮教的式微，和儒家的衰落有關，加上胡習的影響和文人原有的優越感所致，這些小說所表現於男女之間的情愛，是既盲目而又專一，且十之八九都是女人專一於男人。文人刻意維護自己的尊嚴，深怕社會指責，故將婚姻以外的愛情，寄託於神仙鬼狐之間。〔註48〕《情史》卷二一云：

> 禽獸草木、五行百物之怪，往往托少女以媚人。其托於男子者，十
> 之一耳。〔註49〕

在人虎婚姻故事中，老虎美女也是主要的變形典型。現存所見有關虎化女子的最早記載為《異苑》〈美女老虎〉一則：

> 晉太元末，徐桓以太元中出門，見一女子，因言曲相調，便要桓入
> 草中，桓悅其色，乃隨去。女子忽然變成虎，負桓著背上徑向深山。
> 其家左右尋覓，唯見虎跡，旬日，虎送桓下著門外。〔註50〕

〔註46〕鍾敬文，〈中國的天鵝處女故事〉，《北京大學民俗叢書》第十六冊，頁69。

〔註47〕元谷子敬撰，《城南柳》，收錄於《元曲選》三四冊（台北：商務印書館，1968年9月），頁3。

〔註48〕見〈古典文學的情愛觀〉，收錄於《古典與現代》（台北：遠景出版社，1979年11月），頁122。

〔註49〕明詹詹外史，《情史》（台北：廣文書局，1982年8月），卷二一，頁21。

〔註50〕劉宋劉敬叔，《異苑》（台北：藝文印書館，百部叢書集成影印學津討原本二

徐桓故事中虎化美女以美色誘人正是六朝精怪變爲美女的普遍典型。李豐楙以爲六朝志怪中動物精怪變男化女，縱其淫欲，除爲當時禮教鬆弛之證外，部份也源於獸姦等不正常性關係的民間傳聞。〔註51〕徐桓故事中言虎妖「負桓著背上徑向深山」情節，即尚有著民間野獸奪婦執夫傳說的遺痕，這類傳說至遲在漢代已流傳於世，漢焦延壽《易林》即言：

> 南山大獲，盜我媚妾，怯不敢逐，退而獨宿。〔註52〕

《神異經》〈中荒經〉亦云：

> 西方深山有獸焉，面目、手足毛色如猴，體大如驢，善緣高木，皆雌無雄，名（曰）綱。須人三合而有子，要路彊牽男人。〔註53〕

南宋周密《齊東野語》〈野婆〉一則亦言此類牝獸每遇男子必負去求合：

> 邕宜以西，南丹諸蠻皆居窮崖絕谷間，有獸名野婆……其群皆雌無匹偶，每遇男子，必負去求合。〔註54〕

徐桓故事與上述記載十分相似，只是虎獸已變形爲人，或許即是此一傳說的人化現象。而後代除了虎變形成人與人婚配外，亦出現人與眞虎結合故事，如《廣異記》〈虎婦〉、《情史》所輯邱高故事等皆是。〔註55〕

徐桓故事的人虎關係尚僅止於露水之歡，亦有眞正具備婚姻模式者，據至今所見資料，此一「動物妻子」故事模式概始見於唐代《法苑珠林》卷五八引〈白澤圖〉云：

> 百歲狼化爲女人，名曰知女，狀如美女，坐道旁告丈夫曰：我無父母兄弟。若丈夫取爲妻，經年而食人，以其名呼之則逃走去。〔註56〕

〈白澤圖〉爲古讖緯書的一種，其成書概本爲原始神話，經兩漢間人加以改造，而盛行於南北朝以後。〔註57〕由白澤圖這類早期狼妻傳說模式，很

二函，1969 年）卷三，頁 4。

〔註51〕李豐楙，〈六朝精怪傳說與道教法術思想〉《中國古典小說研究專集三》（台北：聯經出版事業公司，1981 年 6 月），頁 28。

〔註52〕漢焦延壽，《易林》（台北：藝文印書館，1970 年 5 月），卷一，頁 17。

〔註53〕王國良《神異經研究》（台北：文史哲出版社，1985 年 3 月），頁 112。

〔註54〕見南宋周密，《齊東野語》（台北：藝文印書館，百部叢書集成影印學津討原本二十函），卷七，頁 17。

〔註55〕〈虎婦〉見《太平廣記》卷四三一所引，頁 3500；邱高故事見《情史》，同註49，頁 4。

〔註56〕唐釋道世撰，《法苑珠林》（台北：商務印書館，1975 年 6 月，四部叢刊初編子部），卷五八，頁 699。

〔註57〕高國藩以爲白澤圖之說當與白澤之說一樣是先秦神話的反映，其所以歷來無

容易配合各地域各民族的自然、人文背景及風土民情，而以虎易狼，演變成一個人虎婚姻故事。

今所見人虎婚姻故事中與〈白澤圖〉所載狼妻典型相類者可推《五行記》所記〈袁雙〉一則：

> 晉孝武太元五年，譙郡譙縣袁雙家貧客作。暮還家，道逢一女，年十五六，姿容端正，即與雙爲婦。五六年後，家資甚豐，又生二男，至十歲，家乃巨富。後里有新死者，葬後，此女逃往至墓所，乃解衣脫釧挂樹，便變形作虎，發冢，曳棺出墓外，取死人食之，食飽後，還變作人。有見之者，竊語其婿，卿婦非人，恐將相害。雙聞之不信，經時，復有死者，輒復如此。後將其婿共看之，述知其實。
> 後乃越縣趨墟，還食死人。〔註58〕

袁雙虎妻故事尚保留著〈白澤圖〉狼妻之模式，仍有著妖獸作惡行祟的特質。與此同樣表現虎食人之恐怖特性的人虎婚姻故事，則可以唐代《集異記》〈崔韜〉爲代表。

崔韜故事敘述崔韜在旅遊中借宿仁義館，見一虎獸於中庭脫去虎皮，變成一奇麗嚴飾之美女。崔韜取其獸皮棄藏廳後枯井中，挈女子而歸，並與之結婚生子。後二人重歸故館，井中獸皮衣宛然依舊，其妻取虎皮著身，立化爲虎，跳躑哮吼，食其子與韜而去。〔註59〕

崔韜故事是人虎婚姻類型中流傳最廣者，南宋周密《武林舊事》載宋官本雜劇段數有〈智崔韜艾虎兒〉一本，〔註60〕另《董解元西廂》及關漢卿雜劇《金線池》皆曾引用崔韜逢雌虎之語；〔註61〕而明山西《潞安府志》亦載

撰述者姓名，蓋爲其乃原始人民口頭神話的原因，見〈敦煌本「白澤精怪圖」與古代神話〉，《神話新論》（上海文藝出版社，1987年2月），頁313。另有關白澤圖問題可參見陳槃，〈古讖緯書錄解題（二）〉，《中研院史語所集刊一二本》；林聰明，〈巴黎藏敦煌本「白澤精怪圖」及「敦煌二十詠」考述〉，《東吳文史學報二號》，1977年3月。

〔註58〕見《太平廣記》卷四二六所引，頁3467。
〔註59〕見《太平廣記》卷四三三所引，頁3514。
〔註60〕南宋周密，《武林舊事》（台北：藝文印書館，百部叢書集成影印知不足齋叢書一六函），卷一〇，頁4。
〔註61〕《董解元西廂》卷一〔柘枝令〕言「也不是崔韜逢雌虎；也不是鄭子遇妖狐也」；〈金線池〉楔子言「鄭六遇妖狐，崔韜逢雌虎，那大曲內盡是寒儒，想知今曉古人家女，都待與秀才每爲夫婦」，見《元曲選》三五冊，頁8。

有崞縣崔韜納虎妻故事；〔註62〕湖北《襄陽府志》、湖南《湘潭縣志》及太行山一地皆記載流傳崔生藏虎皮故事，〔註63〕其情節大致相同，唯結局僅載虎妻化虎而去。

另江蘇東海一帶亦流傳〈虎皮井〉故事，故事稍異。明《隆慶海州志》及顧乾《東海志》均有收錄，〔註64〕其中以《隆慶海州志》敘述較詳，而《東海志》文末則附載云「名其井爲虎皮井」：

> 東海城東六里社林山有崔生祠。相傳東海舊多虎患，有叢林社。每歲，里人輸出一小男，於祭禱之日，修飾送廟中，旦往視之，則無，咸以爲化去。輪一老父家，父惟一男，情不能忍，爲之悲慟。有崔生過門，問之，父語其故。生曰：「吾代汝子往，勿憂也。」父大喜，盛爲供具。生曰：「吾性嗜犬，汝殺一完犬饋我，幸矣。」父如其言。里人設酒饌，送生於廟。眾退，生出所殺犬于案，而伏于梁上。至中夜，見有光怪。生窺之，乃一婦人也。解衣，磅礴食所置犬，至醉而臥。生下取其衣，則一虎皮。出廟，以皮投於井，而俟其寤。達明，婦人徬徨不能去，見生，大驚泣，求衣，生謝不知，求爲生妻，遂與同歸。居三年，生二子，自是鄉人不復祭廟，而虎患亦息。一日，復求其衣，生乃告焉。至井求之，皮尚如新，遂服之，化虎而去，生亦不知所終。後人因廟祀崔生爲山神。（隆慶海州志）

東海虎患的存在，是〈虎皮井〉故事得以產生和流傳的地理背景，《太平御覽》即曾云「東海有虎錯，魚皆化虎上岸食人」，由此可知東海虎患之危害當爲當地人所畏懼。〔註65〕〈虎皮井〉故事與崔韜模式十分相似，所不同者

〔註62〕明李中白，《潞安府志》，《山西方志之五》（台北：學生書局，1968年），頁1067。

〔註63〕《湘潭縣志》所載略同《潞安府志》，見曾國荃，《湖南通志》十二冊（台北：京華書局，1967年12月），頁5889。太行山傳說見申雙魚、冀光明編，《太行山裡的傳說》（中國文聯出版公司，1986年4月）。另《古今圖書集成》〈職方典〉卷一一五八引《襄陽府志》亦有崔生藏虎皮故事，袁珂以爲概初本爲小說，而方志所記，不過因景物而成附會。其說見《中國神話傳說辭典》〈虎皮井〉條（台北：華世出版社，1987年5月），頁385。

〔註64〕明鄭復亨《隆慶海州志》，《天一閣藏明代方志選刊五》（台北：新文豐出版公司，1985年），卷八，頁337。另顧乾《東海志》見錄於《嘉慶海州直隸州志》（台北：成文出版社，1970年），卷三一，頁513。

〔註65〕參見《太平御覽》卷八八八引《異物志》：另東海一帶以虎爲山名亦多，見丁義珍，〈東海虎皮井傳說探源〉，《中國民間傳說論文集》（北京：中國民間文藝出版社，1986年8月）頁239。

在前者有輸童男爲祭的信仰；〔註66〕而後者則以食夫食子結尾，在明代方志中已謂〈虎皮井〉乃相傳之說，而二者的地理背景又十分相近。〔註67〕就各地方志記載而言，當是承襲崔韜故事輾轉相傳，可以說凡有虎患的地方，類似崔韜模式的故事就會以各類型態在各地上演著。值得注意的是，《潞安府志》在故事結尾有詩評云「旅館相逢不偶然，人間自有惡姻緣。書生耽色何輕命，四載眞成抱虎眠」，〔註68〕由此類人虎婚姻對照人間之惡姻緣，也許是崔韜故事在流傳中另一種象徵意義的轉化。

在唐代，類似崔韜故事模式者尙有《原化記》〈天寶選人〉及《河東記》〈申屠澄〉，二篇皆是老虎美女與人結婚生子，後披虎皮化虎離去故事，唯二者所強調之思想不同。在〈天寶選人〉中表現了人獸之間階級有別，故事中主角與其虎妻關係破裂的原因即在於二者之間不再平等：

> 妻怒曰：「某本非人類，偶爾爲君所收，有子數人，能不見嫌，敢且同處，今如見恥，豈徒爲語耳！還我故衣，從我所適。」此人方謝以過言，然妻怒不已，索故衣轉急⋯⋯女人大怒，目如電光，猖狂入北屋間尋覓虎皮，披之於體，跳躍數步，已成巨虎，哮吼回顧，望林而往。〔註69〕

如前文所言，異類化身爲人，與人發生關係，乃欲藉著這種結合，提昇其「物格」，成就難得人身，而且是一完整的「人格」。然而，由上述虎妻之言可見在生命的進程中，物類的鴻溝差別仍是不能泯除也無法逾越。在動物妻子故事中，動物化身的妻子皆十分重視自己的身份，如清代《柳崖外編》〈俞俊〉的虎妻言「勿以異類視我則幸甚」；〔註70〕西非〈栗鼠美女〉故事的栗鼠爲獵人所發現後，亦提出條件「從此汝勿稱我爲獸，蓋我已人類矣，若應允則可成夫婦」；〔註71〕另依丁乃通《中國民間故事類型索引》〈其他動物變的妻子〉類型，動物妻子離去的原因也是由於其丈夫或親戚說她是畜牲，使得

〔註66〕丁義珍據虎皮井故事用人祭虎與人虎爲婚之證，以爲其保存有明顯動物崇拜與祖先崇拜遺痕；並據東海叢林社附近東夷人社祭之考古遺跡，推論〈虎皮井〉故事可能不晚於漢，甚且有更早之可能。見註65。

〔註67〕東海〈虎皮井〉故事流傳於江蘇連雲港境內，而〈崔韜〉故事之地點滁州大概位於安徽東北，緊鄰江蘇一帶。

〔註68〕同註62。

〔註69〕見《太平廣記》卷四二七所引，頁3479。

〔註70〕清徐昆，《柳崖外編》（台北：廣文書局，1969年1月），卷八，頁27。

〔註71〕同註37，頁34。

夫妻婚姻關係破裂。〔註72〕凡此這些情節的表層意義皆說明了人獸階級意識的高下，而在深層象徵上，似乎強調了生命與生命之間、丈夫與妻子之間平等而尊重的對待關係。

相對於前述人虎婚姻故事而言，《河東記》〈申屠澄〉與《柳崖外編》〈俞俊〉是此中最富深情，亦最無人獸階級之分者。二篇故事結構略有不同，然表現之情感相似，茲錄〈申屠澄〉一文如下：

> 申屠澄者，貞元九年，自布衣調補濮州什邡尉……路旁茅舍中有煙火甚溫煦，澄往就之，有老父嫗及處女環火而坐，其女年方十四五……舉止妍媚……澄愕然歎曰：「小娘子明慧若此，某幸未昏，敢請自媒如何？」翁曰：「某雖寒賤，亦嘗嬌保之，頗有過客，以金帛爲問……未許……即以爲託……嫗悉無所取，曰：「但不棄寒賤，焉事資貨？」……既至官，俸祿甚薄，妻力以成其家，交結賓客，旬日之內，大獲名譽。而夫妻情義益洽，其於厚親族，撫甥姪，洎僮僕廝養，無不歡心。後秩滿將歸，已生一男一女，亦甚明慧。澄尤敬焉……每謂澄曰：「爲婦之道，不可不知書，倘更作詩，反似嫗妾耳。……澄罷官……過利州……臨泉藉草憩息，其妻忽悵然謂澄曰：「……琴瑟情雖重，山林志自深，常憂時節變，辜負百年心。」吟罷，潸然良久，若有慕焉……復至妻本家，草舍依然，但不復有人矣。澄與其妻即止其舍，妻思慕之深，盡日涕泣，於壁角故衣之下，見一虎皮，塵埃積滿。妻見之，忽大笑曰：「不知此物尚在耶？」披之，即變爲虎，哮吼拏攖，突門而去，澄驚走避之，攜二子尋其路，望林大哭數日，竟不知所之。〔註73〕

在唐代重門第、望族索納聘財的婚姻風尚下，〔註74〕申屠澄虎妻之父嫗竟能捨富貴而不嫌寒門，以異類對比人間，人實不如其有情。而申屠澄與虎妻之間恩愛情深，虎妻且賢慧有德，助夫成家立業，對內和睦親族、對外交

〔註72〕丁乃通，《中國民間故事類型索引》（北京：中國民間文藝出版社，1986 年 7月），頁 112。

〔註73〕見《太平廣記》卷四二九所引，頁 3486。

〔註74〕唐代士族向外通婚時多高掛門第，以求陪門財。《貞觀政要》卷七〈論禮樂〉云：「比有山東崔、盧、李、鄭四姓……每嫁女他族，必廣索聘財，以多爲貴。」另《唐會要》卷八三〈嫁娶〉亦言：「結褵必歸於富室，乃有新官之輩，豐財之家，慕其祖宗，競結婚媾，多納貨賄，有如販鬻。」

結賓客，廣招名譽，此正是一介貧寒士人所追求之理想婚姻模式。唐代小說作者大部份是士人階級的知識份子，其作品亦多借助小說以反映現實生活或某種理想，申屠澄的故事可以說是將對愛情與婚姻的追求體現在人與異類婚姻之上。王夢鷗對此嘗云：

> 人與非人之交涉，按其事雖不離人世男女愛情，然身分不同乃變爲異類相匹偶，如孫恪之與猿女、申屠澄之娶虎妻，雖撰者意在傳奇，但所敷述，不特於異類中深見人情，亦且於人情中隱伏獸性。〔註75〕

情之所在，異族何殊？因爲有情，鬼可變得溫柔，狐可以有美好的人性，而虎也可以具有最眞摯的感情。如申屠澄、俞俊的虎妻，雖爲異類，但卻展現出情深義重的最美好性情。

上述人虎婚姻故事如〈崔韜〉、〈天寶選人〉、〈申屠澄〉、〈俞俊〉等類型可以說是著名的「天鵝處女」故事的翻版，只是主角由天鵝變成老虎而已。日本學者西村眞次以爲天鵝處女故事的本來型態如下：

（一）天鵝脫了羽衣，變成天女（人之女性）而沐浴。

（二）男人（主要的爲獵師或漁夫）盜匿羽衣，迫天女與之結婚。

（三）結婚後，生產若干兒女。

（四）生產兒女之後，夫婦間破裂，天女昇天。

（五）破裂原因，即由於發現了（在前）爲「結婚原因」的被藏匿的羽衣。〔註76〕

在中國，最早所見的天鵝處女故事大概是晉代干寶《搜神記》的〈豫章新喻男子〉。而以此故事爲基型，分化加減而成的故事類型很多，如〈牛郎織女〉、〈白水素女〉、〈田螺女〉等，甚至〈百鳥衣〉故事皆爲此一類型之演變。像這種禽鳥或獸類化爲女子的故事，在中國古代文籍或是民間故事中爲數不少。不過，其他動物在變形爲人間女子時，其變形的方式、過程與結局並不相同，而其中以老虎美女與天鵝處女最爲類似，錢鍾書即以爲〈申屠澄〉、〈天寶選人〉、〈崔韜〉與〈新喻男子〉故事皆相彷彿，唯前三事妻虎，末一事妻鳥耳。〔註77〕

在〈天寶選人〉、〈崔韜〉、〈俞俊〉、〈羅隱秀才〉等人虎婚姻故事中，老

〔註75〕王夢鷗，《唐人小說校釋》下（台北：正中書局，1988年11月），頁2。
〔註76〕據鍾敬文〈中國的天鵝處女故事〉所引，同註46，頁39。
〔註77〕見錢鍾書，《管錐篇》二冊（台北：蘭馨室書齋），頁809。

虎美女也都是被主人翁藏匿了虎皮，無法變回原形，故而被迫與男主人翁結婚，並在發現虎皮後離開。〈申屠澄〉一則雖是出於兩情相悅並女父作主許親，但其結局亦相同。可以說「人虎婚姻故事」其基本型態與天鵝處女故事幾乎相似，只是主角由村夫獵人轉變為士子、天鵝變為老虎；場景由鄉野社會進入文人階層，其主要情節架構歸納如下：

（一）老虎脫了虎皮變成美女。

（二）男主人翁（主要是士人）藏匿虎皮，迫虎女與他結婚。

（三）結婚後生兒育女。

（四）虎妻發現舊時虎皮，披虎皮化虎而去。

在人獸愛情婚姻故事中，狐狸或是其他精怪化為美女迷惑人間男子，皆是毛遂自薦，主動委身追求，而老虎美女、天鵝處女卻是因為失去虎皮、羽衣，而被迫與人結合。鍾敬文認為天鵝處女故事蘊含著禁制思想，女鳥的羽毛或仙女的衣裳被人所藏匿，便不能不受人支配，一直到她重得了羽毛或衣裳，才恢復原來的自由。〔註78〕

如果說原始人類社會的禁制風習仍深映於神話及民間故事裡，相對於羽衣而言，藏匿虎皮也就等於控制了虎妻的自由。虎皮是虎妻為人或為虎的關鍵所在，也是其個人角色轉變的重要表徵，脫掉虎皮後的美女進入另一種生命形式——結婚生子；披上虎皮後則回復本來的身份及自由。

在上述這些故事中，脫皮——變形——結婚——變形——分離是情節推展的五部曲。異類若想與人婚配，必須先經過變形過程，而一旦再度變形，便會破壞原本和諧的婚姻狀態，這種情況反映了變形與婚姻的聯結關係。動物變形為人，身心狀態皆有改變，而在真實的社會裡，人也是要經過一種抽象的心理「變形」，改變自己適應婚姻的角色。這種脫皮變形的思維，與原始巫術及道教再生思想中所謂的蟬蛻、蛇解十分類同，蟬之脫殼、龜之解甲、蛇之脫皮，乃至虎皮之脫卸，皆象徵另一生命的重生，而對女人而言，離開原生家庭，婚姻生活就是進入另一層次的新生命，亦是人生的蛻變。

大陸學者王霄兵、張銘遠則認為在田螺姑娘等故事中，常出現促使變形的強制性行為，當男方抓住女方時採用突襲方式，迫使她不能恢復原形，這種突襲方式帶有一種儀式行為的表演性質，可以說這類故事的蛻變情節並不是簡單的表皮變化，而是整個人的變異與重新塑造，正如成年禮中男性多採

〔註78〕同註46，頁69。

用類似動物變形方式接受考驗，而女性則傾向於儀式化的脫衣、換裝、文面等象徵行為。〔註79〕

在現今的涼山彝族成年禮中，仍盛行著女子換裙儀式，意即換童裙，換裙之後即可開始談戀愛；〔註80〕雲南納西族在男女十三歲所舉行的成丁禮和青年結婚儀式上，巫師則繪一虎圖畫贈給成丁男女和新婚夫婦；〔註81〕而喇氏族（摩梭人）的氏族婚禮，長輩亦通常贈送新娘一張繪成人首虎身的虎皮作為護身符。〔註82〕這些與婚姻相關之儀式，雖尚未確知是否與人虎婚姻中虎女脫蛻虎皮成婚的象徵意義有關，不過，虎在一般民俗信仰上的確是婚姻及生育的象徵標誌，《太平御覽》引《龍魚河圖》曰：「懸虎鼻門上宜官，子孫帶印綬；懸虎鼻阿中，周一年取燒作屑，與婦飲之，二月中便有兒，生貴子，勿令人知之，泄則不驗也。」又曹振峰記載陝西、山西、福建、河南等地皆以虎象徵新婚和生育之喜，〔註83〕而小說中特殊的「虎媒」故事，〔註84〕似乎也可能是此一民俗信仰的反映。

在人與異類互變故事中，異類變形為人的角色多與世俗社會的人物相應，故化身美女便是妖冶性態；而化身男子則多是談經論道的學究型人物，誘惑女性的精怪事例較少，若有者皆是魅淫類型。然而在虎變形男身出現人間的故事中，卻發現了一則與人間女子存有婚姻關係，且異於其他恐怖的精怪娶親故事，其內容情節頗具特色，如《廣異記》〈虎婦〉一則云：

> 唐開元中，有虎取人家女為妻，於深山結室而居，經二載，其婦不之覺。後忽有二客攜酒而至，便於室中群飲，戒其婦云：「此客稍異，慎無窺覰。」須臾皆醉眠，婦女往視，悉虎也，心大驚駭，而不敢言。久之，虎復為人形，還謂婦曰：「得無窺乎？」婦言初不敢離此，後忽云思家，願一歸覲。經十日，夫將酒肉與婦偕行，漸到妻家，遇深水，婦人先渡，虎方褰衣，婦戲云：「卿背後何得有虎尾出？」

〔註79〕王霄兵、張銘遠，〈脫衣主題與成年儀式〉，《民間文學論壇》1989年第二期，頁18～20。

〔註80〕同註78，頁20。

〔註81〕曹振峰，〈中國民藝與中國虎文化〉，《民間文學論壇》1990年第一期，頁26。

〔註82〕同註41，第七冊，〈喇氏族的來源〉傳說中記錄此一習俗，頁181。

〔註83〕見註81，頁26。

〔註84〕虎媒故事遍見於唐代小說，如《太平廣記》卷四二八引《廣異記》〈勤自勵〉、《集異記》〈裴越客〉、《續玄怪錄》〈盧造〉、卷四三一引《原化記》〈中朝子〉等皆是因虎為媒而成婚之故事。

虎大慚，遂不渡水，因爾疾馳不返。〔註85〕

　　虎變人娶妻而長久無異，這種混跡人間的目的似乎並無惡念，只是因爲要存在於人間社會的組織形式，因而冒充人形，符合人所認可的形象。故事結尾記虎夫尚自慚形穢而退，似乎說明了禽獸之不能與人匹配，也強調了人的尊貴意識。在異類婚配故事中，可以發現一個現象，就是動物必須先成爲一個人，方能與人類結合，這種身份是維持二者關係的關鍵所在，也是二者之所以平等的基準點。然而不論是虎妻或虎夫何種人虎婚姻類型，其最後的結局終究逃不過分離一途，此皆在某種程度上說明了「獸之於人不可托以終身，二者階級分明，莫得僭越」的世俗觀念。〔註86〕

　　不過，相對於漢族小說而言，少數民族所記錄的「虎夫型」人虎婚姻故事則較爲特異，除了傈僳族與白族的虎氏族傳說外，湖南苗族民間故事〈稚榜嫁虎〉一則，也是記載女子與變形爲人之虎結婚，所異者爲故事中女主人翁知曉虎夫眞正身份，且二人過著快樂的生活。〔註87〕此一異處除可能爲少數民族祖先圖騰信仰之遺留外，亦表現了民間傳說較活潑的特質及其與文人小說不同的立論觀點。

　　在社會趨向人文化之後，人獸婚題材已不再純粹是圖騰信仰的產物，而轉變成爲了表現主題的需要，通過古代所殘存的傳說遺痕加以幻想作意。「老虎美女」的出現，不外乎牽涉男女情愛，這類異類匹偶的故事似乎即反映著現實人間愛情婚姻的不得意。在傳統社會裡，婚姻有階級身份之限制，特權階級貴族與非特權階級庶族之間劃分極嚴，形成階級內婚制，〔註88〕寒門士子及一般庶民不易高攀貴姓；再加上傳統禮教視媒妁之言爲婚姻正途，不允許男女之間自由戀愛，壓抑了人性最純然眞實的欲望，而不得宣洩調節，因此造成人潛意識中對自我生命的幻想。這類人妖或人鬼之間愛情婚配故事，其實便是人欲望的形象化，表達了人對愛情及生命自由的追求，也藉此一幻想世界來滿足補償人心的渴求與現實的不足。

　　目前所見中國「人虎婚姻」故事數量並不多，而以唐代出現頻率最高，其中亦表現了在重視門第階級婚姻的唐代社會，士人對愛情婚姻的追求。其

〔註85〕見《太平廣記》卷四二七所引，頁3475。

〔註86〕同註75。

〔註87〕同註41，一八冊，頁478。

〔註88〕有關階級內婚制見瞿同祖，《中國法律與中國社會》（台北：里仁書局，1984年9月），頁217～222。

故事結構雖與天鵝處女模式類同，但卻各具時代背景意識，由民間傳說男耕女織的簡單生活型態，走向求名干祿的文人社會，顯映了二個時代的縮影。而故事結尾特別標明虎妻化虎離去的原因是「從我所適」、「山林志自深」的生命態度，更有異於天鵝處女模式及其他異類愛情婚姻故事，而展現出一種對生命自由、婚姻自由的追求意識。

第三節　神力變化或業報變形

一、罪讁化虎

胡適認爲中國古代的宗教有三個主要的成份：一是一個鑒臨下民而賞善罰惡的天；二是無數能作威福的鬼神；三是天鬼與人之間有感應的關係，故福可求而禍可避，敬有益而暴有災。〔註89〕宗教信仰的發生，大多在於人無法掌握生存命運，以爲天地萬物皆由超自然的神鬼力量所主宰，因此而生崇拜敬畏之心，以達求福免禍之目的，而這種期致神明護佑及賜福的表現形式，便是對神祇神靈的祭拜禮祀。

祭祀之風自古即盛，秦漢亦然，據《史記》〈封禪書〉即可見秦併天下後祭祀之盛。漢代各地更是尚好祭祀，〔註90〕漢高祖已重祠祀，至武帝即位，尤敬鬼神，其後諸皇帝亦多篤於祭祀之事，應劭《風俗通義》〈祀典〉即言漢平帝時天地六宗以下及諸小神凡千七百所，〔註91〕祭祀之盛由此可知，而由王充《論衡》對漢代鬼神、祭祀之迷信風俗批判亦可窺之一斑。

世俗一般人對祭祀所抱持的心態皆是爲了求福去禍，以爲神禍福人的關鍵在於祭祀與否，《論衡》〈祀義〉篇即指出這種祭祀觀：

> 世信祭祀，以祭祀者必有福，不祭祀者，必有禍。是以病作卜祟，祟得修祀，祀畢意解，意解病已，執意以爲祭祀之助，勉奉不絕。
>
> 〔註92〕

〔註89〕胡適，《中國中古思想史長編》（台北：胡適紀念館，1971年2月），頁466。

〔註90〕《史記》〈封禪書〉記載：「及秦并天下，令祠官所常奉天地名山大川鬼神可得而序也……至如他名山川諸鬼，及八神之屬，上過則祠，去則已。郡縣遠方神祠者，民各自奉祠，不領於天子之祝官。」另據《漢書》〈地理志〉載陳、楚等地好祭祀、重祭祀可知各地重祭祀之俗。

〔註91〕王利器注，《風俗通義校注》（台北：漢京文化事業公司，1983年9月），卷八，頁350。

〔註92〕漢王充，《論衡》（台北：宏業書局，1983年4月），頁107。

世俗相信神禍福人不是憑依人的善惡德行，而一以祭祀與否為準，對這種只重祭祀而不重修德的迷信觀念，桓寬《鹽鐵論》也提出了批評：

> 古者德行求福，故祭祀而寬，仁義求吉，故卜筮而希。今世俗寬於
> 行而求於鬼，怠於禮而篤於祭，嫚親而貴勢，至妄而信日，聽訛言
> 而幸得，出實物而享虛福。〔註93〕

在祭祀為禍福根源的觀念引導下，人們自然就會產生「不敬其上而畏其鬼，身死禍至，歸之於祟，謂祟未得；得祟修祀，禍繁不止，歸之於祭，謂祭未敬」的心態，〔註94〕因此，凡有不敬神或怠祭者皆會導災致禍。

《史記》〈封禪書〉已有殷帝武乙慢神而震死之說，這種思想反映在六朝小說中，即出現了慢神致禍、欺神遭報的故事。〔註95〕得罪神祇，或招致死亡，或者以變形異類為處罰手段。在人化虎故事中，即出現了被神罪譴變虎的類型，如《異苑》卷五〈觀亭江神〉即記秦時中宿縣有觀亭江神祠壇甚靈異，人經過有不恪者，必狂走入山化虎一事；同書卷八〈神罰作虎〉亦因不敬而得罪神明：

> 晉太元十九年，鄱陽桓闓殺犬祭鄉里綏山，煮肉不熟，神怒，即下
> 教於巫曰：「桓闓以肉生貽我，當譴令自食也。」其年忽變作虎，作
> 虎之始，見人以斑皮衣之，即能跳躍噬逐。〔註96〕

神依人對其禮敬與否而施以賞罰，在此，人化虎的變形是一種冥冥中超自然力量對人懲罰的手段，凡是不符合神的要求即加以懲罰，故人若求神許願，必當信守對神的約誓，否則亦會遭致神罰，如《宣驗記》便記載文處茂許諾出錢給上明寺作功德，後來文處茂違誓不送，因此為流矢所中而死。這種天譴也表現在「人化虎」故事中，如《述異記》〈黃苗〉即是因許願負約而遭神譴為虎：

> 宋元嘉中，南康平固人黃苗為州吏，受假違期。方上行，經宮亭湖，
> 入廟下願，希免罰坐，又欲還家，若所願並遂，當上豬酒。苗至州，
> 皆得如志，乃還，資裝既薄，遂不過廟，行至都界，與同侶並船泊

〔註93〕徐南村釋，《鹽鐵論集釋》（台北：廣文書局，1975年4月），卷六，頁161。
〔註94〕同註92，〈解除篇〉，頁107。
〔註95〕如《宣驗記》〈文處茂〉許願違誓致禍；《錄異傳》〈王更生〉記李高不守廟神之言而遭死亡之懲罰，見《古小說鈎沈》所引。
〔註96〕劉宋劉敬叔，《異苑》（台北：藝文印書館，百部叢書集成影印學津討原本二二函），卷八，頁12。

宿。中夜，船忽從水自下，其疾如風，介夜四更，苗至宮亭，始醒悟。見船上有三人，並烏衣，持繩收縛苗，夜上廟階下，見神年可四十，黃白披錦袍，梁下縣一珠，大如彈丸，光耀照屋。一人戶外曰：「平固黃苗，上願豬酒，邇回家，教錄，今到。」命讁三年，取三十人。遣吏送苗窮山林中，鑷腰繫樹，日以生肉食之。苗忽忽憂思，但覺寒熱身瘡，舉體生斑毛。經一旬，毛披身，爪牙生，性欲博噬。吏解鑷放之，隨其行止。三年，凡得二十九人，次應取新淦一女，而此女士族，初不出外，後值與娣妹從後門出親家，女最在後，因取之。爲此女難得，涉五年，人數乃充。吏送至廟，神教枚遣。乃以鹽飯飲之，體毛稍落，鬢髮悉出，爪牙墮，生新者，經十五日還，還如人形，意慮復常，送出大路。縣令呼苗具疏事，覆前後所取人；遍問其家，並符合焉。髀爲戟所傷，創瘢尚在。苗還家八年，得時疾死。〔註97〕

　　桓闡對神不敬、黃苗對神負約的罪讁化虎，皆可說是緣於一種對宗教任務的疏忽，而此一情節當是在時人祭祀有福，不祭祀則有禍的盲目思想下的產物，也是《論衡》言世人將禍崇歸於「祭未敬」的最好寫照。這種慢神致禍思想，在後代小說仍十分普遍，如宋《夷堅志》所載〈永康太守〉、〈鄂州銅馬〉、〈潭州都監〉等皆因慢神得咎，唯並未見慢神讁虎之例。

　　類此得罪神靈上帝而讁罰爲虎故事如《廣異記》〈費忠〉記所遇之虎即是一例：

大虎獨留火所，忽爾脫皮，是一老人。枕手而寐，忠素勁捷，心頗輕之，乃徐下樹扼其喉，以刀擬頸，老人乞命，忠縛其手而詰問之。云是北村費老，被罰爲虎。天曹有日曆令食人，今夜合食費忠，故候其人。適來正值米袋，意甚鬱快，留此須其復來耳，不意爲君所執。如不信，可於我腰邊看日曆，當知之……。〔註98〕

　　相對於人類而言，化爲異類是一種降格，是一種極大的懲罰，天曹上帝也藉此顯現了其權威與獎懲法則。而除了人會被讁罰爲虎之外，神仙之流人物亦須遵循此一法則的審判，《玄怪錄》卷三〈蕭志忠〉一則即是仙人被譴讁爲虎：

〔註97〕見《古小說鉤沈》所引，頁175。
〔註98〕見《太平廣記》卷四二七所引，頁3474。

　　既至東谷，有茅堂數間，黃冠一人，架懸虎皮，身熱寢……黃冠乃
　　謂使者曰：「憶含質在仙都，豈意千年爲獸身，悒悒不得志。聊爲述
　　懷一章。」乃吟曰：「昔爲仙子今爲虎，流落陰崖足風雨。更將斑毳
　　被余身，千載空山萬般苦。」「然含質譴謫已滿，惟有十一日即歸紫
　　府矣。久居於此，將別不無恨恨……乃書北壁曰：「下玄八千億甲子，
　　丹飛先生嚴含質，謫下中天被斑革。六十萬甲子血食澗飲，廁猿狖，
　　下濁界，景雲元祀升太一。」〔註99〕

　　此篇雖託言神怪，然似隱寓懷抱，由仙而降爲異類，也是現實人間懷才
不遇、不得志的屈身潦落姿態。另《解頤錄》〈峽口道士〉中道士亦自陳其化
虎原因云：

　　吾有罪于上帝，被謫在此爲虎，合食一千人。吾今已食九百九十九
　　人，唯欠汝一人，其數當足。吾今不幸，爲汝竊皮，若不歸，吾必
　　須別更爲虎，又食一千人矣……〔註100〕

　　所謂「有罪於上帝」、「被罰爲虎」等雖不明其罪罰原因究竟爲何，但可
以肯定皆是遭天謫化虎。而此二則故事與〈黃苗〉一般，除被罰作虎外，尚
須聽令神之吩咐食人，成爲神役使的僕人。此類神虎信仰由來已久，婁子匡
以爲「虎爲神役」傳說可追溯至《搜神記》載：「歷陽有彭祖仙室。前世云：
禱請風雨，莫不輒應。常有兩虎在祠左右。」。〔註101〕另在民間信仰中，虎也
是許多神明之座騎，在台灣寺廟中，尚供奉著虎爺，其造型或爲虎像、或爲
人面虎身、或爲虎面人身等，是鎮廟的靈獸，可以驅邪厭煞，維護寺廟內神
明的平安。

　　神役使虎人不一定皆是食人，如《異苑》〈社公令作虎〉一則記載鄭襲化
虎也是成爲神所役使的僕人：

　　晉太康中，滎陽鄭襲爲廣陵太守門下騶，忽如狂，奄失其所在，經
　　日尋得，裸身呼吟，膚血淋漓。問其故，云社公令其作虎，以斑皮
　　衣之，辭以執鞭之士，不堪嗁躍，神怒，還使剝皮，皮已著肉，瘡
　　毀慘痛，旬日乃瘥。〔註102〕

〔註99〕唐牛僧儒，《玄怪錄》（台北：文史哲出版社，1989年7月），卷三，頁65。
〔註100〕見《太平廣記》卷四二六所引，頁3472。
〔註101〕見〈台灣俗文學的研究〉，《北大民俗叢書》五二（台北：東方文化書局，1971
　　　　年）。
〔註102〕同註96，卷八，頁11。

在民間信仰中，虎爲許多神明之座騎，如張天師、保生大帝、土地神等皆是，鄭襲被社公變形爲虎，並役使爲執鞭之士，或許即此一民間信仰之改作。

由上述故事可見此一化虎類型皆與神靈有關，其他如《五行記》〈黃乾〉記其妹過神廟戀慕不肯歸，後遂化虎；又清《述異記》〈老婦變虎〉條記老婦亦是在土地祠中變虎等例，雖皆不明其化虎原因，但似乎亦皆與神靈有關。此一現象，一方面或許是因爲民間有虎爲神役之傳說，一方面或許是因爲「變形」是一超自然之行爲，故這種變形力量的來源也就比較可能歸之於上帝或神鬼等超自然人物。在西洋狼人傳說裡，這種變形也與神靈有關，如亞美尼亞（Armenia）的狼人傳說即言天神若想懲罰某個罪孽深重的女人，便從天上擲下狼皮將她變成狼人，隨同狼群吞吃屍體及孩子，七年後再變回成人。另在諾曼第一地，狼人與中國虎人一般，亦有因不敬神（無神論者）而變狼並且服從神鬼懲罰的現象，〔註103〕此一相似特質，或許皆來自人對神靈崇拜的信仰。

二、廟神化虎

人虎變形故事中人的化虎原因與神靈有關，而虎也常是神靈所化，《廣異記》〈王太〉一則即是神化虎食人：

> 海陵人王太者與其徒十五六人野行，忽逢一虎當路。其徒云：十五六人決不盡死，當各出一衣以試之，至太衣，吼而隈者數四。海陵多虎，行者悉持大棒，太選一棒，脫衣獨立，謂十四人：「卿宜速去。」料其已遠，乃持棒直前，擊虎中耳，故悶倒，尋復起去。太背走惶懼，不得故道，但草中行。可十餘里，有一神廟，宿于梁上。其夕，月明，夜後聞草中虎行，尋而虎至廟庭，跳躍變成男子，衣冠甚麗，堂中有人問云：「今夕何爾纍悴？」神曰：「卒遇一人，不意勁勇，中其健棒，困極迨死。」言記，入座上木形中，忽舉頭見太，問是何客？太懼墮地，具陳始末。神云：「汝業我所食，然後十餘日方可死，我取爾早，故中爾棒，今以相遇，理當佑之。後數日，宜持豬來，以己血塗之。」指庭中大樹：「可繫此下，速上樹，當免。」太後如言，神從堂中而出爲虎，勁躍，太高不可得，乃俯食豬，食畢，

〔註103〕見魯剛主編，《世界神話辭典》（遼寧人民出版社，1989 年 11 月），頁 34。及《ENCYCLOPAEDIA OF RELIGION And ETHICS》（Edited by James IASTINGS），頁 209。

入堂爲人形，太下樹再拜乃還，爾後更無患。〔註104〕

百姓供奉之廟神本應護佑人民身家性命，如今卻反其道成爲殘害人民的惡虎，這類以廟神身份而化虎吃人的故事，可謂十分諷刺，與前述「官吏化虎」類型有異曲同工之妙。故事中所強調因業見食並以巫術手法得脫虎口之情節，則是唐代人虎變形故事所常見之結構。這類廟神化虎故事至元代開始有了改變，《湖海新聞夷堅續志》《廟神化虎》一則載：

> 至元癸已，袁州能嶺村落間路旁有小店，惟一老婦同一子居之。每夜二更餘，有一虎蹲坐於春堂之上。忽一晚，有軍三四人來投宿，婦以虎卻之，眾曰：「我有鎗刀弓箭，不怕他。」乃共宿一房。至中夜，月明，老婦曰：「虎來矣！」眾軍於窗內竊視之，果爾，遂連施數箭。虎帶箭而去。明日眾軍與老婦共隨血路而尋其蹤，乃在一廟判官身上，拔箭而擊碎之，腹中尚有豬犬毛，口角尚有血存，自此虎不復有矣。〔註105〕

同書〈猿爲廟神〉一則則記敘張天師見一新廟翼然，乃問人曰：「此爲何神？爲禍爲福？」由此可見一般人認爲神並非都是福神，亦有作惡多端者，這類廟神虎便是其中代表，在明清筆記小說中亦記載了此類「廟神化虎」故事，轉錄如下：

明《虎薈》卷六云：

> 義興多虎，成化間邵某設機於路，虎過中箭，跡之不獲。明日行山廟，見土偶股間，箭在焉。令聞而毀其廟。又總兵趙輔征廣西蠻，見群虎飲溪中，趙引弓射之，中其魁，帶箭去。明日邏者於古廟中，見神被箭，集脇間，趙神之，新其廟。不若前令之毀爲得云。〔註106〕

神明化虎究竟是神蹟顯零靈，抑或邪祟爲害，似乎見仁見智，清《蓴鄉贅筆》卷一云：

> 三灘人宵某方鋤田，有虎從後博之，田倚山，崖岸絕高，虎勢猛躍出其前，急舉鋤擊之，中虎煩，負痛，不能轉退委去。眾視虎跡所在，躡之，乃入一古廟，座上神像煩間鋤痕宛然，因擊碎之，視其

〔註104〕見《太平廣記》卷四三一所引，頁3499。

〔註105〕無名氏撰，《湖海新聞夷堅續志》（北京：中華書局，1986年5月），後集卷二，頁224。

〔註106〕明陳繼儒，《虎薈》（台北：新文豐出版公司，叢書集成新編第四四冊，1985年1月），卷四，頁74。

腹，得人骨節極多，始知前虎神所化也，遂焚其廟，虎亦絕。〔註107〕

清《咫聞錄》〈布客〉云：

> 從化縣，在廣東省北，地僻山深，有某布客過之，至更許，欲止宿，
> 苦無旅店，忽見林薄中，燈火熒煌，有人衣緋衣，戴金幘，儀仗鮮
> 明，前呼後擁，隊伍整齊，鮀輿而出。客訝不知是何官。客懼不敢
> 行，伏於林中。比曉，問諸土人，皆曰：山中虎神也。欲食人，則
> 脫衣變爲斑虎，大聲嘯吼而前。〔註108〕

人們祭祀求神，虔誠貢獻祭品於大寺小廟，無非是祈禱求福，企求生計、
生命得有保障，然而敬神祭鬼的結果，不但未得神鬼之庇護，神鬼反而變虎
食人。正如上述《咫聞錄》〈布客〉一則文末作者對虎神食人感嘆云：

> 嗚呼！聰明正直爲神，虎欲食人，豈能成神哉？今其出也，儼然赫
> 弈之形，何至脫衣幘而食人。是蓋今之神而有以虎成之者，若古之
> 神，但有降龍伏虎之術矣！

神之所以爲人崇拜祭祀，正是人們企圖藉著超自然、超現實的未知力量，
掙脫突破生命的有限，維護身家所需，保障生命安全，而一向令人信賴依靠
的神明竟亦如凶猛殘暴的吃人虎狼一般危害地方，令人悲憤。

神鬼既不能福佑百姓，人們只有自求多福、自力更生。清筆記小說《香
飲樓賓談》卷一所記〈肉身土地〉的故事便是描述人們在面臨神率獸食人的
生命困境之後，以自我一己的生命勇氣來對抗神力，並企圖依靠自我的力量
來保障鄉里百姓的生命安全：

> 山西宵武縣多虎，村氓被噬者甚眾。城外有土地神祠，相傳虎食人，
> 必先告神，神言某人汝當食，虎始得食，非神命，不敢噬也。有樵
> 夫某，疑其說，宿神祠以覘之。朦朧間，見有虎跪神前求食。神曰：
> 「明日有白鬚老翁，手持竹杖者，命合盡，食之可耳。」虎頓首謝。
> 次日，樵於山中，果見一翁扶藜而至，欲呼止之，忽榛莽間有虎突
> 出，徑前撲翁，樵大呼馳救，已無及矣。夜仍宿於祠，復見一虎跪
> 求如前。神曰：「明日有縞衣婦，肩繃一兒，俱應遇害，汝其食之。」
> 虎又叩謝，樵忿極不能成寐。比曉，集鄰人，告以所見，且至神前
> 數之曰：「爾血食一方，當爲閭閻除害，今率獸食人，人雖死於虎，

〔註107〕清董閬石，《蕁鄉贅筆》（台北：廣文書局，1980年3月），卷一，頁19。
〔註108〕清慵納居士，《咫聞錄》（筆記小說大觀二編六冊），卷一，頁3291。

實死於爾也，何以神爲？」以樵擔斫神像，應手而倒。曰：「此座合
讓吾。」攝衣登座，端坐而逝。村人共相驚異，即漆其身以金裝之，
號爲肉身土地。自樵成神後，邑中虎患遂絕。間有入山遇虎者，亟
呼曰：「土地救我。」虎即搖尾帖耳而去，從未有罹害者。〔註109〕

民間普遍認爲虎食人乃由山神或社神安排，爲了驅除虎害，地方民眾除
了圍捕之外，嚴重者則報請縣令致送官府文書給城隍及山神，請求神明嚴管
虎噬人的惡行，不再傷人危害。〈肉身土地〉的故事反映了人們心中最眞實切
身的想望，人們本欲依靠神明執行公道，除虎保衛生命，無乃神助紂爲虐，
與虎互相勾結。鬼神既不可恃、公道既不可得，人們只有以自己有限的力量
來向現實挑戰。神界的土地神就好比是現實界的地方父母官，對神的期望也
正如對地方官的期許，甚至人們之所以篤尚祭神祀鬼，或許便是在現實生活
得不到父母官之依靠庇護，遂轉而向神界土地求助，而可悲的是求救無門，
只有依靠人民自己的力量成全。這類〈廟神虎〉、〈肉身土地〉的故事情節，
與「官吏化虎」的變形類型雖不同，但其所表現的思想卻皆是對現實政治、
社會變象的不平與諷刺。

三、業報命定化虎

中國古代原本即具有賞善罰惡的報應信念，《易經》〈坤卦文言傳〉即言
「積善之家必有餘慶，積不善之家必有餘殃」。周代以來的天人信仰，即建立
在此「天道無親，唯德是授」之上，唯有德者方能受之於天，《詩經》、《左傳》
中皆表露出這種唯德是依的天道觀，而此一賞善罰惡的公道觀念也一直承傳
下來，〔註110〕並與後來輸入的佛教六道輪迴、因果報應之說相合流，禍福相
報的信仰也因此更加流傳盛行，深植人心。

佛家以爲萬物從業因生，生命依業輪迴六道，即如《佛本行集經》所
云：

或有眾生，從地獄出，還墮地獄。或有眾生，從地獄出，生畜生身。
或有眾生，從地獄出，受餓鬼身。或有眾生，從地獄出，受於人身。

〔註109〕清陸長春，《香飲樓賓談》（筆記小說大觀二編十冊），卷一，頁6130。
〔註110〕《詩經》〈大明〉言「維此文王，小心翼翼。昭事上帝，聿懷多福。厥德不回，
　　　　以受方國。」；《左傳》僖公五年言「鬼神非人實親，惟德是依」；《淮南子》
　　　　〈人間訓〉言「夫有陰德者必有陽報，有陰行者必有昭名」；《說苑》〈雜言〉
　　　　言「凡人爲善者，天報以福；爲不善者，天報以禍」。由此可見先秦兩漢賞善
　　　　罰惡之思想。

或有眾生，從地獄出，受於天身。〔註111〕

諸善奉行，諸惡莫作，一切善惡各有果報，所謂「善惡之報，如影隨形，三世因果，循環不已」，〔註112〕故人當行善修道，方能無墮於三惡道之中，三惡道乃眾惡之報，即地獄、畜生、餓鬼，為善者受善生，而為惡者即受惡生，佛家藉此輪迴之說勸人修道，以解脫輪迴之苦，達到涅槃境界。

漢魏六朝與唐初小說受佛教影響，不僅吸收了許多材料故實，亦使創作往因果報應故事類型發展。〔註113〕這種因果報應題材散見於六朝以後的小說中，其報應方式很多，而「變形」便是其中之一，《幽明錄》〈趙泰〉一則即將佛教變形輪迴之說闡述得十分清楚：

> 趙泰字文和……忽心痛而死……說初死時，有二人乘黃馬，從兵二人，但言捉將去……常在人間，疏記人所作善惡，以相檢校。人死有三惡道，殺生擣祠最重……便聞佛言：今欲度此惡道中及諸地獄人皆令出……復見一城，云：「縱廣二百餘里，名為受變形城。」云：「生來不聞道法，而地獄考治已畢者，當於此城，受更變報。」入北門，見數千里土屋，中央有大瓦屋，廣五十餘步，下有五百餘吏，對錄人名，作善惡事狀，受是變形之路，從其所趨去。殺者云當作蜉蝣蟲，朝生夕死，若為人，常短命；偷盜者作豬羊身，屠肉償人；淫逸者作鵠鶩蛇身；惡舌者作鴟梟鵂鶹，惡聲，人聞皆咒令死；抵債者為驢馬牛魚鱉之屬。大屋下有地房北向，一戶南向，呼從北戶，又出南戶者，皆變身作鳥獸。又見一城，縱廣百里，其瓦屋安居快樂。云：生時不作惡，亦不為善，當在鬼趣千歲，得出為人……〔註114〕

佛家以為人死精神不滅，隨復受形，生時所行善惡，皆有報應。人之為人，獸之為畜、為蟲、為魚、為鳥、為禽，皆各為宿業之造作。而人之所以為人，乃是因數世皆富貴或無惡者，所謂「生在人中復得難得無上之利，善哉純陀，如優曇花世間希有」，〔註115〕佛家看重一個人身，希望人藉此難得之

〔註111〕隋闍那崛多譯，《佛本行集經》，本緣部，大藏經三冊（台北：新文豐出版公司，1983年1月），卷三二，頁805。

〔註112〕若那跋陀羅譯，《憍陳如品餘》，涅槃部，大藏經十二冊，頁901。

〔註113〕西諦，《中國文學中的小說傳統》（台北：木鐸出版社，1985年9月），頁26。

〔註114〕見《古小說鉤沈》所引，頁310。

〔註115〕北涼三藏曇無讖譯，《大般涅槃經卷第二》〈壽命品〉，涅槃部，大藏經十二冊，頁372。

身向善修道，勿再淪於畜牲。在此，人變形爲異類，不再是原始信仰萬物的轉化現象，而是一種懲罰報應。「受變形城」中依各人前世所造業之輕重審判變形，輪迴報應於來生，這種有關因果報應而變形之懲罰，或見諸來生報，或見諸現世報，〔註116〕如《異苑》〈黃秀〉遭天譴變形爲熊即是現世報例。而在六朝及唐代變形故事中也出現了這種宿業見譴爲虎的類型，《齊諧記》〈吳道宗〉條便記載這種冥冥之中的宿業徵應：

> 晉義熙四年，東陽郡太末縣吳道宗，少失父，單與母居，未有婦兒。宗賫不在家，鄰人聞其屋中碰磕之聲；闖不見其母，但有烏斑虎在其屋中。鄉里驚恒，恐虎入其家食其母，便鳴鼓會人共往救之。圍宅突進，不見有虎，但見其母，語如平常。不解其意。兒還，母語之曰：「宿罪見譴，當有變化事。」後一月日，便失其母。縣界內虎災屢起，皆云母烏斑虎。百姓患之，發人格擊之，殺數人；後人射虎中胯，並戟刺中其腹，然不能即得，經數日後，虎還其家故床上，不能復人形，伏床上而死。其兒號泣，如葬其母法，朝冥哭臨之。〔註117〕

吳道宗之母所謂的「宿罪見譴」，雖不明其罪孽原因，然卻寄寓著宿業報應的思想，而其母在一度變虎後，即自知宿業罪譴，當有變化事，由此可見此種變形報應是當代一普遍流行之思想。

然而這種變形惡報的原因究竟爲何？在人化虎故事中提出了一些較具體的業因，如殺生、偷盜、不孝等皆是變形的主因之一。《述異記》〈任考之〉一則即爲殺生化虎例：

> 南康營民任考之，伐船材，忽見大社樹上有猴懷孕，考之便登木逐猴，騰赴如飛。樹旣孤迥，下又有人，猴知不脫，因以左手抱樹枝，右手撫腹。考之禽得，搖擺地殺之，割其腹，有一子，形狀垂產。是夜夢見一人稱神，以殺猴責讓之。後考之生病經旬，初如狂，因漸化爲虎，毛爪悉生，音聲亦變，遂逸走入山，永失蹤跡。〔註118〕

〔註116〕《廣弘明集》卷五載釋慧遠〈三報論〉言：「經說業有三報：一曰現報，二曰生報，三曰後報。現報者，善惡始於此身，即此身受。生報者，來生便受，後報者，或經二生三生百生千生，然後乃受，受之無主，必由於心，心無定司，感事而應，應有遲速，故報有先後。」

〔註117〕見《古小說鉤沈》所引，頁233。

〔註118〕同註117，頁192。

任考之割殺懷孕之母猴，一屍數命，其行可謂殘暴至極，這種凶殘之性正猶如不知仁愛之禽獸一般，實不配再擁有此一受性最靈之人身，天譴化虎乃其罪有應得。

佛家果報說特重好生惡殺，前述〈趙泰〉故事中即言「人死有三惡道，殺生禱祠最重」，另《冥祥記》〈袁炳〉一則亦云：

> 如今所見，善惡大科，略不異也，然殺生故最為重，禁慎不可犯也。
>
> 〔註119〕

佛教視殺生為大惡至極，凡鳥獸蟲魚皆是有情生命，不可濫殺，一旦殺生，即會招致惡報，《廣異記》〈牧牛兒〉故事即敘人殺牛以供賓客，凡食此牛肉之男女二十餘人悉變作虎。〔註120〕另《酉陽雜俎》〈王用〉亦因殺生而罪譴變虎：

> 虢州玉城縣黑魚谷，貞元中，百姓王用業炭於谷中，中有水方數步，嘗見二黑魚，長尺餘，游於水上，用伐木饑困，遂食一魚。其弟驚曰：「此魚或谷中靈物，兄奈何殺此？」有頃，其妻餉之。用運斤不已，久乃轉面，妻覺狀貌有異，呼其弟視之。忽褫衣號躍，變為虎焉，徑入山。時時殺麞鹿，夜擲庭中，如此二年。一日日昏，叩門自名曰：「我用也。」弟應曰：「我兄變為虎三年矣，何鬼假吾兄姓名？」又曰：「我往年殺黑魚，冥譴為虎，比因殺人，冥官笞余一百，今免放，杖傷遍體，汝第視予無疑也。」弟喜，遽開門，見一人頭猶是虎，因怖死……。〔註121〕

王用殺黑魚而遭冥譴為虎，並因殺人而受冥官杖罰，此可謂將死後的審判提前移至今世，將地獄「受變形城」的「變形城」轉換至人間社會，用以警戒人報應之不爽。另《萬曆野獲編》亦曾記載雲南百夷夫婦烹食活魚而俱化虎之說，〔註122〕凡此蓋皆為小說家藉殺生化為禽獸之故事，來勸誡世人勿隨意殺生，以造惡孽。殺生得禍與放生善報是一體兩面之說，主要皆在強調因果報應，勸人存仁行善。

除了殺生，不孝不義也是化虎的變素，《野人閑話》〈譙本〉即載譙本不

〔註119〕同註117，頁522。

〔註120〕見《太平廣記》卷四二六所引，頁3468。

〔註121〕唐段成式，《酉陽雜俎》（台北：漢京文化事業公司，1983年10月），續集卷二，頁214。

〔註122〕明沈德符，《萬曆野獲編補遺》（筆記小說大觀十五編六冊），卷四，頁4103。

孝不義，常毀罵母，後脫衣變虎。〔註123〕另《曠園雜志》〈婦變虎〉一則亦敘述不孝婦變虎：

> 山東有一婦，待姑不孝。一日，老嫗過其門，被服皆線結，光彩奪目。婦見而愛之，欲以己衣相易，嫗竟脫贈，不受其衣。婦取著之，忽變爲虎皮，但頭面猶存。故相里民聞於官，命豢養僧舍，人咸謂不孝之報，繪圖刊行以警世。〔註124〕

故事中不明身份的老嫗是「人化虎」變形力量的支配者，她代表的是冥冥無知中的一種「天理」，一個制裁者的角色，此一超自然的「天理」不會姑息作惡者，在必要時候將賞善罰惡，以昭警世人。這類因不孝變形的事例尚有變牛、變豬、變驢者，〔註125〕此皆是藉人化異類之變形，來象徵人而無情無義即有如禽獸一般。

此外，偷盜同樣也是禽獸劣行之一，其與殺生同屬佛教「十惡業」之一，爲人所不容。〔註126〕《錄異記》〈藺庭雍〉所敘即因偷盜而變虎：

> 吉陽治在涪州南，泝黔江三十里有寺，像設靈應，古碑猶在，物業甚多，人莫敢犯。涪州禪將藺庭雍妹因過寺中，盜取常住物，遂即迷路，數日之內，身變爲虎，其前足之上，銀纏金釧，宛然猶存。
> 每見鄉人，隔樹與語云：「我盜寺中之物，變身如此。」求見其母，託人爲言之，母畏之，不敢往。虎來郭外，經年而去。〔註127〕

藺庭雍之妹因經常盜取寺中之物而變形爲虎，不惟犯了佛教五戒之一的偷盜之戒，〔註128〕亦侵犯了靈應之神，姑且不論此故事是否爲宗教保護獻物之作，然其表層寓意當是勸喻世人莫行偷盜。

此外，在人化虎故事中，亦常以變形爲虎來表現善妒及凶暴婦女的報應，此一現象或者是取老虎凶猛之形象而喻之。民間一般稱凶悍之女人爲「母老

〔註123〕見《太平廣記》卷四三〇所引，頁3496。

〔註124〕清吳陳琰，《曠園雜志》（筆記小說大觀三編十冊），頁6672。

〔註125〕宋洪邁《夷堅志》丙志第八〈謝七嫂〉爲不孝婦化牛故事，另《北東園筆錄四編》記〈逆婦變豬〉、〈逆婦變驢〉二則亦記不孝婦遭變形報應，見梁恭辰，筆記小說大觀一編八冊。

〔註126〕佛教十惡業爲一殺、二盜、三邪婬、四妄語、五惡口、六兩舌、七綺語、八貪、九瞋、十癡。見《華嚴經內章門等雜孔目章》卷三，諸宗部，〈大藏經四五冊〉。

〔註127〕見〈太平廣記〉卷四三一所引，頁3498。

〔註128〕五戒者，一不殺戒，二不盜戒，三不邪婬，四不妄語，五不飲酒戒。見《發心功德品初五戒章》，同註126。

虎」，《遯齋閒覽》〈六虎〉條即謂延平氏姐妹六人皆悍虐殘忍，時號「六虎」。以虎來象徵女人之悍妒，或許即是妒婦、悍婦化虎故事的源始。《夷堅志補卷》第六〈葉司法妻〉即是顯例之一：

> 台州司法葉薦妻，天性殘妒，婢妾稍似人者，必痛撻之，或至於死。葉莫能制，嘗以誠告之曰：「吾年且六十，豈復求聲色之奉，但老而無子，只欲買一妾爲嗣續計，可乎？」妻曰：「更以數年爲期，恐吾自有子。」至期，不得已，勉徇其請，然常生嫉恨，與之約曰：「爲我別築室，我將修道。」葉喜，即於山後創一室使處焉，家人輩曉夕問訊，間致酒食。葉以爲無復故態，使新妾往省之，抵暮不返，乃策杖自詣其處，見門戶扃鑰甚固，若無人居，命僕發關，則妻已化爲虎，食妾心腹皆盡，僅餘頭足，急走山下，率眾秉炬視之，無所睹。時紹興十九年。〔註129〕

殘妒如葉妻者，竟而強烈至化虎食妾，其獨尊獨霸眞可說是「一山難容二虎」之強勢個性寫照，而悍婦的凶惡亦如暴戾的猛虎一般，不僅教人震懾於其虎威之下，亦教人深惡痛絕。《夷堅志》丁志卷一三〈李氏虎首〉載趙生妻化虎云：

> 乾道五年八月，衡湘間寓居。趙生妻李氏，苦頭風痛不可忍，呻吟十餘日。婢妾侍疾，忽聞咆哮聲甚屬，驚視之，首已化爲虎。急報趙，至問其由，已不能言。兒女圍繞捬之，但含淚擁幼子，若憐惜狀。與飲食，略不經目，與生肉，則攫取而食。六七日後，稍搦在旁兒女，如欲啖食，自是人莫敢近。趙昪置空室，扃其戶，日飼以生肉數斤。邀其友樊三官來，告之故，欲除之。樊曰：「不可。李爲人無狀，眾所共知，上天以此示警。若輒去之，殃咎必至。盍與之焚章告天，使得業而死，亦善盡事也。」趙如其言，命道士作靈寶度人醮數筵，李方絕命。生時凶戾狠妒，不孝翁姑，暴其親鄰，趙生不敢校。及是，無人憐之者。〔註130〕

人如果變虎變禽獸可說是淒慘悲哀之下場，而李氏之遭遇卻無人同情，蓋皆因其平日殘妒不孝、凶暴無道，此則故事或許即是藉因果報應來勸喻教化爲婦做人之道。另亦爲業報命定化虎的例子還有唐代〈人虎傳〉李徵的化

〔註129〕宋洪邁，《夷堅志》（台北：明文書局，1982年4月），頁1608。
〔註130〕同註129，頁649。

虎可能是因其放火殺人的報應；《原化記》〈南陽士人〉是天神令使成虎；清代《虞初新志》〈化虎記〉中三子之所以化虎皆是「帝命所驅」，無法逃避。

上述故事皆闡述人變化為虎乃因果報應之天譴，相對地，人之被虎食也是命定之業報，《異苑》〈劉廣雅〉即載虎跨越人畜，獨取劉廣雅而去，《玉堂閒話》〈王行言〉所記亦同。在人虎變形故事中，亦可見虎食人乃天命定之例，如《廣異記》〈費忠〉之命定見食、〈王太〉是業為所食；《原化記》〈柳并〉中虎僧則言「吾非彊害君者，是天配合食之」。由此知虎之食人並非濫食，而是天曹令食，此一現象與民間對虎不隨便食人信仰頗為相符。然而在上述這些唐代故事中並未說明罪報之因，宋《夷堅志》〈荊南虎〉中亦未強調命定見食之因，至清《閱微草堂筆記》則藉神虎以人之姿態告誡世人：

> 其鄉有極貧棄家覓食者，素未出外，行半日則迷路……忽一人自林中出，三四人隨之，並猙獰偉岸，有異常人。心知非山靈，即妖魅，度不能隱避，乃投身叩拜，泣訴所苦，其人惻然曰：「爾勿怖，不害汝也，我是神虎，令為諸虎配食料。待虎食人，爾收其衣物，即自活矣……且告曰：「虎不食人，惟食禽獸，其食人者，人而禽獸者耳。大抵人天良未泯者，其頂上必有靈光，虎見之即避；其天良漸滅者，靈光全息，與禽獸無異，虎乃得而食之。頃前一男子，凶暴無人理，然攘奪所得，猶恤其寡嫂孤姪，使不飢寒，以是一念靈光，煜煜如彈丸，故虎不敢食。後一婦人棄其夫而私嫁，尤虐其前妻之子，身無完膚，更盜後夫之金，以貽前夫之女……以是諸惡，靈光消盡，虎視之非復人身，故為所啗……」〔註131〕

虎之食人全依人所閃現之靈光而定，而靈光的存滅則在於人之良心。人而無天良人理，便是禽獸，而虎所食者即是此「禽獸」，而非「人」。此篇故事深刻地強調了人獸之別不在外在形體，而全繫於內在人心。

在上述故事中，人因業報被貶謫為虎；人之被虎食也是因淪為禽獸，二者顯然皆是一種地位的降低，這種身份的降低，對身為「萬物之靈」的人類而言是一種諷刺與警示。《論衡》〈無形〉篇嘗語：

> 天地之性，人最為貴，變人之形，更為禽獸，非所冀也。〔註132〕

佛家以為人身難得，成為人類是累世修來之福，人之品性、地位皆高於

〔註131〕清紀昀，《閱微草堂筆記》（台北：大中圖書公司，1984年1月），頁162。
〔註132〕同註92，頁14。

異類，所謂「一失人身難可追復，畢此一形常須警察」。〔註133〕佛教明信因果關係，認為因緣相假，方成變化。人之所以違常反態變形，皆是因一己行為有負神祇、道德有虧，才會淪為異類。殺生、偷盜、不孝、殘妒皆表現了人之寡情無義，人而無德，正有如禽獸。「變形」在此是一超自然的懲罰力量，也是一超現實之正義執法。在因果報應的道德審判中，人一旦行惡違義，即會「顯形」，無所遁逃於天地之間。透過「變形」，人得以對比觀照人獸之別，並反省惕勵自己免於墮落為禽獸。

四、僧道與虎的變形

在人虎變形故事中，另一個特殊的變化角色，即是虎妖在人間的變身形象為僧人或道士。《五行記》〈蕭泰〉：

> 梁衡山侯蕭泰為雍州刺史，鎮襄陽，時虎甚暴，村門設檻，機發，村人炬火燭之，見一老道士自陳云：「從村丐乞還，誤落檻裡。」共開之，出檻即成虎，奔馳而去。〔註134〕

《茅亭客話》〈虎化為僧〉條：

> 武都人姓徐，失其名，以商賈為業。開寶初，往巴蓬興販，其路危峽，猿徑鳥道，人煙杜絕，猛獸群行，村氓皆於細路中設檻阱以捕之為常矣。時徐至一村安泊，中夜報云：機發。村人炬火照之，見一老僧困憊，在阱中，自陳曰：「夜來入村教化，迴誤落檻中，望諸檀越慈悲解救。」村氓輩共愍，開檻而出之，躍跳數步，成一巨虎，奮迅騰躍而逝。斯畜也，以人言誘喻村氓，得脫其難，亦智矣。〔註135〕

上述兩則故事與《搜神記》〈亭長〉情節相同，只是檻中虎所變的角色，一為亭長；一為僧人道士而已。裝機設檻，必是虎暴為害，虎變作人間角色是為了要合乎一個人間社會組織所認同的形式、一個同樣也是虎害的「被害者」以脫嫌疑，因此它冒充作人的形象。然而奇怪的是，虎變化為人為何不變作尋常老百姓，而是僧道的身份？由此可見虎與僧道的形象似乎有著密切的關聯，這是一個十分特別的現象。葉慶炳以為大概因僧道多數住在山中廟宇或道觀，而老虎也是山林之物，因此小說家很容易將二者聯想在一起。〔註136〕《廣異

〔註133〕同註112。
〔註134〕見《太平廣記》卷四二六所引，頁347。
〔註135〕宋黃休復，《茅亭客話》（台北：藝文印書館，百部叢書集成影印琳琅秘室叢書本二函），頁9。
〔註136〕葉慶炳，《談小說妖》（台北：洪範書店，1983年5月），頁27。

記》〈石井崖〉亦爲虎化道士例；另《傳奇》〈馬拯〉則爲虎化老僧、僞裝面目
伺機食人故事：

> 唐長慶中，有處士馬拯性沖淡，好尋山水，不擇嶮峭，盡能躋攀。
> 一日居湘中，因之衡山祝融峰，詣伏虎師，佛室內道場嚴潔，果食
> 馨香，兼列白金皿於佛榻上，見一老僧眉毫雪色，朴野魁梧，甚喜
> 拯來，使僕挈囊。僧曰：「假君僕使，近縣市少鹽酪。」拯許之，僕
> 乃挈金下山去，僧亦不知去向。俄有一馬沼山人亦獨登此來，見拯，
> 甚相慰悦，乃告拯曰：「適來道中，遇一虎食一人，不知誰氏之子。」
> 說其服飾，乃拯僕夫也，拯大駭。沼又云：「遙見虎食人盡，乃脱皮，
> 改服禪衣，爲一老僧也。」拯甚怖懼，及沼見僧曰：「只此是也。」
> 拯白僧曰：「馬山人來云，其僕使至半山路，已被虎傷，奈何？」僧
> 怒曰：「貧道此境，山無虎狼，草無毒螫，路絶蛇虺，林絶鴟鶚，無
> 信妄語耳。」拯細窺僧吻，猶帶殷血。向夜，二人宿其食堂，牢扃
> 其户，明燭伺之，夜已深，聞庭中有虎，怒首觸其扉者三四，賴户
> 壯而不隳……遂詐僧云：「井中有異。」使窺之，細窺次，二子推僧
> 墮井，其僧即時化爲虎……二子悸怖，遂攀緣而上，將欲人定，忽
> 三五十人過，或僧、或道、或丈夫、或婦女、歌唫者、戲舞者，前
> 至弴所，眾怒曰：朝來被二賊殺我禪和，方今追捕之，又敢有人張
> 我將軍，遂發其機而去……獵者重張其箭……果有一虎哮吼而至，
> 前足觸機，箭乃中其三班，貫心而踣，逡巡，諸倀奔走卻回，伏其
> 虎，哭甚哀曰：「誰人又殺我將軍？」二子怒而叱之曰：「汝輩無知
> 下鬼，遭虎齧死，吾今爲汝報仇，不能報謝，猶敢慟哭……忽有一
> 鬼答曰：「都不知將軍乃虎也，聆郎君之說，方大醒悟。」就其虎而
> 罵之，感謝而去。〔註137〕

《傳奇》一書係唐代裴鉶所著，其文篇旨多崇道教而抑浮屠，盧錦堂《太
平廣記引書考》云：

> 晁公武稱鉶書所記，皆神仙詭譎事云云，今考其遺文，其中賣弄
> 詩文，表述怪異諸篇，蓋爲作者早期之作，用以投獻公卿之門，
> 其旨但在作意好奇，迨至高駢幕下，涉獵道書漸廣，且阿駢之所
> 好，其作不僅侈述靈境靈蹟而表其仰慕之忱，且泛言服食修煉之

〔註137〕見《太平廣記》卷四三〇所引，頁3493。

事矣。〔註 138〕

　裴鉶好道，作品專崇道士神仙，因此，〈馬拯〉篇以虎化僧爲主題或即其抑浮屠之證，王夢鷗〈傳奇校補考釋〉一文亦云：

> 馬拯篇言「虎化爲僧而噬人」，頗愜作者信奉道教而嫌惡僧徒之旨
> 趣。〔註 139〕

　佛教自印度西傳中國初始，本依附於中國道教方術信仰，因此湯用彤認爲佛教在漢代本視爲道術之一種，其流行之教理行爲，與當時中國黃老方技相通，〔註 140〕上流社會偶因偏好黃老之術，而兼及浮屠。〔註 141〕待佛教勢力漸盛之後，脫離黃老及方術獨立門戶，大有凌駕道教之上，於是佛道二家起而爭勝，據葛兆光說，道教嘗編《老子化胡經》倡言老子西遊化胡成佛，而兩派亦相較教義、儀式、功德之優劣，互相詆毀攻擊對方，〔註 142〕甚至不惜用政治力量壓抑打擊，造成宗教迫害。〔註 143〕

　唐代佛道二教教徒仍時生鬥爭，武后聖歷元年即曾下詔令制止這種現象，唐大詔令卷一一三〈條流佛道二教制〉云：

> 佛道二教同歸於善，無爲究竟，皆是一宗。比有淺識之徒，競於物我，
> 或因懟怒，各出醜言，僧既排斥老君，道乃誹謗佛法，更相訾毀，務
> 在加諸，人而無良，一至於此。且出家之人，須崇善行，非聖犯義，
> 豈是法門，自今僧及道士，敢毀謗佛道者杖，即令還俗。〔註 144〕

〔註 138〕盧錦堂，《太平廣記引書考》（政治大學中文研究所七十年博士論文），頁 385。

〔註 139〕王夢鷗指出《傳奇》二十七篇中譽及神仙道士者多而敘及僧尼者少。如馬拯篇敘僧人乃虎而冠者；孫恪篇敘僧人之聾瞶不靈，皆未嘗張皇其靈異。而高昱篇敘儒道釋三教之人皆爲水怪所吞，雖對僧道一視同仁，然後仍賴勾鱉道士爲之除害，則其興道抑僧，意頗顯豁。見《唐人小說研究》（台北：藝文印書館，1971 年 12 月），頁 76、89。

〔註 140〕湯用彤謂漢代佛教既爲道術之一，因之自亦常依附流行之學說，自永平年中，下至桓帝約有百年，釋家之傳教者繼續東來，唯譯事未興，多由口傳，中國人士僅得其戒律禪法之大端，及釋迦行事教人之概略，於是乃持之與漢土道術相擬。見《漢魏兩晉南北朝佛教史》（台北：駱駝出版社，1987 年 8 月），頁 108～120。

〔註 141〕《後漢書》卷四二〈楚王英傳〉言楚王「誦黃老之微言，尚浮屠之仁祠」；另卷三〇〈襄楷傳〉上桓帝疏言「又聞宮中立黃老、浮屠之祠。此道清虛，貴尚無爲，好生惡殺，省欲去奢」。

〔註 142〕參見葛兆光《道教與中國文化》（台北：東華書局，1989 年 12 月），頁 158～160。

〔註 143〕詳論參見註 140，頁 531～545。

〔註 144〕見宋敏求編，《唐大詔令集》（台北：鼎文書局，1972 年 9 月），頁 587。

　　由皇帝親自詔告天下，可見唐代佛道其爭劇烈之情形。而在許多故事中也明白顯示出佛道爭勝之內容，六朝志怪小說如《宣驗記》〈史雋〉、《冥祥記》〈孫道德〉等篇已啓釁端，至唐宋二代小說，則亦可見許多狐仙化為菩薩、僧人受人供養，並由道士收妖故事，如《紀聞》〈葉法善〉；《廣異記》〈汧陽令〉、〈代州民〉皆是，至於其他動物變化道士、僧人故事亦十分常見，唯未見收妖情節。〔註145〕此大概皆是佛教與道教敵對情緒的隱喻。雖然前述虎化僧人、道士故事並無明顯收妖之情節，然小說家在創作之時，或亦可能受其思想及成見影響，有意假小說以寄筆端，故藉噬人的老虎來影射異教徒，借此詆毀之。

　　此外，佛道二種勢力的對抗亦表現於法力競爭之上。譬如《廣異記》〈稽胡〉及《解頤錄》〈峽口道士〉皆敘述人命定見食，因機緣巧遇變形為道士的虎君，虎君遂教其免於被虎食方法。另《原化記》〈柳并〉條故事情節與此類同，只是主角變形為一僧人。〔註146〕在此類故事中，道士或僧人一變其噬人作惡的面目，而為救苦救難角色，此或許也是佛道爭勝下的另一種作品表現，企圖以解人危難，征服危害民眾的邪魔惡鬼形象，使人們相信佛法無邊或道術高強而崇奉之，類此免於虎害之故事，或許即是虎患為暴地區，佛道二教所創作的宣教之說。

　　另清代筆記小說《居易錄》則記載虎化僧人受人齋食之故事，似有其內在象徵涵義：

> 汀州丘舉人，長厚人也，年七十餘。一日夢神告曰：「明午有五僧到門化齋，可厚待之，或索酒肉，恣予勿靳。」次日晨起，如其言，治具亭。午果有僧五人至，齋之，未足，又出酒肉，令恣食，僧喜，逡巡出一籍，示丘曰：「吾嚮者試君耳！人言君長者，良然，君名在此籍，否者厄矣。」遂去，丘遣人尾之，至林簿間，五僧皆化為虎，咆哮而去。〔註147〕

　　虎化僧人受百姓供養、恣食酒肉，可謂十分諷刺。《湧幢小品》嘗記錄一則〈僧道之妖〉，將率徒受人供養奉獻之僧稱為僧妖、率徒施道術治病之道士稱為道妖。〔註148〕所謂妖怪，無疑都是指人所畏懼的無形的妖魔鬼怪，它會

〔註145〕如《太平廣記》卷四四〇引《稽神錄》為鼠化道士；卷四四三引《瀟湘錄》〈王祜〉為鹿化道士；卷四四五引《宣室志》〈楊叟〉為猿化胡僧。
〔註146〕參見本文第三章第四節〈巫術與法術變形〉。
〔註147〕清王士禎，《居易錄》（筆記小說大觀十五編八冊），卷一二，頁5057。
〔註148〕明朱國禎，《湧幢小品》（筆記小說大觀二二編七冊），卷二二，頁5073。

侵擾人的生活，甚至奪人性命。因此，人們寄託宗教信仰，希冀神明可以幫助他們除魔去妖，免於生命的威脅。而作爲神的使者——僧人與道士，自然成爲人們崇仰或信任的對象，然而其竟也是虎妖化身，令人不勝嘆惋。另一則〈僧化虎〉故事所敘更是引人深思：

> 康熙乙丑正月，有僧九人衣異色衣，從餘杭化緣入臨安、於潛、昌
> 化，盡化爲虎，爲害甚酷，三邑嚴捕，卒不可得。四月間，於潛山
> 中茅菴之頂，一虎坐化石上，居僧不知，登山遇而墮崖，幾斃，獵
> 者視之，則已死矣。舁送縣官，此後虎患漸息……九僧，臨安化虎
> 者三，昌化四、於潛二。〔註149〕

這一則故事十分特別且引人注意，故事中說化緣的僧人化虎危害地方，而且不是其中某一個特別的個人化虎，而是一群僧人至各地「盡化爲虎」，這種非單一特例的變形現象，似乎蘊含了相當的諷刺意義，是否是在反諷一般寺廟的和尚不事生產，只是到處化緣乞求人民救濟，活像是吃人老虎一般。類此虎化僧道或僧道化虎的故事或許皆事出有因，除了前述佛道爭勝背景及小說作者的主觀意識有關外，也可能是小說家藉此變形藝術創作寓言小說，用以寓含某些如惡虎吃人的社會現象，反映現實人世。

第四節　巫術與法術變形

在人類早期文化中，皆普遍存在著不同程度的巫術心理與巫術活動，巫術被廣泛地運用在初民的外在生活及內在心理等各層面之中，通過巫術行爲的心理意識及有形的活動，充分反映出人類進程中一種思想、文化的表現。

人類學學者馬凌諾斯基認爲巫術無所謂起源，不是誰創造或發明的，所有解釋巫術存在的故事並不是巫術的起源傳說，從人類學上所謂「永不停止創造萬物時代」以來，就有巫術存在了。〔註150〕巫術，在國際上用 Magic 表示，在中國則以「做法」或法術相稱。廣義的巫術，包括巫師所進行的所有活動，也包括人們自身崇信巫鬼、講究禁忌、進行占卜等心理及行爲，如護身符、避邪物的使用等，可以說某些企圖影響神鬼、影響人、影響自然及生

〔註149〕清車軒主人輯，《述異記》（筆記小說大觀三編十冊），頁669。
〔註150〕馬凌諾斯基著，《巫術、科學與宗教》（台北：協志工業叢書出版公司，1989
　　　　年元月），頁53。

活所使用的方法和手段，皆可謂屬於巫術的範疇。〔註151〕因此，巫術它已不僅僅是一種行為觀念，甚且也是一種認識形式和文化現象，在中國，它不僅影響了宗教文化信仰，在政治歷史、文學藝術上亦多所影響。

在宗教信仰上，中國土生土長的道教便繼承和發展了中國民間巫術的巫法、巫技，道士們所善於進行的呼風喚雨、畫符念咒、驅妖趕鬼等活動及其進行方法，基本上就是一種巫術。〔註152〕至於巫術與文學的關係則因道教與巫術的結合，而多表現為道教與文學的關係，魯迅在論《中國小說歷史的變遷》中即指出「六朝人視一切東西，都可成妖怪，這就是巫底思想」；〔註153〕另其在《中國小說史略》亦云：

> 中國本信巫，秦漢以來，神仙之說盛行，漢末又大暢巫風，而鬼道
> 愈熾；會小乘佛教亦入中土，漸見流傳。凡此，皆張皇鬼神，稱道
> 靈異，故自晉訖隋，特多鬼神志怪之書。〔註154〕

六朝志怪小說變形、變化思想的充斥，無疑是與中國久蓄的巫術信仰有關，巫術既成為人們認識形式和文化現象，因此，在小說中除了有意宣傳張皇巫道之外，也有許多現象是無意而自然流現的，可以說巫道的信仰已融入人們的心髓之中，影響著一般人的生活，而人們也相信並且實踐著。在人虎變形故事中，這類巫術信仰亦顯現其中，包括人化虎或虎變人的變形手段，及其他避邪護身之方法，都可看出相關的巫術心理與巫術活動。

一、幻化變形

在巫術中，執行巫術的巫者具有許多神奇的法術，變形便是其中一種，林惠祥在其所著《文化人類學》〈巫覡〉一章中論及巫覡的能力云：

> 至於具有最靈敏最狡猾的頭腦，自稱是能通神祕之奧者則成為神
> 巫，即運用魔術的人。原始的民族信這種人有能力以對付冥冥中的
> 可怖的東西。有時這種人也自信確能這樣。這種人的名稱有很多種，
> 依地而異，或稱巫（wizard）、覡（witch），或稱禁厭師（sorcerer），

〔註151〕張紫晨，《中國巫術》（上海三聯書店，1990年7月），頁58～59。
〔註152〕張紫晨謂：「在道教的完整體系中，繼承和發展了中國民間巫術的巫技、巫法。巫覡的祀神儀式、巫術中的法器，均為道教所發展和運用。特別是驅鬼避邪、捉妖治蠱、呼風喚雨、招魂送亡，更成為道家極常見的活動。」見註151，頁270。
〔註153〕魯迅，《漢文學史綱》（台北：風雲時代出版社，1990年11月），頁12。
〔註154〕魯迅，《中國小說史略》（台北：谷風出版社），頁45。

或稱醫巫（medicine man），或稱薩滿（shaman），或稱僧侶（priest），或稱術士（magician），名稱雖不一，實際的性質則全同，所以這裡把他們概稱爲巫覡，巫覡們常自稱能呼風喚雨，能使人生病並爲人療病，能預知吉凶，能變化自身爲動植物等，能夠與神靈接觸或邀神靈附身，能夠用符咒法物等作各種人力所不及的事。〔註155〕

「變身」是巫術中重要的一項法力，通過變形，巫覡才能上天入地，溝通神靈，施法除妖。在人虎變形故事中，表現這類法術變形特質最明顯者，當推《搜神後記》卷四〈虎符〉故事：

> 魏時，潯陽縣北，山中蠻人有術，能使人化作虎，毛色爪牙，悉如眞虎，鄉人周眕有一奴，使入山伐薪，奴有婦及妹，亦與俱行。既至山，奴語二人云：「汝且上高樹，視我所爲。」如其言，既而入草。須臾見一大黃斑虎從草中出，奮迅吼喚，甚可畏怖，二人大駭，良久還草中，少時復還爲人，語二人云：「歸家愼勿道。」後遂向等輩說之。周尋得知，乃以醇酒飲之，令熟醉，使人解其衣服及身體，事事詳悉，了無他異，唯於髻髮中得一紙，畫作大虎，虎邊有符，周密取錄之。奴既醒，喚問之。見事已露，遂具說本末云：「先嘗于蠻中告糴，有蠻師云有此術，乃以三尺布、數升米糈、一赤雄雞、一升酒，授得此法。」〔註156〕

故事中周眕之奴以「虎符」化虎的變形方法，正是巫術施符唸咒以行超自然能力的運用模式。而此一變化法術也是神仙道士的特殊能力，葛洪《抱朴子》言「幻化之事」即達九百多種，〈對俗篇〉云：

> 若道術不可學得，則變易形貌，吞刀吐火，坐在立亡，興雲起霧，召致蟲蛇，合聚魚鱉，三十六石立化爲水，消玉爲粕，潰金爲漿，入淵不沾，蹈刃不傷，幻化之事，九百有餘，按而行之，無不皆效，何爲獨不肯信仙之可得乎！〔註157〕

從巫覡、方士到道士，其所施行的各種法術五花八門，道教揉合了變易形貌、坐在立亡等幻術、法術、神通變化，而成就了玄之又玄、機巧百出的道術法門。這些神通廣大、出神入化的法術，反映於六朝志怪小說，便敷演

〔註155〕林惠祥，《文化人類學》（台北：商務印書館，1981年9月），頁328。
〔註156〕晉陶潛，《搜神後記》（北京：中華書局，1988年1月），頁28。
〔註157〕晉葛洪，《抱朴子》（台北：里仁書局，1981年12月），內篇卷一七，頁40。

成種種神奇故事，就幻化變形而言，即可見隱形變化及幻術變化傳說之跡。

隱形變化的傳說如《搜神記》卷一一記左慈化羊，及《搜神後記》卷一敘丁令威化鶴等皆是，另葛洪《神仙傳》卷五記欒巴化虎亦是此類變化形體之例：

> 欒巴者，蜀郡成都人也。少而好道，不修俗事。時太守躬詣巴，請屈爲功曹，待以師友之禮。巴到，太守曰：「聞功曹有道，寧可試見一奇乎？」巴曰：「唯。」即平坐，卻入壁中去，冉冉如雲氣之狀，須臾，失巴所在，壁外人見化成一虎，人並驚，虎徑還功曹舍，人往視虎，虎乃巴成也。〔註158〕

神仙道士移形易貌變爲禽獸六畜，皆隨意立變而成，其變化只是一時變化之跡，並非永遠爲虎爲羊，而是變化自如。凡神仙皆具有此「隱形以淪於無象，易貌以成於異物，結巾投地而兔走，鍼綴丹帶而蛇行」〔註159〕之變形能力，變形成爲修道成仙之必要條件。這種變化之術是可以成就的，《抱朴子》〈黃白篇〉云：

> 夫變化之術，何所不爲。蓋人身本見，而有隱之之法。鬼神本隱，而有見之之方。能爲之者往往多焉……至於飛走之屬，蠕動之類，稟形造化，既有定矣……及其倏忽而易舊體，改更而爲異物者，千端萬品，不可勝論，人之爲物，貴性最靈，而男女易形，爲鶴爲石，爲虎爲猿，爲沙爲黿，又不少焉。至於高山爲淵，深谷爲陵，此亦大物之變化，變化者，乃天地之自然，何爲嫌金銀之不可以異物作乎。譬諸陽燧所得之火，方諸所得之水，豈有別哉！蛇之成龍，茅摻爲膏，亦與自生者無異也，然其根源之所緣由，皆自然之感致。
> 〔註160〕

葛洪認爲變化乃天地自然之現象，即使受性最靈的人亦可改變形體，或化虎、或爲猿，皆可倏忽更易舊體，轉形爲異物，這種變易形體觀念，或許即是受原始宗教崇拜及巫術信仰的影響。

除古之仙人擅於神化變形，一般修眞高隱者流亦可變化，《搜神記》卷一四載滎陽縣南蘭巖山常有雙鶴，即爲歸隱此山之夫婦所化；又《幽明錄》亦

〔註158〕見《太平廣記》卷一一所引，頁75。
〔註159〕同註157，頁45。
〔註160〕同註157，〈黃白篇〉，頁259。

記巴東有道士化爲白鷺一事，《列仙傳》《趙廓》故事即是道流修鍊獲致神通，
而能隱形變幻之例：

> 武昌趙廓，齊人也。學道於吳永石公。三年，廓求歸，公曰：「子道
> 未備，安可歸哉？」乃遣之，及齊行極，方止息。同息吏以爲犯法
> 者，將收之。廓走百餘步，變爲青鹿，吏逐之，遂走入曲巷中，倦
> 甚，乃蹲憩之。吏見而又逐之，復變爲白虎，急奔，見聚糞，入其
> 中，變爲鼠。吏悟曰：此人能變，斯必是也，遂取鼠縛之，則廓形
> 復焉，遂以付獄，法應棄世。永石公聞之，歎曰：「吾之咎也。」乃
> 往見齊王曰：「吾聞大國有囚，能變形者。」王乃召廓，廓按前化爲
> 鼠，公從坐翻然爲老鵰，攫鼠而去，遂飛入雲中。〔註161〕

趙廓變鹿、變白虎，爲明顯之法術變化，這種變化正如葛洪所言可倏忽
變化、隨意轉形，其特徵皆是暫時性的。另一則出自《集異記》〈王瑤〉故事
亦可解釋爲修道者變化之例：

> 漢州西四十五里，有富叟王瑤，所居水竹園林，占一川之勝境，
> 而往來之人多迂道以經焉，既至，瑤心盡誠接待。有賣瓦金石生
> 者常言住在西山，每來必休於此，積十數年，經五日一至。瑤密
> 異之，外視其所買，又非山中所用者，一日，瑤伺其來，因竭力
> 奉之，石亦無媿，近晚將去。瑤曰：「思至生居，爲日久矣，今者
> 幸願階焉。」石生曰：「吾敝土窮山，不足爲訪。」瑤即隨行十數
> 里，暝色將起，石生曰：「爾可還矣。」瑤曰：「竊慕高躅，願效
> 誠力，但生所欲，皆可以奉，所以求知其居焉。」石生固辭，瑤
> 追從不已，石生忽以拄杖畫地，遂爲巨壑，而身亦騰爲白虎。哮
> 吼顧瞻，瑤驚駭惶怖，因蒙面匍匐而走，明日再往，曾無人跡。
> 自是石生不復經過矣。〔註162〕

石生拄杖畫地成壑，與《抱朴子》所謂「執杖即成林木，畫地爲河」〔遐
覽篇〕之道術一般，而其身騰化變形爲白虎，也是道教化形飛禽走獸之術，
由此見一般修道者與神仙俱能幻化變形。

幻化變形的傳說與觀念，除了有本土巫術外，亦有西來之幻術。中國自
漢代以後，經張騫、班超的開疆拓土，中土與西域之交通日漸頻繁，西域的

〔註161〕見《太平廣記》卷七六所引，頁476。
〔註162〕同註161，卷四三三所引，頁3513。

民俗風物自亦隨著輸入。《後漢書》〈南蠻西南夷列傳〉曾記載漢安帝永寧元年，撣國王雍由調遣使朝賀，獻樂及幻人，自言為海西（大秦）人，能「變化吐火，自支解，易牛馬頭」，〔註163〕由此可知西來的幻人皆善於「奇幻儵忽，易貌分形，吞刀吐火，雲霧杳冥」〔註164〕之幻術。《拾遺記》亦記載扶婁國之人善於變化：

> （周成王）七年。南陲之南，有扶婁之國。其人善能機巧變化，易
> 形改服，大則興雲起霧，小則入於纖毫之中，綴金玉毛羽為衣裳。
> 能吐雲噴火，鼓腹則如雷霆之聲。或化為犀、象、師子、龍、蛇、
> 犬、馬之狀。或變為虎、兕，口中生人，備百戲之樂，宛轉屈曲於
> 指掌間。人形或長數分，或復數寸，神怪欻忽，衒麗於時。樂府皆
> 傳此伎，至末代猶學焉，得粗亡精，代代不絕，故俗謂之婆猴伎，
> 則扶婁之音，訛替至今。〔註165〕

扶婁之國位在南陲之南，究竟是何國不可確知，但以地理位置而言可能位在今東南亞。由這些記載可見域外人士及道士所行之神通幻術，無所不能，尤其是易形變容，而化形各種生物等更是蔚為奇觀。除了人能幻化變形為虎之外，亦有以法術攝制猛虎，將虎變形為人並加以驅使者：

> 貴州僧結菴龍虎山下，嘗赴齋市人家，倩四僕肩輿以行，至即從主
> 人求密室，閉僕其內，加扃鐍，戒勿與食。主人念僕遠來，不當令
> 枵腹，俄聞咆哮，走視之，皆虎也。驚悸毛竦，爭來言，僧但微笑。
> 齋罷，啟鐍喚出，依然僕也，遂舉輿去。蓋始以法攝制山中虎耳。
>
> 〔註166〕

在此事例中，虎變人不是物老成精，幻化人形作怪，純粹是一種奇能異術使然。這種法力，可以使生物之間互相變化，也可使無生物變化生物，如《搜神記》記葛仙公「吐飯成蜂」；《神仙傳》言玉子能以木瓦石為六畜龍虎；黃初平能使白石化為羊；《拾遺記》記天毒國道人可以化為老叟嬰兒；乃至後來唐人小說《板橋三娘子》使人變驢等，皆屬幻術變化題材，胡樸安即曾記

〔註163〕見《後漢書》卷七六〈南蠻西南夷列傳〉（台北：洪氏出版社，1975年9月），頁2851。

〔註164〕張衡，〈西京賦〉，《增補六臣註文選》（台北：華正書局，1980年9月），頁57。

〔註165〕晉王嘉，《拾遺記》（台北：木鐸出版社，1982年2月），卷二，頁53。

〔註166〕明王穉登《虎苑》（台北：新興書局，廣百川學海本，1970年7月）。此則與宋洪邁《夷堅志補遺》〈龍虎康禪師〉一則類似。

錄四川金川夷人幻術能變鬼法，或男子、或婦女，變形作羊豕騾驢之屬，囓人至死，吮其血，有些類似歐洲吸血鬼及狼人現象等。學其術者，授咒日誦之，漸能變化，自後或貓或狗，隨其意為之，以盜竊人財物。〔註167〕這種變化形象的法術，神仙掌握了它，可以隨意變化，逍遙宇宙；若是妖魔或小人掌握了它，則能掩蓋本來面貌，更易於行世騙人；而凡人掌握了它，善者運用其術完遂理想，惡者則利用此術而逞其私欲，行不法之事，如唐代傳奇《板橋三娘子》等。

　　相對於因果報應中人被罪謫為虎的類型而言，法術變形是一種暫時性、隨意性，甚且是趣味性的；而因果報應中的「人化虎」故事，則多是永久性、強迫性，甚至是可悲的。在法術變形中，變虎不是懲罰力量，而只是一種魔術性質的神奇力量。

二、虎皮變形

　　神仙道士易形變貌之變化法術，可說十分神奇，而除了自然變身、施符禁咒、服食仙丹神藥以變易形體外，還有一種是屬於巫術性質的「冒披動物皮」變形法。

　　披動物皮而變形的觀念可能是來自於原始信仰及儀式，在圖騰崇拜中，人與圖騰被相信是可以互相轉化的，這種轉化有時便是通過圖騰動物皮而完成，如以虎為圖騰的彝族，其族人相信死後以虎皮裹屍火化，才可化虎回歸圖騰。法國學者列維·布留爾亦曾就初民的圖騰服飾問題說過：

> 某些人每次披上動物（如虎、狼、熊等）的皮時，就要變成這個動物。對原始人來說，這樣的觀念是徹頭徹尾神秘的。他們對於人類變成老虎時是否不再是人，或者老虎重新變成了人是否就不再是老虎這個問題是不感興趣的，他們感興趣的首先是和主要是使這些人在一定條件下擁有同時為老虎，和人所「共享」的那種神秘能力。
>
> 〔註168〕

　　對原始人而言，披上動物皮就具有了那種動物的屬性，也就可能變成這個動物，或者使自己與動物關係更加親密，這在圖騰信仰中表現尤其明顯。

〔註167〕見胡樸安，《中華全國風俗志》（台北：啓新書局，1968年1月），下篇卷六，頁67。

〔註168〕列維、布留爾著，《原始思維》，轉引自高明強，《神秘的圖騰》（江蘇人民出版社，1989年8月），頁124。

　　此外，披動物皮也可能是由古代宗教儀式所流傳下來。張光直在探討商周銅器上動物紋樣意義時認為，在商周早期，神話中動物的功能，是發揮在人的世界與祖先及神的世界之溝通上。〔註169〕從卜辭可知，商代的占卜乃是藉動物骨甲為媒介，與死去的祖先溝通消息，藉著動物的助力，人達到與神靈溝通的目的。動物是巫覡在溝通生死世界時一個重要助手，中國滿族薩滿教的薩滿在進入「入迷」以至於「出神狀態」時，其靈魂常須憑藉這些靈異動物的神力，突破阻礙，俾能昇天入地。〔註170〕

　　動物的骨甲有靈力，動物的皮亦具備這樣的特性，古代巫者在施行巫術時，便常穿著由動物皮所製作的神衣、神帽、神裙、神鞋等衣飾，藉以達到通靈作用。在巫術信仰中，披上動物皮不僅可得動物助力，甚且亦象徵著幻化為某種動物，具有那種動物的神力，故其披上動物皮飾後，便跳著獸舞或是模倣動物的動作，像一隻真正的動物一般。張光直《中國青銅時代》引佛爾斯脫研究云：

> 與人和動物品質相等這個觀念密切相關的另一個觀念是人與動物之間互相轉形，即自古以來就有的人和動物彼此以對方形式出現的能力。人與動物之相等性又表現於「知心的動物朋友」和「動物夥伴」這些觀念上；同時，薩滿們一般又有動物助手。在由薩滿所領帶的祭儀上，薩滿和其他參與者又戴上這些動物的皮、面具、手套其他特徵來象徵向他們的動物對方的轉形。〔註171〕

　　在原始宗教儀式信仰裡，人和動物的轉形是可以透過戴動物皮而完成，此一理論或許可以藉以說明傳說故事中披動物皮變形的原始思想背景。

　　歐洲斯堪地那維亞及日耳曼狼人傳說中，以為狼人是一種幻化為狼形的人，這種改變是人藉著一張狼皮而變形，稱做「狼皮變形者」（skin-changer）。除了狼皮，也可戴狼皮帶或狼皮手套等，這些物飾都有魔術象徵。日耳曼民間傳說以為「狼皮變形」者每到夜晚即披上狼皮，出來危害人畜；白天則將

〔註169〕參見張光直，〈商周神話與美術中所見人物與動物關係之演變〉及〈商周青銅器上的動物紋樣〉，收錄於《中國青銅時代》（台北：聯經出版事業公司，1987年8月）。

〔註170〕同註169，張光直引芝加哥大學耶律亞德的研究及中國滿族薩滿宗教詩歌證明動物是巫覡溝通神靈之助手。

〔註171〕張光直以為佛爾斯脫的研究雖是針對中美洲的薩滿教意識，然其認為亦適用於中國早期文明，如商周祭祀用器的動物形象等皆是此一信仰之殘存。見《中國青銅時代》第二集（台北：聯經出版事業公司，1990年11月），頁135～138。

狼皮收藏起來。〔註172〕

　　在中國人虎變形故事中，與歐洲「狼皮變形」思想邏輯相同，披虎皮也是一種常見的變形方式，虎皮是變人或變虎的重要關鍵，人披虎皮可以變虎，虎脫卸虎皮則亦可以成人，同時，與歐洲傳說一般，虎皮平常也是收藏著，等待要用時方取虎皮變虎，甚至虎皮還有各式各樣，材質及大小不同，可以裁剪補綴，而這種虎皮皆具有魔術力量，一般人類披戴之後，即可變成真正的老虎，有的故事敘述披虎皮後即具有虎的能力；有的故事則是需經過剪撲、嘯吼、博噬的學習後方能像真虎一般。

　　人披虎皮可以變虎的例子，在小說中始見於六朝志怪小說《異苑》〈神罰作虎〉中言桓闓以斑皮衣之，即能跳透噬逐；〈鄭襲〉條亦言社公以斑皮衣之，鄭襲即化為虎。《高僧傳》〈僧虎〉則是記敘僧人戲披虎皮，最後形體卻化為真虎。

　　唐代小說中人披虎皮變虎的代表為《傳奇》〈王居貞〉，故事敘述王居貞衣虎皮即能變虎歸家，並且在無意識下以虎的角色噬食其子；《廣異記》〈荊州人〉則是被倀鬼陷害，以虎皮冒身因而變虎。《五行記》〈黃乾〉故事所敘述的變形亦與虎皮有關：

> 梁末，始興人黃乾有妹小珠，聘同縣人李肅。小妹共嫂入山採木實，過神廟，而小珠在廟戀慕不肯歸，及將還，復獨走上廟，見人即入草中……見廟屋有火，二人向火炙衣，見神床上有衣，少間，聞外有行聲，二人惶怖，入神床屏風後，須史，見一虎振尾奮迅，直至火邊，自脫牙爪，捲其皮，置床上，著衣向火坐，肅看乃小珠也……少日又成虎……〔註173〕

　　黃乾之妹化虎原因並不明確，唯其過廟戀慕不肯歸，則其化虎似乎與神靈有關，是受到神明責罰為虎抑或是成為神明僕役，不得而知。而黃乾之妹化虎後，脫卸虎皮即又可成人，可謂亦屬於「虎皮變形」。另外其他故事亦是因罪謫變化成虎後，以虎皮作為變身之法。如：

　　《解頤錄》〈峽口道士〉云：

〔註172〕參見魯剛主編，《世界神話辭典》（遼寧人民出版社，1989 年 11 月），頁 110。
　　　　及《ENCYCLOPAEDIA of RELIGION And ETHICS》（Edited by JAMES HASTINGS），頁 208。
〔註173〕見《太平廣記》卷四二六所引，頁 3470。

> 見一道士在石床上而熟寐，架上有一張虎皮，其人意是變虎之所，
> 乃躡足，于架上取皮，執斧衣皮而立。道士忽驚覺，已失架上虎皮。
> 乃曰：吾合食汝，汝何竊吾皮？……吾有罪於上帝，被謫在此爲虎，
> 合食一千人……吾今不幸，爲汝竊皮，若不歸，吾必須別更爲虎……
> 遂於船中，依虎所教待之，遲明，道士已在岸上，遂拋皮與之，道
> 士取皮衣振迅，俄變成虎，哮吼跳躑……〔註174〕

《廣異記》〈費忠〉云：

> 大虎獨留火所，忽爾脫皮，是一老人，枕手而寐……云是北村費老，
> 被罰爲虎，天曹有日曆令食人，今夜合食費忠……老人曰：君第牢
> 縛其身附樹，我若入皮，則不相識……忠與訣，上樹，擲皮還之，
> 老人得皮，從後腳入，復形之後，大吼數聲，乃去。〔註175〕

《原化記》〈柳并〉云：

> 河東柳并爲監察御史，入嶺推覆，將一書吏隨行……屋上見一領虎
> 皮，吏懷其書，並取皮，杖劍而去，行未數里，見一胡僧從後來趁，
> 呼之曰，且住……我以衣爲饟之耳，吏如言登樹，投皮與僧衣之，
> 便作虎狀，哮吼怒目，光如電掣……良久，復爲人形。〔註176〕

上述三則故事結構十分相似，皆是人竊虎皮，使其不得變虎食人，遂助人得脫虎口之情節。由故事中可知虎皮是變形之道具，皮可脫可披，披之爲虎，脫之則爲人。披上虎皮後因不再是人，故失去人的意識，即〈費忠〉故事中所謂「我若入皮，則不相識」。

唐代以後人披虎皮化虎故事較少，多是敘述人直接變形爲虎，明陸粲《說聽》記寧波陳十三老人經年病瘋，後忽蒙虎皮夜出，化虎噬食人畜；及清管世灝《影談》〈虎變〉記敘虎獸披脫虎皮變形及主角吳君衣虎皮撲殺仇人復仇故事，則爲少數之例。

至於本來爲虎，後脫虎皮變人的例子，則可以「人虎婚姻」類型的虎妻爲代表，如《集異記》〈崔韜〉、《原化記》〈天寶選人〉、《河東記》〈申屠澄〉、《柳崖外編》〈俞俊〉等皆是，故事中的老虎美女在變爲人與人成婚生子後，又披上虎皮化虎而去。這類「人虎婚姻」類型故事中的「虎皮」，與「天鵝處

〔註174〕同註173，頁3472。
〔註175〕見《太平廣記》卷四二七所引，頁3474。
〔註176〕見《太平廣記》卷四三三所引，頁3511。

女」類型故事中的「羽衣」，皆是異類變形爲人的關鍵媒介物，明顯具有一些巫術性質。另宋《夷堅志》亦記載一則虎脫皮變人故事：

> 建炎間，荊南虎暴甚，白晝搏人，城外民家，多遷入以避。張四者，徙居甫畢，未及閉門，而虎突然遽至，急登梁喘伏，虎未之見也。升堂脫其皮，變爲男子，長吁而呼曰：「吾奉天符取汝，汝安所逃死邪！」遍歷室內及居側林莽間尋之。張度其已遠，乃下取所留皮，縛置梁上。日暮虎還，視皮，失之矣……應之曰：「還皮易耳，汝即食我，奈何？」曰：「我雖異類，不忍負信，豈有相誤理！」張指示之，則遽往拈筆，勾其名，張乃擲皮下，虎蒙於體，復故形，哮吼奮迅，幾及于梁……虎忽跳出，不反顧，明日……言昨日夜大雷，震死一虎。〔註177〕

此則故事與前述唐代小說記載虎將食人，而皮爲人所奪之故事相同。在此，虎脫皮變人，蒙上虎皮又立即變爲虎，其變形不受限制，隨時隨地披上虎皮即可變化，與《傳奇》〈王居貞〉中的虎道士白晝爲人，夜晚則披虎皮化虎食六畜不同。

上述「虎皮變形」故事，不管其本來是人或是眞虎，一旦有虎皮在身，即是吃人的老虎，此可說是一種巫術心理的反射。這類變形故事由六朝肇其端，至唐代大盛，六朝志怪小說除上述所舉《異苑》二則故事外，餘並未見，而唐代除了形體直接變化外，類此間接性的「虎皮變形」故事出現頻率頗高，此一現象可能與外來性的影響在唐代特別凸顯有關，唐代是佛教影響中國世俗化生活的重要時代，包括虎皮變形類型可能即受佛教其他引進故事影響，六朝吸收此類外來故事，至唐代而特別發展，後代小說則承襲前代變形方式，依創作需要編設，或是倏忽變化，或是間接變形。這類虎皮變形的思維模式並非憑空想像，除了可能是前述人藉動物皮即可達到人與動物轉形的巫術信仰遺留外，亦可能受佛教故事遺聞之影響。此外，某些「虎皮變形」故事的角色皆與道士有關，因此令人懷疑虎皮之脫卸或與道教蟬蛻、蛇解之變化思維與信仰有關。

在人虎變形故事中，小說家藉此虎皮來表現另一種變形方式，也藉虎皮之披戴與脫卸來做爲人獸變形的象徵暗喻手法，如清《影談》〈虎變〉故事即是藉虎皮變形來諷刺人獸之別之佳例。

〔註177〕宋洪邁，《夷堅志》（台北：明文書局，1982年4月），頁1586。

此外，在人虎變形故事中除了具有巫術性的變形外，尚可見巫術信仰之遺跡，如前述「虎皮變形」故事〈峽口道士〉中記道士教人免於被虎食的脫困方法即屬巫術信仰：

> 剪髮及鬚鬢少許，並剪指爪甲及頭面並腳手及身上各瀝少血二三
> 升，故衣三兩事裹之……將此物拋與吾取而食之，即與食汝無異也。
> 〔註178〕

以故舊衣物裹人之髮鬚爪與人血即可代替人身，所謂「與食汝無異」，此正是原始交感巫術的信仰。

弗雷澤在《金枝》中提出巫術所賴以建立的思想原則有二：第一是同類相生或果必同因；第二是物體一經互相接觸，在中斷實體接觸後還會繼續遠距離的互相作用。前者可稱之為「相似律」；後者可稱作「接觸律」或「觸染律」。基於相似律的法術叫做「順勢巫術」或「模擬巫術」；基於接觸律或觸染律的法術叫做「接觸巫術」。〔註179〕

根據這個界說來考察，則將發現舉凡人身體的部份，及其所接觸使用過的東西，均與人有感應魔力，如〈峽口道士〉所說的故舊衣物及髮、鬚、爪等物。

古代以色列人也認為頭髮是生命力的象徵，《雲笈七籤》亦指出髮爪是人靈魂的代表：

> 凡梳頭髮及爪，皆埋之，勿投水火，正爾拋擲，一則敬父母之遺體；
> 二則有鳥曰鵂鶹，夜入人家取其爪髮，則傷魂。〔註180〕

髮、鬚、爪既是人生命靈魂的象徵，依照交感巫術的律則，它們便也成為人類生命的替身，〔註181〕這種例子最有名者可推《呂氏春秋》〈順民篇〉所記載商湯禱雨事件：

> 昔者湯克夏而正天下，天大旱，五年不收，湯乃以身禱於桑林，曰：
> 「余一人有罪，無及萬夫。萬夫有罪，在余一人。無以一人之不敏，

〔註178〕同註174。

〔註179〕〔英〕詹‧喬‧弗雷澤，《金枝》（北京：中國民間文藝出版社，1987年6月），頁19。

〔註180〕張君房，《雲笈七籤》（台北：商務印書館，四部叢刊初編子部，1975年6月），頁332。

〔註181〕髮鬚爪被用為本人的替代品，江紹原言：「人身上這幾件東西在剪除下來之後所受的良或不良的待遇，既然不但能影響到與它們直接有關的身體部份，而且能影響到全身。」見江紹原，《髮鬚爪——關於它們的風俗》（上海文藝出版社，1987年12月），頁73。

使上帝鬼神傷民之命。」於是翦其髮、酈其手，以身爲犧牲，用祈

福於上帝。民乃甚説，雨乃大至。〔註182〕

　　商湯「剪髮斷爪，以己爲牲」，其所以具有人牲之功能，即在於髮爪爲人

身之一部份，是生命的替身。這種髮鬚爪可代替人身的民俗心理與巫術信仰，

表現於小說中，便成爲人謀求自身生命安全、解決困境的方法。

　　除了髮鬚爪之外，血亦具有巫術魔力，在一般人們觀念裡，血亦是生命、

靈魂的象徵，具有咒術性力量的神秘性質。〔註183〕因此，在人虎變形故事中，

命定見食的人多依靠這種「血象人生命」的巫術力量，而得以免於被虎食的

危險。

　　《廣異記》〈王太〉：

　　　後數日，宜持豬來，以己血塗之……乃俯食豬……爾後更無患。

　　　　〔註184〕

　　《原化記》〈柳并〉云：

　　　不如以小術厭之……用劍自刺少血塗一單衣投之，我以衣爲禳之

　　　耳……子免矣，乃遣去，竟無患焉。〔註185〕

　　《續子不語》〈劉老虎〉云：

　　　汝可自行咬破手指，且染吾票上，更易姓名，遠徙他鄉……大漢出

　　　洞門，就地一滾，化爲老虎。〔註186〕

　　巫術是人類企圖對環境或外界作可能控制的一種行爲，它是建立在某種

信仰或信奉的基礎上，〔註187〕人類幻想依靠這種超自然的力量來達到某一種

具體目的，得到心理上的補償與寬慰，從而在精神上得到紓解，使自己的厄

難得以消除，願望得以實現，在這些人虎變形故事中，命定見食的人皆以巫

術而免於被虎食的危機，此也許是在虎患爲害地區，人們冀望免於死亡的投

射心理的表現。

〔註182〕陳奇猷，《呂氏春秋校釋》（台北：華正書局，1985年8月），卷九，頁479。

〔註183〕血肉之中具有動物的鬼魂或精靈的信仰十分普遍，如愛沙尼亞人及北美印第

　　　　安人不嘗鮮血，其相信血中含有動物靈魂與生命。見註179，頁339。

〔註184〕見《太平廣記》卷四三一所引，頁3499。

〔註185〕同註176。

〔註186〕清袁枚，《續子不語》（台北：新興書局，筆記小說大觀二編九冊），頁5854。

〔註187〕張紫晨以爲巫術是幻想依靠某種力量或超自然力，對客體施加影響與控制。

　　　　嚴格地說，它並不把要被施加影響的客體神化，向其屈服或求告，而是用人

　　　　的主觀行爲力圖對其施加影響和控制，見註151。

第五節　靈魂精氣之變化

一、靈魂的移易

一般人相信生命是由軀體與靈魂組成，靈魂並不一定永遠跟隨著形體，有時也會離體而去，如平常的睡眠、失神昏迷或是生病狀態即為靈魂暫時的離體，而死亡則是永恆的離體。

靈魂一旦離開身軀，人就會有「失魂落魄」後的不正常行為或是身體欠安而生病，古代人們相信人之所以異常，是因為妖魔鬼怪攝走或拘留人的魂魄，中國人一般即將人的昏迷與痙攣視為是喜愛活捉人靈魂的惡鬼所為，〔註 188〕因此，一般人總是小心敬慎地護持者自己的靈魂，因為靈魂是生命的根源。

靈魂既可以離體，也就可以寄存體外，弗雷澤說由許多民間故事可知許多民族都有「靈魂寄存於體外」的觀念，即以為靈魂可以在或長或短的時間裡寄存於體外某一安全地方，如寄存於自己的頭髮或是草木、動物之中。北美納瓦霍人有一則「姑娘變的熊」故事，說姑娘從草原狼那裡學會了變化為熊的本事，每當出發戰鬥之前，她總是先藏起她的心肝五臟，使任何人都不能殺死她。〔註 189〕

類此「靈魂寄存體外」的故事很多，〔註 190〕他們將自己的生命同無生命的物體及動植物互相交感地聯系在一起，人與靈魂寄存物禍福與共，動植物如果死亡，人也隨之死亡。這種信仰建立於人的靈魂可以進入到別人身上或動植物身上，也就是說二者之間可以形成一種神祕關係。歐洲條頓族（日耳曼族）即認為狼人是一個人的靈魂徘徊流浪於狼形裡；馬來人的虎人傳說相信死去巫師的靈魂會進入虎身；印度則有人四個靈魂中的一個會變成老虎的傳說。〔註 191〕

不論是人的靈魂被拘攝，或是靈魂幻化為各種動物，當人的靈魂不再存於人體時，人會是怎樣的一種面貌？人還是「人」嗎？《茅亭客話》裡記載

〔註 188〕靈魂被魔鬼誘劫的心理至今仍存於民間信仰之中，如民間現尚有「收驚」、「收魂」之儀式。有關此一事例參見弗雷澤，《金枝》（北京：中國民間文藝出版社，1987 年 6 月），頁 272～280。

〔註 189〕同註 188，頁 958。

〔註 190〕靈魂寄存體外的觀念十分普遍，全世界許多民間故事也反映此一心理現象，如印度、北歐等地皆有此類故事，參見弗雷澤所搜集之記錄，同註 188，頁 942～958。

〔註 191〕參見《ENCYCLOPAEDIA of RELIGION And ETHICS》，頁 210、501。

一則人觀畫虎而化虎的故事，似即「遊魂爲變」（易繫辭上傳）的一個例子：

> 靈池縣洛帶村民郝二者，不記名，嘗說其祖父以醫卜爲業，其四遠
> 村邑請召，曾無少暇。畫一孫眞人，從以赤虎，懸於縣市卜肆中，
> 已數歲，因及耄年，每日顒坐，瞪目觀畫虎，終日無倦，自茲不見
> 畫虎則不樂。孫兒輩將豆麥入城貨賣，收市鹽酪，如不協其意，則
> 怒而詬罵，以至杖撻之，若見畫虎，則都忘前事，人有召其醫療，
> 至彼家見有畫虎，即爲之精志，親戚往還，亦只以畫虎圖障爲餉遺
> 之物。如是不數年間，村舍廳廚寢室，懸掛畫虎皆遍，鄉黨皆以畫
> 虎所惑。有老兄見其耽好怪，而責之曰：「汝好此物何謂乎？」答云：
> 「常患心緒煩亂，見之則稍閒焉。」因是說：「府城有藥肆養一活虎，
> 曾見之乎？」曰：「未也。」因拜告其兄，求偕至郡，既見後，頓忘
> 寢食，旬餘方誘得歸。自茲一月入城看虎再三矣。經年唯好食肉，
> 以熟肉不快其意，即啖生肉，凡一食，或豬頭，或豬膊，食之如梨
> 棗焉，如是兒孫輩皆恐怯，每入城看活虎，孫兒相尋見，則以杖擊
> 迴。至孟蜀先生建偽號之明年，或一日夜分，開莊門出去，杳無蹤
> 跡，有行人說夜來一虎，跳入羊馬城內，城門爲之不開半日，得軍
> 人上城射殺，分而食之，其祖父不歸，絕無耗音，則化爲虎者是也。
> 遂訪諸得虎肉食者，獲虎骨數塊，將歸葬之。〔註192〕

在這則故事裡，可以明顯看出郝二祖父的化虎是一種漸變的歷程。在整
個變虎過程中，主要是他在觀畫虎後心魂先有了轉變，即所謂「不協其意則
怒而詬罵以至杖撻」、「常患心緒煩亂，見之則稍閒」的狀態。而在看到眞正
的生虎後，便開始蘊蓄著好食生肉的禽獸之魂，最後，作爲「人」的靈魂游
離喪失，成爲靈魂與形體俱爲禽獸的眞虎。

所謂人而無心，也就是說人喪失了人寶貴、最可以自傲的靈魂，郝二祖
父的化虎也許正諷刺了人一旦失去聖潔的靈魂，即不成其爲人，而會淪爲畜
牲、野獸。

郝二祖父觀畫虎而化虎，可見畫虎像魔力之大，卡西勒在《語言與神話》
一書云：

> 對於神話和魔法思維來說，並不存在諸如單純的圖像之類，每一

〔註192〕宋黃休復，《茅亭客話》（台北：藝文印書館，百部叢書集成影印琳琅秘室叢
書本二函），頁7。

個意象都具體表象它的對象，亦即它的「靈魂」、它的「鬼魂」的「本性」……廟宇中的神象表象它所表象的那個神的精神，從遠古時代起，埃及人就一直認為，每一尊雕象和形象都含有內在的精神。〔註193〕

在一些民間信仰中，認為肖像包含了本人的靈魂，因此，一般人不願隨意讓人畫像，凡維妙維肖的畫像皆有靈，《名畫記》記張僧繇畫龍點睛，龍即乘雲騰空而去；又《酉陽雜俎》記韓幹畫馬通靈，宛如真馬，此皆可謂「精微入神在毫末，作繢造物何同功」。〔註194〕林登《續博物志》〈黃花寺壁〉記元兆與畫妖的對話適可為此作一註解：

> 兆令前曰「爾本虛空，而畫之所作耳，奈何有此妖形？」其神應曰：「形本是畫，畫以象真。真之所示，即乃有神，況所畫之上，精靈有憑可通，此臣所以有感，感之幻化。」〔註195〕

精靈有憑可通即能幻化，郝二祖父觀虎畫而化虎，或許即是此一思想之反映。而手筆精能，不但可使所畫作的虛幻人物通靈而活，亦可使所像的真實人物失神而死，程頤《家世舊事》即記載了這種「畫殺」的故事：

> 少師影帳畫……抱笏蒼頭曰福郎；家人傳曰：畫工呼使啜茶，視而寫之，福郎尋卒，人以為「畫殺」。叔父七郎中影帳亦畫侍者二人，大者曰楚雲，小者曰僙奴，未幾二人皆卒。由是家中益神其事。〔註196〕

畫像寫真逼肖，可奪人物精神，這種思想遍見於中外傳說。〔註197〕許多原始部落民族便認為照相會剝攝靈魂，使人生病或死亡。由此可知，自古人類即認為影既隨形、像既傳真，則亦與身同氣合體，是以有攝影寫真足以損體傷生之觀念。

畫像有靈之神奇若此，而與此類有異曲同工之妙者，不是肖像的真實主角被奪精神，而係殫精竭慮的畫工有了轉變，如《瀟湘記》所記楊真嗜好畫虎而化虎的故事：

〔註193〕恩斯特・卡西勒著，《語言與神話》（台北：久大文化出版公司、桂冠圖書公司，1990年8月），頁96。

〔註194〕獨孤及〈和李尚畫射虎圖歌〉，《毘陵集》（上海商務印書館縮印趙氏亦有生齋校刊本，四部叢刊初編集部，1975年6月），卷二，頁13。

〔註195〕見《太平廣記》卷二一〇所引，頁162。

〔註196〕宋程頤，《家世舊事》（台北：新興書局，廣百川學海本，1970年11月）。

〔註197〕有關畫像唯妙唯肖，奪人精神之中外傳說可參見錢鍾書，《管錐篇》二冊（台北：蘭馨室書齋，1983年），頁715～717。

鄴中居人楊眞者家富，平生癖好畫虎，家由甚多畫虎，每坐臥，必欲見之。後至老年，盡令家人毀去所畫之虎。至年九十忽臥疾，召兒孫謂之曰：「我平生不合癖好畫虎。我好之時，見畫虎則喜，不見則不樂，我每夢中多與群虎遊，我不欲言於兒孫輩。至晚年尤甚，至於縱步遊賞之處，往往見虎，及問同遊人，又不見，我方恐懼，尋乃盡毀去所畫之虎。今臥疾後，又夢化身爲虎兒，又夢覺既久，而方復人身，我死之後，恐必化爲虎，兒孫輩遇虎，慎勿殺之。」其夕卒，家方謀葬，其屍忽化爲虎，跳躍而出，其一子逐出觀之，其虎回趕其子，食之而去。〔註198〕

　　楊眞平生癖好畫虎，後來竟成了其畫像的主角。畫像代表的是另一個自我，雖然楊眞非虎，但其用力刻畫虎姿，描摹其神，這其間必凝聚了作畫人的許多心血精神，尤其，作畫人爲了繪畫唯妙唯肖，必定朝思暮想，隨時隨地皆殫精竭慮地在思考摹想其作畫之實物，因此，一幅幅虎畫也就一寸寸地在銷蝕移轉楊眞的精神與靈魂。楊眞早期只是「見畫虎則喜，不見則不樂」；中期則是夢與群虎遊；最後晚期已在現實生活中與虎常相左右，可以說楊眞的靈魂已漸漸貫注進入其虎畫中，並與之合而爲一。卡西勒曾說：

　　（埃及人）認爲，有可能將任何一個男人、女人、動物，或有生命的造物所表象的存在之靈魂以及質和屬性、移注到這個人或動物的形像中去。〔註199〕

　　卡西勒指出靈魂是可以移轉附身的，就像前述「畫殺」故事一般，可說也是靈魂的移轉。楊眞靈魂移轉至虎畫，因此他在恍惚狀態中夢見或隱見與虎同遊，甚而夢見自己化身爲虎，此一超自然經驗與薩滿教的入迷狀態十分類似，楊儒賓曾引南美洲薩滿教研究言：

　　印第安人薩滿在夢中或出神狀態所經歷之幻境，最常見者厥爲與蛇或美洲虎交往之經驗。此幻境中的美洲虎與薩滿可以溝通，偶而還可載他到處遠遊。〔註200〕

　　楊眞夢見或隱見與老虎同遊之經驗雖未必爲薩滿教信仰的遺留，然而其夢見化虎的現象卻是人類學所謂的一種人身的變化，林惠祥《文化人類學》

〔註198〕見《太平廣記》卷四三○所引，頁3494。

〔註199〕同註193。

〔註200〕楊儒賓，〈昇天、變形與不懼水火——論莊子思想中與原始宗教相關的三個主題〉，《漢學研究》第七卷第一期（1989年6月），頁249。

談及此云：

> （原始民族）一方面曉得外界的物體都能變成數種形狀，一方面覺
> 得人類自身也是能變化的。例如做夢、暈厥、迷亂、癲癇及死亡，
> 便都是人身的變化。人身既是會變化的，自然不是限於這個可見的
> 簡單的肉體，於是對於回響、陰影及映像的解釋便加入，而促成了
> 第三個觀念即「複身」（the double）或「雙重人格」（double personality）
> 的觀念……以為凡人都有另一個身體，即「複身」，而陰影與映像都
> 是複身的表現。〔註201〕

「複身」便是所謂的「靈魂」，人相信夢中的經歷是自己的複身在別地活
動，中國人也相信一個非人間的複身可以在死前或死後變為一隻動物。〔註202〕
楊真始而夢虎，終於在迷亂錯覺意識中見人所未見，其之所以能獨具第三隻
眼，或許便是因為他的複身（靈魂）已幻化為虎，其與虎因氣類相感而致同氣
合體，即所謂同「類」相聚，可以說楊真已成為虎類，在靈魂與實體上皆是。

二、精氣的貿亂

靈魂是一個人精氣所在，氣的聚散決定了人的生死，也決定著形體的類
相，《莊子》〈至樂〉篇即云：

> 察其始而本無生，非徒無生也而本無形，非徒無形也而本無氣。雜
> 乎芒芴之間，變而有氣，氣變而有形，形變而有生，今又變而之死，
> 是相與為春秋冬夏四時行也。〔註203〕

莊子此言乃在說明道，至漢代，則在此思想基礎下，建立了以氣為宇宙
萬物構成元素及氣為萬物形體轉換的理論，並將氣分為陰陽二氣。

《淮南子》〈天文訓〉云：

> 宇宙生氣，氣有漢垠，清陽者薄靡而為天，重濁者凝滯而為地，清
> 妙之合專易，重濁之凝竭難，故天先成而地後定，天地之襲精為陰
> 陽，陰陽之專精為四時，四時之散精為萬物，積陽之熱氣生火，火
> 之精者為日，積陰之寒氣者為水……是故陽施陰化，天之偏氣，怒
> 者為風，天地之含氣，和者為雨……〔註204〕

〔註201〕林惠祥，《文化人類學》（台北：商務印書館，1981年9月），頁303。
〔註202〕同註191，頁210～211。
〔註203〕郭慶藩，《莊子集釋》（台北：華正書局，1987年8月），頁614。
〔註204〕《淮南子》，高誘注，（台北：藝文印書館，1974年4月），頁67。另《呂氏
　　　　春秋》〈知分篇〉亦言：「凡人物者，陰陽之化也。陰陽者，造乎天而成者也。」

　　《淮南子》認爲透過陰陽二氣不同的作用，會產生性質各異的萬物，故「煩氣爲蟲，精氣爲人」（淮南子精神訓），氣不同則所形之物亦有異，天地萬物雖俱稟氣而生而成形，但正如《論衡》所謂「俱稟元氣，或獨爲人，或爲禽獸」（幸偶篇），王充由稟氣之多少而論定物類之形性，爲人或爲禽獸全在乎氣的正亂盛衰，類此氣易形變之說，爲漢代普遍流行的思想，用來解釋一些生物變態與當時人所不能解釋的宇宙現象。

　　漢代這種氣易形變的思想，影響了六朝文士的變化思想，而以之作爲六朝小說的變形理論之一，干寶基於氣化說的變化論，對人化身動物、動物變形及人生獸等異常現象解釋云：

> 天有五氣，萬物化成：木清則仁，火清則禮，金清則義，水清則智，土清則思：五氣盡純，聖德備也。木濁則弱，火濁則淫，金濁則暴，水濁則貪，土濁則頑：五氣盡濁，民之下也。中土多聖人，和氣所交也。絕域多怪物，異氣所產也。苟稟此氣，必有此形；苟有此形，必生此性……千歲之雉，入海爲蜃；百年之雀，入海爲蛤；千歲龜黿，能與人語；千歲之狐，起爲美女；千歲之蛇，斷而復續；百年之鼠，而能相卜；數之至也。春分之日，鷹變爲鳩；秋分之日，鳩變爲鷹；時之化也。故腐草之爲螢也，朽葦之爲蛬也，稻之爲䖝也，麥之爲蝴蝶也；羽翼生焉，眼目成焉，心智在焉：此自無知化爲有知，而氣易也。崔之爲蟲也，蟲之爲蝦也；不失其血氣，而形性變也。若此之類，不可勝論。應變而動，是爲順常；苟錯其方，則爲妖眚。故下體生於上，上體生於下：氣之反者也。人生獸，獸生人，氣之亂者也。男化爲女，女化爲男：氣之貿者也。魯牛哀，得疾，七日化而爲虎，形體變易，爪牙施張。其兄啓戶而入，搏而食之。方其爲人，不知其將爲虎也；方其爲虎，不知其常爲人也……從此觀之，萬物之生死也，與其變化也，非通神之思，雖求諸己，惡識所自來……〔註205〕

　　根據干寶之言論，氣的正亂影響宇宙萬物的正常與否，一切反常的變化都是起因於氣貿氣反，氣一旦有了變亂，就會產生形變，所謂「氣亂於中，

〔註205〕干寶以氣之變化解釋一切妖怪變異現象，《搜神記》卷六即言：「妖怪者，蓋精氣之依物者也。氣亂於中，物變於外，形神氣質，表裡之用也。本於五行，通於五事，雖消息升降，化動萬端，其於休咎之徵，皆可得域而論矣。」見《搜神記》（台北：鼎文書局，1980年3月），卷一二。

物變於外，形神氣質，表裡之用也」，如牛哀化虎便是一例。

在人變虎形故事中，牛哀化虎可以說是最早見諸文獻的記載，保存中國不少古代傳說和史料的西漢初年著作《淮南子》即蒐錄了這則傳說，〈俶真訓〉云：

> 公牛哀轉病也，七日化爲虎。其兄掩戶而入覘之，則虎博而殺之。

高誘注云：

> 江淮之間，公牛氏有易病化爲虎，若中國有狂疾者，發作有時也。
>
> 其爲虎者，便還食人，食人者，因作眞虎；不食人者，更復化爲人。

〔註206〕

高誘所說食人後不復化爲人的說法與西洋狼人傳說相同，西洋狼人傳說的變形或許是暫時的，也或許是永久的，有些傳說以爲在人變狼的這段期間，如果他未食人之血肉，在期限過後即可回復人形；反之，則將永遠淪爲狼形。〔註207〕而牛哀化虎這則故事，遍見於王充《論衡》〈奇怪〉、〈遭虎〉、〈論死〉、〈無形〉；張衡〈思玄賦〉、葛洪《抱朴子》〈論仙篇〉等文籍，可説成爲「人化虎」的最原始典型，由此亦可見「牛哀病而化虎」是當時一種極爲流行之思想。

在《淮南子》及《論衡》中，皆記載牛哀變化形體又狂亂本性，依照氣易形變思想解釋，生病時因精氣衰劣，極易產生妖異形變，《論衡》〈訂鬼篇〉即言「氣變化者，謂之妖」，人生病而產生的變形是人虎變形故事的一個重點，《齊諧記》所載〈薛道詢〉即因生病而發狂化虎：

> 太元六年，江夏郡安陸縣薛道詢，年二十二，少來了了，忽得時行病，瘥後發狂，百藥治救不瘥，乃服散狂走猶多劇，忽失蹤跡，遂變作虎，食人不可復數。有一女子樹下採桑，虎往取食之，食竟，乃藏其釵釧著山門，後還作人，皆知取之。經一年還家爲人，遂出都仕官爲殿中令史。夜共人語，忽道天地變怪之事，道詢自云：「吾昔嘗得病，狂發遂化作虎，噉人一年。」中兼道其處並所噉人姓名，其同坐人或有食父子兄弟者，於是號哭捉以付官，遂餓死建康獄中。

〔註208〕

人生病時其精神本即不能集中，容易渙散衰竭，《論衡》〈訂鬼〉篇言：「狂

〔註206〕同註204，頁42。

〔註207〕見註191，頁206。

〔註208〕見《古小說鉤沈》引〈齊諧記〉，頁232。

痴獨語，不與善人相得者，病困精亂也，夫病且死之時，亦與狂等。臥病及狂，三者皆精衰倦。」薛道詢久病不瘳，終而狂亂變虎，或許即是緣於氣亂形變，在某一種精神錯亂下幻想成為一隻老虎。而人一旦化為虎，隱去人形，也幾乎即失去人的本性，這種發狂變性，轉而危害人世，其危險又甚於動物。類此因病化虎例子極多，唐代以後小說亦可見之。

《五行志》〈郴州佐史〉：

> 唐長安年中，郴州佐史因病而為虎，將噉其嫂，村人擒獲，乃佐史也，雖形未全改，而尾實虎矣。因繫樹數十日，還復為人。長史崔玄簡親問其故，佐史云：「初被一虎引見一婦人，盛服，諸虎恆參集，各令取當日之食，時某新預虎列，質未全，不能別覓他人，將取嫂以供，遂為所擒，今雖作虎不得，尚能其聲耳。」簡令試之，史乃作虎聲，震駭左右，簷瓦振落。〔註209〕

明《說聽》〈陳十三〉：

> 寧波陳十三老人者，常病瘰，經年不瘳，有人教以置虎皮鎮之，乃坐臥一虎皮十載，而病如故。後忽蒙虎皮夜出，化虎食物，每銜畜豕至家，家人利其所有，不問也。一日自外負一人股至，其姥懼曰：老賊作怪矣。操梃伏門外俟焉，見其蒙虎皮欲化，即出擊之，時一手尚未變，遂躍去，竟不復還。自後山行者，往往見一虎前一足尚是人手，有知者，則呼曰：「陳十三老人，吾汝鄰也，莫作惡。」虎聞之弭耳垂尾而去，其不識者乃食之，如是者數年，一夕暴雷震死一虎，眾視之即人手老人也。〔註210〕

人生病則氣倦精盡，氣分則性異，性異則形亦隨之而變，唐李肇《國史補》言：「仁而為暴，聖而為狂，雌雞為雄，男子為女人，為蛇為虎，耗亂之變也，是必生化而後氣化，氣化而後形化。」〔註211〕人的精氣貿亂衰微，形體就會產生變化，如《原化記》〈南陽士人〉患熱疾不瘳，在精神迷亂中化虎；唐〈人虎傳〉記李徵嬰疾發狂；宋《漁樵閒話》〈劍州李忠〉亦是久病化虎；宋《夷堅志》丁志卷一三〈李氏虎首〉則是因病頭風化虎；清《志異續篇》〈人變虎〉一則生病化虎情形如下：

〔註209〕見《太平廣記》卷四二六所引，頁3471。
〔註210〕明陸粲，《說聽》，筆記小說大觀十六編五冊，頁2693。
〔註211〕另《譚子化書》亦言：「氣之中和者化為人，氣之駁雜者化為物，氣化而形生，形化而氣生，生生化化，若循環然。」

> 伊地有苗僅三姓，……一代必有一人變虎，或二三十年一見云。曾
> 目及其事，其人如傷寒狀，始則頭痛身熱，旋周身骨節痛，日夜呻
> 吟不飲食，如此七八日。〔註212〕

清《夢厂雜著》〈苗變虎〉一則描繪其人生病化虎之過程亦十分詳細：

> 聞西粵苗人，每有變虎之異。……將變時，肢體發熱，頭目昏眩，
> 呻吟床第，如寒疾。數日後，口噤不能言，則知其將變虎矣。多方
> 拯治，間有癒者。否則，口噤數日，尾尻上骨輒隆起；又數日而盈
> 尺，漸而目光閃爍，身上黃毛茸茸。其親屬皆環泣，病者淚亦涔涔
> 下。乘夜號哭，舁諸野外。閉門不使入，次早，不知所之矣。數月
> 後，時銜犬豕置門，猶不忘家室云。〔註213〕

在前述這些變化紀錄中，可以發現頭痛昏眩、身體發熱似乎皆是其人生
病時初始的症狀，是否因此產生精神氣血之衰微貿亂而造成精神疾病，尚有
待進一步從醫學及心理學角度探討。另清《續太平廣記》〈趙不易妻〉亦因得
奇疾而唯思食生肉：

> 趙不易為江陰軍僉判，其妻得奇疾，煙火食不向口，惟啖生肉。服
> 飾起居與平生異，而與夫別室寢。趙秩滿，調知桂陽監。妻疾愈，
> 有一婢供其使令，便覺瘦瘁短氣，面如蠟色，不半年，輒死。又一
> 人，復然，凡如是死者三……洎到官，妻白晝化為虎，騰呼而出……
> 三婢之亡，皆遭其乘夜吮血，故浸淫絕命。〔註214〕

趙不易妻得怪病而唯食生肉，已有成為一隻野獸之現象，最後其疾表面
似癒，實則已是變態之人，此則故事較特殊的是其妻非噬食人畜，而是吸食
人血，觀其吸吮婢女之血，宛如吸血鬼，而與此相似的現象及說法是西洋狼
人在歐洲亦通常指吸血鬼而言。

這種因生病而變成動物的故事，不僅限於中國虎人，西洋狼人亦有此一
類型傳說，他們認為這是一種精神病狀態，稱作「狼狂」（lycanthropy），精神
錯亂的患者幻想自己是一種動物，尤其是一隻狼，在神志昏迷、精神恍惚或
癲狂狀態下，他們的靈魂會進入狼形之中並獵食血肉。這種想像自己是一隻
狼或其他動物的精神病瘋狂狀態，流行於歐洲中世紀時代，〔註215〕另亦有學

〔註212〕清青城子，《志異續編》（筆記小說大觀一編十冊），頁6406。
〔註213〕清俞蛟，《夢厂雜著》，續修四庫全書本，上海古籍出版社，頁707。
〔註214〕清陸壽名，《續太平廣記》，筆記小說大觀十編七冊，頁4072。
〔註215〕見註191，頁206。

者以爲類似的虎人、豹人亦是產生於此一奇特的精神病形式，〔註216〕，此一現象與中國病狂化虎之情節十分類似，唯中國以氣反氣貿之說解釋此種變異，當然，人而精神錯亂實則即是一種精氣之貿亂，不復爲正常狀態。

人除了因生病產生形體變化，衰老亦會變形，《論衡》〈訂鬼篇〉嘗論精怪變化云：

> 一曰：鬼者老物之精也。物之老者，其精爲人；亦有未老，性能變化，象人之形。人之受氣有與物同精，則其物與之交；及病，精氣衰劣也，則來犯凌之也。〔註217〕

人因衰老而化虎的例子，譬如前述觀畫虎的郝二祖父於耄年化虎；又嗜好畫虎的楊眞亦是年九十臥疾化虎；陳十三老人亦是老病化虎，另《七修類稿》編輯一則故事云：

> 成化間，餘姚通德里有王三者，每與孫臥，至半夜去，將曉方回，冬月則半體冷濕，孫甚不堪，因語其父，父疑其從盜也，俟其去時蹤跡之。忽一夜開窗將出，啓燈視之，已變爲虎而足尚未全，把其足則逸而去，遂不復回。後人於山中每遇傷足之虎，遂哀求曰：「三老官。」竟咆哮去。〔註218〕

「物老形變」也是因氣之衰竭而產生變異，原始民族認爲萬物皆有精靈存在，尤其物之老者更有變化能力。故《搜神記》言「物老則群精依之，因衰而至」，《碧里雜存》〈人異〉記載有浙江蕭山縣有陳三者，嘗爲耆民，人呼爲陳三老人，突然一夕化虎，惟一髀不變，入山爲害。〔註219〕另《述異記》亦有二則老婦化虎紀錄：

〈老婦變虎〉一則云：

> 康熙四十年，浙東陽縣某鄉章姓有一老婦，年已七十餘，時時無故他出，輒數日不歸，其子竊疑之。一日，尋至深山，過土地祠，聞祠中聲甚異，入視之，見其母方躑躅變虎，因驚呼，從後握其髮，持之不釋，母以爪傷子面，負痛放手，母跳躍而去，不知所之。數日傷愈，遍求之山中，見一披髮虎前行，後從數虎，子不敢近，悵惘而歸，傳聞遠近。

〔註216〕見《The Science of Folklore》（ALEXANDER HAGGERTY KRAPPE），頁94。
〔註217〕漢王充，《論衡》（台北：宏業書局，1983年4月），頁78。
〔註218〕明郎瑛，《七修類稿》（台北：世界書局，1963年4月），頁738。
〔註219〕董穀輯，《碧里雜存》，筆記小說大觀四編五冊，頁3385。

〈人化〉一則記敍云：

> 康熙二十六年，貴州定番州上馬司土官方名譽之，母獨坐室中，忽
> 門外有數虎往來其間，其母則神癡以手據地，坐而攫食，侍者扶掖
> 輒怒搏之。數日，口漸闊而目豎突，身有黃毛，咆蹲欲出，外虎日
> 夕至門候之。一日，偶值弛懈，跳踉入虎羣，就地數滾變虎而去。
> 三十六年開州民家一婦亦如此，已逸入山，尚未全變，其夫與子求
> 而獲之，載與俱歸，飲藥醫治，月餘，復爲人，今尚在，州守王紀
> 青親言之。〔註220〕

在這兩則故事中，可以發現章姓老婦與土官老母之所以化虎的原因皆不
明，章姓老婦似乎與土地祠有關；土官老母則似乎是其心思受到野外一羣眞
虎的牽引，文中所謂「神癡」，是否即代表其精神產生變異，而有恍惚迷茫之
幻覺，此一現象值得再加以深入探討。而在此紀錄中，亦可以尋繹出另一種
現象與事實，也就是這種「人化虎」的症狀是可以用藥物醫治的，以此推斷，
類似這種「物老形變」、「人變獸」的變形可能皆是一種精神疾病，在經過醫
療之後，一旦復原，又可以回復正常之人身，如前述《夢厂雜著》〈苗變虎〉
所謂「多方拯治，間有癒者」，在中國人虎變形故事中，有許多例子都是在化
虎一段時間後又回復爲人，例如薛道詢、郴州佐史等人，也許都是因爲其疾
病康復而恢復正常，而也因此在古代民間產生了所謂「食人者，因作眞虎；
不食人者，更復化爲人」的思維。

「因病變形」及「物老變形」或許可以說都是一種因精神衰竭耗弱而
產生幻覺或變異的精神病之一，日本學者千葉德爾即以爲此類「人化虎」
變形是一種獸化狂症，分佈於東亞、印度、中南半島和南洋群島等產虎地
區，屬於精神病醫學與民俗學的研究領域，而人類學者鍾秀清則認爲這是
一種「虎附身」之特徵。〔註221〕有關於「人化虎」變形故事的產生背景，
各家說法不同，本書第二章考察人虎變形故事之原始背景時，即提到在原
始虎圖騰信仰區域，留下了許多「人化虎」的記載，大陸學者黃柏權即認
爲這些地區的人化虎現象都有一個共同特點，即原老者和生病不癒者變形
爲虎，與巴人「廩君死，魂魄世爲白虎」的信仰有相當密切關聯性。〔註222〕

〔註220〕清車軒主人輯，《述異記》，（台北：新興書局，1981年12月，筆記小說大觀
　　　　三編八冊），頁6729。
〔註221〕見鍾秀清，〈虎傳承考〉，《民俗曲藝》三九期（1986年1月），頁158。
〔註222〕見黃柏權，〈巴人圖騰信仰〉，《貴州民族研究》1988年第四期。

綜合上述說法，「人化虎」故事之流行可能有諸多現象與原因，也許是與這些民族死後回歸祖先圖騰之信仰有密切關係；也許另有其他文化與社會及心理醫學等背景存在。

第六節　老虎外婆故事

在中國人虎變形故事中，虎妖變人最有名、且流傳最廣者的故事，當推「老虎外婆」類型。這類型故事分佈極廣，與歐洲小紅帽式故事同型，皆是講虎或狼這一類的猛獸化身為人——通常是老太婆騙吃小孩子的故事，是世界各地普遍存在的典型之一，像朝鮮、日本亦有這類故事流傳，而中國類似的「老虎外婆」故事數量也相當多，由鍾敬文先生〈老虎外婆故事專輯〉即可見其流傳之廣。〔註223〕

歐洲式的小紅帽故事，或稱「小紅騎巾」、「紅巾孃」，而中國式的小紅帽故事則多稱為「老虎婆婆」、「老虎外婆」、「虎姑婆」等，丁乃通「中國民間故事類型索引」將這些故事統一歸類為「老虎外婆」類型。〔註224〕此類型故事目前所見最早見諸記載的可能是清朝黃之雋的〈虎媼傳〉：

> 歙居萬山中，多虎。其老而牝者，或為人以害人。有山叟，使其女攜一筐棗，問遺其外母。外母家去六里所，其稚弟從。年皆十餘，雙雙而往。日暮迷道。遇一媼問道：「若安往？」曰：「將謁外祖母也。」媼曰：「吾是矣。」……草具夕餐。餐已，命之寢……既寢，女覺其體有毛，曰：「何也？」媼曰：「而公敞羊裘也，天寒衣以寢耳。」夜半聞食聲。女曰：「何也？」媼曰：「食汝棗脯也。夜寒且永，吾年老不忍飢。」女曰：「兒亦飢。」與一棗，則冷然人指也。女大駭起曰：「兒如廁。」媼曰：「山深多虎，恐遭虎口，慎勿起。」女曰：「婆以大繩繫兒足，有急則曳以歸。」媼諾，遂繩繫其足而操其末……急解去，緣樹上避之。媼俟久，呼女不應。媼覓而起，且走且呼，髣髴見女樹上，呼之下，不應，媼恐之曰：「樹上有虎。」女曰：「樹上勝席上也。爾真虎也，忍噉吾弟乎？」媼大怒去。無何，

〔註223〕參見〈老虎外婆故事專輯〉，〈民間月刊〉第二卷第二號，收錄於《北京大學民俗叢書》十八冊。

〔註224〕丁乃通，《中國民間故事類型索引》（北京：中國民間文藝出版社，1986年7月），頁91，333C〔老虎外婆〕。

曙，有荷擔過者，女號曰：「救我！有虎！」擔者乃蒙其衣於樹，而載之疾走去。俄而嫗率二虎來，指樹上曰：「人也。」二虎折樹，則衣也。以嫗為欺己，怒，共咋殺嫗而去。〔註225〕

由〈虎嫗傳〉故事情節結構考察，其所具備之雛型已十分完整。歙縣位在今大陸安徽，與此類同的「老虎外婆」故事類型在中國各地廣泛流傳，包括福建、廣東、廣西、雲南、湖南、甘肅、四川、台灣等地，並在流傳過程中，因時因地而產生了或大或小的變異，其變異茲分述如下：

（一）野獸或妖精的角色及名稱不同

同是老母虎偽裝吃人，福建及台灣稱做「虎姑婆」；浙江、四川、湖南、山東稱「老虎外婆」；廣東、安徽稱「老虎精」；河南、江蘇有「老醜虎」之稱；江蘇揚州則稱「秋虎老媽媽」；浙江崇德、鎮海等地稱「老虎母親」；另浙江亦有稱「老虎叔婆」者。此外，其他現代記錄的異文則不是老虎，而是狼外婆（安徽旌德）、野熊外婆（浙江永嘉）、熊人婆（廣東廣州）、秋狐外婆（江蘇南通）、狐狸精母親（福建廈門）、沃貓精（河南孟津）、野人外婆（湖南衡山）、野人吃弟弟故事（浙江台州）、鴨變婆（貴州）等。比較而言，此一害人野獸以虎、狼最多，熊、狐次之。〔註226〕

（二）故事主角不同

故事中的主角大多為兩位孩子，有時則是三位。可能是兩姐妹、兩兄弟、一姊一弟、或一兄一妹；最後的結局多半是較大的孩子發現老虎外婆的真面目，機警而逃脫虎口存活，甚至憑藉一己的冷靜反應與機智，制伏吃人的野獸。

（三）情節不同

各地故事基本架構與最具特色的關鍵性細節變化並不大，一般以頭尾變化較多，並與〈虎嫗傳〉迥然不同。〈虎嫗傳〉的主角是奉家長交代出門探望外婆，而在路上遇見偽裝變人的老虎外婆，與歐洲小紅帽故事類同。但現所見各地流傳之老虎外婆或狼外婆故事則大抵是母親有事外出，留下孩子看守家門，遂讓虎妖或狼妖有機可乘。〈虎嫗傳〉結局是虎妖死於同類之手，而現代流傳的民間傳說則設計了小孩子憑藉機智脫險並害死老虎等情節。

〔註225〕引自西諦《中國文學中的小說傳統》（台北：木鐸出版社，1985年9月），頁170。

〔註226〕參見〈老虎外婆故事專輯〉，〈民間月刊〉第二卷第二號，收錄於《北京大學民俗叢書》十八冊。

綜合各地傳說，可以歸納「老虎外婆」的故事類型要點如下：

（一）母親回娘家或是外出辦事，叫孩子們看家，並囑咐不要隨便開門讓陌生人進門。

（二）母親在半路上遇到變成人形或會人語的老虎，老虎從中探聽家中情形，並且吃掉母親；有些故事則無此一情節。

（三）老虎變形或喬裝扮成外婆、母親之模樣回家，孩子們雖聽從母親教誨小心謹慎，但經過一番盤問，最後還是開了門，引虎入室。

（四）孩子們（通常是較大的孩子）對老虎外婆較奇怪的形狀提出疑問，如手、臉上、身體多毛或是尾巴聳動出聲等，而老虎外婆為了掩飾那藏不住的尾巴，通常會刻意坐在甕上。

（五）老虎外婆與較不機警的小妹或小弟同睡，並在半夜吃了小孩子。大的孩子發現有異，例如另一位兄弟姊妹不見人影或聽見異常的咀嚼聲、看見人指骨頭等現象，於是設計脫逃。

（六）大孩子躲藏爬到樹上，被老虎外婆發現。遂臨機應變，誘騙老虎外婆煮熱湯或熱水，大孩子設計將滾熱的油水澆進老虎嘴中燙死牠；或誘騙老虎外婆爬上樹，將牠一再摔到地上而死。

大抵而言，這些故事的人物性格及結構大同小異，有些故事記老虎外婆的虎尾顯露，正是《侯鯖錄》所謂「虎變為人，惟尾不化」的傳說反映。而其情節曲折，表現生動，所要表現之主題思想亦類似，皆具有相當的教育意義。

中國的「老虎外婆」故事與西洋小紅帽故事最大的不同在於故事的過程及結尾所呈現的教諭意義各有所趣。姑且不論〈小紅帽〉所呈現的心理深層意義何在，[註227]就故事本身內容看來，小紅帽故事帶有明顯的教訓意味，如可能警戒兒童不可在外過於貪玩等。然而其結尾情節敘述吃掉小紅帽的大野狼多死於獵人或樵夫之手，小紅帽本身完全處於一種被動地位，也很少見到其產生危機意識；相反地，中國「老虎外婆」的故事，不是單一地純粹描繪情節，而是生動地運用象徵手法，不僅巧妙地教導孩子要謹慎小心識別好人壞人，並且學習在遭遇危難之時，冷靜面對危機，利用機智解決困境，而

〔註227〕以心理學角度分析解說小紅帽故事者可參見周英雄，〈童話故事小紅斗蓬的三種讀法〉，《小說・歷史・心理・人物》（台北：東大圖書公司，1989 年 3 月），頁 121；王溢嘉亦以心理學解釋「虎姑婆」、「小紅帽」蘊涵母親對女兒性教育之象徵意義，見《古典今看──從孔明到潘金蓮》（台北：野鵝出版社，1990 年 2 月），頁 109。

不是一味被動地任予宰割，在此可發現中西二者故事類型雖相似，但所強調的重點卻是不同。分析中國「老虎外婆」的故事敘事深層結構，可以說展現了人生遭遇危機→面對危機→解決危機的三種生命層次，並且這些傳說故事在流傳的過程中，解決危機的處理方式亦產生了多元性的變異，使得故事情節更形豐富。雖是童話母題，但其實其內在底蘊之深層意義卻是十分富有教育性，較之小紅帽故事，中國「老虎外婆」故事的象徵意涵似乎更為深刻。

在中國虎變人的變形故事中，表現虎是凶殘的吃人野獸特性者，莫過於「老虎外婆」故事了，尤其在台灣，「虎姑婆」故事更是家喻戶曉，成為流傳極廣之民間故事。「老虎外婆」故事的產生流傳背景，早期可能是因為受到中國的地理環境多虎的因素影響，各地老虎吃人的傳說不斷，還有虎精變人混跡人間為害的傳聞亦所在多有，如宋洪邁《夷堅志》〈陽臺虎精〉、〈德化鷲獸〉即提到有疑似虎精化為人婦，與人類共同生活，分不清是人是獸，令人畏怖。〔註 228〕民間類似這樣普遍的傳說與看法，使得人們創造故事以此警戒孩童注意虎害，這也就是民間小兒戴虎頭兜、虎頭帽等民俗的心理預防意識，人們一方面藉著衣飾表示對虎的認同，祈求戴著虎頭衣飾可袪除妖祟危害；但實際生活的自然環境中，虎的危害仍舊存在，因此對虎又心存畏懼，此一觀念的衝突正又表現了中國人對虎的矛盾情結。而在後期社會聚落形成後，虎害的嚴重性雖然可能逐漸減輕，但代之而起的可能是另一種人類社會「衣冠禽獸」的禍害，因此，類似「老虎外婆」的故事，反而轉變成父母藉此嚇阻不聽話的小孩，管教子女看守門戶、防範陌生人、注意及保護自身安全的警喻教材，教導孩童面對危險如何隨機應變。〔註 229〕

第七節　其他虎妖故事類型

在中國人虎變形故事中，虎妖變人的故事並不多見，除了「老虎外婆」及「人虎婚姻」類型較為集中外，其他故事主題較為零散。而虎妖變人基本上都是為了可以納進人的社會中，與人交往。其他虎妖故事主題大約可分成下列幾類：

〔註 228〕參見本章第七節。
〔註 229〕施翠峰將〈虎姑婆〉故事列屬「機智譚」，以為是在治安不良的古代，父母作為管束子女的最好教材。見《台灣民譚探源》（台北：漢光文化事業公司，1985年8月），頁140。

一、有求於人

虎妖變人進入人類世界，有時是為了求助於人。如《搜神後記》卷九〈虎卜吉〉一則為虎變人求卜覓食之地：

> 丹陽沈宗，在縣治下，以卜為業，義熙中，左將軍檀侯鎮姑孰，好獵，以格虎為事。忽有一人，著皮褲，乘馬，從一人，亦著皮褲，以紙裹十餘錢，來詣宗卜，云：西去覓食好？東去覓食好？宗為作卜，卦成，占之：東向吉，西向不利。因就宗乞飲，內口著甌中，狀如牛飲。既出，東行百餘步，從者及馬皆化為虎。自此以後，虎暴非常。〔註230〕

此則故事可以說已將動物世界社會化，以人類的角度看待動物，當面臨生存危機時與人類一般亦相信卜筮之靈驗，假借卜筮決定去處，而人類昧於其幻形，竟協助其覓食為害，故事的意涵十分有趣。另《聊齋誌異》〈二班〉亦是有求於人：

> 殷元禮，雲南人，善針灸之術。遇寇亂，竄入深山。日既暮，村舍尚遠，懼遭虎狼。遙見前途有兩人，疾趨之。既至，兩人問客何來，殷乃自陳族貫。兩人拱敬曰：「是良醫殷先生也，仰山斗久矣！」殷轉詰之。二人自言班姓，一為班爪，一為班牙。便謂：「先生，余亦避難石室，幸可棲宿，敢屈玉趾，且有所求。」殷喜從之。俄至一處，室傍巖谷……又聞榻上呻吟，細審，則一老嫗僵臥，似有所苦。問：「何恙？」牙曰：「以此故，敬求先生。」乃束火照榻，請客逼視。見鼻下口角有兩贅瘤，皆大如碗，且云：「痛不可觸，妨礙飲食。」殷曰：「易耳。」出艾團之，為灸數十壯，曰：「隔夜愈矣。」……便呼嫗，問所患。嫗初醒，自捫，則瘤破為創。殷促二班起，以火就照，敷以藥屑，曰：「愈矣。」拱手遂別。……殷感其義，縱飲不覺沉醉，酣眠座間。既醒，已曙，四顧竟無廬，孤坐巖上。聞巖下喘息如牛，近視，則老虎方睡未醒。……始悟兩虎即二班也。〔註231〕

動物受傷或生病，須仰賴人類醫術救治，而小說中老虎亦了知良醫的名聲，縱使身為百獸之王，仍須請求協助。另一則〈杭州虎精〉亦是敘述虎變

〔註230〕晉陶潛，《搜神後記》（北京：中華書局，1988年1月），頁57。
〔註231〕清蒲松齡，《聊齋誌異》（台北：漢京文化事業公司，1984年4月），卷一二，頁1593。

化老婦求醫，爲人發現之故事：

> 元兵未入臨安時，有李醫士者家金花樓下，號李金花，見一老婦來
> 求醫，脉之血敗病也，而作獸息，詰之曰：子非人，何以給我？婦
> 女變色，謝曰：誠然，我天目山中虎精也，願公勿訝。李咄咄曰：
> 此禁城百神呵護，汝何以能入？婦曰：元兵早晚至，城隍守社皆遁
> 而他之，城中不妨出入，如我輩者猶多，寧復有禁衛之嚴乎？李曰：
> 然則何地不兵？曰：諸暨山中可以避難。遂持藥去，李即移家諸暨。
> 不二年，伯顏長驅而入，死者無數，惟諸暨得免。〔註232〕

這些故事除了將動物擬人化之外，似乎也間接反映人與虎生活空間的交
陳重疊，老虎已逐漸進入人類活動的空間與環境，與人類的接觸愈趨頻繁，《夷
堅志》〈趙乳醫〉故事云：

> 資州……豺虎縱橫。人莫敢近。乳醫趙十五嫂所居。相距三十里。
> 一夕。聞人扣門請收生。趙遽隨行。步稍遲。其人負之而去……登
> 高涉險。奔馳如風。不勝驚顫。至石崖下。謂趙曰。吾乃虎也。遇
> 神仙授以妙法。在山修持已三百年。誓不傷人。能變化不測。汝不
> 須怖。今緣吾妻臨蓐危困。知媼善此伎。所以相邀。倘能保全母子。
> 當以黃金五兩奉酬。便引入洞中。具酒食。見牝虎委頓且跪懇。趙
> 慰勉之。於洞外摘嫩藥數葉。揉碎窒虎鼻。即噴嚏數聲。旋產三子。
> 牡虎即負趙婦。明夜戶外有人云。謝你相救。出此一里。他虎傷一
> 僧。衣內有金五兩。可往取之。黎明而往。如言得金。〔註233〕

虎精求人協助醫治亦知報酬答謝，已是人類世界的道德模式及行爲規
律，類似故事尚有《瀟湘錄》〈周義〉敘周義救助變人之虎，得金枕爲報；《影
談》〈虎變〉中虎爲報恩而使侍巾櫛及相關「虎媒」故事等等，皆顯現虎受人
恩惠懂得報恩之情性。這些故事雖無法窺見其真正創作之內在意涵，但可以
顯見人類與虎之關係十分密切。

二、掩飾身份、方便行食

虎妖變化爲人，其目的自然是可以與人類共同生活而不被發現，《夷堅志》
〈陽臺虎精〉敘虎精變化女子混跡人世，以噬食牲畜。

> 江同祖爲湖廣總領所幹官，自鄂如襄，由漢川抵陽臺驛。……雞初

〔註232〕明王圻，《稗史彙編》，筆記小說大觀三編五冊，頁2850。
〔註233〕宋洪邁，《夷堅志》（台北：明文書局，1982年4月）。

鳴即起，驛吏白曰：此地最荒寂，多猛虎，而虎精者素爲人害，比
有武官乘馬，未曉行，并馬皆遭啖食，……行半程，忽見一婦人在
馬前，年可四五十，綰獨角髻，面色微青，不施朱粉，雙目絕赤，
殊眈眈可畏，……抱小狸猫，乍後乍前相隨，逐不置，將弛擔，乃
不見。江心念豈非所謂虎精者乎？……鋪卒云：昨於道左得二乳
虎。……從漢陽濟江，同載數人，彼婦在焉，容貌衣服一切如初。
江謂女子獨行而能及奔馬，益懼。……士庶環集者幾千數，若部押
兇盜然，出觀之，則又彼婦也，問其故，皆言南市人家連夕失猪并
小兒甚多，物色姦竊無有也，獨小客店內此婦人單身偹止三經旬矣，
而未嘗烟爨，囊無一錢，但謹育一猫，望其吻時有毛血沾污，疑必
怪物，是以訟于官。今我邏執送府，婦人氣概洋洋，殊無怖色。……
云姓屠氏，是士大夫家女，……孤子一身，客游苟活，市上惡少年
交相侮困，翻抵爲異類，寃苦已極……狀押出境。遂入咸寧茶山，
與采茶寮戶雜處，久之，又因博食畜犬，爲人所見箠而逐之，後不
知所在。〔註234〕

《夷堅志》另有一則〈德化鷔獸〉亦敘述可疑婦人，與〈陽臺虎精〉十
分類似：

九江……有賣果小民黃二，正在德化縣村田間，遇鷔獸緣道而來，
遽升高木避之，別有婦人攜兩小兒過其傍，游戲自若，獸亦不動，
黃忍怖下視，甚異之。……到城門外，婦人已先在彼，值鬻米粽者，
取錢買十枚飼兩兒，挾之而走，其行甚疾，兩目眈眈然，殊可憎惡，
牽裾涉川，如履平地，後不知所往，人疑爲虎精，如前所書陽臺者
是也。〔註235〕

上述文中所謂「虎精者素爲人害」一語，可見虎精幻化爲人至人類社
會似乎已是當時老百姓普遍的觀念，因此一般人看到行蹤可疑、行爲異常
者皆自然產生「疑爲虎精」之想法，而虎精婦人的傳說是否即是後代「老
虎外婆」故事的前身雖不得而知，但彼此之間似乎存在有某種關聯性。清
朝《見聞錄》〈虎翼〉一則記虎變形爲一勇士，自稱善搏虎，村人咸以酒肉
啖之，求其捕虎，勇士每夜出門，不操持刀杖，歸則腥血滿身又一無所獲，

〔註234〕宋洪邁，《夷堅志》（台北：明文書局，1982年4月）。
〔註235〕同註233。

後為人懷疑，趁勇士白晝睡覺窺視之，始揭穿其身分。〔註236〕這則故事引人入勝之處在於當地虎患為害甚多，人類需要仰賴善於搏虎的勇士捕虎，保護自身的安全，卻未料到虎妖竟藉此道掩飾身分，進行兩面手法，巧妙矇騙世人，悠游於人與虎兩個不同的世界，便利其謀取多重利益。此外，《咫聞錄》〈吳都閫〉一則所記虎精變化女子混跡人世，不為噬食，卻有些類似狐精魅人情節：

> 吳都閫，諱傑，浙江人，康熙年間，以軍功授黔西都閫，為人不矜細行，常獨坐園中，聞牆外笑語，初不為意，久覺漸近，忽見紅杏花間，有女攀援而上，楚楚若仙，甚悅之，一轉瞬間，女已飛下，悅其斌媚，神往心迷，攜手空齋，綢繆甚洽，雞鳴即去，一夕，贈吳細髮一束，約有二丈餘，吳驚異之，旋吐丹丸，表裏通明，囑吳收藏，隨手置於匣內，突起火光，驚即取去，女笑吞之，家人恒於夜間，聽上房內有談論聲，窺之不見，慮吳為鬼魅所迷，竊勸吳絕，吳攜佩刀於枕邊，潛俟女至出刀遽絕之，斷其左手大指，女嘆曰：忍哉子乎？誓必相報，出門不見。年餘，忽有虎出，每夕必傷雞犬，羣相告誡，時總戎方讌集，客散後，見虎在山怒吼，取兵符調吳圍擒，吳領令出，行至通衢，突見女至，怒囓左手大指去，流血滿身，俄聞吳卒羣見虎來，係婦人足，入城內奎山石洞深處，總戎遣弁邏守之，數月不出，怪遂絕。〔註237〕

此則虎精可謂個性十分強烈，一旦為人相負，即生報復之心，類似此種類型的人虎變形故事並不多見，十分特別。此外，虎妖故事中，類似其他精怪作祟、化為女子以採補人氣，剝奪人命的人妖抗爭型態並不多見，目前僅見《夷堅志》〈香屯女子〉一則，故事敘述虎妖變形美女迷戀男子，使人尪悴，後由法師收妖除祟，此蓋為明清小說所流行之精怪變形類型。〔註238〕另在民間故事中，例如水族〈虎小伙〉、廣西〈老虎精〉故事則都是虎變形美男子至人類社會誘惑親近女子，方便噬食，〔註239〕此類型在人虎變形文

〔註236〕清徐岳，《見聞錄》，筆記小說大觀三編十冊，頁6516。
〔註237〕慵訥居士，《咫聞錄》卷一，筆記小說大觀二編六冊，頁3299。
〔註238〕宋洪邁，《夷堅志》（台北：明文書局，1982年4月），夷堅三志辛卷第九，頁1457。
〔註239〕見祖岱年、周隆淵編，《水族民間故事選》（上海文藝出版社）；《中國民間故事全集》6冊（台北：遠流出版社，1989年6月）

言志怪小說中幾乎未曾出現過，這類型故事似乎也帶有與「老虎外婆」類型之教育意義，警誡女子勿隨意在外遊玩親近陌生男子，而遭致危險。

三、假借變化、諷誡世事

藉精怪談經論道以作諷誡之風，六朝初期即已流行，至唐亦然，唐《傳奇》〈寧茵〉篇即借牛虎二怪變化成人談論世道為題材，〔註240〕以申其隱語詼諧之戲筆，亦屬諷世性作品。而繼承六朝妖怪幻化親人角色題材以為諷世的則有《瀟湘錄》〈趙倜〉一則：

> 荊州有一商賈，姓趙名倜，多南泛江湖，忽經歲餘來歸。有一人先至其家，報趙倜妻云：「趙倜物貨俱沒于湖中，倜僅免一死，甚貧乏，在路即當至矣。」其妻驚哭不已。後三日，有一人，一如趙倜儀貌，來及門外大哭，其妻遽引入家內，詢問其故。安存經百餘日，欲再商販，謂趙倜妻曰：「我慣為商在外，在家不樂。我心無聊，勿以我不顧戀爾，當容我卻出，投交友。」俄而倜輩物貨自遠而至，及入門，其妻反乃驚疑走出，以投鄰家。其趙倜良久問其故，知其事，遂令人喚其人。其人至，既見趙倜，奔突南走。趙倜與同伴十餘人共趁之，直入南山，其人回顧，謂倜曰：「我通靈虎也，勿逐我，我必傷爾輩。」遂躍身化為一赤色虎。〔註241〕

虎化為人間已有之角色混跡於人的社會，乃是為了掩藏身份而便於人間交往，這種偽裝較之化為其他人形，更加容易取得信任也更加可怕，蓋化身相似，真假莫辨。因此，故事中真趙倜回歸家門，其妻反而驚疑不信，若非假趙倜自知難以遁形，恐怕還需經過一場「辨形」證明。

這類以妖幻形為人們周遭親人的情節，在《呂氏春秋》〈疑似篇〉已見雛型，胡萬川先生〈從黎丘丈人到六耳獼猴〉一文論之甚詳，〔註242〕而由《太平廣記》所錄其他動物如狐、犬、鼠等幻化人形冒充代替故事，亦可知此一類型流傳之廣。〔註243〕胡萬川先生以為這類變化故事單純無奇，但卻有其諷

〔註240〕見《太平廣記》卷四三四所引，頁3525。
〔註241〕見《太平廣記》卷四三一所引，頁3501。
〔註242〕胡萬川先生，《從黎丘丈人到六耳獼猴》，《小說戲曲研究》第一集（台北：聯經出版事業公司，1988年5月），頁53～64。
〔註243〕《太平廣記》卷四三八引《搜神記》〈李德〉、〈田琰〉為犬化為人之亡父、人妻受人供養或淫人之事；卷四四二引《搜神記》〈吳興田父〉為老狸化為人父，使子誤殺親父；卷四四七引《朝野僉載》〈張簡〉為野狐化為人妹，使兄誤殺其妹故事，此一類型流傳頗廣。

世意義：

> 變化爲人群中眾人已習知的一員，使人疑惑，眞假難明，而從中攪
> 亂原本處於和諧狀態的人際關係。如果容許我們藉社會中人際關係
> 的某些觀念來說的話，這些故事似隱隱約約指向了一層人所不願承
> 認的底裡——即使最親密的人之間，原也可能隱藏著「疑」的因子。
>
> 〔註244〕

人之不能辨識認清親人，正指出人與人之間缺乏純然眞正的互信，因
而有疑。攪亂人間和諧狀態者，其實並不是外在的妖怪，而是人心理的邪
崇作怪。而這種無法分辨眞假、分辨妖物就在四周的情形，或許也是嘲諷
人對於眞僞正邪、是非好壞的辨識，往往只知表相，而不能識別探究其內
在眞相。

另《聊齋誌異》有一則諷世性作品則是針對世間之知識份子而發，卷一
二〈苗生〉云：

> 龔生，岷州人。赴試西安，憩於旅舍，沽酒自酌。一偉丈夫入，坐
> 與語……自言苗姓，言喙粗豪。生以其不文，偃蹇遇之……生即治
> 裝行。約數里，馬病，臥於途，坐待路側。行李重累，正無方計，
> 苗尋至。詰知其故，遂謝裝付僕，已乃以肩承馬腹而荷之……生乃
> 驚爲神人，相待優渥。

大凡世之假名士者，正如故事中龔生之以貌取人，稍稍涉獵詩書即目中
無人、鄙視鄉野村夫，苗生之於龔生，正諷刺了一般自視甚高的讀書人，不
惟如此，故事又轉進敘述苗生看不慣這些自以爲是的知識份子：

> 後生場事畢，三四友人，邀登華山，藉地作筵。方共宴笑，苗忽至……
> 眾欲聯句……移時，以次屬句，漸涉鄙俚……時已半酣，客友互誦
> 闈中作，迭相贊賞。苗不欲聽……而諸客誦贊未已。苗屬聲曰：「僕
> 聽之已悉。此等文，只宜向床頭對婆子讀耳，廣眾中刺刺者可厭也？」
> 眾有慚色，更惡其粗莽，遂益高吟。苗怒甚，伏地大吼，立化爲虎，
> 撲殺諸客，咆哮而去。所存者，惟生及靳。〔註245〕

故事中的苗生難耐這些迂腐可憎的八股士子所作篇章，又難耐其諂媚自
得之行狀，遂而化虎將之吞噬，更具嘲諷意義。蒲松齡藉一介虎夫苗生，反

〔註244〕同註242，頁62。
〔註245〕同註231，頁1598。

諷人間一班阿諛媚世的俗儒，而類此夜郎自大的儒服儒冠者卻比比皆是，令人生厭，無怪乎苗生欲噉之而後快。另《錄異記》〈姨虎〉一則則是虎精變人教諭世人行善盡孝，不要違背神理，並隨時派令虎兒巡查監督人之行為，〔註246〕似乎也呼應了在一般人的觀念裡，虎可以聽曉人語，並不食孝義良善之人的信念。

　　整體而言，虎妖變人故事較之「人化虎」類型故事數量較少，與其他精怪化身故事的敘事情節大同小異，大抵帶有一些奇特怪異及令人畏懼的特質，尤其在性別角色而言，因為虎威猛的特性，故人與虎互相化身的男女角色性別，似乎也以男性佔大多數，與狐精多化身美女故事明顯不同，這或許是人虎變形故事的獨特之處。

〔註246〕見《太平廣記》卷四三三所引，頁3514。

第四章　人虎變形故事之心理意識探索

魯迅在《中國小說史略》談到唐人傳奇說：

> 小說亦如詩，至唐代而一變，雖尚不離于搜奇記逸，然敘述宛轉，文辭華豔，與六朝之粗陳梗概者較，演進之跡甚明，而尤顯者乃在是時則始有意爲小說。胡應麟云：「變異之談，盛於六朝，然多是傳錄舛訛，未必盡幻設語，至唐人乃作意好奇，假小說以寄筆端。」
> 其云「作意」，云「幻設」者，則即意識之創造矣。〔註1〕

六朝志怪變形的故事類型，多強調其變化的因果報應及外在的變化，很少述及變形的心理歷程，故事設計粗簡，作品的完整性及藝術深度皆不足。至唐人傳奇，踵續六朝的變化主題又加以創新，在作品的形式和內容上，擺脫突破了六朝客觀式的敘述，呈現出人物繁複的意念，小小情事之所以悽惋欲絕，便是作品開始以人爲創作核心，涵攝了一定的創作理念及對生命的觀點。

唐傳奇藉志怪這一舊主題而賦予新的題材，表明對政治的批判、社會的諷諭及對自我生命的反省，可以說至唐以後，變形的故事展現了更深刻的內在心理意識。中國人虎變形故事歷經魏晉六朝志怪、唐代傳奇至明清筆記小說，其所呈現之面貌亦愈趨豐富多元，尤其是「人化虎」的故事類型所表現的文化、社會心理意涵，更是引人深思。本章即主要探討中國人虎變形故事背後所隱示的一種自我生命及人性思考內涵。

〔註1〕魯迅，《中國小說史略》（台北：谷風出版社），頁73。

第一節　非自主性的變形

在中國精怪變形故事中，異類變人基本上皆是有意為之，想要假借人身混跡人間社會完遂其目的，因此大多屬於一種可謂是「自主性的變形」，其是否變形的決定點多掌握在其手裡。反之，人化異類的變形，除了一些巫術、法術之變化性質及其他為了達成一種夢想目標外，其變形可能是受到控制的，是不由自主的，即所謂「非自主性的變形」。在人虎變形的故事中，可以發現這類型故事其心理與形體所產生的變化意趣十分耐人尋味。

一、形性俱變

人變為異類，是否還存有人性意識，或是曾經為人的知覺呢？

在早期變化論中被看作形貌改變、性情亦變的佳例，即是「牛哀化虎」這則最早見諸文獻記載的人化虎傳說。《淮南子》〈俶真訓〉云：

> 昔公牛哀轉病也，七日化為虎。其兄掩戶而入覘之，則虎搏而殺之。
> 是故文章成獸，爪牙移易，志與心變，神與形化。方其為虎也，不
> 知其嘗為人也；方其為人，不知其且為虎也。〔註2〕

牛哀化虎而食兄的傳說，明顯表現出「形性俱變」的觀念，人一旦變形，即不復有人的意識，當牛哀化虎時，志與心變，神與形俱化，其已不知其曾為人，故而亦不能辨識其親人，至此，他的身份已不再是人，而是一隻猛虎，不能再以人間的律則來看待他的行為。

與牛哀化虎相似而形性俱變的例子是《瀟湘記》所記的〈楊真〉。楊真平生嗜好畫虎，老而化虎後，其子逐出觀之，楊真所化之虎遂迴趕其子，並食之而去。〔註3〕

人而食兄食子真為可悲之事，然而牛哀、楊真皆是在久病而精神衰微下化虎，是屬於非自主性的變形，既是非自主性的，其行為亦無法由自己掌握。在變形之後，他們所表現的便是一隻真虎的行為，在化虎的那一刹那，所有做為人的質性也隨著一併變形，而成為獸心的禽獸，即從形體到心性皆完全地蛻變為禽獸。

不再身為人類，也就不再認識人的世界，變形後所置身的是一個自然野性的禽獸世界，食子食兄只是在此一世界中極其自然的獵食行為。《傳奇》所

〔註2〕見《淮南子》〈俶真訓〉所引，（台北：藝文印書館，1974年4月），頁42。
　　　另東漢王充《論衡》〈奇怪〉、〈遭虎〉、〈論死〉、〈無形〉等篇亦有類似記載。
〔註3〕見《太平廣記》卷四三○所引，頁3494。

載〈王居貞〉的化虎可以說是此種現象的最好註解：

> 明經王居貞者下第，歸洛之潁陽。出京，與一道士同行，道士盡日
> 不食，云：「我咽氣術也。」每至居貞睡後，燈滅，即開一布囊，取
> 一皮披之而去，五更復來。他日，居貞佯寢，急奪其囊，道士叩頭
> 乞，居貞曰：「言之即還汝。」遂言：「吾非人，衣者虎皮也，夜即
> 求食於村鄙中，衣其皮，即夜可馳五百里。居貞以離家多時，甚思
> 歸，曰：「吾可披乎？」曰：「可也。」居貞去家猶百餘里，遂披之
> 暫歸。夜深，不可入其門，乃見一豬立於門外，擒而食之。逡巡回，
> 乃還道士皮。及至家，云：居貞之次子夜出，爲虎所食。問其日，
> 乃居貞回日。自後一兩日甚飽，並不食他物。〔註4〕

這則故事透露出一個有趣的現象：那就是人與虎的世界是迥然不同的。
王居貞化虎後，以其做爲虎的角度來看其子竟是一豬，竟是一種畜類，而不
是人類，這現象十分奇特，也十分具諷刺性，虎在人類眼中是禽獸，而人在
虎的眼中也是。王居貞披上虎皮後即不識其子，便是以虎的眼界來看待一切，
他所處身的是虎的世界，而虎的世界是沒有人與禽獸之分，放眼望去，都是
可食之牲畜，在這一世界中，強者生存，弱者被食是自然現象。就虎的觀點
看，「食兄食子」是獵食；就人的觀點看，這卻是殺人違法之行爲。

在這則故事中，虎皮是人性與獸性分野的關鍵所在，披上虎皮即具獸性，
不識親人，也就是人性與獸性之分端視有無變形，張君房所記劍州李忠故事
亦是相類同的例子：

> 劍州男子李忠，因病而化爲虎，忠既病久，而其子市藥歸，乃省其
> 父，忠視其子朵頤而涎出，子訝而視，父乃虎也。急走而出，與母
> 弟返閉其室，旋聞哮吼之聲，穴壁而窺之，乃眞虎也。〔註5〕

李忠對其子「朵頤而涎出」時，也正是成虎之時，故李忠的表現不再具
備人的理性，而依虎的性態去看待一切。從《廣異記》〈費忠〉篇言「我若入
皮，則不相識」；《夷堅志》〈李氏虎首〉記李氏變形後「稍掮在旁兒女，如欲
啖食」等文字描繪中可知，這類故事都說明了人一旦變形，其所屬的人性也
就有了變易，基本上似在強調「苟稟此氣，必有此形；苟有此形，必生此性」
〔註6〕的萬物性質的差異。

〔註4〕同前註，頁 3495。
〔註5〕宋蘇軾，《漁樵閒話》（筆記小說大觀一三編五冊），頁 2689。
〔註6〕干寶以氣化說解釋形體之變異，見《搜神記》卷一二。

二、形易而心不易

在人虎變形故事中，大多數都是因宿業懲罰或病狂而化虎，可以說都是非自主性的變形。天命既不可違，只有委心任化。然而在任隨形體變化當中，並不是所有故事皆像前述牛哀、楊眞化虎後即皆形性俱變。在唐人傳奇及明清筆記小說中，有一些化虎故事就是「形易而心不易」的表現。

唐李景亮〈人虎傳〉一篇對主角李徵化虎後的心理即有十分深刻的探討：

> 隴西李徵，皇族子，家於虢略。徵少博學，善屬文，弱冠從州府貢
> 焉，時號名士。天寶十載春於尚書右丞楊沒榜下登進士第，後數年，
> 調補江南尉。徵性疏逸，恃才倨傲，不能屈跡卑僚。嘗鬱鬱不樂，
> 每同舍會，既酣，顧謂其群官曰：「生乃與君等爲伍耶？」其寮佐咸
> 嫉之。及謝秩，則退歸閉門，不與人通者近歲餘，後迫衣食，乃具
> 裝東遊吳楚之間，以干郡國長吏。

李徵出身貴族，恃才傲物，形成其與同儕不群、不合時宜之性格，這種寂寞的孤高特質，已隱約顯露一個高踞山巖的孤獸形象，此似乎也是其後來造成化虎悲劇的因緣之一。〔註7〕李徵遊吳楚周歲，西歸家鄉途中，突然被疾發狂變虎，後來於道中覓食時，偶遇舊日同登進士之故人，感慨良深，而道出其化虎始末及其心理變化：

> 虎曰：我前身客楚，去歲方還，道次汝墳，忽嬰疾發狂，夜聞戶外
> 有呼吾名者，遂應聲而出走山谷間，不覺以左右手攫地而步，自是
> 覺心愈狠，力愈倍，及視其肱髀，則有班毛生焉，心甚異之，既而
> 臨溪照影，已成虎矣。悲慟良久，然尚不忍攫生物食也，既久，飢
> 不可忍，遂取山中鹿豕獐兔充食。又久，諸獸皆遠避無所得，飢益
> 甚，一日有婦人從山下過，時正餒迫，徘徊數四，不能自禁，遂取
> 而食，殊覺甘美……自是見晃而乘者、徒而行者、負而趨者、翼而
> 翔者、毳而馳者，力之所及，悉擒而咀之立盡，率以爲常。非不念
> 妻拏朋友，直以行負神祇，一旦化爲異獸，有靦於人，故分不見矣。
> 嗟夫！我與君同年登第，交契素厚，君今日執天憲耀親友，而我匿
> 身林藪，永謝人寰，躍而呼天，俛而泣地，身毀不用，是果命乎？

〔註7〕唐李景亮，〈人虎傳〉，收錄於《唐代叢書》（台北：新興書局，1968年6月），
  頁853。另《太平廣記》卷四二七所引《宣室志》無李徵自述其放火燒人之事。
  《醉醒石》第六回「高才生傲世失原形，義氣友念孤分半俸」亦是敷述李徵
  （文作李微）化虎故事，情節與《唐代叢書》所敘同。

李徵將其化虎的原因歸於「行負神祇」，是因罪而遭天譴的結果，其自陳負行云：

> 二儀造物，固無親疎，厚薄之間，若其所遇之時，所遭之數，吾又不知也。噫！顏子之不幸，冉有斯疾，尼父常深歎之矣！若反求其所自，恨則吾亦有之矣，不知定因此乎？吾遇故人，則無所自匿也，吾常記之，於南陽郊外嘗私一孀婦，其家竊知之，常有害我心，孀婦由是不得再合，吾因乘風縱火，一家數人盡焚殺之而去，此爲恨爾。

李徵以爲今日的化虎，或許即是當年放火殺人的報應，故謂「偶因狂疾成殊類，災患相仍不可逃」。李徵因天譴化虎，然其形骸雖虎，卻猶有人心，故未像牛哀、楊眞、王居貞等人化虎後即不識親人，反而在化虎初期，不忍攫食生物，在饑餓交迫時，面對人類這樣同類的獵物尚且猶豫徘徊再三，乃至於最後在無意中撲殺到故人時，猶以「幾傷故人」自責，以化爲異類自慚而愧於會見故友。在化虎之後，李徵尚念妻孥之安頓，亦能屬文發抒其思想，對於過往情事歷歷了然並自我反省平生行事，此皆是李徵「形易而心不易」之證，故其友人問其爲異類何以能言時，李徵便答以「我今形變而心甚悟」。李徵所謂的心悟，不僅是了悟天命之所歸，亦了悟其實際上是一獸形的「人類」，而非眞正之禽獸。

唐人小說沿襲六朝志怪而加以創新突破，產生了異於六朝平面敘述的特色。李徵化虎雖是上承六朝變化主題及因果報應的天命觀，但其化虎情節更加豐富，在觀念上已超越六朝體制，而在內容上亦擺脫了一般變化形式，將志怪變成一種論述心理的題材，除了知命安命的心路歷程之外，李徵化虎亦論述了在「形變性不變」的變形中，人性與獸性的衝突與抉擇；更在超脫人形之外，客觀冷靜地對自我生命作一心理剖析與反省。而即使李徵未曾變虎，其若無法解脫自己靈魂的桎梏、性格的束縛，他也永遠是一隻自絕於世而孤獨落寞的人間虎而已。日本作家中島敦將〈人虎傳〉改寫成小說《山月記》，即針對李徵恃才倨傲的性格發揮寫成一篇個人寓言。《山月記》將李徵化虎的原因歸爲其自大的羞恥感使然，並透過李徵說出各人的性情都是猛獸，內在性情如何，外表亦會變成相稱的形狀。〔註8〕

〔註8〕見中島敦，《山月記》，收錄於《日本の文學》（中央公論社，1965 年 3 月），頁 407。另參見鄭清茂，〈中島敦的歷史小說〉，《文史論文集》（台北：商務印書館，1985 年 6 月），頁 1093。

錢易《南部新書》已集云：

　　薛偉化魚，魂遊爾。唯李徵化虎，身爲之，可悲也。〔註9〕

　　薛偉化魚，是意念所及，魂魄即化，〔註10〕是屬於暫時性的變形，而李徵化虎之所以可悲，乃是其變虎即永劫不復，終身爲異類。在化虎故事中，亦有如薛偉化魚般屬暫時性的變形，且在變形過程中，其心仍有知覺的例子，譬如《原化記》的〈南陽士人〉即是敘述人暫時化虎的故事：

　　近世有一人寓居南陽山，忽患熱疾，旬日不瘳。時夏夜月明，暫於
　　庭前偃息，忽聞扣門聲，審聽之，忽如睡夢，家人即無聞者，但於
　　恍惚中，不覺自起看之，隔門有一人云：「君合成虎，今有文牒。」
　　此人驚異，不覺引手受之，見送牒者手是虎爪，留牒而去，開牒視
　　之，排印于空紙耳，心甚惡之，置席下，復寢。明旦少憶，與家人
　　言之，取牒猶在，益以爲怪，疾似愈，忽憶出門散適，遂策杖閒步，
　　諸子無從者，行一里餘，山下有澗，沿澗徐步，忽于水中，有見其
　　頭已變爲虎，又觀手足皆虎矣，而甚分明，自度歸家，必爲妻兒所
　　驚，但懷憤恥，緣路入山。

　　南陽士人彷彿是一個一步步踏入陷阱的人，在不自覺及莫可奈何情形下被天神所使化虎，出於無奈，但也只好任憑爲之，適應自己的新角色、新環境去生存。因此，由文明世界轉換爲自然世界的南陽士人，亦開始依照自然世界的法則，開始狩獵殺生，而至終於殺人：

　　畫即於深榛草中伏，夜即出行求食，亦數得麞兔等，遂轉爲害物之
　　心，忽尋樹上，見一採桑婦人，草間望之又私度，吾聞虎皆食人，
　　試攫之，果獲焉，食之，果覺甘美。常近小路，伺接行人，日暮有
　　一荷柴人過，即欲捕之，忽聞後有人云：「莫取，莫取。」驚顧，見
　　一老人鬚眉皓白，知是神人，此人雖變，然心猶思家，遂哀告。老
　　人曰：「汝曹爲天神所使作此身，今欲向畢，卻得復人身，若殺負薪
　　者，永不變矣。汝明日合食一王評事，後當卻爲人。」言訖，不見
　　此老人。……食訖，心稍醒，卻憶歸路，去家百里餘來，尋山卻歸，
　　又至澗邊卻照，其身已化爲人矣。……後五六年，遊陳許長葛縣，

────────────

〔註9〕宋錢易《南部新書》（台北：藝文印書館，百部叢書集成影印學津討原本二三函），已集，頁12。

〔註10〕薛偉化魚故事見唐李復言，《續玄怪錄》（台北：文史哲出版社，1989年7月），卷二，頁159。

時縣令席上，坐客約三十餘人，主人因話人變化之事，遂云：「牛哀之輩，多爲妄說。」此人遂陳己事，以明變化之不妄，主人驚異，乃是王評事之子也，自說先人爲虎所殺，今既逢仇，遂殺之，官知其事，聽免罪焉。〔註11〕

　　南陽士人在王評事之子面前論述自己超自然的生命經驗，卻導致自己被殺，這其中似乎蘊含著對生命的嘲諷。南陽士人的化虎，隱隱表現出人意識到生命在面對命運時是完完全全地無可奈何，而爲了證明生命的無可奈何，遂以人與異類變異之可能事實來諷刺生命的無法自主。故事中主角的化虎雖亦被刻畫爲置身於一種幻覺狀態，但他從未提出自己爲何變爲虎的疑問，也從未抗爭過自己這種改變，彷彿生命的歸趨便是如此天成而且無疑。

　　在暫時性的非自主變形中，南陽士人其心尚有知覺，並未全然轉爲禽獸之性，故其初化虎時，見己之獸形，尚以爲憤恥；又以虎身私度「聞虎皆食人」，是知其仍以人的意識思考；而其「心雖變，然心猶思家」，故遂哀告老人恢復人身，凡此皆見南陽士人形易而心未易。然而南陽士人的心雖有知，對自己形體的變化卻沒有自主能力，化虎或爲人是天命，甚至其食人或被殺亦是天命，人沒有力量去改變現狀中不好或不合理的一面，甚至沒有選擇的自由，做人做禽獸全憑冥冥中所謂的「天命」擺佈，深刻地否定了人心的自主能力，頗具諷刺意義。

　　然而在唐代故事中，卻也出現了一則掙脫非自主變形的桎梏，而以堅定心念自主爲人的故事：

荊州有人山行，忽遇倀鬼，以虎皮冒己，因化爲虎，受倀鬼指揮，凡三四年，搏食人畜及諸野獸，不可勝數，身雖虎而心不願，無如之何。後倀引虎經一寺門過，因遽走入寺庫，伏庫僧床下，道人驚恐，以白有德者。時有禪師能伏諸橫獸，因至虎所，頓錫問：「弟子何所求耶？爲欲食人？爲厭獸身？」虎弭耳流涕，禪師手巾繫頸，牽還本房，恆以眾生食及他味哺之，半年毛落，變人形，具說始事，二年不敢離寺。後暫出門，忽復遇倀，以虎皮冒己，遽走入寺，皮及其腰下，遂復成虎，篤志誦經，歲餘方變。自爾不敢出寺門，竟至死。〔註12〕

〔註11〕見《太平廣記》卷四三二所引，頁 3504。另張漢良嘗以結構主義分析此文，見〈唐傳奇南陽士人的結構分析〉，收錄於《比較文學理論與實踐》（台北：東大圖書公司，1986 年 2 月），頁 215。
〔註12〕見《太平廣記》卷四三一所引，頁 3499。

　　荊州人被倀鬼蒙以虎皮而化虎，是屬於一種巫術性變化。在這突如其來的變形中，荊州人之心歷歷然人也，所謂「身雖虎而心不願」，虎皮改變的只是其外在的形貌，而不能變易其內在人性。而荊州人不屈服於被變作禽獸的命運，奮力尋求自救解脫，以「遽走入寺」的行徑及「篤志誦經」的專一意志，終於得以脫卻獸身，回復本來面目。在這些不自主變形中，荊州人的故事特別強調了心的自主性，為獸雖然由天由命，但為人與否全操之在一己的心志，人只要有心，則一切外力的變形便不重要，甚至也難以成立。此似乎即在間接鼓勵人可以不受外力環境的操縱掌控，可憑一己純粹執一的意志成就個人的生命。

　　唐傳奇之外，在明清筆記小說中也出現了「形易而心不易」的化虎故事，而其表現型態與唐人傳奇各有所趣，其文質雖較粗簡，但表現「心未易」的內容卻亦有特色。譬如清《南皋筆記》中記載一位生性獷悍的狸生，與人心生怨隙，後欲獵殺變化為虎之仇人，未料在獵殺過程中己身亦變化為虎，心中因此懊悔。〔註13〕此則道出「形易而心未易」的虎人以身為禽獸而羞愧，明顯地看出變形後仍存有人的意識。明陸粲《說聽》記陳十三老人病瘧蒙皮化虎，每夜銜食牲畜至家利其家人，後來化虎入山，人於山中遇之，呼曰：「陳十三老人，吾汝鄰也，莫作惡」，其虎聞之即弭耳垂尾而去；若為不識者則食之。〔註14〕陳十三化虎後，尚知取牲畜歸家，呼其名亦知，可見其仍有人的知覺。

　　明郎瑛《七修類稿》所載〈王三〉一則與此一故事相似。王三老而化虎，遇識者哀求勿傷，王三所化之虎即咆哮離去。〔註15〕這二則故事的主人翁化虎後雖亦傷害人畜，儼然為虎，然而其可貴處在其心皆尚有知覺，遇到認識之人，仍存有舊日情誼，捨之不傷不食，正是有情有知的表現，與前述形性俱變的化虎例子迥然不同。《秋燈叢話》〈同年友化虎〉記云：

> 陝省孝廉某策蹇山行，風飆頓起，一虎搖尾來，從人星散，某戰慄不能移步，虎倏至，作人語曰：君勿恐，吾乃同年友某也，往歲至此，馬逸驚墮，頓易形質，而家人無有知者，每一念及，痛心如割，知君過此，煩寄語妻孥，今已化為異物，勿庸相念，書室中有藏金數百，可掘取為餬口資。言已，復潸然曰：此時心地尚明爽，知有

〔註13〕清楊鳳徽，《南皋筆記》，筆記小說大觀一編一冊，頁300。
〔註14〕明陸粲，《說聽》（筆記小說大觀一六編五冊），頁2693。
〔註15〕明郎瑛，《七修類稿》（台北：世界書局，1963年4月），頁738。

故人，過午即迷本性矣，君宜速行，恐逾刻不相識也。某至其家，
以所見告，咸以為妄，及掘地得金，始痛哭而信焉。〔註16〕

陝省孝廉變化為虎，痛心羞為禽獸，自言心地尚明爽，能認識同年老友，
亦一心掛念家人之營生，心靈意識歷歷澄明，惟因身為虎身，心念甚至行為
無法隨自己作主，所謂「過午即迷本性」，是否即是某些「人化虎」故事類型
所顯現的在人類文明與自然野性的二度界域中游走；甚至是在道德與非道德
的思維中徘徊的敘事結構。

另清代《志異續編》〈人變虎〉條記人化虎後仍戀其家的故事則引人悲憫：

伊地有苗僅三姓，內惟王姓者，一代必有一人變虎，或二三十年一
見云。曾目及其事，其人如傷寒狀，始則頭痛身熱，旋周身骨節痛，
日夜呻吟不飲食，如此七八日，一夜變虎，家中人咸驚恐，聚眾鳴
鑼放銃，持杖執戈以逐。其虎眷念庭幃，若不忍去，惟迫於眾逐，
每數步必回顧，逐至深山而止。三五日必仍回，其家閉戶，虎不得
入，繞屋行不去，逐如前後，或一月一至，數月一至，久則不至焉，
疑前事盡忘矣。想其方變虎也，其自視何如？視人又何如？徘徊不
去，眷念復至，猶有人之心存，其情可憫，其心可悲，是虎面人者
也。〔註17〕

王姓人是苗人，其家族代代有人變虎之例，此或許是一種家族遺傳病，
而這種遺傳可能與原始圖騰信仰有關。〔註18〕此故事明白敘述當王姓者變虎
之時，其形體雖成異類，然心猶人也，故其眷戀家園不去，亦不危害眾人。
那種數步一回顧的行狀正是被迫離家之人的苦楚與不捨，若非尚存有人性人
心，是不可能具此人類感情，所謂「虎面人者」，正是「形易而心不易」的最
佳解釋。

另外一則由徐芳所記的〈化虎記〉與此故事類似，而將「虎面人者」的
人心闡述得更加分明：

黃翁者，密溪人，去樵城十餘里，生三子，俱壯矣。乙未春，使耕
田山中，晨出酉返，如是數日，一夕鄰子謂翁曰：「田蕪弗治，倘無
意乎？」翁曰：「兒曹日躬未耜，奚蕪也？」……翁心怪，詰旦，三子

〔註16〕清王椷，《秋燈叢話》（台北：廣文書局），頁597。
〔註17〕清青城子，《志異續編》（筆記小說大觀一編十冊），頁6406。
〔註18〕參見本文第二章第二節，在雲南、貴州、廣西一帶亦可見此代代相傳化虎傳說。

出，翁密尾，偵其所往，則見入山林中，袪衣掛樹，隨變爲虎，哮躍四出。翁大恐，奔歸，竊告鄰子，拒戶匿處。迫夜，三子歸，呼門良久，不應。鄰子諭之曰：「若翁不爾子矣？」問其故，以所見告。三子曰：「有之，帝命所驅，不自由也。」因嗚咽呼翁曰：「罔極之因，寧不思報？無如父名早在劫中，兒輩數日遠出，正求其人可以代者，既爾逗露，不可復止，然某所衣領中，有小冊，幸爲簡付，不然，父固不利，兒皆坐是死矣。」翁因取燭覓衣領中，果得小冊，皆是樵郡應傷虎者，而翁名在第二……當自有策，翁勉聽，三子受冊，泣拜，因告翁曰：「此俱帝命，父當蒙厚衣數重，勿結帶，加黃紙其上，匐伏虔禱，兒自有救父法。」翁如言，三子次第從後躍過，各啣一衣，虎吼而出，遂不復返，翁至今猶在。

黃翁之子因天命所驅而化虎，其人雖虎，卻尚知父恩罔極，猶有孝道之思，其形體的變化雖不能自主，但其心卻尚存人性，可以自主自己不爲不孝不義之事，正如〈化虎記〉文後作者所評論：

自昔以人化虎，多有之矣。如封邰李微輩，即皆易皮換面而去，未有涸處人中若三子者。且帝既以傷人役之，而又列其父冊中，尤極難處之事，而三子求代不得，又曲盡以全之，可謂形易而心不易者矣。天下固有五官四體居然皆人，而君父當前竟不相識者，豈既已虎矣，而猶有恩之不可負哉。雖然，三子既虎矣，奈何列翁名冊中，豈司此者偶忘之乎？〔註19〕

只要有心，外在形體的變化並不重要，是人形或獸形皆一樣，變形只是變易爲另一種形貌，更換了一個面具，並不妨礙人之爲「人」的內在質性。〈化虎記〉故事可以說深刻地諷刺了那些徒具人形而窩藏獸心的不肖者。

在上述這些非自主性的人化虎故事中，我們看到了變形後心所呈現的兩極型態：一是無知，一是有知。

在無知狀態中，人一旦化爲眞虎，便一以自然的野性世界法則爲認知形式，不再具備人的思考與行爲，形變則心性亦變，形如獸則心亦如獸，無法以屬於人的文明世界法則來軌範之。

在有知狀態中，人之外在雖是獸形，但內在仍存有人性。在這層「半人半虎」的「人獸合體」界類中，可以看到人處在獸界的對立與衝突。李徵、

〔註19〕清張潮，《虞初新志》（台北：廣文書局，1968年1月），卷七，頁68。

荊州人、陝省孝廉及黃翁三子皆遭受著獸身人心的煎熬，所面對的是身不由己的心理衝突與人性獸形的對立。而南陽士人在經歷人獸對立的兩元世界後，回到人間卻必須面對不同世界律則的判決，逃不過「殺人償命」的違法犯禁的處罰，也是因為各類界的秩序、組織與律則迥然不同，無法調和。〔註20〕在這些故事中，可以看見各類界之間是不能逾越的，一旦逾越即有矛盾與衝突，類界之分在外在形體表相，也在內在心理本質，人不能逾越外在與內在的秩序，否則皆會失去平衡，因此，我們可以看到在人虎互變的過程與結局中，不論是變為人身或化為獸形，終究都是只能選擇其中一種形相，無法自由變化悠游於人間。

第二節　自主性的變形

在「非自主性」的變形中，人成為異類是無可奈何的，尤其對那些形易而心不易的化虎者來說，更是一種深沈無止盡的悲哀。「形易心不易」強調的是變虎之後人心的表現，而在其他人化虎故事中，有一類型所強調的卻是變虎之前人心的表現，也就是說藉由心念的流轉可以左右形體的改變，是自主性的，而非迫於外力的變形。

一、形隨心變

「形隨心變」這類自主性的變形主題在六朝佛教宣教之作即可見，強調心念的力量與重要性，由《高僧傳》中記載一則〈僧虎〉故事便可窺知一二。故事記敘袁州僧人在一個偶然機會裡戲披虎皮，人見之以為真虎皆棄物而去，袁州僧因利其所獲，遂起了貪婪之心，而食髓知味後，更是變本加厲地以虎皮作為掩人耳目之面具、欺世盜人之工具。久而久之，虎皮附身，不再只是一個外在隨時可以脫卸的面具，竟而成為其血肉之軀，甚且成為其「人格」，造就一隻心與形、內與外表裡一致的真虎。而待其化為虎後，在攫食過程中有了覺悟：

> 是後常與同類遊處，復為鬼神所役使，夜則往來於山中，寒暑雨雪不得休息，甚厭苦之。形骸雖虎，而心歷歷然人也，但不能言耳。

〔註20〕張漢良以為南陽士人以人、虎身份經歷的兩重世界，正是二元對立的文明與自然世界，人的社會生活象徵文明，獸的野性生活象徵自然。雖然主角違犯禁忌非出於自願，但必須被懲罰，以重建人的社會秩序。見註11。

周歲餘，一旦餒甚，求無所得，乃潛伏道傍。忽一人過于前，遂躍
而噬之，既死，將分裂而食，細視之，一衲僧也。心自惟曰：我本
人也，幸而爲僧，不能守禁戒，求出輪迴，自爲不善，活變爲虎，
業力之大，無有是者，今又殺僧以充腸，地獄安容我哉？我寧餒死，
弗重其罪也。因仰天大號，聲未絕，忽然皮落如脫衣狀，自視其身，
一裸僧也。〔註21〕

在袁州僧有了反省爲人之自覺後，其獸身便有如脫皮般重新蛻變爲人，
這其中明白道出佛教重心思想，佛家認爲心乃形之本，《五苦章句經》云：

心取地獄，心取餓鬼，心取畜生，心取天人。凡諸形貌者，皆心所
爲，能伏心爲道者，其力最多。〔註22〕

所謂相隨心生，凡事因之起皆由心，而一切人或畜生之類，也是皆由己
心所作，心持善念則有善相，持惡念則有惡相，正如故事中圓超上人所說：

生死罪福，皆由念作，刹那之間，即分天堂地獄，豈在前生後世耶？
爾惡念爲虎，善念爲人，豈非證哉？苟有志乎脫離者，趣無上菩提，
還元反本，念不著，則人不爲虎，虎不爲人矣。

世間萬法，莫不由心，念不著則人不爲虎，爲人爲虎、成佛成魔全在一
念之間，正所謂「放下屠刀，立地成佛」。《西遊記》十七回亦言「菩薩妖精
總是念」，〔註23〕故《譚子化書》〈心變〉條云：

至暴者化爲猛虎，心之所變，不得不變。是故樂者其形和、喜者其形
逸、怒者其形剛、憂者其形感，斯亦變化之道也。小人由是知顧六尺
之軀，可以爲龍蛇，可以爲金石，可以爲草木，大哉斯言。〔註24〕

外在的形相完全是受人之意念流轉所造就，心生惡念，面目自然猙獰可
憎，有如禽獸，化虎只是一個象徵，其主旨在諷喻人護持方寸之心，勿墮於
惡念之中。

心的自主力量如此之大，那麼人在其存在本質上是自由的抑或是被決定

〔註21〕見《太平廣記》卷四三三所引，頁3512。今釋慧皎《高僧傳》無此文。
〔註22〕東晉竺曇無蘭譯，《五苦章句經》（台北：新文豐出版公司，大藏經十七冊，
　　　經集部），頁545。
〔註23〕《西遊記》十七回載觀音菩薩變凌虛仙子，孫悟空即言：「妖精菩薩，還是菩
　　　薩妖精？」，菩薩即言：「菩薩、妖精，總是念；若謂本來，皆屬無有。」
〔註24〕唐譚景昇，《譚子化書》，筆記小說大觀四編二冊，頁1323。另《北夢瑣言》
　　　嘗言「不肖子弟有三變：第一變爲蝗蟲，謂齧莊而食也；第二變爲蠹魚，謂
　　　齧書而食也；第三變爲大蟲，謂賣奴婢而食也。」

的？《續玄怪錄》借人化虎這種人間傳奇，創造了「張逢」這個角色，深刻探討人心理的變化。小說中描述張逢的化虎是非常自主、非常隨意隨性的：

> 時初霽，日將暮，山色鮮媚，煙嵐靄然，策杖尋勝，不覺極遠。忽有一段細草，縱廣百餘步，碧鮮可愛，其旁有一小樹，遂脫衣掛樹，以杖倚之，投身草上，左右翻轉。既而酣甚，若獸蹁然，意足而起，其身已成虎也，文彩爛然，自視其爪牙之利，胸膊之力，天下無敵。
> 遂騰躍而起，超山越壑，其疾如電。

在這裡可以看出張逢的變形是非常自由的，當他「若獸蹁然，意足而起」時，即化成一文采爛然的老虎；而當他想回復人身，不願自囚深山時，意足而起又已回復本來面目：

> 行於山林，孑然無侶。乃忽思曰：「我本人也，何樂爲虎，自囚於深山。盍求初化之地而復耶？」乃步步尋之，日暮方到其所，衣服猶掛，杖亦倚林，碧草依然，翻復轉身於其上，意足而起，即復人形矣，於是衣衣策杖而歸。〔註25〕

張逢的故事情節與前述〈南陽士人〉十分類同，姑且不論〈南陽士人〉是否改竄舊文而成，〔註26〕二篇結構雖相似，但命意與表現型態卻不相同，茲比較如下：

（一）南陽士人的變形完全是一種被動的擺佈，屬於非自主的變形；而張逢卻是隨自己的意念流轉而自主變形。

（二）南陽士人變形後心猶思家，哀告神人解脫獸形；張逢則自我省思本爲虎，何樂爲虎，自囚於深山，遂決定回復人形。

（三）南陽士人受人指點合食王評事，而張逢則是意中恍惚認爲當得鄭錄事。

（四）故事結尾二人在談及自己生命中的超自然經驗時，皆巧遇所食者之子，南陽士人因而被殺復仇；而張逢時人卻以爲此仇非故殺不該報，後張逢遂改名西去。

張逢這篇人變虎故事，很明顯地並沒有像一般變化故事那樣具備了特定的變形原因，樂蘅軍亦認爲此故事絕沒有像許多明代變化故事那樣強調倫理

〔註25〕唐李復言，《續玄怪錄》（台北：文史哲出版社，1989 年 7 月），卷四，頁 177。

〔註26〕盧錦堂以爲南陽士人與張逢情節近似，而文采皆遜，則其書似有改竄舊文而成者。見《太平廣記引書考》（政治大學中文研究所七十年博士論文），頁 287。

思考或宗教意圖，也就是它既不是立於善惡懲罰的道德意識中創作，也不是佛教的業報輪迴，或是仙道類的變化法術，而只是人性的一個心理上的投射，反映了一個驚人的心理事實。〔註27〕

　　張逢化為虎時，的確並不是因為有任何宿因而使他產生如此的變形，也不是受心中邪惡之念的驅使，而只是在一種自由忘我的意識下，單純地翻躍於大草原上、翻躍自己的靈魂，解放自己的手足，甚至也解放了自己為人的生理、心理諸層面有限的自我及受拘束的道德意識。可以說張逢具有全然自主的意志，在這一個自我中心世界裡，他順著生命的本然自我主張、自我選擇、也自我實現，完全不需假借虎皮或是法術、神力等外力來成就變形，張火慶以為張逢化虎、薛偉化魚等皆是以生命為物質性的氣化流形的觀念，是一種情意的自適，一種縱浪大化的跌蕩自喜，順著生命的本然，即可擁有一切，可以說張逢的化虎是屬於一種非常自主性的變形。〔註28〕

　　〈張逢〉可以說是一篇藉志怪變異來寫其內在心理的寓言小說，故事中以人與老虎的轉化可變成實際現象來強調「意隨心轉，形隨心變」的思想，也借此象徵人可以突破形體的有限，可以隨時變換外在的面具、角色。一人而可以成虎又成人，這種角色分化和《西遊記》中六耳獼猴與孫悟空為同一性體分化象徵有異曲同工之妙。而人與虎的轉化是這般容易，是否也暗示著二者其實都是其本來面目之一？只是受到社會制度及道德規範的禁制，使得人只好隱藏其本心之慾望，掩飾其真實之面貌。

　　清《咫聞錄》有一則〈阿三化虎〉，敘述人與虎形的轉化似乎也是隨心所欲，可以自主的：

> 廣州東莞場，有陳姓童子，小名阿三，父母使遊村塾，學習灑掃應對之道。一日，塾師歸家，六七童子，相與為戲，曰：山村僻野，頗思肉味。三曰：何難之有？我能致之，遂於神前叩首而去。逾時，荷死豬至，任意恣啖，諸童喜悅。閱半載，師又外出，童曰：先生歸去，尚有數日，若能再得生腥，何妨肉食，子盍為我致之，三以為然。時方盛暑，館近山中，旁有土地祠，三遂焚以香楮，以手據地，脫衣，化為斑虎，咆哮而出。諸童方欲入祠，觀其所為，忽見

〔註27〕樂蘅軍，〈唐傳奇的意志世界〉，《臺靜農先生八十壽慶論文集》（台北：聯經出版事業公司，1981年），頁855。

〔註28〕見〈從自我的紓解到人間的關懷〉，收錄於《中國小說史論叢》（台北：學生書局，1984年6月），頁205。

一虎，颮然奔去，呼號駭走者有人；膽裂不前者有人。或曰：脫形
化虎，若有人見，不能復化原形。諸童遂詣阿三家，告知其事，大
相驚異。其父次夜，見虎蹲踞門外不去，亦不傷人，眾曰：若是斑
歌，理宜遠去；若是阿三化虎，應入深山，虎乃曳尾而走，由是朝
來暮去，歲以為常，鄉人見之，呼名即避，二十餘年，尚有人見之
者。〔註29〕

　　故事中提到阿三十分了解自己可以變化成老虎的能力，因此他主動提出
可以獲致牲畜滿足同伴需求，這種變形原因與張逢十分類似，張逢是左右翻
轉，若獸蹕然，意足而起後即化虎；而阿三則是以手據地，脫衣後即化為斑
虎，二人彷彿具備魔法或法術力量，可以在瞬間施展獸形之動作後即可變成
彼獸，其化虎的過程是非常隨意的，也無需憑藉任何具有魔法的物品，如前
述所謂的「虎皮變形」。也因為是自主性的，因此就算阿三後來因為「脫形化
虎，若有人見，不能復化原形」的不知名原因，使他不能回復人形，但其自
始至終都仍具備人的意識知覺，不僅聽得懂人語，且歷經二十餘年不變，最
後化虎的結局只有改變他的外在形體而已，可以說阿三是在自主性的變形
中，不幸遭遇意外的外力後，破解了變形魔術的法力，而成為不自主性的「突
變」，使得其終身無法再回復人形。

　　另一則也可謂是「心變而形變」的例子是出自清代《耳食錄》的〈荊州
女〉：

明末時，荊州有許氏民，生三子一女。子以射獵為生，女最幼，年
十六，嫁北村盧氏子。甚敬其夫家，自舅姑以下，悉得其意，鄉里
稱順婦焉。而父母猶絕憐之，諸兄亦各愛此妹。歲時往來，音問甚
數。每獵得麋鹿獐兔諸物，或鮮而饋之，或臘而致之。雖一割之甘，
未嘗不共。女歸寧父母，歲輒數四。一日偕婿來母家，女忽發狂，
走入室，閉戶良久。母于隙間窺之，忽一虎突門而出，攫母嚙殺之。
父驚走，虎復攫父，又殺之。其婿在旁，震駭仆地，虎不之顧。時
三子方游獵歸，遇虎于門。虎欲博三子，咆哮而前，三子正持獵具，
因其格虎，得不傷。虎復奔入室，三子迫視之，則虎方人立，其皮
豁落，乃其妹也。三子哀號，并其婿執女以詣縣官。女自辨形變則
心變，故不識父母，當無罪。令曰：「不然，心者，身之宰也。心變

〔註29〕清慵訥居士，《咫聞錄》（筆記小說大觀二編六冊），卷七，頁3451。

　　故形變。即形變而心不宜變。且真虎殺人，亦法所不貸，況女而虎

　　其父母者與？」遂置女于法。

　　由前論可知人化虎或形性俱變，或形易而心不易，若如荊州女所自言形
變心變，則其食人便不該有所選擇對象，今荊州女捨夫婿不食，可見其形雖
變禽獸，而意識思維仍爲人，仍認識其周遭之親人，而非全然無知，正如故
事末尾作者評論云：

　　令之言，然哉。夫虎，猛者也，亦靈者也。人而虎也，宜不猛而更

　　靈。君子於是知女之處心積慮，而後成於虎。不然，何昧於親而辨

　　於婿也。荊人之死於虎歟？荊人之死於女也。〔註30〕

　　故事中雖未透露荊州女之所以處心積慮化虎嚙食父母之原因，然荊州女之
化虎看起來當非偶然，亦非意外變形，而完全繫之於其心中的欲念或是仇恨。《獨
異志》〈李勢〉一則嘗記敘李勢寵妃鄭美人亦不明原因化爲雌虎，而且化虎後
一夕嚙食李勢其他寵妃。〔註31〕這兩則化虎原因皆不明，但化虎後皆嚙食生
活中相處相識之人物，鄭美人是否與荊州女一般，與週遭之人其實曾發生嫌
隙過節，早已懷恨在心，二人變爲野獸食人只是一種象徵意涵。正如《青箱雜
記》卷四所云：

　　荀子曰：「相形不如論心。」諺曰：「有心無相，相逐心生；有相無

　　心，相隨心滅。」此言人以心相爲上也。〔註32〕

劉畫《新論》亦云：

　　形者，生之器也；心者，形之本也。〔註33〕

　　所謂「相隨心轉」，心是形體的主宰，在非迫於外力的變形中，化虎或爲
人皆隨著心念流轉而定，食人與否也在一念之間，外在形相的呈露，是因應
著內在心念而變化的，或許可以說荊州女及鄭美人的心魔便是她變虎的動機
與力量，也是「形隨心變」的寫照。清《南皋筆記》卷二〈狸生〉條云：

　　狸生者，粵東獠種也……狸生生性獷悍，常與其種類不相能。有朱

　　離生者，亦獠族也，尤與狸生忤，狸常心銜之，然無如何也。……

　　一日，朱離生化爲虎，狸因與之有隙，獵殺之，虎大哮吼，狸驚駭

〔註30〕清樂鈞，《耳食錄》（時代文藝出版社，1987年12月），頁55。

〔註31〕見《太平廣記》卷三六〇所引，頁2850。

〔註32〕宋吳處厚，《青箱雜記》（筆記小說大觀正編一冊），頁645。

〔註33〕劉畫，《新論》，（台北：藝文印書館，百部叢書集成影印漢魏叢書本五函），

　　　　卷一。

　　倒地，須臾起，則徧體毛色斑斕，亦居然虎矣。因大懊悔，觸屋死。

　　至今西山有虎，人尚不敢獵殺，蓋恐蹈狸生之故轍云。〔註34〕

　　狸生生性獷悍，欲洩其平日之忿，卻因撲殺朱離生所化之虎而變虎，是否意味著當人心有殺生之惡念時，其顯現的外在形貌即像吃人的猛獸一般，十分兇惡暴虐，正如前述《譚子化書》所謂「至暴者化為猛虎，心之所變，不得不變。」之論見一般，也就是所謂的形隨心變。

二、意志變形

　　在「形隨心變」的變形裡，強調了心念的重要，而有時這種心念所產生的意志力的凝聚能夠發揮無比的力量，彌補人世間的缺憾與不足，像長久以來流傳的離魂故事，便是靠著這股心的意志去突破生命的阻礙，〔註35〕胡萬川先生即以為這類故事「通常指向人生心理想望與現實世界不能妥協之境況，因此，一人而為二」。〔註36〕

　　離魂故事是人的靈魂分化同一人形去實現心中的想望，另一類類似此離魂故事，也是一人分為二個角色，只是魂魄不是化為人形，而是化為一種動物以完遂願望，譬如《聊齋誌異》〈阿寶〉篇中的孫子楚憑著一股痴念變成一隻鳥，飛到其喜愛的女子阿寶家傾訴深情；又如同書〈向杲〉一篇，主角藉靈魂化虎來達成其報仇、伸張正義的手段，也是意志使然：

　　向杲字初旦，太原人。與庶兄晟，友于最敦。晟狎一妓，名波斯，有割臂之盟；以其母取直奢，所約不遂。適其母欲從良，願先遣波斯。有莊公子者，素善波斯，請贖為妾。波斯謂母曰：「既願同離水火……肯從奴志，向生其可。」母諾之，以意達晟。時晟喪偶未婚，喜，竭貲聘波斯以歸。莊聞，怒奪所好，途中偶逢，大加詬罵。晟不服，遂嗾從人折箠笞之，垂斃，乃去。杲聞奔視，則兄已死。不勝哀憤。具造赴郡。莊廣行賄賂，使其理不得伸。

　　向杲庶兄受害冤死，心中悲痛氣憤，訴之於執法者，希望能討回公道，無奈凶手與百姓官勾結，不僅冤屈無法平反，甚且生命亦被剝奪，在這多重

〔註34〕清楊鳳徽，《南皋筆記》，筆記小說大觀一編一冊，頁300。

〔註35〕離魂故事如唐陳玄祐〈離魂記〉敘述倩娘與王宙相愛，唯其父另許他人，倩娘魂魄乃隨王宙私奔結婚，後歸家方與家中倩娘形體合而為一。見《唐人傳奇小說》（台北：世界書局，1988年11月）。

〔註36〕胡萬川先生，〈從黎丘丈人到六耳獼猴〉，收錄於《小說戲曲研究》第一集（台北：聯經出版事業公司，1988年5月），頁64。

挫傷之下，向杲遂決定由自己來作正義的執法：

> 杲隱忿中結，莫可控訴，惟思要路刺殺莊。日懷利刃，伏於山徑之
> 莽。久之，機漸洩。莊知其謀，出則戒備甚嚴；聞汾州有焦桐者，
> 勇而善射，以多金聘爲衛，杲無計可施，然猶日伺之。

向杲有心報仇，然而在強梁警戒下，卻苦無機會完遂他的意志，向杲以
單薄之一身報仇，已抱著壯志未酬不生返的決絕之念，而這樣的堅持意念，
終於凝聚成一股變形力量而成就他的報仇心志：

> 一日，方伏，雨暴作，上下沾濡……身忽然痛癢不能復覺。嶺上舊
> 有山神祠，強起奔赴。既入廟，則所識道士在內焉。先是，道士嘗
> 行乞村中，杲輒飯之，道士以故識杲。見杲衣服濡溼，乃以布袍授
> 之，曰：「姑易此。」杲易衣，忍凍蹲若犬，自視，則毛革頓生，身
> 化爲虎，道士已失所在。心中驚恨。轉念：得仇人而食其肉，計亦
> 良得。下山伏舊處，見己尸臥叢莽中，始悟前身已死；猶恐葬於烏
> 鳶，時時遷守之。越日，莊始經此，虎暴出，於馬上撲莊落，齕其
> 首，咽之。焦桐返馬而射，中虎腹，蹶然遂斃。杲在錯楚中，恍若
> 夢醒；又經宵，始能行步，厭厭以歸。家人以其連夕不返，方共駭
> 疑，見之，喜相慰問。杲但臥，寒澀不能語。少間，聞莊信，爭即
> 床頭慶告之。杲乃自言：「虎即我也。」遂述其異，由此傳播。莊子
> 痛父之死甚慘，聞而惡之，因訟杲，官以其事誕而無據，置不理焉。

〔註37〕

在這篇寓言式的小說裡，道出了一個善良人憑一己渺小之力無法得勝，
只有藉想像來滿足現實缺憾的深沈悲哀，這種「精神勝利法」是可悲的，但
卻是孱弱失敗者唯一的致勝希望。妖獸本來是人所畏懼憎惡的，人何嘗願意
成爲異形的妖獸？然而當人無能爲力改變外在處境時，只有寄託此一力量，
變形爲自己厭惡的角色。向杲在現實有形的世界是失敗者，故只能藉著超現
實的妖獸勢力來遂行其善良意志，在無形的世界獲致勝利，藉著變形，創造
一個幻想世界，給現實界的落敗者一個假想的命運轉機。而爲何變成老虎，
或許即是緣於中國人對虎的信仰，虎勇猛有威，是噬鬼祛邪、辟妖除惡的正
義象徵，莊生的惡暴就好比妖魔鬼怪，向杲只有藉威靈的虎頭來去除邪惡勢

〔註37〕清蒲松齡，《聊齋誌異》（台北：漢京文化事業公司，1984 年 4 月），卷六，頁
831。

力。這種變形並不是主角追求的最終目的，只是做為達成目的之一種手段而已。

此外，肯定生命意志也是此篇小說的寓意之一，雖然故事中敘述向杲是得廟中道士之助化為老虎而得以報仇，然而，卻也可以說是向杲的意志才是其化虎的動力來源，〔註 38〕意志可以說就是佛家所謂的念力，佛家認為世間一切唯心造就，心念專一，即可產生無比力量。向杲自始至終都在貫徹他的意志，不論外在現實重重阻擋，他仍舊秉持他的生命勇氣、生命堅持，而也因此一執念之堅定，使他能夠突破現實阻礙、突破孱弱形體之有限，而終於遂其復仇心願，缺少了這生命意志，向杲便無化虎的動力與機緣。

在《太平廣記》所收錄的變形故事裡，並未出現報仇為人化虎動因的情節，蒲松齡在《聊齋誌異》裡充分發揮變形的寓言式特質，將志怪的變形主題帶入人文世界，作為反映現實社會面貌的筆法，如〈夢狼〉一篇藉貪官污吏化為虎狼來諷刺政治的黑暗面；〈向杲〉則藉無辜受冤的老百姓只能憑化虎方式自求公道，來揭發社會訟獄制度的醜陋面。而天下不公不義之事為人髮指者實多，人民無力申訴解危，只有正如〈向杲〉篇末所言「使怨者常為人，恨不令暫作虎」。

人能化虎吞噬仇人之首可謂千古快事，清代《曠園雜志》所載〈三足虎〉故事，便也是在對生活、生命無力之下，內心強烈的意志是希望變成老虎吞噬那些欺壓百姓的強梁的另一個「向杲」：

> 興化農人何三仔，有山田數畝，為里豪侵越塍界，阻過灌道，甚且以他事嫁禍，何憤甚，訴於土神祠曰：「願化為虎，嚙此輩肉」。一日，薄暮出，母躡其後，見入廟拜祝，聲琅琅然，才起身，即變虎形，獨餘一手尚未盡變，顧見母在後，慚躍而去。自是境內有三足虎跳梁，搏噬平時所怨，吞啖都盡，而前一足猶掌也。順治年間事。

〔註 39〕

此一故事雖然敘述粗簡，但卻已深刻描述出當社會失去正義，作為一個弱者在維護其生存的基本需求時，只能透過以己身化虎這種非常態的方式來

〔註 38〕禹東完亦認為向杲報仇的執念是一種無形的能源，這類變形沒有某種慾望做內在動力是不可能成功的。見《聊齋誌異夢境與變形故事之研究》（東海大學中文研究所七六年碩士論文），頁 55。

〔註 39〕清吳陳琰，《曠園雜志》，筆記小說大觀三編十冊，頁 6658。

爭取，透過自我的力量來執法，這種悟覺的精神和踐行的力量就是出於自我自由的意志。牟宗三在論及自由意志的真義時說：

> 自由自律的意志就是道德覺情底本質作用，它就是心；它是自我立法，它就是理……它不是被動地不甘願地為法則所決定，而是主動地甘願地即以其自己所立之法來決定其自己。〔註40〕

向杲與「三足虎」這種人物的生命意志積極而勇銳，當世事不如所願，命運困頓多舛，社會不公不義，則他即以自己的生命意志貫徹到底，突顯自己的力量，掌握自己的生命方式與型態。個人意識的積進和強大，其所產生的效應和力量無疑是非常驚人的，堅定的心念因此造成他們的變形，這種變形讓主角的內外在能力變得更加強大。

六朝志怪相信命定觀念，一切變形多是屬於非自主性的，唐代小說承此觀念而加以擴展轉化，將變形主題轉化為寓言方式，寓寫人的生命型態及真實心理。《聊齋誌異》之後的故事承襲唐代觀念而加以發展，其中雖仍有傳統的影子，但已開展了新的觀念，在諷刺社會之外，又包含了弱者幻想的紓解這類人性的真實面，也包含了人可以委心任性去主張選擇的生命觀。上述這些變形例子所展現的便是這種生命方式，而非前論無力選擇、無力自主的命定形態。當然，各人的需要和追求各不相同，所表現出來的自我意識和行為也因此各異，這其中的變異有是非好壞，也有善惡正邪之分，像向杲與三足虎的意志變形引人稱快，而荊州女的變形心思卻教人疑嘆，但不論如何，這些自主變形的意志都是人性最真實的一面。

第三節　人虎皮相下的昇華與墮落

探討人性最常見的方法之一，似乎即是將人與動物作一對比，或藉動物的行為作反襯，使人的不肖行為及獸性意識在此比較中表露顯現。小說家藉人與動物互變這種人間傳奇的變異來作意諷諭，企圖凸顯人間虛實的世相及探討人性的潛在本質。本節擬由人虎變形故事所顯現的人性意識來對照人性的幽暗面及世間所謂的衣冠禽獸者。

一、獸面人心

在中國人的觀念裡，虎一方面是酷惡殘虐的凶獸，另一方面也是辟邪護

〔註40〕牟宗三，《現象與物自身》（台北：學生書局，1976年9月），頁76。

生的靈獸、通達人情的英獸，虎不但不隨便食人且知情達理。《埋憂集》記一則〈虎尾自鞭〉故事便十分特別且引人注目：

> 廣陵某翁，常挈其子游楚，路入九疑，偶日暮，借宿僧樓……見一
> 虎躍入後園，坐大石上，俄而大哭，聲極淒楚。既乃自舒其尾，鞭
> 背數百乃去……以語寺僧。曰：「此間常事也。」因問虎何哭？曰：
> 「虎之性健忘，方食人時，不知其為人也，覺已晚矣。然其所食人，
> 爪獨不能化，常梗胸中，當清夜月明，必自悔，悔必哭，意謂天地
> 好生，而我食之，故鞭其背自懲。」

虎是否如此具有自覺反省之性不可確知，唯此篇或許是小說家所創作的寓言小說，藉虎尚悔食人、尚念天地有好生之德，來諷刺世間變相食人殺生的害人者。正如故事末尾所評論：

> 余獨怪世之虎而冠者，其健忘既有甚於虎，而其忍於橫噬以殺人，
> 初不知所悔也。嗚呼！虎猶如此，奈何名之曰人，而反不如虎乎！

〔註41〕

類似這種以虎有情有義來反諷人類的故事頗為豐富，例如《廣異記》〈張魚舟〉、《夷堅志》〈海門虎〉皆記虎能報恩；《夷堅志》〈章惠仲告虎〉記章惠仲一念起孝，脫於虎口，亦感嘆異類知義如此，可以人而不如乎？凡此皆是記敘虎之知情曉義的事例。〔註42〕小說家承襲此民間對虎的觀念而加以擴展。在人虎變形故事中，虎變人進入人的世界中，角色有時是貪殘凶惡之徒，矇騙世人，噬食人命；但其中亦有一類是虎變人有求於人並知恩圖報的故事，如《甄異記》〈謝允〉記謝允因放虎出籠，後得虎之助方得以脫困；〔註43〕又如《瀟湘錄》〈周義〉記周義好急人之難，偶而收留受傷變人之虎，虎後來亦送金枕以報答周義之惠。〔註44〕

虎以人形與人交往，所秉持的亦是人間的禮義，人如有情義，禽獸亦有情義，《湖海新聞夷堅續志》後集卷二載老婦為虎收生事，便明白道出禽獸亦有人心：

> 至元甲申，溫州城外有老娘姓吳，夜二更有荷轎者立於門首，敲門

〔註41〕清朱翔清，《埋憂集》（台北：廣文書局，1970年12月），卷一〇，頁129。
〔註42〕見本文第一章第二節敘述虎通達人情、明辨善惡之事例。參見《太平廣記》
　　　　卷四二九；《夷堅志》支志庚卷第四；《夷堅志》乙志卷第十二。
〔註43〕見《太平廣記》卷四二六所引，頁3468。
〔註44〕見《太平廣記》卷四三一所引，頁3502。

曰：「請老娘收生。」老娘開門，喜而入轎，但見輿夫二人行步甚速，
雖荊棘亦不顧也。到一所，屋宇高敞，燈燭明麗，一女子坐蓐。老
娘與之收生，得一男子，洗畢而歸，到家夜已中矣。其家問之，老
娘如夢，亦不知為何人之家。忽見二虎咆哮於門，驚甚。次日開門，
見籬上有豬肉一邊，牛肉一腳，左右鄰里莫不怪之。蓋虎以此來謝
老娘也，誰謂禽獸無人心哉。〔註45〕

另洪邁《夷堅志》補卷第四〈趙乳醫〉故事亦是敘述老婦為虎收生而得
報酬之例，〔註46〕凡此皆見「誰謂禽獸無人心哉」。另馮夢龍《情史》所輯〈虎
痴〉一則的情虎，及《聊齋誌異》〈趙城虎〉雖非虎變人例，但以獸身而有義
行情性，尤令人感動，〈趙城虎〉故事描述一虎噬食老嫗獨子，令宰判虎奉養
老嫗，虎待老嫗正猶如親母一般孝順：

遲旦啟扉，則有死鹿，嫗貨其肉革，用以資度，自是以為常，時銜
金帛擲庭中。嫗由此致豐裕，奉養過於其子，心竊德虎。虎來時，
臥簷下，竟日不去，人畜相安，各無猜忌。數年，嫗死，虎來，吼
於堂中，嫗素所積，綽可營葬，族人共瘞之。墳壘方成，虎驟奔來，
賓客盡逃，虎直赴塚前，嗥鳴雷動，移時始去。土人立義虎祠於東
郊，至今猶存。〔註47〕

禽獸而有人心人性，更何況是賦性最靈的人呢？然而在世風日下的功利
社會中，人情澆薄，忘恩負義者比比皆是，而在虎精世界中，卻是一個如此
發揮守信講義、有情的公道社會。在這些寓言小說裡，藉著這些良善真誠的
「禽獸」所展現的人性，適足以反襯身為萬物之靈的人在楚楚衣冠下所包藏
的無情寡義的機心。《錄異記》〈姨虎〉記虎變人，來往於民間教諭人的故事
更是發人深省：

劍州永歸葭萌劍門益昌界，嘉陵江側有婦人，年五十已來，自稱十
八姨，往往來民家，不飲不食。每教諭於人曰：「但作好事，莫違負
神理，居家和順，孝行為上，若為惡事者，我常令貓兒三五箇巡檢
汝。」語未畢遂去，或奄忽不見，每歲，約三五度有人遇之。民間

〔註45〕無名氏，《湖海新聞夷堅續志》（北京：中華書局，1986 年 5 月），後集卷二，
頁 252。
〔註46〕見宋洪邁，《夷堅志》（台北：明文書局，1982 年 4 月），頁 1585。
〔註47〕清蒲松齡，《聊齋誌異》（台北：漢京文化事業公司，1984 年 4 月），卷五，頁
591。

知其虎所化也，皆敬懼之焉。〔註48〕

人是萬物之靈，而姨虎卻以禽獸之身份教諭人類，並擔任賞善罰惡的監督者及執法者的角色，可以說是對人類的一大諷刺。然而在世間卻眞有人不如禽獸者，正如《聊齋誌異》〈二班〉文末對虎變人的二班行事評曰：

> 能求醫，能酬醫，能報醫，不可謂非孝且義也。人皆憎虎、畏虎、避虎而不敢見虎，不願有虎，不自知其有愧此虎。蓋虎而人，則力求爲人，故皮毛虎，而心腸人；人而虎，則力學爲虎，故皮毛人而心腸虎。虎不皆具有人心之虎，然人咸以其虎也而遠之、避之，其受害猶少；人或爲具有虎心之人，則人尚以其人也，而近之、親之，其受害可勝言哉？〔註49〕

《聊齋誌異》〈二班〉中的虎獸如此知禮守義，實更勝於常人。世間原有爲善不作惡之禽獸，上述這些變人或未變形的虎獸，都可說是禽獸中似人者，牠們所稟賦散發的人性意識，已超越其形體之上。而人如果和其他生命坦誠相見，破除萬相的差別，則妖境即是人間，動物亦同於人類，萬物齊等。郭玉雯論述《聊齋誌異》妖境中人與動物之交流指出，人如果和其他生命坦誠相見，原是無間隔的，人只要以常心對待自然其他生命，所有生命也會像人一樣回報於人，生命平等交流。若要強調蒲松齡諷世之意，可謂虎知報恩，人若不能，連虎也不如。〔註50〕生命在它最卑微的形式和它最高等的形式之中，具有同樣神聖性，人與動物、植物，都是位在同一平面上。事實上，人與老虎之分只在於皮相而已，禽獸而具有人之性靈情感，自可昇華爲一種「人類」，這是人虎變形故事中所展現的一種超越皮相的「人格提昇」的思考模式。

二、人面獸心

人虎變形故事所展現的另一類超越皮相的思考模式之一，便是人類會墮落成一種野獸。王溢嘉以爲在中國精怪變形故事中，中國人有著野獸可以「昇華」爲人的思考模式，而西洋人卻認爲人類極可能「墮落」成野獸，對於一個像人又像狼的「過渡形貌」時，他意味的是人正在「淪落」成狼，而非狼在「提昇」爲人。〔註51〕然而在中國虎人傳說裡，也可見到像西洋狼人一般諷刺警戒人類墮落成野獸之意涵。這種墮落成野獸是象徵意義也可能成爲具

〔註48〕見《太平廣記》卷四三三所引，頁3514。
〔註49〕同註43，卷一二，頁1593。
〔註50〕見《聊齋誌異的幻夢世界》（台北：學生書局，1985年7月），頁145。
〔註51〕見《聊齋搜鬼》（台北：野鵝出版社，1980年5月），頁14～20。

體事實，前者如人而有虎狼之心，後者則是人實際變成凶殘的虎狼。

在一些幽暗昏瞶的時候，人有可能會為了欲求的達成而無所不用其極，像前述荊州女、鄭美人處心積慮，不擇手段以變虎來食人一般。此外，張逢在自主意志下變成老虎，不思食六畜，反思食人，這其中所蘊含的又是怎樣的心態？是不是表露了人潛意識中凶殘醜陋的一面？是不是也象徵了人類長期以來一個心靈原型的反影？

榮格心理學認為集體無意識原型是類似神話和宗教的原始意象，是人類共同的、普遍的深層心理形式，蘊藉在集體無意識中的原始意象及其原型種類很多，它們分別代表不同的人格系統。榮格提出的原型有「陰影面」（shadow）、「人格面具」（persona）、老智者（vieux sage）等。〔註52〕

陰影面（shadow）是指人類潛意識自我的陰暗面，也就是我們平常予以壓抑的、卑下的、原始的、本能的、感官的那一半。榮格認為「影子乃是人類仍拖在後面的那個無形的爬蟲的尾巴。此一原型最常見的變體，當其一經投射而出時，即是魔鬼，代表人心之未被認識之黑暗的危險面之半。」〔註53〕

對自我而言，陰影面是代表自我所壓抑之物，它可能以邪惡的意念或行為表達、出現。像張逢的化虎、及其化虎之後只想吃人的意念，是否即是人類暗影的表現？也就是說，張逢自我的幽暗意識透過「變形」而外射翻現出來。「食人而甘」所強調的是原始心性野蠻殘忍的一面，而人在盲目意志衝動下，可能即會將這種潛藏於內心的邪惡天性暴露無遺。樂蘅軍以為張逢這種同類相殘的邪惡是一種人性常見的矛盾，並引佛洛姆之說認為此乃生而為人的一種挑戰，〔註54〕張逢「食人」這種同類相殘的幽暗意識，也多少反映出現實社會中，人與人之間勾心鬥角、互相陷害、甚至殘殺的黑暗面。而荊州女、鄭美人的化虎，也可能只是其久蓄的暗影意識，衝破了道德的牢檻而表現出來。《影談》〈虎變〉中敘述主角利用「虎皮」變形為老虎，撲殺仇人完成報仇心願後，「虎女」認為其心中已開啟殺機，將會隨時利用變形解決仇憤之事，故而欲焚燒虎皮。〔註55〕由主角原本不同意燒毀虎皮之心，似乎可看

〔註52〕榮格心理學說參見陳祥，〈榮格的藝術動力論〉，《華南師範大學學報》1989年第三期，頁151。

〔註53〕見徐進夫譯，《文學欣賞與批評》（台北：幼獅文化事業公司，1975年4月），頁156。

〔註54〕見〈唐傳奇的意志世界〉，收錄於《臺靜農先生八十壽慶論文集》（台北：聯經出版事業公司，1981年），頁857。

〔註55〕清管世灝，《影談》，筆記小說大觀二編一冊，頁521。

出人隱藏於內心的幽暗意識，主角在撲殺仇人後，無人知曉主角殺人行為，
只當作一場野獸食人意外，對於「虎皮」變形這樣的工具，主角仍心存僥倖
與私心，似乎意欲藉此利器行世，是否即在潛意識中暗蓄可因此為非作歹並
逃過法律制裁之意念？在整個過程中，反而身為獸類的「虎女」，其心智之理
性清明，反而更甚於人類，故作者於文末評云「同一氣度，女更賢矣」，而由
此例亦可看出人虎皮相下「人心」的昇華與墮落的現象。

　　人有形的一面是人，無形的一面即是虎、禽獸，禽獸所象徵的便是人的
幽暗面，變形只是凸現了無形之形。由《高僧傳》所記袁州僧的化虎經歷，
似乎即可見出人性潛在意識的隱露：

> 袁州山中，有一村院僧忘其法名，偶得一虎皮，戲披於身，搖尾掉
> 頭，頗克肖之，或於道旁戲，鄉人皆懼而返走，至有遺其所攜之物
> 者，僧得之喜，潛於要衝，伺往來有負販者，欻自草中躍出，昂然
> 虎也。皆棄所費而奔。每蒙皮而出，常有所獲，自以得計，時時為
> 之。忽一日被之，覺其衣著於體，及伏草中良久，試暫脫之，萬方
> 皆不能脫，自視其手足虎也，爪牙虎也，乃近水照之，頭耳眉目，
> 口鼻尾毛，皆虎矣，非人也，心又樂於草間，遂捕狐兔以食之，搴
> 攫飲啖，皆虎也。〔註56〕

袁州僧變虎而後來又回復人身的故事主題雖是釋氏勸教之說，然而其所
敘人化虎的動機卻是真實人性的表露，而袁州僧在化虎後的自我反省，也正
是人性可貴真誠的一面，袁州僧得以脫卻獸身，便是此心反省歸善所致。人
類潛意識中雖然真有或多或少的暗影、幽闇意識，然而經過道德的修養，經
過理智的自律反省，這幽闇意識便會隱藏不彰，甚且拔除祛盡，而展現人生
的光明面。正如文末高僧點化袁州僧云：生死罪福，皆由念作，剎那之間，
即分天堂地獄。袁州僧的化虎，其為人為虎只在一皮之間，相同的，人性與
獸性也只是在一念之間。披上虎皮，人心變成獸心，人之性靈泯滅，進入另
一個無法自覺、自制、自律的生命，然而，靠著人自覺的闡明，屬於禽獸的
虎皮自然脫落，回歸為人的世界，清筆記小說《夜譚隨錄》所錄〈周琰〉便
是這樣一個例子：

> 岑溪諸生周琰，字崑玉，富而鄉居，能飲酒，琰特暴戾多力，往往
> 因小忿，輒揮老拳，家人既不相安，鄰里亦不敢犯。同社有廖生者，

〔註56〕見《太平廣記》卷四三三所引，頁3512。

喜其才而惡其橫，目爲周處……一日有道士在門，施以錢米，悉不受，琰自出問道士欲何爲？道士曰：「貧道善搏虎，欲爲公效力。」琰嗤曰：「即有虎，我且自搏之，何需汝，況此間近郭，焉得有虎？」道士曰：「即子是虎。」琰怒曰：「何物道士？敢指人爲虎。」攘臂而前……道士笑曰：「如此奧弱，乃亦與人較力耶？貧道之來，寧有惡舉，以公將淪於異類，故相援手，夫何冥頑不靈，以至於此？」……公前生本虎也，幸而爲人，亦一念之善所致，不謂公肆行無忌，迷昧殊深，不過今秋，將復化爲虎矣。」琰驚曰：「然則奈何？」道士曰：「無他術，靜氣平心，勉爲善事，可以挽之，更贈公良藥一刀圭，服之必效，勿蔑視也。」留藥而去。琰杜門數日，玩忽旋生，因社友聞之，踵接來賀。琰曰：「公等爲道士所惑耶？吾思天命謂性，率性謂道，吾性暴，故行亦暴，是吾能率性而修道也？天之所賦，豈能戕賊哉？」于是暴戾如故……夢中覺徧身卷曲，筋骨悉畢暴作聲，驚寤而起，見兩手皆隱隱起虎皮文，大駭，急解衣視之，舉體皆然，失聲大叫，家人環視，無不錯愕。琰忽憶道士所留藥，亟取服之，一食頃，皮膚即復其舊……由是改過自新，平心靜氣，勉爲善事……自號虎變居士。〔註57〕

周琰故事可以說是藉著變異來強調人獸之別，這人獸之別便在於善心，周琰平日暴戾，在道士眼中，即是一隻人間虎。所謂「一念之善，虎可爲人，玩忽旋生，人而爲虎，此聖狂之間，在於幾希也」，〔註58〕孟子所要人予以護持的便是這「人之異於禽獸者幾希」（離婁）的「幾希」。這「幾希」便存在於人心，有心行仁行義，便不致淪爲禽獸，這一心的操持，便是決定變成人或禽獸的關鍵所在。宋李季可《松窗百說》曾言：

人之所以異於禽獸者，以其立生爾。戴天履地而處中，應三才，垂五臟，所以靈於萬類，能造神明，以其稟受然也。分於禽獸亦幾何，而性識如是之相遠，苟墮縱而不自提挈，則豈不幾入於彼，其可忽邪。〔註59〕

人與禽獸之分皆在一念之間，需要時常自我警惕，蘇東坡在《漁樵閒話》中對李忠因病化虎的故事評曰：

〔註57〕清閑齋氏，《夜譚隨錄》，筆記小說大觀二編十冊，頁455。
〔註58〕同前註。
〔註59〕宋李季可，《松窗百說》，筆記小說大觀正編二冊，頁684。

觀其涎流于舌，欲啖其子，豈人之所爲乎？得非忠也，久畜慘毒狠暴之心而然耶？内積貪惏吞噬之志而然耶？素有傷生害物之蘊而然耶？居常恃凶悖、恣殘忍，發於所觸而然耶？周旋宛轉，思之不得。〔註60〕

蘇東坡認爲人之所以化虎，乃是其人久已存有狠暴之心，心生惡念故而形體亦產生變化，如前述《南皋筆記》〈狸生〉欲洩平日之忿，卻因心生殺生之惡念而變虎一般。而人間更有許多凶狠之人，逞勢恣暴，形雖非虎而心卻有如惡虎一般，如《志異續編》〈人變虎〉一則所言「彼夫忤逆橫暴，視父母兄弟妻子如陌人者，直人而虎者也。虎而人，人猶憫其爲虎；人而虎，人將惜其爲人，然則人之變虎，猶有人心；類虎之人，居然虎性」。〔註61〕蘇東坡亦申論此虎性之人云：

有旨哉：釋氏有陰騭報應之說，常戒人動念以招因果，若已向所述之事，遂失人身而托質於虎，是釋氏之論勝矣。子知之乎？昂昂然擅威福、恣暴亂，毒流於人之骨髓，而禍延於人之宗族者，此形雖未化而心已虎矣。傾人於溝壑，以徇己之私意，非虎哉？剝人之膏血，以充無名之淫費，非虎哉？使人父子兄弟、夫妻男女，不能相保，而骸骨狼藉於郊野，非虎哉？吾故曰：「形雖未化而心已虎矣！」於戲！以仁恩育物，豈欲爲是哉？然而不能使爲之者，自絕於世，又何足怪也！〔註62〕

世間類似這般「形未化而心已虎」的衣冠禽獸比比皆是，有時他們的作爲尙且較眞虎眞狼的禽獸都還不如，較之前述有情有義的眞虎而言，更是愧爲人身，蔡潮〈義虎傳〉對此即感歎云：

反道敗德之人謂之不義，不義之人謂之禽獸，嗟于！人而以禽獸比之，其辱其賤，蔑以加矣，孰知有不及禽獸者也。〔註63〕

與人間社會的假虎對比，虎較人更具有人性，然而人有時卻畏懼偶而一遇的眞虎吃人，卻不怕人間環繞周身眾多吃人的假虎，甚至反而還親近他，其害實更甚於眞虎，就如《影談》〈虎變〉中變成人的老虎指責吳君說：

然世人虎狼其心，成群千百；僕惟獨往獨來，無羽翼之助。且貪殘

〔註60〕宋蘇軾，《漁樵閑話》，筆記小說大觀一三編五冊，頁2689。
〔註61〕清青城子，《志異續編》，筆記小說大觀一編十冊，頁6407。
〔註62〕同註60。
〔註63〕蔡潮，〈義虎傳〉，見《古今圖書集成》卷六一所引，頁605。

凶狠，非死不休；僕則解卻蒙茸，立還本相，君何不畏眾虎而畏一
虎，不畏終身不變之虎，而畏偶而蒙皮之虎，此僕所大不可解者。
〔註64〕

這樣的指陳確實一語中的，道盡了人性的矛盾，也道盡了人間許多被外
在假相蒙昧的意識。人與禽獸之間的差異即在於外表存在的皮相不同，故事
中吳君蒙上虎皮即變虎，且假借虎皮化虎殺人，更具反諷意義，由此亦可見
人與禽獸之別並不在於外在的虎相。斯拉夫神話中的狼人，晚上脫下人皮為
狼，白天則披上人皮為人；〔註65〕《聊齋誌異》〈畫皮〉中的獰鬼也是披上人
皮而為美女。在此，成「人」是容易的，只要披上人皮即可，而人皮面具下
的人的真正本質呢？那些不肖不義之人，或許也可以說正如歐洲狼人一般，
反披著人皮，卻在人間偽裝其人皮下虛假殘暴的真面目。

虎而有情有義，便是另一種「真人」；人而無情無義，卻是一種「真虎」。
昇華為人與墮落成禽獸的關鍵不是外在隨時可變形的虛相，而是內在真正不
變的實相，人虎變形故事中形形色色的變異情節與角色，其所隱微透露的內
在心理意涵值得吾人深思。

〔註64〕同註55，頁519。
〔註65〕參見魯剛主編，《世界神話辭典》（遼寧人民出版社，1989年11月），頁266。

第五章　結　論

在原始泛靈時代，人類相信萬物皆有生命，皆可相通，初民以其不受邏輯制約的自由思想來看待人與自然，蘊育了人與動物可以互相轉形的觀念。通過變形，初民可以超越自身受限的現實條件，化被動爲主動，擺脫外在環境的壓迫，解決危機。這種變形思想也充份表現在圖騰崇拜信仰，除了外在形體的文身裝飾之外，圖騰氏族皆相信其與圖騰之間可以同化，達到內外在的變形。

在虎圖騰信仰遺跡及虎患爲害地區所在，留下了許多人虎變形傳說。這類傳說雖植根於殘留的原始信仰及對虎害的心理，然而當虎圖騰信仰及畏懼意識逐漸消褪之後，代之而起的是藉古代傳說背景所創作象徵的各類變形故事。而象徵手法的運用，便是本於中國人對虎正反兩面的特別信仰而各出機杼。這種人形與獸形的互相轉化，較之《山海經》中人獸合體的造型更爲複雜，不再是單純的形象表現，而開始轉變成觀念的象徵化與具體化。

今所見中國最早的人虎變形故事爲《淮南子》所記錄的「牛哀化虎」傳說，後經六朝志怪的加工創造，人虎變形的變素有了多層面的發展；唐代小說就六朝志怪雛形，愈益凸顯此一變形主體，假借筆端以寓言，使人虎變形故事更加豐潤，除了可能牽涉的精神病醫學與民俗學範疇之外，又添加了社會人文的意識；至宋及明清筆記小說則承其遺緒，選取爲創作題材而加以發揮，尤其特別強調倫理思考或宗教意圖，其中以《聊齋誌異》可說較具成績。以下茲就目前所蒐集之中國人虎變形故事歸納列表：

中國人虎變形故事及傳說篇目一覽表

篇　名	作　者	年　代	出　處	類　型	地　點	備　註
牛哀化虎	劉安	漢	淮南子	人化虎	江淮	生病化虎
趙廓	劉向	漢	列仙傳	人化虎	湖北武昌	法術變形
貙人	干寶	晉	搜神記	人化虎	江漢	原因不明
亭長	干寶	晉	搜神記	人化虎	湖南長沙	官吏化虎
謝允	戴祚	晉	甄異記	虎變人	安徽歷陽	報恩
左飛化虎	劉欣期	晉	交州記	人化虎	越南龍編縣	官吏化虎
虎卜吉	陶潛	晉	搜神後記	虎變人	安徽丹陽	虎妖求卜
虎符	陶潛	晉	搜神後記	人化虎	江西潯陽	法術變形
欒巴	葛洪	晉	神仙傳	人化虎	四川成都	法術變形
江陵猛人	張華	晉	博物志	人化虎	湖北江陵	原因不明
扶婁國	王嘉	晉	拾遺記	人化虎	南陲之南	法術變形
易拔	劉敬淑	劉宋	異苑	人化虎	江西豫章郡	官吏化虎
觀亭江神	劉敬淑	劉宋	異苑	人化虎	廣東中宿縣	神罰爲虎
神罰作虎	劉敬淑	劉宋	異苑	人化虎	江西鄱陽	神罰爲虎 虎皮變形
美女老虎	劉敬淑	劉宋	異苑	虎變人	無	人虎婚
社公令作虎 （鄭襲）	劉敬淑	劉宋	異苑	人化虎	河南滎陽	神罰爲虎 虎皮變形
吳道宗	東陽無疑	齊	齊諧記	人化虎	浙江東陽	罪謫化虎
薛道詢	東陽無疑	齊	齊諧記	人化虎	湖北江夏郡	生病化虎
封邵	任昉	梁	述異記	人化虎	安徽宣城	官吏化虎
黃苗	任昉	梁	述異記	人化虎	江西南康	神罰爲虎
任考之	任昉	梁	述異記	人化虎	江西南康	業報化虎
僧虎	慧皎	梁	高僧傳	人化虎	江西袁州	僧化虎 虎皮變形
袁雙	蕭吉	隋	五行記	虎變人	安徽譙郡	人虎婚
黃乾	蕭吉	隋	五行記	人化虎	廣東始興	虎皮變形
蕭泰	蕭吉	隋	五行記	虎變人	湖北襄陽	虎變道士
郴州佐史			太平廣記引 五行志	人化虎	湖南郴州	生病化虎
李勢	李冗	唐	獨異志	人化虎	四川	原因不明

李徵	張讀	唐	宣室志	人化虎	甘肅隴西、吳楚河南虢略、嶺南	生病發狂化虎
范端	戴孚	唐	廣異記	人化虎	四川涪陵	官吏化虎
松陽人	戴孚	唐	廣異記	人化虎	浙江松陽	官吏化虎
費忠	戴孚	唐	廣異記	人化虎	貴州費州	神罰爲虎虎皮變形
王太	戴孚	唐	廣異記	神化虎	江蘇海陵	廟神化虎
牧牛兒	戴孚	唐	廣異記	人化虎	河南復陽	殺生業報
石井崖	戴孚	唐	廣異記	虎變人	無	虎變道士
稽胡	戴孚	唐	廣異記	虎變人	山西慈州	虎變道士
笛師	戴孚	唐	廣異記	虎變人	陝西終南山	虎妖作怪
荊州人	戴孚	唐	廣異記	人化虎	湖北荊州入嶺	虎皮變形
虎婦	戴孚	唐	廣異記	虎變人	無	人虎婚
馬拯	裴鉶	唐	傳奇	虎變人	湖南衡山	虎變僧
王居貞	裴鉶	唐	傳奇	虎變人人化虎	河南潁陽	虎變道士虎皮變形
甯茵	裴鉶	唐	傳奇	虎變人	陝西南山	虎變僧
崔韜	薛用弱	唐	集異記	虎變人	安徽滁州山西蒲州	人虎婚虎皮變形
王瑤	薛用弱	唐	集異記	人化虎	四川漢州	法術變形
南陽士人	皇甫氏	唐	原化記	人化虎	河南南陽山	生病化虎天命化虎
天寶選人	皇甫氏	唐	原化記	虎變人	陝西	人虎婚虎皮變形
柳并	皇甫氏	唐	原化記	虎變人	山西河東入嶺	虎變僧人虎皮變形
申屠澄	薛漁思	唐	河東記	虎變人	陝西眞符縣	人虎婚虎皮變形
張昇	無名氏	唐	聞奇錄	人化虎	四川涪州	官吏化虎
周義	李隱	唐	瀟湘錄	虎變人	河南孟州	報恩
趙倜	李隱	唐	瀟湘錄	虎變人	湖北荊州	虎妖作怪
楊眞			太平廣記引瀟湘記	人化虎	河北鄴縣	畫虎化虎
蕭志忠	牛僧孺	唐	玄怪錄	仙化虎	無	天罰爲虎虎皮變形

張逢	李復言	唐	續玄怪錄	人化虎	河南南陽 福建福州	原因不明
王用	段成式	唐	酉陽雜俎	人化虎	河南虢州	殺生業報
峽口道士	佚名	唐	解頤錄	人化虎	湖北峽口	神罰爲虎 虎皮變形
人虎傳	李景亮	唐	唐代叢書	人化虎	甘肅隴西	生 病 發 狂、業報 化虎
蘭庭雍	杜光庭	五代	錄異記	人化虎	四川涪州	業報化虎
姨虎	杜光庭	五代	錄異記	虎變人	四川劍州、嘉陵江	虎妖勸善
越嶲國老者	李昉	宋	太平御覽	人化虎	雲南寧州	年老化虎
譙本	景煥	宋	野人閑話	人化虎	兜率	不孝業報
香屯女子	洪邁	宋	夷堅志	虎變人	河北香屯	虎妖作祟
荊南虎	洪邁	宋	夷堅志	虎變人	湖北荊南	虎皮變形
陽臺虎精	洪邁	宋	夷堅志	虎變人	湖北	虎妖作怪
德化鷙獸	洪邁	宋	夷堅志	虎變人	江西九江	虎妖作怪
李氏虎首	洪邁	宋	夷堅志	人化虎	湖南衡湘	不孝業報 生病化虎
葉司法妻	洪邁	宋	夷堅志補遺	人化虎	浙江台州	殘妒業報
趙乳醫	洪邁	宋	夷堅志補卷	虎變人	四川資州	虎妖求醫
龍虎康禪師	洪邁	宋	夷堅志補遺	虎變人	江西信州	法術變形
任攔頭	黃休復	宋	茅亭客話	人化虎	四川利州	官吏化虎
虎化爲僧	黃休復	宋	茅亭客話	虎變人	甘肅武都 臨四川陝西	虎變僧人
郝二	黃休復	宋	茅亭客話	人化虎	四川靈池縣	觀畫化虎
劍州李忠	蘇軾	宋	漁樵閒話	人化虎	四川劍州	生病化虎
廟神化虎	無名氏	元	湖海新聞夷堅續志	神化虎	江西袁州能嶺村	廟神化虎
爲虎收生	無名氏	元	湖海新聞夷堅續志	虎變人	浙江溫州	虎妖求醫
諸夷風俗	李京	元	雲南志略	人化虎	雲南	年老化虎
人虎互變	王圻	明	稗史彙編	人化虎	江西豫章	原因不明
杭州虎精	王圻	明	稗史彙編	虎變人	浙江杭州	虎妖求醫

王三化虎	郎瑛	明	七修類稿	人化虎	浙江餘姚	年老化虎
雲南蠻	陳繼儒	明	虎薈	人化虎	雲南	原因不明
義興多虎	陳繼儒	明	虎薈	神化虎	江蘇義興 廣西	廟神化虎
百夷夫婦	沈德符	明	萬曆野獲編 補遺	人化虎	雲南	殺生業報
貴州僧	王穉登	明	虎苑	人化虎	江西龍虎山	法術變形
陳十三	陸粲	明	說聽	人化虎	浙江寧波	生病化虎 虎皮變形
崔韜虎妻	李中白	明	潞安府志	虎變人	山西崞縣	人虎婚 虎皮變形
崔生虎妻	吳道邇	明	襄陽府志	虎變人	湖北襄陽	人虎婚 虎皮變形
虎皮井	鄭復亨	明	隆慶海州志	虎變人	江蘇東海	人虎婚 虎皮變形
虎皮井	顧乾	明	東海志	虎變人	江蘇東海	人虎婚 虎皮變形
崔生虎妻	曾國荃	清	湘潭縣志	虎變人	湖南湘潭	人虎婚 虎皮變形
虎皮井	唐仲冕	清	嘉慶海州直 隸州志	虎變人	江蘇東海	人虎婚 虎皮變形
劉老虎	袁枚	清	續子不語	虎變人	江右人	命定食人
人化	車軒主人	清	述異記	人化虎	貴州	原因不明 女化男不 化
土司變獸	車軒主人	清	述異記	人化虎	雲南	祖傳化虎
老婦變虎	車軒主人	清	述異記	人化虎	浙東陽線	社中化虎
僧化虎	車軒主人	清	述異記	人化虎	浙江臨安、 於潛、昌化	原因不明
化虎	王士禎	清	池北偶談	人化虎	貴州安順府	原因不明
變虎	陸壽名	清	續太平廣記	人化虎	貴州	蠻族年老 化虎
趙不易妻	陸壽名	清	續太平廣記	人化虎	江蘇江陰－湖 南桂陽	生病化虎
狸生	楊鳳徽	清	南皋筆記	人化虎	粵東廣東	原因不明

人化虎	黃鈞宰	清	金壺七墨	人化虎	廣西	目與虎狎
虎化僧	王士禎	清	居易錄	虎變人	福建汀州	虎變僧
夢狼	蒲松齡	清	聊齋誌異	人化虎	河北直隸	官吏化虎
向杲	蒲松齡	清	聊齋誌異	人化虎	山西太原	報仇化虎
二班	蒲松齡	清	聊齋誌異	虎變人	雲南	求醫報恩
人變虎	青城子	清	志異續編	人化虎	伊地苗人	生病化虎
俞俊	徐昆	清	柳崖外編	虎變人	山西介休	人虎婚 虎皮變形
三灘人	董閬石	清	蓴鄉贅筆	神化虎	四川	化虎食人
婦變虎	吳陳琰	清	曠園雜志	人化虎	山東	不孝業報
三足虎	吳陳琰	清	曠園雜志	人化虎	福建興化	報仇化虎
布客	慵納居士	清	咫聞錄	神化虎	廣東從化縣	化虎食人
吳都闍	慵納居士	清	咫聞錄	虎變人	浙江黔西	虎妖作怪
阿三化虎	慵納居士	清	咫聞錄	人化虎	廣東廣州	原因不明
荊州女	樂鈞	清	耳食錄	人化虎	湖北荊州	發狂化虎 虎皮變形
化虎記	張潮	清	虞初新志	人化虎	福建	命定化虎
虎媼傳	黃之雋	清	廣虞初新志	虎變人	安徽歙县	老虎外婆
周琰	閑齋氏	清	夜譚隨錄	人化虎	廣西岑溪	暴戾化虎
虎變	管世灝	清	影談	虎變人 人化虎	湖北施南	虎皮變形
同年友化虎	王椷	清	秋燈叢話三	人化虎	陝省	原因不明
人異	董穀輯	清	碧里雜存	人化虎	浙蕭山縣	人老化虎
虎翼	徐岳	清	見聞錄	虎變人	浙江金華	虎妖作怪
苗變虎	·俞蛟	清	夢厂雜著	人化虎	廣東	生病化虎
獵人老當	楊續熙	民國	湖南民間故事集	人化虎	湖南	虎皮變形
稚榜嫁虎	燕賓	民國	湖南民間故事集	虎變人	湖南	人虎婚
虎氏族的來歷	毓才等	民國	雲南民間故事集	虎變人	雲南	人虎婚
喇氏族的來源	章虹宇	民國	雲南民間故事集	虎變人	雲南	人虎婚
兩姐妹	楊世光	民國	雲南民間故事集	虎變人	雲南	老虎外婆

虎小伙	祖岱年、周隆淵編	民國	水族民間故事選	虎變人	貴州	虎妖作怪
羅隱秀才	王顯恩	民國	民間月刊	虎變人	浙江寧波	人虎婚虎皮變形
陳化成	江肖梅	民國	臺灣故事	人化虎	台灣	奇人原型
虎姑婆	王詩琅	民國	台灣民間故事集	虎變人	台灣	老虎外婆
虎姑婆	謝雲聲編	民國	福建故事	虎變人	福建	老虎外婆
老虎叔婆	馮克西	民國	民間月刊	虎變人	浙江台州	老虎外婆
老虎外婆	陶茂康	民國	民間月刊	虎變人	浙江紹興	老虎外婆
老虎外婆	馮樹銘	民國	民間月刊	虎變人	浙江平湖	老虎外婆
老虎外婆	李樂元	民國	民間月刊	虎變人	湖南攸縣	老虎外婆
放鴨姑娘	宋哲編	民國	貴州民間故事	虎變人	貴州	老虎外婆
虎姑娘結親	陳進文等	民國	貴州民間故事集	虎變人	貴州	虎妖逼婚
老虎精	蘇勝興等	民國	廣西民間故事集	虎變人	廣西	虎妖作怪

　　由上述中國人虎變形故事及傳說一覽表可以發現，在中國人虎變形故事中，「人化虎」類型佔極大多數，可說是中國人虎變形主題的一大特質；同時，在中國「人化異類」故事中，「人化虎」故事也是其中數量最多的一類主題。其不僅是中國「人變物類」故事之大宗，甚且亦展現出異於物類變形的另一層內涵典型。在變形的過程中，可以發現人變化為異類的心理與形體的諸多樣貌。蓋依據常理而言，人變化成異類似乎是降低貶抑自身高貴的「人」格，《尚書》已言惟人萬物之靈（泰誓篇），《春秋繁露》亦云：

　　　天地之精，所以生物者，莫貴於人。人受命乎天也，故超然有以倚。

　　　物疢疾莫能為仁義，唯人獨能為仁義。〔註1〕

　　佛家亦言人身難得，在人的尊貴意識如此發達，物類紛紛競向人形發展變形中，小說家以「人化虎」之變形作為一種象徵，提出了一些現象，也提出了另一反方向之思考模式。

　　六朝志怪人化虎故事多為因果報應之說，諷刺人如禽獸之作品可以「官吏化虎」類型為代表；至唐代小說開始有意描述人化虎之心理層面，並藉異

〔註1〕董仲舒，《春秋繁露》（台北：商務印書館，1976年1月），卷一三〇，頁204。

類化身之深見人情來作一對照；而至宋、明、清筆記小說中則更加輾轉引申，明白提出「人化虎」之變形象徵了人之獸性意識呈露。許多故事亦就虎或虎妖變人所表現之人情人性而作為反諷，以為人不如禽獸。藉著人與禽獸之變形象徵，人可以藉此反觀自身，為生命作一思考與反省。

人化虎是一種諷刺與象徵，王溢嘉在對狐妖與狼人變形觀之探索中，以為中國人樂於見到野獸能提昇為人類，並從而滿足人類的欲望；而西洋人則唯恐在邪惡欲望壓迫下，難以自持，而墮落成像狼這種凶殘狠毒的野獸，因而洩露了人類的欲望。這種「人會墮落成野獸」的憂懼，可以說是基督教文化「幽闇意識」的外射，在失樂園之後，對邪惡欲望的潛抑與再度墮落的恐懼。而中國人對人性的「幽闇面」亦知之甚稔，然其借「陰面」管道，即狐妖來宣洩其邪惡欲望〔註2〕，在中國人虎變形故事中，我們發現了與西洋文化類同的這種人會墮落成野獸的思維模式。王穉登《虎苑》曾對「人化虎」這種現象評論云：

> 凶悖濟惡，獸心是騁。戴弁峩峩，猛踰梟獍。五內既乖，化為異類。
>
> 倏為咆哮，咥人不顧。〔註3〕

世上騁放其「幽闇面」心理意識者，雖表面仍為正常之人，但其悖逆乖離之心性與行為，實與禽獸無異，而其危害或更甚於一般猛獸，更令人畏懼。從中國這些「人化虎」類型故事可知，中國人其實很早就注意到人內在心理的深層意欲及幽暗意識，並用「虎狼之心」為譬來創作小說。

另一方面，在虎變人故事裡，可以說以「人虎婚姻」及「老虎外婆」較為特別或著名。虎之形象與淫媚狡猾之狐狸不同，因此，虎妖化身的形象也就異於狐狸精故事。在人虎變形故事中，虎妖化為女子以採補人氣，剝奪人命的人妖抗爭型態數量相當少，遠不及狐妖故事之精采；而人與虎妖的愛情故事，則多具備實質婚姻關係，其結構是建立於「天鵝處女」故事類型之上，再加以潤飾，並賦予人物新的性情及時代背景，其內容及形式與其他異類愛情故事大異其趣，而且最特別的是故事中虎女的變身多假借虎皮變形，這種「蛻變」具有一種成年及結婚的儀式，與其他人與異類婚的樣貌不同，而不論何者，似乎皆可說是滿足現實人間愛情婚姻不得意的表現。

一般而言，虎妖變人混跡人間的目的之一是為了便於噬食或有所需求，

〔註2〕見《聊齋搜鬼》（台北：野鵝出版社，1990年5月），頁14～21。
〔註3〕王穉登，《虎苑》（台北：新興書局，1970年7月，廣百川學海本），頁3752。

而受現實中虎的勇猛形象影響，虎妖在六朝及唐代故事多化身爲粗獷男子，類似宋代《夷堅志》〈陽臺虎精〉化爲女子噬食之例並不多見。至清〈虎媼傳〉故事興起，再加上民間「老虎外婆」、「虎姑婆」傳說之流行，虎妖噬人所化身的形象便一變而爲又老又醜的老太婆了，而此一情況幾乎也成爲後代虎妖形象的一個定型特徵。

綜合本書各章分析討論，可以發現中國人虎變形故事類型豐富而獨特，茲歸納說明如下：

一、就變形原因而言

小說中「人化虎」類型除了法術變形之外，大多非其自願，或因天命罪謫、宿罪業報懲罰或生病發狂等，皆是出於無以名狀的外力造成「非自主性」的變形。在化虎之後，他們或尚有知覺，或者即失去人性，二者現象都十分耐人尋味。尤其是生病發狂類型，究竟是「獸化症」或「虎附身」，這種類似精神疾病現象或許可以與現代精神醫學作一對勘研究，深入探討。而另一類出於內力「自主性」的變形者，或是內在久蓄的獸心使然；或是爲了突破生命的有限，企圖以改變形體方式解決生命困境，不論何者，似乎皆反映了一種人類心理與社會現象。

二、就變形角色而言

人虎變形故事的人物以官吏、廟神、僧人、道士等角色較多；性別則以男性居多，此亦爲其他「人與異類」變形故事所罕見之特色，這些角色在人類社會多屬於受人民供養、奉承賄賂一類，這樣的角色互換，是否代表這類人物在人民心中所反映之形象正如「吃人老虎」一般，值得探討。

三、就變形方式而言

人虎變形故事除了直接變形成人身或虎獸形體之外，其變形的特色之一是利用「虎皮」的間接變形。虎皮在故事中具有魔術性質，屬於一種法寶，也是成爲人或成爲虎的關鍵物，是人與異界交通過渡之重要媒介。同時，有別於一般所見「人與異類」幾乎都是瞬間變形的方式，人虎變形故事的變化卻可分爲驟變與漸變二種過程，故事中亦會著重於漸進變化中形體或心理的轉變描繪，使讀者從中去尋繹反思其內蘊之心理意識之變化過程。

四、就變形地域背景而言

中國人虎變形故事發生的地域分佈得十分廣袤，包括隴山以東、黃河中

下游的華北地區，如山西、陝西、河北、河南；秦嶺、淮河以南，嶺南以北的華中地區，如四川、湖北、湖南、江西、安徽、浙江、江蘇；及嶺南丘陵一帶的華南地區，如廣東、廣西、雲南、貴州、福建，皆遍佈人虎變形的傳說故事，其中又以江漢一帶之長江流域及西南地區最多。與其他異類變形故事比較，人虎變形故事所發生的地域具有其人文歷史與自然地理背景，其中不僅反映原始民族圖騰信仰遺留之面貌，亦可據以了解中國各民族遷徙路線之遺跡，如古氏羌族、巴族、楚族、南蠻苗族、傜族等民族，可以依據這些人虎類型故事，考察這些民族的文化發展及演變歷程。

由中國人虎變形故事之探討中，稍略發現中國虎人與西洋狼人變形之動因具有極相似之特質，如二者皆有生病發狂變形、不敬神或受上帝懲罰、及冒披虎皮或狼皮變形等特質，二者在傳說過程中是否有因文化交流互相影響關係，尚待進一步研究考察；而中國虎人與東南亞、印度一帶的虎人傳說，亦值得再作更深入地比較探討。

唐宋明清各代的人虎變形故事，大抵皆承襲六朝志怪雛形而來，代代互相因襲，亦代代各見變化，而有些故事亦相當具有其原創性。雖然未必是後出轉精，然而受作者創作意識及各時代社會、文化、心理背景之種種激盪，許多作品亦皆展現了中國人虎變形故事的新生命、新發展。

參考書目

（除經史部外，其餘各類書目依書名筆劃順序編排）

一、

1. 《周易》，魏王弼・韓康伯注、唐孔穎達等正義，藝文印書館十三經注疏本，1985 年 12 月。

2. 《詩經》，漢鄭玄箋、唐孔穎達疏，藝文印書館十三經注疏本，1985 年 12 月。

3. 《周禮》，漢鄭玄注、唐賈公彥疏，藝文印書館十三經注疏本，1985 年 12 月。

4. 《禮記》，漢鄭玄注、唐孔穎達等正義，藝文印書館十三經注疏本，1985 年 12 月。

5. 《左傳》，晉杜預注、唐孔穎達等正義，藝文印書館十三經注疏本，1985 年 12 月。

6. 《爾雅》，晉郭璞注、宋邢昺疏，藝文印書館十三經注疏本，1985 年 12 月。

7. 《孟子》，漢趙岐注、宋孫奭疏，藝文印書館十三經注疏本，1985 年 12 月。

8. 《史記會注考證》，瀧川龜太郎注，洪氏出版社，1985 年 9 月。

9. 《漢書》，漢班固撰，洪氏出版社，1975 年 9 月。

10. 《後漢書》，宋范曄撰，洪氏出版社，1975 年 9 月。

11. 《南齊書》，梁蕭子顯撰，洪氏出版社，1974 年 9 月。

12. 《梁書》，唐姚思廉撰，洪氏出版社，1974 年 7 月。

13. 《魏書》，北齊魏收撰，洪氏出版社，1977 年 6 月。

14. 《隋書》唐魏徵等撰，洪氏出版社，1974 年 7 月。

15. 《新唐書》，宋歐陽修、宋祁撰，洪氏出版社，1977 年 6 月。

16. 《新五代史》，宋歐陽修撰，洪氏出版社，1977 年 10 月。

17. 《宋史》，元脫脫等修，洪氏出版社，1975 年 10 月。

18. 《蠻書》，唐樊綽撰，鼎文書局，1972 年 8 月。

19. 《人虎傳》，唐李景亮著，唐代叢書本，新興書局，1968 年 6 月。

20. 《七修類稿》，明郎瑛著，世界書局，1963 年 4 月。

21. 《三輔黃圖》，撰者不詳，平津館叢書本，藝文印書館，1969 年。

22. 《山海經校注》，袁珂注，里仁書局，1982 年 8 月。

23. 《水經注釋》，清趙一清釋，乾隆五九年刊本影印，華文書局，1960 年 5 月。

24. 《日知錄》，清顧炎武著，明倫出版社，1970 年 10 月。

25. 《元曲選》，臧晉叔校、王雲五主編，臺灣商務印書館，1968 年 9 月。

26. 《玄怪錄・續玄怪錄》，唐牛僧儒、李復言編，文史哲出版社，1989 年 7 月。

27. 《古神話選釋》，袁珂選釋，長安出版社，1988 年 9 月。

28. 《古小說鉤沈》，周樹人輯，坊間翻印本。

29. 《北夢瑣言》，宋孫光憲著，源流出版社，1983 年 4 月。

30. 《北東園筆錄四編》，清梁恭辰撰，筆記小說大觀一編八冊，新興書局，1978 年 1 月。

31. 《交州記》，晉劉欣期撰，嶺南遺書本，藝文印書館，1969 年。

32. 《列子集釋》，楊伯峻釋，明倫出版社，1971 年 2 月。

33. 《池北偶談》，清王士禎撰，臺灣商務印書館，1976 年 7 月。

34. 《西遊記》，明吳承恩撰，河洛圖書出版社，1980 年 9 月。

35. 《耳食錄》，清樂鈞撰，時代文藝出版社，1987 年 12 月。

36. 《呂氏春秋校釋》，陳奇猷校釋，華正書局，1985 年 8 月。

37. 《夷堅志》，宋洪邁撰，明文書局，1982 年 4 月。

38. 《酉陽雜俎》，唐段成式撰，漢京文化事業公司，1983 年 10 月。

39. 《志異續編》，清青城子撰，筆記小說大觀一編十冊，新興書局，1978 年 1 月。

40. 《見聞錄》，清徐岳撰，筆記小說大觀三編十冊，新興書局，1978 年 7 月。

41. 《抱朴子》，晉葛洪著，里仁書局，1981 年 12 月。

42. 《風俗通義校注》，漢應劭撰、王利器注，漢京文化事業公司，1983 年 9 月。

43. 《易林》，漢焦延壽撰，藝文印書館，1970 年 5 月。

44. 《法苑珠林》，唐釋道世撰，四部叢刊初編子部，上海商務印書館縮印明萬曆刊本，1975 年 6 月。

45. 《武林舊事》，宋周密，知不足齋叢書本，藝文印書館，1969 年。

46. 《青箱雜記》，宋吳處厚撰，筆記小說大觀正編一冊，新興書局，1960 年 1 月。

47. 《青泥蓮花記》，明梅鼎祚（梅禹生）撰，廣文書局，1980 年 3 月。

48. 《青瑣高議》，宋劉斧撰，河洛圖書出版社，1977 年 10 月。

49. 《秋燈叢話》，清王椷撰，廣文書局。

50. 《虎苑》，明王穉登著，廣百川學海本，新興書局，1970 年 7 月。

51. 《虎薈》，明陳繼儒著，叢書集成新編第四四冊，新文豐出版公司，1985 年 1 月。

52. 《述異記》，清車軒主人撰，筆記小說大觀三編十冊，新興書局，1978 年 7 月。

53. 《松窗百說》，宋李季可撰，筆記小說大觀正編二冊，新興書局，1960 年 1 月。

54. 《夜談隨錄》，清閑齋氏撰，筆記說小說大觀二編十冊，新興書局，1978 年 2 月。

55. 《金壺七墨》，清黃鈞宰撰，筆記小說大觀二編七冊，新興書局，1978 年 2 月。

56. 《居易錄》，清王士禛撰，筆記小說大觀十五編八冊，新書書局，1977 年 1 月。

57. 《拾遺記》，晉王嘉著，木鐸出版社，1982 年 2 月。

58. 《南部新書》，宋錢易著，學津討原本，藝文印書館，1969 年。

59. 《春秋繁露》，漢董仲舒著、凌曙注，臺灣商務印書館，1976 年 1 月。

60. 《咫聞錄》，清慵訥居士撰，筆記小說大觀二編六冊，新興書局，1978 年 2 月。

61. 《南皋筆記》，清楊鳳徽撰，筆記小說大觀一編一冊，新興書局，1978 年 1 月。

62. 《南滑楷語》，清蔣超伯輯，廣文書局，1970 年 12 月。

63. 《香飲樓賓談》，清陸長春撰，筆記小說大觀二編十冊，新興書局，1978 年 2 月。

64. 《柳崖外編》，清徐昆撰，廣文書局，1969 年 1 月。

65. 《茅亭客話》，宋黃休復撰，琳琅秘室叢書本，藝文印書館，1969 年。

66. 《昆陵集》，唐獨孤及撰，四部叢刊初編集部，上海商務印書館縮印趙氏亦有生齋校刊本，1975 年 6 月。

67. 《荀子集釋》，李滌生著，學生書局，1988 年 10 月。

68. 《唐人小說校釋》，王夢鷗校釋，正中書局，1988 年 11 月。

69. 《唐人傳奇小說》，汪辟疆校，世界書局，1988 年 11 月。

70. 《家世舊事》，宋程頤撰，續百川學海本，新興書局，1970 年 11 月。

71. 《埋憂集》，清朱梅叔（朱翊清）撰，廣文書局，1970 年 12 月。

72. 《莊子集釋》，郭慶藩著，華正書局，1987 年 8 月。

73. 《淮南子》，漢高誘注，藝文印書館，1974 年 4 月。

74. 《國史補》，唐李肇撰，學津討原本，藝文印書館，1969 年。

75. 《聊齋誌異》，清蒲松齡撰，漢京文化事業公司，1984 年 4 月。

76. 《情史》，明澹澹外史（詹詹外史）著，廣文書局，1982 年 8 月。

77. 《異苑》，劉宋劉敬叔撰，學津討原本，藝文印書館，1969 年。

78. 《堅瓠二集》，清褚人穫撰，筆記小說大觀二三編八冊，新興書局，1978 年 10 月。

79. 《雲笈七籤》，宋張君房著，四部叢刊初編子部，上海商務印書館縮印正統道藏本，1975 年 6 月。

80. 《搜神記》，晉干寶撰，鼎文書局，1980 年 3 月。

81. 《搜神後記》，晉陶潛著，北京中華書局，1988 年 1 月。

82. 《博物志》，晉張華撰，金楓出版公司，1987 年 1 月。

83. 《湖海新聞夷堅續志》，無名氏撰，北京中華書局，1986 年 5 月。

84. 《湧幢小品》，明朱國禎撰，筆記小說大觀二二編七冊，新興書局，1978 年 9 月。

85. 《棗林雜俎》，明談遷，筆記小說大觀正編三冊，新興書局，1960 年 1 月。

86. 《新論》，劉晝撰，漢魏叢書本，藝文印書館，1969 年。

87. 《楚辭四種》，屈原等著，華正書局，1978 年 8 月。

88. 《虞初新志》，清張潮（張山來）編，廣文書局，1969 年 1 月。

89. 《萬曆野獲編》，明沈德符撰，筆記小說大觀一五編六冊，新興書局，1977 年 1 月。

90. 《董解元西廂》，湯顯祖評，臺灣商務印書館，1968 年 9 月。

91. 《稗史彙編》，明王圻編，筆記小說大觀三編五冊，新興書局，1978 年 7 月。

92. 《齊東野語》，宋周密撰，學津討原本，藝文印書館，1969 年。

93. 《夢厂雜著》，清俞蛟撰，續修四庫全書本，上海古籍出版社，2002 年。

94. 《碧里雜存》，清董穀輯，筆記小說大觀四編五冊，新興書局，1988 年 1 月。

95. 《閱微草堂筆記》，清紀昀撰，大中國圖書公司，1984 年 1 月。

96. 《漁樵閒話》，宋蘇軾著，筆記小說大觀一三編五冊，新興書局，1988 年 1 月。

97. 《說聽》，明陸粲著，筆記小說大觀一六編五冊，新興書局，1977 年 3 月。

98. 《論衡》，漢王充著，宏業書局，1983 年 4 月。

99. 《蓴鄉贅筆》，清董含（董閬石）撰，廣文書局，1980 年 3 月。

100. 《獨斷》，漢蔡邕撰，四部叢刊三編子部，臺灣商務印書館，1981 年。

101. 《增補六臣註文選》，李善等註，華正書局，1980 年 9 月。

102. 《影談》，清管世灝撰，筆記小說大觀二編一冊，新興書局，1978 年 2 月。

103. 《墨餘錄》，清毛祥麟撰，筆記小說大觀一編九冊，新興書局，1978 年 1 月。

104. 《薛仁貴征東、薛丁山征西全集》，大東書局，1963 年 3 月。

105. 《曠園雜志》，清吳陳琰撰，筆記小說大觀三編十冊，新興書局，1978 年 7 月。

106. 《醉醒石》，東魯古狂生著，文化圖書公司，1985 年 3 月。

107. 《譚子化書》，唐譚景昇撰，筆記小說大觀四編二冊，新興書局，1978 年 1 月。

108. 《續子不語》，清袁枚著，筆記小說大觀二編九冊，1978 年 2 月。

109. 《續太平廣記》，清陸壽名撰，筆記小說大觀十編八冊，新興書局，1984 年 8 月。

110. 《聽雨紀談》，明都穆撰，叢書集成新編八七冊，新文豐出版公司，1985 年 1 月。

111. 《鹽鐵論集釋》，漢桓寬著、徐南村釋，廣文書局，1975 年 4 月。

112. 《一切經音義》，唐釋慧琳撰，海山仙館叢書本，藝文印書館，1969 年。

113. 《爾雅翼》，宋羅願撰，四庫全書本，臺灣商務印書館，1986 年 3 月。

114. 《荊楚歲時記》，梁宗懍著，歲時習俗資料彙編三〇冊，藝文印書館，1970 年。

115. 《清嘉錄》，清顧祿著，臺灣商務印書館，1976 年 6 月。

116. 《歲時廣記》，宋陳元靚撰，歲時習俗資料彙編六冊，藝文印書館，1970 年。

117. 《夢梁錄》，宋吳自牧撰，學津討原本，藝文印書館，1969 年。

118. 《燕京歲時記》，清富察敦崇撰，廣文書局，1969 年 9 月。

119. 《雲南志略》，元李京撰，說郛本，臺灣商務印書館，1972 年。

120. 《雲南通志》，清鄂爾泰等監修、靖道謨等編纂，四庫全書本，臺灣商務印書館，1986 年 3 月。

121. 《湖南通志》，清曾國荃等撰，華文書局，1967 年 12 月。

122. 《隆慶海州志》，鄭復亨撰，天一閣藏明代方志選刊五，新文豐出版公司，1985 年。

123. 《嘉慶海州直隸州志》，清唐仲冕修、汪梅鼎等纂，成文出版社，1970 年。

124. 《潞安府志》，李中白撰，山西方志之五，學生書局，1968 年。

125. 《重修臺灣府志》，劉良璧撰，臺灣省文獻委員會，1977 年 2 月。

126. 《瀛涯勝覽》，明馬歡撰，百部叢書集成影印紀錄彙編，藝文印書館，1969 年。

127. 《貞觀政要》，唐吳兢撰、范姜筠堂等點校，河洛圖書出版社，1975 年 12 月。

128. 《唐會要》，宋王溥撰，臺灣商務印書館，1968 年 3 月。

129. 《唐大詔令集》，宋宋敏求編，鼎文書局，1972 年 9 月。

130. 《大明會典》，明李東陽等撰、申明行等修，東南書報社，1964 年 3 月。

131. 《太平廣記》，宋李昉編，文史哲出版社，1987 年 5 月。

132. 《太平御覽》，宋李昉等編，臺灣商務印書館，1968 年 1 月。

133. 《古今圖書集成》，清陳夢雷編，文星書店，1964 年 10 月。

134. 《五苦章句經》，晉竺曇無蘭譯，太藏經一七冊，新文豐出版公司，1983 年 1 月。

135. 《佛本行集經》，隋闍那崛多譯，大藏經三冊。

136. 《大般涅槃經》，北涼曇無讖譯，大藏經十二冊。

137. 《大般涅槃經後分》，唐若那跋陀羅譯，大藏經十二冊。

138. 《廣弘明集》，唐釋道宣撰，大藏經五二冊。

139. 《華嚴經內章門等雜孔目章》，唐智儼集，大藏經四五冊。

140. 《發心功德品初五戒章》，唐智儼集，大藏經四五冊。

二、

1. 《人論》，恩斯特・卡西勒著、甘陽譯，桂冠圖書公司，1990 年 1 月。

2. 《小說·歷史·心理·人物》，周英雄著，東大圖書公司，1989 年 3 月。

3. 《中國小說史略》，魯迅著，谷風出版社。

4. 《中國之科學與文明（二）》，李約瑟著、陳立夫主譯，臺灣商務印書館，1977 年 8 月。

5. 《中國文學中的小說傳統》，西諦著，木鐸出版社，1985 年 9 月。

6. 《中國文明源頭新探——道家與彝族虎宇宙觀》，劉堯漢著，雲南人民出版社，1985 年。

7. 《中國中古思想史長編》，胡適著，胡適紀念館，1971 年 2 月。

8. 《中國古代傳說》，張紫晨著，吉林文史出版社，1986 年 2 月。

9. 《中國民俗學》，烏丙安著，遼寧大學出版社，1985 年 8 月。

10. 《中國民間故事初探》，天鷹著，上海文藝出版社，1981 年 5 月。

11. 《中國民間童話研究》，譚達先著，臺灣商務印書館，1988 年 8 月。

12. 《中國民間故事類型索引》，丁乃通著，中國民間文藝出版社，1986 年 7 月。

13. 《中國的妖怪》，中野美代子著、何彬譯，黃河文藝出版社，1989 年 2 月。

14. 《中國巫術》，張紫晨著，上海三聯書店，1990 年 7 月。

15. 《中國神話》，白川靜著、王孝廉譯，長安出版社，1986 年 10 月。

16. 《中國神話傳說辭典》，袁珂著，華世出版社，1987 年 5 月。

17. 《中國地方志民俗資料匯編》，丁世良、趙放主編，北京書目文獻出版社，1989 年 4 月。

18. 《中國法律與中國社會》，瞿同祖著，里仁書局，1984 年 9 月。

19. 《中國創世神話》，陶陽、鍾秀著，上海人民出版社，1989 年 9 月。

20. 《中國歷史疆域古今對照圖說》，樊開印著，徐氏基金會，1979 年 4 月。

21. 《中國青銅時代》，張光直著，聯經出版事業公司，1987 年 8 月。

22. 《中國青銅時代（第二集）》，張光直著，聯經出版事業公司，1990 年 11 月。

23. 《中華全國風俗志》，胡樸安著，啓新書局，1968 年 1 月。

24. 《文化人類學》，林惠祥著，臺灣商務印書館，1981 年 9 月。

25. 《文學欣賞與批評》，Wiffred L. Guerin：John R. Willingham. Earle C. Labor. Lee Morgan 編、徐進夫譯，幼獅文化事業公司，1975 年 4 月。

26. 《六朝志怪小說基本情節索引》，金榮華著，中國文化大學中國文學研究所，1984 年 3 月。

27. 《太行山裡的傳說》，申雙魚、冀光明編，中國文聯出版公司，1986 年 4 月。

28. 《水族民間故事選》，祖岱年、周隆淵編，上海文藝出版社。

29. 《比較文學理論與實踐》，張漢良著，東大圖書公司，1986 年 2 月。

30. 《民俗學》，林惠祥著，臺灣商務印書館，1986 年 11 月。

31. 《古典與現代》，周伯乃著，遠景出版社，1979 年 11 月。

32. 《古典小說散論》，樂蘅軍著，純文學出版社，1984 年 12 月。

33. 《古典今看——從孔明到潘金蓮》，王溢嘉著，野鵝出版社，1990 年 2 月。

34. 《世界神話辭典》，魯剛主編，遼寧人民出版社，1989 年 11 月。

35. 《巫術、科學與宗教》，馬凌諾斯基著、朱岑樓譯，協志工業叢書出版公司，1989 年 1 月。

36. 《步入青銅藝術宮殿》，杜迺松、杜潔珣著，北京人民教育出版社，1989 年 12 月。

37. 《金枝》，〔英〕詹‧喬‧弗雷澤著、徐育新、汪培基等譯，中國民間文藝出版社，1987 年 6 月。

38. 《神話論》，林惠祥著，臺灣商務印書館，1971 年 9 月。

39. 《神話‧傳說‧民俗》，屈育德著，中國文聯出版公司，1988 年 9 月。

40. 《神話新論》，劉魁立、馬昌儀等編，上海文藝出版社，1987 年 2 月。

41. 《神秘的圖騰》，高明強著，江蘇人民出版社，1989 年 8 月。

42. 《神異經研究》，王國良著，文史哲出版社，1985 年 3 月。

43. 《唐人小說研究》，王夢鷗著，藝文印書館，1971 年 12 月。

44. 《唐代傳奇研究》，祝秀俠著，中國文化大學出版部，1982 年 11 月。

45. 《原始信仰和中國古神》，王小盾著，上海古籍出版社，1989 年 10 月。

46. 《原始崇拜綱要》，龔維英著，中國民間文藝出版社，1989 年 10 月。

47. 《現象與物自身》，牟宗三著，學生書局，1976 年 9 月。

48. 《從中國小說看中國人的思考模式》，中野美代子著、劉禾山譯，成文出版社，1977 年 7 月。

49. 《探求不死》，李豐楙著，久大文化出版公司，1987 年 9 月。

50. 《聊齋誌異的幻夢世界》，郭玉雯著，書生書局，1985 年 7 月。

51. 《聊齋搜鬼》，王溢嘉著，野鵝出版社，1990 年 5 月。

52. 《道教與中國文化》，葛兆光著，東華書局，1989 年 12 月。

53. 《語言與神話》，恩斯特‧卡西勒著，于曉等譯，久大文化出版公司、桂冠圖書公司，1990 年 8 月。

54. 《湖南民間故事集》，收錄於《中國民間故事全集》，遠流出版事業公司，1989 年 6 月。

55. 《雲南民間故事集》，收錄於《中國民間故事全集》，遠流出版事業公司，1989 年 6 月。

56. 《貴州民間故事集》，收錄於《中國民間故事全集》，遠流出版事業公司，1989 年 6 月。

57. 《廣西民間故事集》，收錄於《中國民間故事全集》，遠流出版事業公司，1989 年 6 月。

58. 《臺灣民間故事集》，收錄於《中國民間故事全集》，遠流出版事業公司，1989 年 6 月。

59. 《漢文學史綱》，魯迅著，風雲時代出版社，1990 年 11 月。

60. 《漢魏兩晉南北朝佛教史》，湯用彤著，駱駝出版社，1987 年 8 月。

61. 《管錐篇》，錢鍾書著，蘭馨室書齋，1983 年。

62. 《圖騰與禁忌》，佛洛伊德著、楊庸一譯，志文出版社，1989 年 3 月。

63. 《圖騰藝術史》，岑家梧著，駱駝出版社，1987 年 8 月。

64. 《端午禮俗史》，黃石撰，鼎文書局，1979 年 5 月。

65. 《臺灣民譚探源》，施翠峰著，漢光文化事業公司，1985 年 8 月。

66. 《談小說妖》，葉慶炳著，洪範書店，1983 年 5 月。

67. 《髮鬚爪──關於它們的風俗》，江紹原著，上海文藝出版社，1987 年 12 月。

68. 《鍾馗神話與小說之研究》，胡萬川先生著，文史哲出版社，1980 年 5 月。

69. 《魏晉南北朝志怪小說研究》，王國良著，文史哲出版社，1984 年 7 月。

三、

1. 《太平廣記引書考》，盧錦堂撰，政治大學中文研究所民國 70 年博士論文。

2. 《六朝小說變形觀之探究》，康韻梅撰，臺灣大學中文研究所民國 76 年碩士論文。

3. 《六朝志怪小說變化題材研究》，謝明勳撰，中國文化大學中文研究所民國 77 年碩士論文。

4. 《六朝志怪妖故事研究》，蔡雅薰撰，師範大學國文研究所民國 79 年碩士論文。

5. 《春秋戰國之巴蜀文化》，鄭月梅撰，政治大學中文研究所民國 75 年碩士論文。

6. 《聊齋誌異夢境與變形故事之研究》，禹東完撰，東海大學中文研究所民國 76 年碩士論文。

7. 《廣異記研究》，吳秀鳳撰，輔仁大學中文研究所民國 75 年碩士論文。

8. 《魏晉志怪小說與古代神話關係之研究》，呂清泉撰，臺灣大學中文研究所民國 74 年碩士論文。

四、

1. 〈六朝道教洞天說與遊歷仙境小說〉，李豐楙著，《小說戲曲研究》第一集。

2. 〈六朝精怪傳說與道教法術思想〉，李豐楙著，《中國古典小說研究專集》第三輯。

3. 〈中島敦的歷史小說〉，鄭清茂著，《文史論文集》下冊。

4. 〈中國的天鵝處女故事〉，鍾敬文著，《北京大學民俗叢書》一六冊。

5. 〈老虎外婆故事專輯〉，鍾敬文等著，《北京大學民俗叢書》一八冊。

6. 〈東海〈虎皮井〉傳說探源〉，丁義珍著，《中國民間傳說論文集》。

7. 〈唐傳奇的意志世界〉，樂蘅軍著，《臺靜農先生八十壽慶論文集》。

8. 〈從黎丘丈人到六耳獼猴〉，胡萬川先生著，《小說戲曲研究第一集》。

9. 〈從自我的紓解到人間的關懷〉，張火慶著，《中國小說史論叢》。

10. 〈獸婚故事與圖騰〉，麥苟勞克著、趙景深譯，《北京大學民俗叢書》第一六冊。

11. 〈中古志怪小說與佛教故事〉，蔣述卓著，《文學遺產》 1989 年第一期。

12. 〈中國古俗中的虎崇拜〉，劉敦愿著，《民間文學論壇》1988 年第一期。

13. 〈中國民藝與中國虎文化（上）〉，曹振峰著，《民間文學論壇》 1990 年第一期。

14. 〈不死的探求〉，李豐楙著，《中外文學》第十五卷第五期。

15. 〈巴人圖騰信仰〉，黃柏權著， 《貴州民族研究》1988 年第四期。

16. 〈巴黎藏敦煌本「白澤精怪圖」及「敦煌二十詠」考述〉，林聰明著，《東吳文史學報》第二號。

17. 〈古讖緯書錄解題（二）〉，陳槃著，《中央研究院歷史語言研究所集刊》第十二本。

18. 〈古希臘和我國早期變形神話的比較〉，吳瑞裘著，《民間文藝季刊》1987 年第一期。

19. 〈昇天、變形與不懼水火——論莊子思想中與原始宗教相關的三個主題〉，楊儒賓著，《漢學研究》第七卷第一期。

20. 〈虎圖騰崇拜遺跡——彝族虎節紀實〉，唐楚臣著， 《民間文學論壇》1990 年第六期。

21. 〈虎傳承考——中國人心目中的虎〉，鍾秀清著，《民俗曲藝》第三九期。

22. 〈虎與民俗〉，阮昌銳著，《海外學人》一六五期。

23. 〈東海虎皮井故事考源〉，朱桓夫著，《民間文學論壇》1988 年第一期。

24. 〈神仙思想源于氐羌圖騰崇拜〉，唐楚臣著，《民間文學論壇》 1988 年第五期。

25. 〈神話中的變形：希臘及布農神話比較〉，鄭恆雄著，《中外文學》三卷六期。

26. 〈脫衣主題與成年儀式〉，王霄兵、張銘遠著，《民間文學論壇》1989 年第二期。

27. 〈涼山彝族服飾〉，馮敏著，《貴州民族研究》1989 年第四期。

28. 〈榮格的藝術動力論〉，陳祥明著，《華南師範大學學報》1989 年第三期。

29. 〈漢人與虎〉，邢義田著，《聯合文學》二卷四期。

30. 〈中國的虎文化〉，曹振峰著，《漢聲雜誌》第二十期。

31. 〈圖騰的起源〉，何星亮著，《中國社會科學》1989 年第五期。

32. 〈圖騰的「性不明確說」〉，郭精銳著，《民間文藝季刊》1987 年第三期。

33. 〈論狐妻故事的生成與發展〉，周愛明著，《民間文學論壇》1988 年第一期。

34. 〈論中國古代狐仙故事的歷史發展〉，胡堃著，《民間文藝季刊》1988 年第三期。

35. 〈論圖騰神話中的變形〉，朱霞著，《民間文藝季刊》1986 年第二期。

36. 〈彝族原始宗教的系統性〉，普真著，《世界宗教研究》1985 年第一期。

37. 〈變形考辨〉，彭兆榮著，《民間文學論壇》1986 年第五期。

38. 〈變形的邏輯發展及其美學思考〉，胡堃、董朝斌著，《民間文藝季刊》1987 年第一期。

五、

1. 《日本の文學》，中島敦等著，中央公論社，1965 年 3 月。

2. ALEXANDER HAGGERTY KRAPPE, "THE SCIENCE OF FOLDLORE", W. W. NORTON & COMPANY. INC. NEW YORK, 1964。

3. JAMES HASTINGS, "ENCYCLOPAEDIA OF RELIGION AND ETHICS", NEW YORK, CHARLES SCRIBNER'S SONS, 1955。

4. FIZROY RICHARD SOMERSET, BARON RAGLAN, "THE HERO", GREENWOOD PRESS, PUBLISHERS WESTPORT, CONNECTICUT, 1975。